영화관의
외교관

영화관의 외교관

초판인쇄 | 2009년 6월 19일
초판발행 | 2009년 6월 25일

지은이 | 박용민
펴낸이 | 김제구
펴낸곳 | 도서출판 리즈앤북

등록일 | 2002년 11월 15일
주소 | 121-841 서울시 마포구 서교동 463-31 플러스빌딩 4층
전화 | 02)332-4037
팩스 | 02)332-4031

ISBN 978-89-90522-54-2   03810

값 | 15,800원

영화관의
외교관

엄마는 나를 영화관으로 데려갔고
영화는 나를 외교관으로 키웠다

박용민 지음

리즈앤북
ries & book

나를 가끔 당신의 영화관으로
데려가 주셨던 어머니께

차례

: 감독들, 카메라 뒤에 선 사람들 :

: 영화라는 창을 통해 세상을 내다보며 :

왜 영화를 보냐고 물으신다면, 심심하니까 본다 이겁니다, 가 대체로 정답이겠죠. 영화가 우리의 심심함을 풀어주는 방식은 영화마다 다르고, 사람마다 다르고, 볼 때마다 다릅니다. 우리는 영화 속 인물을 선망하기도 하고, 더러는 주인공에 동화되어 잠시나마 다른 인생을 살아보기도 하죠. 남의 은밀한 행동이나 우스꽝스러운 실수를 살며시 엿보는가 하면, 딴 영화와 비교하며 영화를 즐기기도 합니다. 복잡한 생각은 잠시 접어두고 '시간을 죽일' 목적으로 영화를 볼 수도 있고, 심지어 외국어를 배우겠다는 욕심으로 영화를 보는 사람도 있더군요.

크리스티앙 메츠라는 프랑스 학자는 영화관람^{spectatorship}의 방식을 세 가지로 구분했습니다. 첫째는 나르시스적인 동일시^{narcissistic identification} 입니다. 특히 연기자의 시점으로 찍은 장면^{point-of-view shots}은 관객이 주인공에 동화되게끔 잘 도와주지요. 관객이 스스로를 극중 인물과 동일시하는 것이 정치적으로 불건전하다고 여긴 브레히트는 일부러 "이건 연극일 뿐입니다"라고 또렷이 알려주는 장치를 사용해서 관객의 지나친 몰입을 방해하는 소격효과^{疏隔效果}를 도입하기도 했습니다.

둘째로, 관음증^{voyeurism} 그러니까 엿보기입니다. 어두운 객석에 앉아서 화면 속에서 벌어지는 일을 남몰래 지켜보는 거죠. 관객은 화면을 보지만 화면은 관객을 보지 않습니다. 멀쩡해 보이는 신사숙녀의 내밀한 치부를, 미남 미녀의 정사 장면을, 또는 주인공의 남모르는 고민을 우리는 더러 제3자의 시선으로 엿보기도 한다는 얘깁니다. 예컨대, 알프레드 히치코크는 바로 이 엿보기 방면에서 도사 같은 감독이었죠.

셋째는 페티시즘 fetishism 입니다. 메츠에 따르면 이른바 영화 페티시스트들이란, 영화라는 매체의 특별한 성능에 매료되어, 영화를 만드는 데 사용된 수단과 결과물을 (또는 영화에 담긴 것과 담기지 않은 것을) 비교하고 그 틈새를 관찰하는 취미를 가지고 있다는 겁니다. 비교 영화론에 재미를 붙인 사람은 메츠가 말한 전형적인 '영화 페티시스트'에 해당합니다. 참고로, 이것은 영화의 서사 구조나 영상 속에서 드러나는 물적 숭배의 양상을 말하는 내용상의 페티시즘과는 좀 다른 맥락에서 붙여진 이름입니다. 원래 페티시즘이란, 성적인 함의가 없는 대상물을 보면서 성적인 흥분을 느끼는 도착 현상을 일컫습니다. 메츠는 프로이트와 라캉의 정신 분석 이론을 영화 관람에 도입했던 것인데, 별 일도 아닌 영화 관람을 온통 성적인 변태 행위처럼 만들어버린 야릇한 느낌이 들기도 하죠.

영화에 관한 글쓰기는 저널리즘이나 휴머니즘에 기반을 둔 텍스트적 비평도 있고, 사회과학적, 역사적, 이데올로기적인 콘텍스트적 비평이 있는가 하면, 작가나 장르에 중심을 둔 콘텍스트적-텍스트 방식도 있을 수 있습니다. 미리 말씀 드리자면, 이 책은 일정한 양식을 좇아 쓴 평론집은 아닙니다. 그저 생각 나는 대로 한 해에 두세 편씩 2008년까지 쓰다 말다 한 일기 중에서 영화와 관련된 이야기를 다듬어 한데 모아본 것입니다. 가장 오래된 글은 1991년에 쓴 것이더군요. 2007~2008년간 인도네시아 한인회의 월간지 〈한인뉴스〉에 연재했던 글과, 2008년 5월부터 열 달 동안 월간지 포브스 코리아 Forbes Korea 에 〈박용민의 영화로 읽는 세상〉이라는 제목으로 연재했던 글도 포함되어 있습니다. 그러다 보니, 때로는 줄거리에, 때로는 배우에, 때로는 감독에 대한 내용도 있지만, 영화 바깥의 세상을 살아가는 이야기도 적잖이 지면을 채울 겁니다. '영화 보면서 딴생각하기' 초식이라고나 할까요. 친한 벗과 소주잔을 기울이며 잡담하는 기분으로 쓴 글을, 제가 그린 서툰 삽화와 함께 묶어 보았습니다. 명 감독 페데리코 펠리니는 이런 말을 했더군요. "영화에 관해 글을 쓰는 그 어떤 사람도 영화 자체보다 더 많은 것을 말할 수는 없다." 아, 그렇군요. 어쩌면 영화 '바깥'의 세상이란, 없는 건지도 모르겠습니다.

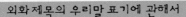

외화 제목을 어떻게 표기하느냐는 건 영화를 보고 즐길 때는 문제가 되지 않습니다. 하지만 영화에 대한 글을 쓰자니 짚고 넘어가지 않을 수 없군요. 국내에 개봉 또는 출시된 외화 제목 중에는, 〈내일을 향해 쏴라^{Butch Cassidy and Sundance Kid}〉, 〈우리에게 내일은 없다^{Bonnie and Clyde}〉, 〈젊은이의 양지^{A Place in the Sun}〉처럼 멋들어진 창작 제목도 있죠. 창작 제목 중에는 그리 칭찬하고 싶은 정도는 아니지만 〈분노의 주먹^{Raging Bull}〉, 〈석양의 무법자^{A Fistful of Dollars}〉, 〈애수^{Waterloo Bridge}〉, 〈사랑과 영혼^{Ghost}〉처럼, 그런 대로 우리 기억 속에 뿌리를 내리고 이미 우리 정서의 일부로 굳어진 것도 있습니다.

그런가 하면, 〈바람과 함께 사라지다^{Gone with the Wind}〉, 〈로마의 휴일^{A Roman Holiday}〉, 〈이창^{The Rear Window}〉, 〈늑대와 춤을^{Dances with Wolves}〉, 〈작은 신의 아이들^{Children of a Lesser God}〉 같은 '직역 제목'도 있습니다. 다른 한 쪽에는, 〈사운드 오브 뮤직〉처럼 외국어를 소리나는 대로 옮긴 제목도 많습니다. 사정이 이렇다 보니, 외화 제목 표기의 가장 근본적인 문제는 원칙이 없다는 겁니다. 성의가 없다거나, 저속하다거나, 오류가 있다거나 하는 문제는―그것이 제목을 망가뜨리는 정도가 결코 작지는 않지만―무원칙이 초래하는 부차적인 문제들입니다.

완벽한 해결책은 없습니다. 본디 하나의 문화가 다른 문화와 소통하는 일은, 번역이든 외교든 전학이든 이사든, 어려운 법입니다. 옛 영화의 추억을 더듬다 보면 멋스런 창작 제목이 좋을 것 같은 기분이 들다가도, 조금 더 생각해 보면 문제점은 이내 분명해집니다. 외화 작명의 최우선 고려 사항은 판매 수익에 있기 때문에 제목의 질적 수준을 보장할 수 없는 데다, 이제 아예 개봉도 되지 않고 비디오나 DVD로 출시되는 영화들의 수가 엄청나게 늘다 보니 혼란이 커지고 있는 거죠.

테일러 헥포드 감독의 〈Everybody's All-American〉을 찾으려는 사람에게 그 영화가 〈사랑과 정열〉이라는 제목을 달고 출시되었다는 사실은 전혀 고마운 일이 될 수 없습니다. 영화를 도대체 보기는 한 것인지 알 수가 없는 〈여인의 음모^{Brazil}〉, 〈4차원의 난장이 ET들$^{Time\ Bandits}$〉처럼 벌어진 입을 다물 수 없는 것도 있고, 〈참을 수 없는 존재의 가벼움$^{The\ unbearable}_{lightness\ of\ being}$〉 같은 멀쩡한 원제를 버리고 굳이 낮은 데로 임한 〈프라하의 봄〉 같은 사례도 있죠. 제일 추한 것은, 캐스팅이 비슷한 다른 영화의 지명도에 기대어 대여 순위를 조금이라도 높여볼 얄팍한 심산으로 멀쩡한 영화를 딴 영화의 속편으로 만드는 일입니다. 〈데미지 2$^{Stealing}_{Beauty}$〉—거장 베르나르도 베르톨루치가 자다가 벌떡 일어날 일입니다—, 〈레옹 2^{Wasabi}〉, 〈피아노 2$^{The\ Man}_{who\ Cried}$〉, 〈아멜리에 2$^{Le\ Battement}_{d\ ailes\ du\ 2000}$〉 같은 짓은 금지되어야 마땅하다고 봅니다.

〈이보다 더 좋을 수는 없다$^{As\ Good}_{As\ It\ Gets}$〉처럼 직역된 제목이 듣기에도 산뜻하고 의미도 잘 전달하는 경우도 있겠습니다만, 번역이라고 손쉬운 것은 아닙니다. 〈Butch Cassidy and Sundance Kid(내일을 향해 쏴라)〉가 개봉 직전 국내 언론에 '푸줏간 캐시디와 석양의 소년'이라고 소개되었던 것은 잘 알려진 일화입니다. 본시 제목이란 상징적이고, 압축적이고, 때로 중의적인 것이어서 번역이 어렵습니다. 언뜻 자명해 보이는 〈가을의 전설$^{Legends}_{of\ the\ Fall}$〉만 보더라도 그렇습니다. 이 영화는 '···가슴 아픈 사랑이 아름다운 가을을 배경으로 펼쳐지는···' 운운, 소개되는 경우가 많은데, 중의적인 의도가 있기는 해도 '몰락의 전설'이 원뜻에 가까울 겁니다.

발음을 따라 음가대로 적는 방법은 어떨까요? 〈사운드 오브 뮤직〉 정도면 몰라도, 〈에브리바디 세즈 아이 러브 유〉 같은 한글 제목은 그야말로 '난센스'입니다. 한글이 표기할 수 있는 외래어의 음가는 우리가 흔히 생각하는 것보다 다양하지 못해서, 〈쏘우〉, 〈돈 컴노킹〉, 〈브로크백 마운틴〉, 〈웨딩 크래셔〉, 〈시티즌 독〉, 〈브이 포 벤데타〉라고 적힌 제목만 보고서 뜻을 짐작하기란 쉽지 않습니다. 게다가, 〈식스센스〉처럼 육감이 졸지에 여섯 가지 느낌이 되는 경우도 있고, 〈소울 오브 맨The Soul of a man〉처럼 관사는 으레 빼먹어야 하는 줄로만 아는 습관적 오류도 눈살을 찌푸리게 할 겁니다. (관사를 들어내는 전통은 〈사운드 오브 뮤직〉으로 거슬러 올라가는 유구한 것이죠.) 그보다 훨씬 더 이상한 국적 불명의 제목들도 난무할 터입니다. 알랭 들롱이 주연한 1980년 영화 〈Trois hommes à abattre(파멸시킬 세 남자)〉는 '트르와 좀므'도, '레좀므'도, 심지어 '옴므'도 아닌 〈호메스〉라는 제목으로 버젓이 스카라 극장에 걸렸던 눈물 나는 일도 있었습니다. 실화입니다.

외화 제목도 버젓이 우리 문화의 일부를 이룬다는 면에서 이런 식의 혼란은 바람직하지 않습니다. 만일 저더러 원칙을 정해보라고 하신다면, 이런 건 어떨까요. 첫째, 고유 명사는 음가대로 쓴다. 둘째, 보통 명사와 문장은 번역을 원칙으로 한다. 셋째, 단, 숫자나 알파벳 약자는 원어로 표기한다. 가령, '이티'나 '외계인' 대신 〈E.T.〉로 쓰고, '제트'가 아닌 〈Z〉, '복수의 브이'가 아닌 〈복수의 V V for Vendetta〉로 하는 거죠. 넷째, 직역했을 때 오히려 뜻이 더 안통하거나 생경한 (Matrix—행렬?, Inventing the Abbotts—애보트가 발명하기?) 신조어, 말장난pun, 중의적 표현 등은 수입·배급사에 재량을 허락하여 창작·번안 제목을 붙이되, 등급을 심사하는 과정에서 제목에 대한 토론도 거친다. 이 토론은 검열이라기보다는, 지적 재산인 저작물의 품질 보호 차원에서 접근하면 어떨까 싶네요.

〈사운드 오브 뮤직〉류의 전통이 워낙 뿌리 깊다 보니, '일반적으로 이해할만 하다고 여겨지는 단어는 음가로 표기할 수 있다'는 조건을 추가하고 싶은 유혹이 느껴지긴 합니다. 얼른 생각해 보면, 〈다이하드〉, 〈펄프픽션〉, 〈어퓨 굿 맨〉 같은 제목들이 그런 고민의 선상에 있겠죠. 하지만, 음차식 표기에는 인색하게 구는 편이 낫겠습니다. 감시자(정부)의 규제가 개입될 여지를 최

소화하는 편이 낫겠고, 영화 제목에도 소설 제목의 번역에 드는 정도의 노력은 들이는 게 좋을 테니까요. 제정신이라면, 번역 소설 제목을 '백투더퓨처'라고 놔둘 번역가는 아마 없을 겁니다.

이런 모든 점을 감안하면, 외화 제목을 한글로 표기하는 일이 만만치 않다는 사정이 드러납니다. 전 국민이 영어로 자유롭게 소통할 수 있는 상태가 되면―그런 상태는 언젠가 올 것으로 예상됩니다만―이런 고민은 저절로 해결될 것입니다. 제3국의 영화들도 세계 시장에서는 영어 제목으로 널리 알려지기 때문이죠. 다만, 그 전이라도 우리나라의 의무 교육 기간 중 3년 이상의 영어 수업이 포함되어 있다는 점을 생각하면 외화 제목 정도는 영어로 그냥 적는 쪽이, 최소한 그 음가를 한글로 표기하는 것보다는 나은 대안이 될 것입니다. 그러는 편이 분류와 검색과 의사소통에 더 유리하고, 따라서 판매와 유통과 소

비에도 더 효과적일 터입니다. 그것은 아마 감상과 비평에도 실질적인 도움을 줄 것입니다.

상상컨대, 업계가 에로 비디오 작명에 들이는 공의 반만큼만 고민해도 엉터리 제목은 많이 줄어들 것 같습니다. 〈연필부인 흑심 품었네〉, 〈박하사랑〉, 〈인정상 사정할 수 없다〉, 〈라이언일병과 하기〉, 〈반지하 제왕〉, 〈살 흰 애 추억〉, 〈털밑 섬씽〉, 〈여보, 보일러 댁에 아버님 놔 드려야 겠어요〉 등등 낯 뜨거운 에로물에만 유독 재치가 발휘되는 건 아까운 일이 아니겠습니까. 게다가, 이런 기발한 제목들이 전부 패러디라는 점은 마음을 어둡게 합니다. 패러디에 능하고 창작에 약한 사회는 냉소적인 사회입니다.

기호학자 소쉬르의 의미 작용(시니피카시옹)에 관한 의견을 참고해 보더라도 그렇고, 제 친구 자녀들의 이름을 도맡아 작명해 주고 계시는 성명 철학의 대가 마포 고모님의 의견에 따르더라도, 부르는 이름과 불리는 대상을 잘 짝 맞추는 일은 대단히 중요합니다. 김춘수 시인이 "내가 그의 이름을 불러 주기 전에는 /그는 다만/하나의 몸짓에 지나지 않았다/내가 그의 이름을 불러 주었을 때/그는 나에게로 와서/꽃이 되었다"고 노래한 것처럼.

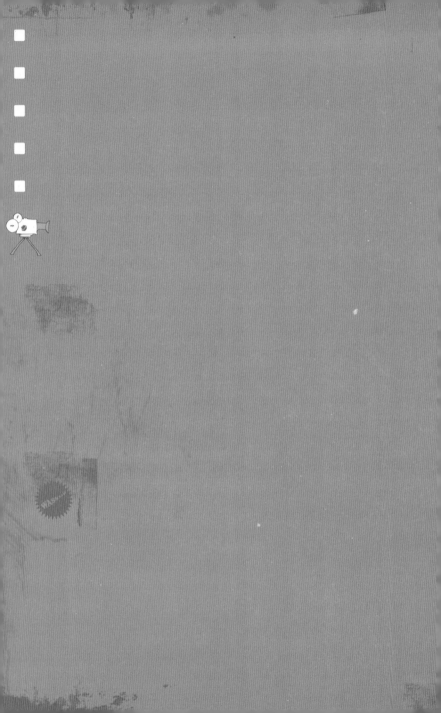

영화라는 거울에
나를 비추어 보며

영화를 보는 동안, 우리는 그냥 화면을 지켜보는 사람 이상의 누군가가 됩니다. 다른 누군가가 되어보는 경험, 그것이 아니었다면 우리는 구태여 소설을 읽거나 영화를 보는 수고를 무릅쓰지 않을지도 모릅니다. 그래서 스크린은 흡사 거울처럼, 영화를 바라보는 우리의 모습을 비춰주기도 합니다. 스크린에 언뜻 비치는 스스로의 모습은 낯익은 것이기도 하고, 때론 낯선 것이기도 하죠. 극장 밖의 일상 속에서도 나 아닌 다른 누군가, 또는 무언가가 되어보는 것은 중요합니다. 역지사지易地思之는 세상 모든 도덕의 황금률이니까요. 상대방의 입장에 자신을 놓고 어떤 일을 다시 한번 바라보는 것은 도덕적 감성만 가지고 해낼 수 있는 일은 아닙니다. 실은 그것은 영화적 상상력도 필요로 합니다.

죽엄의 다리_1974
어머니를 따라 극장에 가다

35년 전이니까 극장 이름을 잊었다고 나무라지는 마시기를. 아홉 살 난 저는 여섯 살 난 아우와 함께 무술 영화를 보러 종로에 갔었던 것입니다. '보러 갔다'기보다는, 어머니의 손을 잡고 따라갔던 거였죠. 이두용 감독이 메가폰을 잡았던 〈죽엄의 다리〉였습니다. 돌이켜 보면, 홍금보나 성룡이 충무로에서 한 수 배우던 시절이었고, 황정리가 홍콩에서 지금의 배용준이 무색할 정도의 천황 대접을 받으면서 홍콩 최고 스타 왕우의 인사를 앉은 자리에서 받던 시절이었으니까, 객관적으로도 그 무렵 홍콩 영화보다는 낮지 않았을까 짐작합니다. 하지만 그런 건 중요하지 않습니다. 객관적으로 어땠냐는 따위의 하찮은 문제와는 상관없이, 〈죽엄의 다리〉는 당시 저의 아드레날린을 폭발적으로 분비시킨, 엄청나게 재미있는 영화였으니까요. 설령 제가 오늘 이 영화를 다시 보고 실망을 한대도 그 사실을 바꿀 수는 없는 거죠. 당연히, 줄거리는 '복수'였고, 주인공은 '억울한' 사나이였습니다.

아, 사나이의, 사나이를 위한 그 영화의 기억. 그 독특한 문제 해결 방식. 세상 모든 일이 그렇게 비장하고 멋있고 명료할 수 있다면. 악당들을 해치우고 뚜벅뚜벅 멋진 뒷모습을 보이며 사라질 수 있다면. 사실, 어린 아들들의 손을 잡고 '관람 불가' 영화를 보여주는 것은 우리 어머니와 그다지 어울리는 일이 아니긴 했습니다. 그 후로도 저와 동생은 무술 영화를 보러 가자고 끈덕지게 졸라보았건만, 제가 극장에서 다시 권격 영화를 접하기 위해서는 강산이 한 번 더 변해서 성룡이라는 불세출의 스타가 나타날 때를 기다려야만 했습니다. 저는 엄밀히 말해서 이소룡 세대에 끼지는 못했습니다. 화려했던 그의 전성기는 너무 짧기도 했고요.

어머니를 따라가서 관람했던 〈죽엄의 다리〉의 주연은 한용철이라는 배우였습니다. 영화를 보고 와서 몇 달간 저와 동생은 잠자리채를 휘두르며 '한용철' 흉내를 내며 놀았다죠. 그로부터 1년쯤 뒤 변웅전 아나운서의 〈유쾌한 청백전〉에 나와 무술 시범을 보이던 한용철을 보고 마치 오래된 친구가 출연이라도 한 듯 반가워 날뛰던 게 그를 본 마지막 기억입니다. 2006년 초 어느 영화 잡지에 실린 이두용 감독의 인터뷰를 봤더니, 영화 포스터에 '차리 셸'이라고 소개되었던 한용철은 재미 교포 청년이었답니다. 영화 촬영 당시 그는 빨간 띠에 불과했는데, 발차기 재주 하나는 일품이라서 캐스팅을 했다죠. (이두용 감독의 회고에 따르면, "한 3일 정도 수염 안 깎고 길러보니 나이도 제법 커버가 되더라"는군요.) 저와 제 동생 두 꼬맹이는 스무살 먹은 빨간 띠 청년의 발재간과 카메라의 마술에 완전히 속았던 것입니다.

하지만 그게 어디 서운해 할 일이겠습니까? 우리는 속으려고 극장에 가는 것이 아니던가요. 어설픈 화면이나 구성으로 관객을 제대로 속여내지 못하는 영화를 보면 우리는 혀를 차지 않던가요. 중학교 시절에 친구들과 어울려 〈당산대형〉, 〈정무문〉, 〈맹룡과강〉, 〈용쟁호투〉를 비디오로 보면서도 "니들이 한용철 영화를 봤어야 되는 건데"라며 객기를 부리던 기억을, 저는 따뜻하게 간직하고 있습니다. 제가 〈취권〉, 〈사형도수〉를 보고 발길질을 하며 극장 문을 나서던 것도 벌써 오래전 일인데, 성룡은 여전히 전성기를 구가하고 있습니다. 그는 저의 두 아이들의 영웅입니다. 특히 작은 녀석은 요즘도 〈Rush Hour 3〉를 보러 극장에 가지 않는다고 주말마다 투덜대는 중이죠. 잘 알려진 대로, 성룡의 가장 큰 무기는 그의 성실함입니다. 태권도 7단으로 포장된 빨간 띠 차리 셀이 잠간 피었다가 사라진 반면, 대역을 쓰지 않고 노력하는 무술인 재키 찬이 수십 년째 권격 영화의 왕좌를 차지하고 있다면, 그걸로 정의는 구현된 거라고 봅니다만.

어쨌든, 그 〈유쾌한 청백전〉 이후로는 동생과 저의 영웅이 어찌 되었는지 아는 사람을 만나지 못했습니다. 그렇게 봉을 휘두르며 놀던 국민학교 저학년 어느 날, 집에 오신 어머니 친구 분께서 '한용철이 누구기에…' 하고 묻자 어머니 말씀이, "사내 녀석들이 너무 얌전한 것 같아서 좀 씩씩해지라고 무술영화를 보여주었더니 저렇게 법석이지 뭐니" 그러시더군요. 음, 그렇게 깊은 뜻이…. 그래서 그때 극장 입구에서 아저씨가 '애들은 못 들어간다'고 하는데도 우리 어머니답지 않게 사정해서 기어코 입장하신 거였구나.

이 대목에서 우리 어머니의 자녀 교육 방식에 대해서 시비를 걸 사람도 있을 줄 압니다. 그렇지만 두 아이의 아버지가 된 지금, 저는 우리 형제에게 한용철을 소개해 준 어머니의 마음이 손에 만져질 듯 소중하게 느껴집니다. 저는 영화를 사랑합니다. 두 시간 남짓 다른 인생을 엿보고, 다른 사람이 되어보고, 다른 방식의 삶과 교감하는 것, 저에게는 그것이 영화 보기입니다. 어머니와 함께 극장에 갔던 횟수는 많지 않습니다. 어머니가 영화 이야기를 하시거나 영화를 권했던 적도 별로 없습니다. 그렇지만 제가 영화 보기를 취미로 삼도록 이끌어 준 사람이 있다면 어머니를 꼽아야 하지 않을까 합니다. 가끔 TV에서 방영되던 아카데미상 시상식을 함께 보면서, "어휴, 저 배우가 저렇게 늙어버렸네. 무슨무슨 영화에서 그렇게 꽃 같이 예뻤는데. 슬프다, 얘"하시던 어머니의 넋두리를, 어느새 제가 이어받아서 중얼거리고 있을 만큼이나 세월이 흘렀지만 말입니다.

대학교에 들어간 뒤, 제게는 영화 포스터를 닥치는 대로 집어오는 버릇이 생겼습니다. 극장에서 얻어오기도 하고, 벽에 붙은 것을 뜯어오기도 했죠. 그걸 제 방에다 붙이기 시작했는데, 나중에는 사면을 채우고도 남아 천장과 바닥에도 도배질을 했습니다. 왜 그런 짓을 했냐고 이제 와서 물으신다면, 사실 저도 잘 모르겠습니다. 그냥 거기에 포스터가 있었기 때문이었다고나 할까요. 이해할 수 있는 짓거리만 한다면 그게 어찌 젊음이겠나, 정도로 생각하시면 되겠습니다. 여기에 누구보다도 질색을 한 사람이 어머니셨지요. "너 그 지저분한 것 좀 치우지 못 하겠니!" 어머니는 성화를 하시면서도 제 방을 손수 깨끗하게 만드는 만행을 저지르지는 않으셨습니다. 저는 그 또래의 특권인 '한 귀로 흘려버리기' 초식으로 일관하고 있었죠. 그러기도 지쳐 이젠 별 의미도 없는 유치한 수집벽을 그만둬야겠다고 생각할 즈음이었습니다. 마침 집에 놀러 와서 내 방을 구경하신 이모가 하신 말씀. "너 하는 짓이 어쩜 그렇게 너희 엄마 처녀 적이랑 똑같니…."

Rhapsody —1954
예쁜 여자를 조심하라

저는 예쁜 여자들을 여간해서 쉽게 못 믿습니다. 선입견이라기
보다는 경험이 가르쳐 준 것입니다. 예쁜 여자를 싫어하냐고
물으신다면, 웬걸요, 그럴 리가 있겠습니까. 끌리는 것과 신뢰
하는 것이 좀 다른 일일 뿐이지요.

남자들은, 아마도 진화론적인 이유에서, 예쁜 여자들에게
너그럽습니다. 길에서 똑같은 전단지를 두 여자가 나눠주고 있
다면, 남자들은 열이면 열, 유머가 더 풍부하거나 학식이 더 깊
어 보이는 여자 쪽으로 가서 전단지를 받지는 않는 것이죠. 사
정이 그렇다 보니, 예쁜 여자들은 성장하면서 남자들의 너그러
운 대접을 활용하는 법을 자연스레 터득하는 건지도 모릅니다.
자기가 예쁘다는 것, 그리고 예쁜 만큼은 덜 성실하거나 덜 정
직하거나 혹은 고집스럽거나 비합리적이어도 용서 받는다는

것. 거꾸로, 남들만큼 성실하거나 정직하거나 겸손하거나 합리적으로 굴면 남들보다 더 큰 보상을 받을 수 있다는 (그러므로 받아야 한다는) 것.

'아마이#い'라는 일본말이 있습니다. 달다는 뜻인데, 일본 사람들은 이 말을 여러 뜻으로 씁니다. '사태를 너무 낙관한다', '세상을 만만하게 본다'는 이야기를 할 때도 쓰지요. '아마에#え'라는 명사는 '응석, 어리광'을 의미하기도 합니다. 언어문화적 통찰력이라고 해야 할까요? '스위트'하게 생기거나 '스위트'하게 굴 줄 아는 사람들은 세상을 만만하게 대하는 응석을 부리는 경향이 있는 겁니다!

자기가 예쁜 줄 모르는 예쁜 여자를 저는 드라마나 영화 밖에서는 만나본 일이 아직 없습니다. 자기 미모의 크레디트를 비교적 아껴 쓰는 미인조차도 '바쁠 때, 남자에게는 한번 빵긋 웃으면서 귀엽게 대꾸해 주는 걸로 귀찮고 성가신 열 마디 설명을 대신할 수 있다'는 법칙 정도는 잘 알고 있을 터입니다. 하지만, 자기가 무심결에 하는 행동이 바로 그 '예쁜 짓'에 해당한다는 점을 모르면서 하는 예쁜 여자들은 꽤 자주 만나보았습니다. 세상이란 공평해서, 장점만 가진 사람은 없는 법이죠. 실은 어떤 사람이 가진 장점은 그가 지닌 단점과 '한 동전의 다른 면'을 이루는 것이기도 합니다.

오해가 없도록 다시 말씀 드립니다만, 저는 그게 싫다는 얘기를 하는 게 아닙니다. 다만, 여자 스스로 이런 정황을 의식하고 자인하는 것은 중요해 보입니다. 미인들이 모쪼록 자기가 예쁘다고 인정할 만큼 정직했으면, 진심이 필요한 순간에는 비장의 예쁜 짓을 접고 상대를 대할 만큼 성실했으면, '시크chic'하게 톡톡 튀는 말로 남에게 상처를 주고 쉽게 용서받는 일에 익숙해지지 않을 만큼만 겸손했으면 하고 바랄 따름이죠.

스스로 예쁜 덕을 보는 건 흉측하고 부끄러운 일이 아닙니다. 똑똑한 사람이 자신의 두뇌의 덕을 보듯이 말이죠. 개인적으로 저는, '예쁨'에 관해 얘기하면 마치 지하철 속의 치한 쳐다보듯 화내고, 미모의 우위를 의도적으로 상쇄하는 거친 행동을 일삼는 페미니스트들을 보면, 뭐랄까요, 마치 자기 집 앞마당에서 일부러 노숙하는 부자처럼 안쓰럽습니다. 그런 행동에 담긴 고심이 납득이 안 된다는 뜻이 아니라, 친하게 지낼 만한 사람이 못 된다는 뜻일 뿐입니다만.

잘생긴 남자도 마찬가지 아니냐고 물으신다면, 글쎄요. 최근까지도 인류 사회가 남성 중심의 권력 구조를 대체로 유지하고 있다는 사정으로 말미암아 거기에는 양성 간 어느 정도 비대칭이 존재하는 것 같습니다. 대략 지난 3천만 년 동안 인류의 무리를 이끄는 권력은 거의 예외 없이 남자들이 독점해 왔고, 적어도 아직까지 인류의 진화 단계에서, 잘생긴 남자들이 자신을 너그럽게 대해주는 이성으로부터 얻을 수 있는 이득의 크기는, 잘생긴 여자들이 얻는 것과 맞먹어 보이지는 않습니다.

요즘 들어 꽃미남들이 각광을 받고 있는 현상은 프랜시스 후쿠야마가 'The Great Disruption'이라고 부른 현대 사회의 새로운 추세, 여성의 사회적 지위와 정치적 권력이 강해지는 현상의 그림자일 수도 있겠구요. 그래서 그런지, 예쁜 여자에게서 언뜻언뜻 비치는 자신 있는 모습의 질감은 종종, 돈 많은 남자의 그것과 닮아 보입니다. 잘생긴 남자가 느끼는 자부심의 크기나 종류는, 억지로 비유하자면, 운동을 잘 하는 여자가 느낄 법한 자신감에나 비할 수 있는 것이 혹시 아닐는지요.

젊은 날의 엘리자베스 테일러는 그야말로 하늘이 내린 미모를 가지고 있었습니다. 중년 이후의 그녀의 모습을 보면 '장기적으로는' 역시 하늘은 공평하다는 생각을 하게도 됩니다. 잔인한 세월 앞에서는 장사가 없는 거지요.

| 영화라는 거울에 나를 비추어 보며

예쁜 여자에 대한 경계심을 심어줄 교육적 동기에서 제가 두 아들에게 보여준 영화가 Rhapsody입니다. 두 녀석 다 영화를 재미있게 보긴 했는데, 아마도 저는 절반만 성공을 했던 모양입니다. 서로 두런두런 의논하더니만 둘 다 Rhapsody에 나오는 엘리자베스 테일러보다 Xanadu에 나오는 올리비아 뉴턴존이 더 예쁘다는 견해를 피력했기 때문입니다. (이 녀석들, 아이반호에 나오는 엘리자베스 테일러를 보여줬어야 하는 건데, 하는 오기가 잠시 들었다가, 아 참, 교육의 목적이 리즈 테일러라는 배우가 아니라는 데로 생각이 돌아가더군요.) 하기사, 예쁘고 도도한 여자가 드러내는 무언가보다 예쁘고 친절한 여자가 감추고 있는 무언가가 훨씬 더 치명적이라는 것까지 아빠한테서 배울 수는 없는 노릇이겠죠.

헨리 리처드슨의 동명 소설을 1954년 영화화한 Rhapsody의 주인공은, 자기가 원하는 것은 놓쳐본 적이 없는 부잣집 딸 루이즈(룰루) 역할을 맡은 엘리자베스 테일러였습니다. 그녀는, 아직은 인정받지 못하지만 재능 있는 바이올린 연주자 폴을 사랑합니다. 아버지의 반대를 무릅쓰고 그녀는 폴을 좇아 취리히의 음악원에 입학합니다. 문제는, 폴은 룰루를 사랑하기는 하지만 사랑 때문에 자신의 연습에 방해를 받고 싶은 생각이 없는 완벽주의자라는 점입니다. 이런 그의 야심은 혹독한 수업과 치열한 경쟁이 기다리는 취리히에 오기 전까지 드러나지 않았을 뿐이죠.

'바이올린 따위'에게 지기 싫은 룰루와, 그녀가 자신을 사랑한다면 왜 자신의 음악을 사랑해 주지 못하는지 야속하게 생각하는 폴의 관계는 자꾸 삐걱대기 시작합니다. 이 대목에서 같은 음악원의 피아니스트 제임스가 등장하죠. 룰루에게 첫눈에 반한 제임스는, 그녀를 위해서라면 음악 할아비라도 포기할 수 있는 남자입니다. 결국, 폴과 심하게 다툰 그녀는 자살 미수와, 약간의 심적 갈등을 거쳐, 조금은 자기 파괴적으로 제임스를 연인으로 선택하죠.

　부부가 된 룰루와 제임스는 행복하지 않습니다. 음악을 포기한 그에게는 아쉬움이 남고, 그녀는 아직도 폴이 약 올라주기를 바라고 있습니다. 그러던 어느 날, 룰루는 이제 세계적인 연주자가 되어 각광을 받는 폴과 밀회합니다. 그 장면을 목격한 제임스가 "이제는 떠나주겠다"며 집을 나가자, 룰루의 아버지는 그녀를 설득합니다. 제임스를 저렇게 버리는 것은 신사적이지 않고, 혹시 또 아느냐고, 제임스를 재기시키면 폴도 너를 다시 보게 될는지. 룰루는 입술을 깨물고 기차역으로 제임스를 찾아가서 그를 붙듭니다. 다시 취리히로 가자며.

　거의 알코올 중독으로 폐인이 되어 살던 제임스가 독주가로 거듭나는 동안, 룰루의 눈물겨운 내조가 계속됩니다. 처음엔 폴에게 앙갚음할 심산으로 시작했음이 분명한 '내조'에 진력하는 동안, 그녀는 예전에 폴이 그토록 바라던 모습을 조금씩 닮아갑니다. 마침내 연주회날. 자신의 곡을 아내에게 헌사한 제임스는 이제 그녀가 자신을 떠나갈 시간이라는 것을 알고 있습니다. 그 연주회에는 폴도 참석한 상태. 그러나 그녀는 이번에는 폴에게 차분하게 작별을 고합니다. 연주회장으로 돌아온 그녀를 보고 감격한 제임스의 품에 그녀가 안기면서 엔드 크레디트가 올라가지요.

남자 분들, 예쁜 여자를 만나거든 일단 조심하십시오. 자기가 하는 짓이 예쁜 여자로서의 응석(아마에) 인지 모르면서 그런 짓을 하는 여자는 거의 예외 없이 남자를 망가뜨리더군요. 그걸 알면서 하는 여자는 스위트(아마이)하지만 말입니다.

뱀의 다리

1. 저는 차이코프스키의 바이올린 협주곡 D장조를, 어릴 때 TV 명화극장에서 이 영화를 보면서 처음으로 들었습니다. 저는 클래식 음악에는 문외한입니다만, 아, 가슴에 높은 파도 솟구쳐 세우던 그 선율. 정경화가 연주한 이 곡을 지금도 저는 제일 좋아합니다.

2. 여자 때문에 거의 폐인이 되었던 피아니스트 제임스는, 바로 그 여자가 '예쁜' 얼굴로 부추켜 주자 다시 오랜만에 피아노 연습을 시작합니다. 손이 굳어 메트로놈을 느

리게 틀어놓고 바이엘 치듯 똥땅거리는 장면으로부터 여러 번 오버랩되면서 점점 연주가 속도와 기교를 더하는 장면이 있습니다. (설명은 없어도, 그가 여러 날 동안 피아노 의자에 달라붙은 채 지내고 있다는 느낌을, 이 장면은 전해줍니다.) 이 장면은 기억에 거머리처럼 착 달라붙어서 잊히지가 않습니다. 이 장면을 떠올리면 나도 연습만 하면 피아노를 잘 칠 수 있게 될 것 같은 생각이 들었고, 실제로 조금은 효험을 보기도 했습니다. 피아노 칠 때만이 아니라, 자신 없는 숙제가 길을 막아설 때면 언제나.

3. 취리히 음악원에 입교한 날, 폴과 룰루는 근처 식당에서 친구들과 저녁을 먹습니다. 이제 클래식 음악이 한물갔다고 얘기하는 친구에게 폴은 내기하겠느냐며 벌떡 일어나 주위를 둘러보며 외칩니다. "Is there a fiddle in the house?" 이 식당의 손님들은 전부 다 연주자들. 남의 악기를 받아들고 룰루를 향해 "For you"라고 속삭이며 멋진 선율을 연주하던 폴의 주변으로 사람들의 시선이 모이더니, 식당 손님들이 하나 둘, 전부 다 자기 악기를 꺼내 이 협주곡에 가담합니다. 점점 격정적으로 되어가는 선율에 실려 폴과 나머지 손님들은 전부 일어나서 하나가 되고, 정작 룰루는 취리히 도착 첫날부터 자기가 왕따가 될 가능성을 느끼는, 복선 담긴 장면 되시겠습니다. 이 장면은 멋집니다. 일전에 제 어떤 친구는 예술에서 직

업적 기술은 관념을 앞선다는 생각을 털어놓더군요. 이 생각에는 저도 완전히 동감입니다. 그렇기 때문에 아마 추어들은, '밥벌이의 강요에 찌들지 않고서도 뭔가를 애호한다'는 우월한 자부심을 가지고서도, 감히 프로 앞에 서는 주름을 잡을 수가 없는 것입니다. 한데 모여 치열하게 경쟁·협력하며 (그렇습니다. 진정한 프로에게 경쟁과 협력은 다르지 않습니다) 자신의 직업에 매달리는 프로들의 냄새를, 이 장면은 짧으면서도 효과적으로 보여줍니다. 저는 이 장면이 주는 기시감$^{Deja\ vu}$을 예전에 한 액션 영화를 보면서도 느꼈습니다. 척 노리스가 주연한 1985년 영화 〈Code of Silence〉의 한 장면. 강도 둘이 어느 술집을 털러 들어가서 총을 빼들고 손들어! 라고 외칩니다. 그런데 그 술집을 가득 메운 손님들은 다 사복 경찰들이어서, 아무도 놀라지 않고 전원이 가지각색의 총을 뽑아들고, 재수 더럽게 없는 두 강도는 순식간에 총구의 숲에 둘러싸입니다. 빠르지만 절도 있는 동작으로 강도들에게 일제히 '반응'하던 그 사내들의 익숙한 자세와 당황하지 않는 표정들의 섹시함!

4. 영화나 드라마에서 연주자 역할을 맡게 되는 우리 배우들은 필히 이 영화에서 바이올리니스트 역을 맡았던 이탈리아 미남 배우 비토리오 가스만과 피아니스트 역의 존 에릭슨, 영화 〈Bird〉의 포레스트 휘태커, 〈Young man with a horn〉의 커크 더글러스 등을 좀 눈여겨 봐주었으면 좋겠습니다. 이들만큼, 입이 떡 벌어질 정도로 멋진 '흉내'를 낼 수는 없더라도.

Cinema note 03

Alexandre le bienheureux_1968

휴식의 소중함을 위하여

우리는 먹고 살기 위해서 일하기도 하고, 책임감과 사명감 때문에도 일합니다. 삶의 에너지가 충일할 때는 마치 달리기 선수들이 '러너스 하이runner's high'를 느끼듯이 즐거움 속에서 일할 때도 있는가 하면, 가끔은 독약을 삼키듯이 괴롭게 일할 때도 있지요. 일상에 마취되어 지내다 보면 때로는, 술이 술을 마시듯이 그저 일을 위한 일을 하는 순간도 있습니다. 어느 날 문득 정신을 차리고 스스로를 쳐다보면 지금 내가 이 일을 대체 왜 하고 있는 건지 전혀 알 수 없는, 그런 일도 있는 것이지요.

어느 목사님으로부터 들은 이야기입니다. 서유럽의 어느 성공한 사업가 부부가 모처럼 시간을 내서 브라질 해변으로 휴가를 갔었답니다. 한적한 어촌 해안을 산책하다 보니 해가 중천에 떴는데도 어떤 어부가 그늘에 그물을 걸어두고 그 위에 누워 자고 있더랍니다. 사업가가 참지 못하고 어부에게 훈계를 했다는군요. 남들 다 열심히 고기 잡을 때 이렇게 게으름을 부려서 언제 돈을 벌겠느냐고 말이죠. 어부가 되묻기를, 돈 벌면 뭐하냐고 했대요. 사업가는 기가 막혀서, 돈을 벌어야 생활이 윤택해지고 여유 있는 삶을 누릴 거 아니냐고 말했습니다. 그러자 어부가 말하기를, 당신이 돈 벌어서 간신히 찾아온 이곳에서 나는 이미 여유 있게 잠을 자고 있는데 왜 나를 방해하느냐고 했다지요.

도저히 딴생각이라고는 할 수도 없을 만큼 바쁘고 힘든 날, 퇴근하면서 밤하늘을 쳐다보면 생각나는 영화가 있습니다. 필립 느와레의 젊고 우직한 모습을 만날 수 있는 1967년 프랑스 영화 〈Alexandre le Bienheureux〉입니다. 오래전 국내 TV에서 '세상에서 가장 행복한 사나이'라는 제목으로 소개된 적이 있었던 영화입니다. 필립 느와레요? 〈Nuovo Cinema Paradiso(시네마 천국)〉의 늙은 영화 기사 할아버지 말입니다.

사람 좋고 힘도 좋은 농부 알렉상드르는 매일 졸음에 시달립니다. 깜박 졸라 치면 어느새 그의 아내가 손가락을 딱! 소리 내어 튕기면서 그에게 다음 일거리를 지시합니다. 그러던 어느 날 그의 아내가 교통사고로 사망합니다. 장례식을 마치자 그는 만사를 제쳐두고, 더없이 행복한 표정으로 침대에 눕습니다. 그날 이후로 마을 사람들은 알렉상드르를 볼 수 없습니다.

그가 기르는 강아지가 메모지와 돈이 든 바구니를 들고 식료품 점이나 정육점을 순례하며 장을 보아 나르는 것입니다. 그는 소시지며 포도주 같은 음식은 물론, 악기와 보면대까지 침대 위 천장에 끈으로 매어두고 당겼다 놓았다 하면서 침대를 한 발짝도 떠나지 않습니다.

그의 이런 게으름에 분개한 마을 사람들이 그를 찾아가지만 그의 사냥총 세례를 받을 뿐입니다. 하나둘씩, 그에게 감화되어 일손을 놓는 사람들이 생기자 마을 사람들은 극단적인 방법을 씁니다. 알렉상드르의 개를 잠시 납치해서 그를 밖으로 유인하는 것이죠. 강아지를 애타게 찾으며 집밖으로 나온 알렉상드르에게, 마을 사람들은 잠만 자는 것은 시간을 낭비하는 것이라고 설득합니다. 여기에 설득 당해(?) 앞으로는 잠만 자지 않겠다고 선언한 알렉상드르는, 이번에는 강아지와 함께 들로 냇가로 놀러 다니기 시작합니다.

그러는 알렉상드르를 보면서 초조해 하는 마을 사람들의 모습은, 브라질 어부를 나무라는 사업가에 비할 수 없을 만큼 희극적입니다. 저 사람들이 왜 저토록 알렉상드르에게 일을 시키고 싶어 안달인지 알 수 없다는 생각이 드는 순간, 이 영화는 왜 하는지도 모르면서 일을 하곤 하는 우리 자신의 모습을 비추는 거울이 됩니다.

이 마을에서 알렉상드르의 휴식을 이해하고 사랑스럽게 생각하는 유일한 여성은 외지에서 흘러온 식품점 점원입니다. 알렉상드르는 자연스레 그녀와 사랑에 빠지지요. 그러던 그녀가 그의 죽은 아내를 점점 닮아가더니만, 급기야 딴생각을 하던 그의 귓가에 손가락을 딱! 하고 튕기는 장면은 가히 등골이 서늘해지는 풍자가 아닐 수 없습니다. 사람이 변하는 것이 아닌 겝니다. 삶이 변하고 관계가 변하는 것이죠. 결국, 알렉상드르는 그녀와의 새장가를 못마땅해 하는 강아지의 의견을 따르기로 합니다.

몇 년 전에, 리처드 레어드라는 영국 LSE 대학교수가 하버드 대학생들을 대상으로 조사한 결과를 발표한 적이 있었습니다. 학생들에게 연봉 5만 달러를 받고 남들은 2만 5천 달러를 받는 상태와, 연봉을 10만 달러 받고 남들은 20만 달러 받는 상태 중 어느 것을 원하느냐고 물었더니 대부분의 응답자가 전자가 더 좋다고 답했다는 것입니다. 자기가 절대 액수를 덜 받는 한이 있더라도, 남들보다 상대적으로 수입이 많은 상태를 원한다는 이야기입니다. 사실 이런 건 굳이 하버드까지 찾아가서 물을 필요도 없는 일이었다고 봅니다만.

레어드 교수는 같은 학생들을 대상으로 자기는 2주 휴가를 얻고 남들은 1주만 쉬는 경우와, 자기는 4주를 쉬고 남들은 8주나 쉬는 경우 중에서 더 좋은 쪽을 선택하라고 물었습니다. 그러자, 이번에는 대다수 학생들이 후자를 선택했습니다. 레어드 교수는 이 실험들로부터, 돈은 경쟁적인 재화이고 휴식은 비경쟁적인 재화이기 때문에 사회구성원들이 평균적으로 적게 일하고 많이 쉬면 전반적인 행복의 수준(즉, 사회적 효용)이 높아질 것이라는 결론을 도출했습니다.

사회 전체의 평균 소득이 늘어나는 것은 개인의 행복감을 증가시키는 데 별 도움을 주지 못하기 때문에 굳이 경쟁적으로 열심히 일할 필요가 없다는 뜻입니다. 나아가, 세금 인상이 근로 의욕을 감소시키는 동시에 휴식의 유인을 제공하기 때문에 사회 전체의 행복에 유리하다는 결론을 내리고 있습니다. 깔끔한 논리지요. 그런데 가만 있자… 뭔가 좀 속은 것 같은 느낌이 들지 않습니까?

생각하면 할수록, 저는 레어드 교수의 실험이 '행복은 상대적인 것'이라는 두리뭉술한 결론을 뒷받침해 준다고 여겨지지 않습니다. 그 실험이 '배고픈 건 참아도 배 아픈 건 못 참는' 인간의 못된 속성을 드러낸다고 결론짓는다면 그 또한 너무 성급한 일일 것입니다. 연봉이라는 것은 조직의 구성원이 그 조직으로부터 어떤 평가를 받는지를 나타내는 저울의 눈금자와도 같습니다. 레어드 교수의 실험은 '누구나 남들보다 못난 사람으로 평가 받고 싶어 하지는 않는다'는 당연한 이치의 동어 반복일 따름입니다. 오히려, 이 실험에서 우리는 때로 영문도 모르면서 열심히 일에 몰두하게 되는 까닭의 단서를 한 가닥 엿

볼 수 있는 것인지도 모릅니다.

　　재미나면서도 직관적인 실험이긴 합니다만, 위의 실험은 휴가가 (연봉과는 달리) 능력에 대한 보상으로 주어지는 경우는 드물다는 점을 간과하고 있습니다. 만일 유능한 사람에게 긴 휴가를 주는 제도가 보편화된다면, 누구나 남들보다 짧은 휴가를 얻는 낙오자가 되기를 필사적으로 꺼릴 것입니다. 하지만 우리가 살고 있는 현실 속에서는 휴식의 부족이 도리어 유능함의 상징이 되는 경우가 더 많습니다. 그렇기 때문에 브라질을 찾았던 사업가는 허허 웃어버리고 자기 하던 일을 계속하러 돌아갔을 테지요.

　　영화 속에서 개와 벗 삼아 저 멀리 사라져가는 알렉상드르가 몹시 부러울 뿐만 아니라 위대해 보이기까지 했던 것은, 저의 속 좁은 시기심 때문이 아니었습니다. 저렇게 달콤한 휴식을 쟁취하기 위해서 싸워야 할 상대는 남들이 아니라, 세간의 평가를 중시하는 알량한 자기 자신이라는 점을, 알렉상드르가 느긋한 얼굴로 보여주고 있었기 때문일 겁니다. 휴식이 비경쟁적 재화라고요? 천만에요, 휴식은 자기 자신과 다투어 얻어내야 하는, 억세게 경쟁적인 재화일 겁니다.

침대에서 게으름을 피우는 주인에게 음식을 사 나르는 똑똑한 강아지.
후일 〈월레스와 그로밋〉을 보면서 저는 이 영화를 떠올렸습니다

화사첨족

1. 브라질 어부에게 면박을 주는 유럽 사업가의 에피소드는
   실화일 수도 있겠지만 어쩐지, "원하는 것을 뭐든지 말
   해보라"는 알렉산드로스 대왕에게 "햇볕이 가리니 좀 비
   켜나 주시면 감사하겠다"고 답했다는 철학자 디오게네스
   의 일화를 윤색한 듯한 느낌이 좀 들기도 합니다. 참고
   로, 알렉산드로스 대왕의 일화는 후세 사람들이 지어낸
   거짓말이랍니다. 두 사람은 만난 적도 없었고, 살았던 연

대 자체가 어긋난다는군요. 아무렴, 시대를 뛰어넘는 발상으로 새로운 문명 하나를 창조하다시피 한 알렉산드로스가 노철학자를 앞에 두고 원하는 것을 다 들어주겠다는 둥 동화 속의 무식한 임금님 흉내를 냈을 리도 만무하겠습니다. 설사 그 일화가 역사적인 사실이었다고 하더라도, 알렉산드로스가 디오게네스의 휴식을 부러워한 나머지 해외 원정을 포기하고 길거리에 나앉지 않았던 건 확실합니다. 범인도 영웅도 함부로 흉내 낼 수 없는 것이기에, 브라질 어부나 디오게네스, 또는 영화 속 프랑스 농부의 휴식은 더욱더 달콤하고 부러워 보이는 것인지도 모릅니다.

2. 돌이켜 보니, 교통사고사를 이만큼 밝게 다루고 있는 영화도 드문 것 같습니다. 좀 다르긴 하나, 밀란 쿤데라의 소설을 영화화한 〈Unbearable Lightness of Being(프라하의 봄)〉의 라스트신도 '밝은 교통사고사' 장면으로 분류할 수 있겠군요. 자고로, 영화의 감동이 소설을 넘어선다는 것은 드문 일입니다. 그러나 필립 카우프만이 1988년 감독한 〈Unbearable Lightness of Being〉의 라스트신에 만큼은 소설의 결말보다 점수를 더 주고 싶었습니다. 글이나 말로는 표현할 수 없는 아득한 느낌을 영화는 전하고 있었습니다. 비로소 토마스와 테레사가 현실의 굴레 너머 저편의 행복을 찾아 떠난 것 같은, 모

순되고 애잔한 느낌 말입니다.

3. 〈Alexandre le Bienheureux〉에서, 알렉상드르의 아내는 간드러진 목소리로 그를 "mon cheri(내 사랑)"이라고 부르면서 노예처럼 부려먹습니다. 그처럼 호칭과 내용이 괴리되는 현실을 비웃기라도 하듯이, 알렉상드르는 둘도 없이 소중한 친구인 강아지에게 이름을 지어주지 않습니다. 끝까지 "le chien(개야)"라고 부르지요. 그것은 재미난 반어법입니다. 마치 자식 사랑이 유별난 요즘 엄마들이 이름 대신 "아들-"이라고 부르듯이 말입니다.

The Trip to
Bountiful_1985
말과 생각의 틈새공간

말^{言語}이라는 것은 재미있습니다. 쓰는 사람에 따라 뜻이 조금씩
달라지기 때문입니다. 그래서 말과 말 사이에는 늘 말로 설명
될 수 없는 틈이 생겨납니다. 의미의 공백이랄까요, 말의 무늬
또는 결이랄까요. 그런 틈새 공간을 파고들어 꾸며주는 것이
시입니다. 그런 점에서, 시어는 바위틈에 뿌리를 내리고 자라
는 난^蘭이나 에델바이스 같은 화초들입니다.

　　두 사람이 마주보고 같은 주제로 대화를 나눌 때조차, 둘
의 생각을 빈틈없이 주고받기란 어렵습니다. 부부간에 맞고스
톱을 쳐도 돈이 비게 마련이라는 세간의 농담처럼, 말로는 정
확히 옮겨지지 않는 '말의 잔돈'은 항상 우리 생각 주변을 맴돕
니다. 그래서, '개떡 같이 얘기해도 찰떡 같이 알아들어 주는'
말벗의 존재는 그토록 즐겁고 귀한 것이죠. 저의 가장 소중한

| 영화라는 거울에 나를 비추어 보며

재산은 그런 지음지우^{知音之友}의 존재입니다.

인공 지능에 관한 탐구에서 선구적이던 SF 작가 아이작 아시모프도 이런 '말의 틈새 공간'을 보았습니다. 영화 〈Bicentennial Man〉의 원작이었던 그의 소설 〈The Positronic Man〉에서, 주인공 로봇 앤드루^{NDR-113}는 자신에게 완벽한 문법과 어휘 프로그램이 내장되어 있는데도 인간들처럼 언어를 소통할 수 없다는 사실을 깨닫습니다. 속어와 반어법, 역설법 등이 그를 어리둥절하게 만드는 거죠. 로봇 앤드루는 어느 날 변호사 사무실을 찾아갔다가 로봇이 자리를 비운 안내 데스크를 보면서 'unmanned'라고 해야 할지, 'unroboted'라고 해야 할지 망설입니다. 충원한다는 뜻의 man 은 여성에게도 쓰니까 로봇에게도 써야 할까? 라고 말이죠. 그는 속으로 생각합니다. 인간이 발명하고 인간이 사용하는 인간의 언어는 그런 식의 사소하지만 다루기 힘든 복잡성으로 가득 차 있다.

앤드루에게 위안이 될 만한 사실은, 인간에게도 말은 언제나 다루기 힘들고 복잡하다는 점입니다. 한마디로 천 냥 빚을 갚는가 하면, 속에 뼈가 있기도 하고, 발이 없이도 천 리를 가기도 하지만, 곱게 오려면 곱게 가야 한다는 말이란 것은, 생각의 근사치만을 표현하고 전달하고 기록하는 도구일 뿐입니다. 그러므로 말로 표현될 수 없는 생각이란 것이 있게 마련이죠. 그러나 한편으로는, 생각은 말의 몸을 입어야 비로소 꼴을 갖추게 됩니다. 말로 표현되지 않는 한, 사람은 자기가 생각하는 것이 무슨 생각인지 분명하게 알 길이 없습니다.

글머리에 저는 시가 말과 말의 틈에서 자란다고 적었습니다만, 실은 모든 예술의 원산지는 말과 생각의 이러한 틈새입니다. 생각해 낼 수는 있지만 표현할 수는 없는 것을 표현하려는 노력, 명확히 생각하기는 어려운 것에 어떻게든 형태를 입히려는 노력의 다른 이름이 예술입니다. 그러니까, 아도르노의 말처럼, "사유 앞에서 모든 것을 드러내는 것을 예술이라고 할 수 없"는 거겠죠.

하지만, 표현될 수 없는 영역에 너무 깊이 매혹되면 반지성적인 태도에 빠질 위험이 있습니다. 지식을 찾는 여행자는 표현되지 못하는 것들의 아름다운 노래에 귀를 막고 돛대에 몸을 묶어야 합니다. 지식은, 말과 생각의 틈새를 가꾸면서 거기 머무는 대신, 그것을 메워 없애려는 노력입니다. 플라톤이 자신의 공화국에서 시인들을 추방하고 철인들을 우대하려던 것도 그런 생각에서가 아니었을까요.

저는 지식을 경외하지만, 설명될 수 없는 것들에 자주 미혹되어 주저앉다 보니, 아마 플라톤의 공화국에는 입국 금지당할 부류에 속할 겁니다. 하지만 저는 합리적 이성의 세례도 받았으므로 불가지不可知의 도원경에 짐을 다 풀어놓고 영주할 수 있는 처지도 아닙니다. 예술 분야 중에서도 연극, 영화, 소설처럼 내러티브 중심의 텍스트로 현실을 모사^{simile}하는 것들은 말과 생각의 두 세계를 이어주는 매체^{medium}의 성격이 짙습니다. 저 같은 유랑객에게는 마치 중간 휴게소 같은 장르인 것이죠.

어두운 극장 속에서, 말의 나라와 생각의 나라는 서로 다투는 대신, 하나가 됩니다. 말로 설명될 수 없는 것들이 영상에 차곡차곡 탑재됩니다. 그것들이 없다면 우리는 굳이 극장을 찾아가지 않을지도 모릅니다. 극장 문을 나서면서 나비 꿈을 깬 장자처럼 내가 속한 속세를 멀찍이서 한번 굽어보게 되는, 그런 느낌 말입니다. 개중에도, 우리의 전신을 휘감아 유난히 내밀한 생각의 나라로 데려가는 영화가 있습니다. 잠을 깨고 나서도 기억나는 꿈처럼.

1986년에 제럴딘 페이지에게 아카데미 여우주연상을 안겨준 〈The Trip to Bountiful〉이, 제게는 그런 영화들 중 하나입니다. 캐리 와츠 여사(페이지)는 휴스턴의 아파트에서 아들 내외와 함께 살면서 말년을 보내고 있습니다. 그녀의 소원은 죽기 전에 어릴 적 고향인 바운티풀을 가보는 것입니다. 하지만 아들 내외는 바쁜 일상과 빠듯한 살림에 쫓겨 여행을 떠날 엄두를 못내는 소시민들입니다. 공처가인 아들은 소심한 효자이기도 해서 건강이 염려스러운 어머니 혼자 여행하도록 허락하지도 않습니다. 매달 몇 푼 안 되는 노인 생활 보조금 수표가

올 때마다 여행을 꿈꾸던 캐리는 어느 날 고향을 향한 탈출을 감행합니다. 흔히 로드 무비는 성장과 깨달음에 관한 영화이기 일쑤지만, 캐리가 자신의 여행을 통해서 얻는 것은 재활이고, 꿈의 성취입니다. 그 꿈은, 연어의 마지막 회귀 여행처럼 용감하고 보람차면서, 동시에 서글프고 가여운 것이기도 하죠.

한 나라의 말에도 틈새가 있거늘, 하물며 다른 언어를 완벽하게 번역하는 일은 불가능합니다. 일례로, 'home'이라는 영어 단어에 딱 맞아 떨어지는 우리말은 없습니다. 경우에 따라, 'home'은 '가정'이나 '근거지'라는 추상 명사도 되고, '집'이라는 보통 명사도 되죠. 이 말은 역으로, 우리의 '가정'에 꼭 들어맞는 영어단어가 없다는 뜻이기도 합니다. 우리말에서 '가족'(사람)과 '집'(장소)의 중간쯤 자리 잡은 '가정'은 장소보다는 관계에 치우친 단어입니다. 반면에, 영어에서 'family'(사람)와 'house'(장소)의 사이에 존재하는 'home'이라는 단어는 인간 관계보다는 장소가 구현하고 있는 구체성을 더 많이 담고 있습니다.

서구인들에게는 눈에 보이고 손으로 만져지는 장소에 담긴 뜻이 중요한 모양입니다. 서구적 정신의 요체는 합리성이라고들 하지만, 더 근본적인 요소는 공간 속에서 자신의 위치를 파악하는 내항성耐航性,navigability 같은 것일지도 모릅니다. 서양에서 작도법이 더 빠르게 발전한 비밀의 근원도 거기 있는 건 혹시 아닐까요? 그런 탓인지, 서구 영화들 중에는 특정한 공간·장소가 체화하는 의미를 소재로 삼은 것들이 많습니다. 〈Holiday Inn〉, 〈New York, New York〉, 〈Sunset Boulevard〉, 〈Howard's End〉, 〈Waterloo Bridge〉, 〈On Golden Pond〉 같은 영화에서 장소는 주연 배우들과 거의 맞먹는 비중을 가진 주인공들입니다.

〈미워도 다시 한번〉에서 〈친구〉에 이르기까지, 우리 영화들은 대체로 관계지향적입니다. 장소를 제목으로 삼은 〈길소뜸〉이나 〈강원도의 힘〉 같은 영화의 초점도 인간 관계에 맞혀 있죠. 하긴, 눈이 핑핑 도는 경제 성장의 여파로 우리에게는 불과 십여 년 전의 모습을 간직하고 있는 '고향'조차 드물어진 탓도 있겠군요.

캐리 할머니는 휴스턴의 멀쩡한 집에 살지만, 그녀가 'Home'이라고 부르는 곳은 언제나 바운티풀을 가리킵니다. 쇠락한 모습으로나마 고향의 옛집이 줄곧 그 자리에서 그녀를 기다리고 있던 캐리는 그나마 행복한 사람이었습니다. 제가 다시 찾아간 어린 시절의 녹번동도, 이문동도 옛집의 흔적을 찾기는커녕 동네를 알아볼 길조차 없을 정도로 변해 있더군요.

저의 바운티풀은 부산 용두산 기슭의 외갓집이었습니다. 초겨울 이른 볕이 따습던 잔디밭이 있고, 여름에는 뒷마당 대

밭의 바람소리가 시원하던 이층집. 외삼촌 서재의 낡은 책 냄새가 좋아서 그 방에서 낮잠을 자주 청했었고, 문간방에 차려진 외삼촌의 화실은 예술을 지근거리에서 사귈 수 있는 호젓한 공간이 되어주었습니다. 방학 때마다 어머니의 처녀 시절로 시간 여행을 허락하던 외갓집, 그 자리에 영원히 있을 것만 같던 그 멋들어진 양옥집이 있던 자리도, 지금은 어디서나 볼 수 있는 직육면체의 검고 덩치 큰 빌딩이 대신 차지하고 있을 뿐입니다.

화사첨족

1. 〈The Trip to Bountiful〉에서 캐리 할머니의 기차 여행에 말동무가 되어준 예쁜 아가씨 셀마 역을 맡았던 배우는 레베카 드 모네이였습니다. 레베카는 제가 좋아하기엔 좀 드센 인상이긴 한데, 미모나 연기력에 비해서 캐스팅 운은 참 없어 보입니다. 제가 아는 한, 〈The Trip to Bountiful〉은 그녀의 출연작 중 유일하게 영화다운 영화가 아니었나 싶습니다.

2. 〈The Trip to Bountiful〉로 제럴딘 페이지가 수상한 여우주연상은 여덟 번 후보에 지명되었던 그녀가 62세에 탄 첫 오스카 주연상이었습니다. 그녀는 언젠가, 자신은

브로드웨이에 자주 출연하는 할리우드 배우가 되고 싶어 했던 적은 없었고, 영화에 자주 출연하는 연극 배우가 되고 싶어 했다는 이야기를 했답니다. 그녀가 만년에 받은 여우주연상은, 받을 만한 사람한테 갔던 것 같습니다. 그때 시상식에서 발표자는 봉투를 개봉하더니 '영어권에서 가장 위대한 여배우에게 상이 돌아갔군요' (또는 그 비슷하게)라고 말했고, 그해 〈Out of Africa〉로 같이 후보에 올랐던 메릴 스트립은 벌떡 일어나 한참 동안 기립 박수를 쳤습니다. 메릴 스트립은 2~3년에 한 번꼴로 수상 후보에 올라서, 아카데미 시상식은 그녀가 후보에 드는 해와 그렇지 않은 해로 나눌 수 있을 정도이니, 그녀는 아마 진정으로 노배우를 위해 기뻐해줄 여유를 가진 것처럼 보여서 보기 좋았습니다. 하긴 제가 메릴 스트립이었더라도 그럴 때 취할 수 있는 다른 자세는 없었겠다는 생각이 들지만….

Rain Man _ 1988
우리는 모두 레인맨이다

〈Rain Man〉의 주인공 찰리(톰 크루즈)는 사업이 뜻대로 풀리지 않아 돈에 쪼들립니다. 그는 어려서 부자 관계를 절연했던 아버지가 돌아가셨다는 소식을 듣습니다. 그는 요양소에 수용된 자폐증 형 레이먼드(더스틴 호프만)가 있다는 금시초문의 사실과, 형에게 대부분의 재산이 물려졌다는 사실을 알게 되죠. 화가 난 찰리는 요양소를 찾아가 형을 몰래 빼돌려 나오고, 그와 함께 아버지의 장례식장을 향해 긴 여행을 떠납니다. 이 영화에서 자동차는 물려주고, 태워주고, 이어주는 중요한 매개수단입니다. 그야말로 'vehicle'인 셈이죠. 찰리의 직업은 중고차 판매상입니다. 어려서 그가 가출한 계기는 아버지의 차를 훔쳤기 때문이었습니다. 그는 아버지의 유품으로 골동품 컨버터블 자동차를 받습니다. 레이먼드가 비행기를 안 탄다고 우기는 바람에 그들은 자동차로 장거리 여행을 합니다. 이 영화는 자폐적 장애의 강박증에 관한 것이지만, 그에 못지않게 '자동차적 강박증'의 소산이기도 한 모양입니다.

이 영화에서 더스틴 호프만이 보여준 것은 연기라기보다는 묘기였습니다. 아카데미 시상식에 나왔을 때까지 레이먼드 역에서 벗어나지 못하는 모습으로 말을 더듬는 그를 보면서, 저 인간도 참 어지간하다고 생각하며 혀를 내둘렀죠. 개인적으로는, 전문가의 도움을 받아야 할 것만 같은 저런 지경까지는 가지 않으면서 하는 연기가 더 잘하는 연기가 아닐까 생각합니다. 자폐성 장애의 특징인 정적인 부작위는 연기로 표현하기가 어렵습니다. 호프만은 그 대신 자기만의 규칙을 지키려는 고집이나 뜻 모를 중얼거림 같은 행동을 통해서 레인맨의 특징을 부각시킵니다.

정도의 차이는 있겠지만, 누구나 내부에 가둬둔 자아의 강박적 충동들이 있는지도 모릅니다. 우린 다들 조금씩은 레인맨들인 것이지요. 뭐든지 다 아무렇게나 되어도 아무런 상관이 없는 속 편한 사람이 있을 수는 있겠지만, 그 또한 어디 정상이라 할 수 있겠습니까?

일본계 미국인 정신분석학자 진 시노다 볼린이 쓴 〈우리 속에 있는 여신들 Goddesses in Every Woman〉이라는 책이 있습니다. 이 책에서 볼린은 여성들에 내재한 여성성의 원형을 설명하기 위해 '일곱 여신들'의 특징을 분류했습니다. 지나친 정형화^{stereotyping}는 현실을 거칠게 왜곡할 위험이 있지만, 요령 있게 분류된 정형^{stereotype}은 우리가 현실을 조금 더 명쾌하게 들여다보는 데 도움을 줍니다. 제가 보기에 이 책이 그렇습니다.

이 책에서, 가정과 화롯불의 수호 여신 헤스티아는 방해받지 않고 홀로 있는 데서 편안함을 찾으며 서두르지 않고 자신이 열중하는 일의 과정을 즐기는 유형입니다. 제 아내는 영락없는 '헤스티아'입니다. 그녀는 바깥으로 나다닌다거나 무리를 짓는 활동에서 즐거움을 누리기보다 잘 정리된 집안에서 방해받지 않는 자신만의 시간을 가질 때 행복합니다. "아무 것도 하지 말지는 말자"는 신조로 살고 있는 저와는 참 다르지만, 지금까지는 제가 우리 가정의 돛으로, 그녀가 닻으로 잘 분업을 해 오고 있습니다. 더러, 돛과 닻이 동시에 부풀려지고 내려질 때는 더러 배가 닻에 걸린 마냥 삐그덕거리는 일이 없을 수는 없습니다만.

저의 헤스티아는 참으로 부지런히 집안을 정리합니다. 그녀의 불만은 저와 아이들이 그녀의 신성한 평화와 질서를 자주 어지럽히는 존재라는 데서 나옵니다. 특히 빨랫감을 '벗어놓은 자리가 제자리'인 사내 녀석들의 습관은 여간한 꾸지람에도 잘 고쳐지지 않고 있습니다. 한편 저의 짜증은, 아내가 저의 물건을 치워두고는 어디다 두었는지 기억 못할 때 커집니다. 아직 저는 제가 어딘가에 둔 물건의 위치를 기억 못하는 일은 없습니다. 조만간 다시 쓸 물건은 눈에 잘 띄는 데 두는 편이거든요.

　　제가 지저분하게 정리해 둔 자리를 그녀가 한번 휩쓸고 지나가면, 그곳은 깨끗하게 어질러집니다. 제가 뭔가를 찾으면 "그러게 제자리에 좀 두지 그랬냐"는 핀잔을 듣게 되는데, 이론적으로 그녀가 둔 곳이 '제자리'라면 그녀 자신이 기억하지 못하는 건 말이 안 되죠. 화구용 서랍에 악기 부속품을 둔다거나, 일대다對多 분기 잭, 스테레오 잭 크기 변환용 어댑터, RCA를 스테레오로 전환하는 소켓처럼 특이한 단자들을 보통의 여분 전선들과 뒤섞는 것이 가당키나 합니까? 심지어 낚싯줄을 기타줄과 섞어놓기도 하는데, 그걸 보면 마치 한 손에 생선을 들고 기타를 치는 것 같은 느낌이 들죠. 청소하는 터미네이터처럼 아내가 그런 일대 혼란 상황을 만들어 놓을 때, 저는 시럽보다 팬케이크가 먼저 식탁에 오르면 공황에 빠져 소란을 부리는 레이먼드의 심정이 너무너무 이해가 됩니다.

　　아내에 따르면, 저는 걱정 안 해도 좋을 사소한 일을 지나치게 걱정하는 경향이 있으며, 잊어도 좋을 것은 오래 기억하고, 정작 (아내의 생일처럼) 중요한 것은 곧잘 잊는 남편입니다. 그러고 보면, 제 속의 레인맨을 비출 거울이 집에 있다는 점을 다행으로 여겨야 하는지도 모릅니다. 실은, 자신이 의무감과 강박증을 혼동하고 있지 않은지 가끔씩 면벽하고 짚어보는 것은 누구에게나 건강한 일입니다.

브루스 윌리스 주연의 〈Mercury Rising〉에도 자폐성 장
애자가 등장합니다. 촬영 당시 12살이던 마이코 휴스는 제 가
슴이 짠할 만큼 자폐증을 실감나게 연기했습니다. 그에게 연기
를 지도한 아동정신의학자 베네트 레벤탈 박사에 따르면, 자폐
아동은 어감에 따른 의미의 변화를 알아차리지 못한다고 합니
다. 인류가 오랜 세월 동안 무리를 이루어 살면서 발달시킨 온
갖 미묘한 뉘앙스와 동작, 말의 높낮이와 박자에 따른 차이를
감지하지 못한다는 거죠. 인간의 의사소통 방식은 복잡하기도
하지만, 불완전하기도 합니다. 그러다 보니, 사람들이 위계질
서 속에서 부대끼는 조직 사회 안에서는 크고 작은 충돌과 실
수와 실망과 다툼이 끊이지 않습니다.

조직 생활이 어려운 까닭은 동료들뿐 아니라 그 속에 자
리매김한 자기 자신과도 부단히 의사소통을 해 가며 정체성을
찾아야 하기 때문입니다. 얘기가 좀 빗나갑니다만, 사회생활을
하다 보니 훌륭한 조직인이 되자면 서로 상충되는 두 가지 자
질을 동시에 갖추어야 한다는 점을 알게 되었습니다. 첫째, 제
가 맡은 일이, 적어도 저에게는, 세상에서 제일 중요하고 값지
며, 다른 누구보다도 제가 많은 기여를 할 수 있고, 또 해야 마
땅하다고 여겨야 합니다. 자신을 들여다보는 볼록 렌즈 확대경
같은 자세랄까요. 하지만 동시에, 제가 하고 있는 일이 남에게

는, 또는 조직 전체로 보았을 때는 우선순위가 낮거나 상대적으로 작은 의미를 가지는 것일 수도 있다는 점을 받아들여야 합니다. 비유하자면 오목 렌즈 축소경 같은 관점이죠. 조직인은 마치 근시와 원시를 동시에 가진 사람처럼 두 종류의 렌즈를 적당히 조합해서 지녀야 합니다. 자기 역할에 대한 과대평가의 볼록 렌즈만 지닌다면 윗사람에게는 어느 정도까지 인정을 받을 수 있지만 부하와 동료들을 죽을 지경으로 만들고, 결국 가엾게도 웃음거리가 됩니다. 겸손한 건 좋지만, 또 그렇다고 자기비하의 오목 렌즈만 지니면, 청승맞고 애처로운 사람이 될 뿐만 아니라, 냉소주의라는 해로운 돌림병의 매개체가 됩니다.

이 두 가지를 동시에 갖추는 것은 통제된 분열증을 기르는 것처럼 부자연스러운 일이므로, 조직인들에게는 고난도의 자기 훈련이 필요합니다. 자신에게 엄격하게 굴더라도, 그 균형을 항상 잘 지킬 만큼 내공이 고강한 사람은 드뭅니다. 진정한 자신감과 진정한 겸손 사이에서 균형을 잡는 일의 어려움은, 실은 현실과 이상 사이의 균형을 찾는 것처럼 주관적인 것이기도 해서, 어떤 배합이 적당하다고 잘라 말할 수 있는 것도 아닙니다. 그럼에도 불구하고, 되도록 그 둘 사이의 균형을 찾으려고 애쓰는 사람과 무신경하게 한쪽으로 치우치는 사람 사이에 존재하는 차이는 크고 또 명백합니다. 불*을 잘 다루는 일이 아무리 까다롭고 어렵더라도, 불을 적당히 써서 잘 만들어진 요리는 먹어보면 대번에 알 수 있듯이.

Minbo no Onna
民暴の女 _1992
용기가 필요할 땐 이 영화를

영화를 싫어하는 사람은 별로 없더군요. 그래서 저는 누군가를 처음 만나면 곧잘 "여태까지 본 영화 중에 제일 좋았던 서너 편의 영화가 뭐였는지"를 종종 물어보곤 합니다. 제가 무슨 면접시험이라도 보듯이 사람을 사귀는 건 아니지만, 이 질문에 대한 짤막한 답변은 한 사람에 대해서 많은 얘기를 해줍니다.

면접 얘기가 나왔으니 말이지만, 언젠가 면접관 노릇을 하게 되었을 때, 영어로 자기소개를 시켰더니, 잠시 머뭇거리다가 "Red is my favorite colour"라며 시작한 면접자가 있었습니다. 멋지지 않습니까? 당연히 저는 그 사람을 뽑았죠. 그게 즉석에서 생각해낸 대답이라면 생각의 켜가 비범하게 창의적인 것이고, 만일 그게 미리 준비한 답이었다면 적어도 색다르게 자기소개 머리말을 준비할 정도의 성의를 가진 점을 높이

사야 한다고, 저는 생각했습니다. 저는 실제로 면접관이 되면, "뭘 좋아하시나요?"라는 질문을 빼놓지 않고 물어봅니다. "어느 것 중에 말인가요?"라고 되묻는 사람이 늘 제 기대보다 많기는 합니다만, 가끔은 멋진 대답도 들을 수가 있습니다.

자기가 뭘 좋아하는지 뚜렷이 아는 사람은 매력적입니다. 다만, 자의식의 바다에 동동 떠서, 때와 장소를 가리지 않고 자기 얘기만 지껄이는 바보는 아닐 때 해당되는 이야기입니다. 그런데 어쩌죠? 나이를 점점 먹어갈수록, 후배들과 함께 있을 때 쉽사리 그런 바보가 되어버리곤 하는 제 자신을 발견하는 횟수가 늘어나고 있습니다. (큰일입니다!)

제가 존경하는 선배 한 분은 후배들을 만날 때면 그날의 주제를 몇 가지 미리 생각해 가지고 와서는, 자리에 앉은 순서대로 돌아가면서 얘기해 보라고 시키곤 합니다. 이 선배의 그런 행태를 부담스럽게 생각하는 후배들도 없진 않지만, 혼자만 떠드는 바보가 되지 않겠다는 그분의 굳은 결의는, 겸손한 면접자의 준비된 자기소개 못지않게 멋지다고 생각합니다. 바보가 되지 않는 열쇠는 스스로에 대한 엄격함입니다. 그분과의 식사 시간 만큼은, 재미없는 설교를 들으며 딴생각하는 표를 내지 않으려고 애쓰는 시간이 아니라, 전에 생각지 못했던 생각을 하게 되는 시간이 됩니다.

좋아하는 것을 뚜렷이 아는 일이 아무리 멋지다고 해도,

제일 좋아하는 영화 한 편을 꼽기란 어려운 일입니다. 그날그날의 기분에 따라 선호가 좌우될 뿐만 아니라, 사람의 기호는 세월이 흘러가면서 변덕을 일으키기도 하기 때문입니다.

제가 좋아하는 영화들을 꼽아보자니, 페데리코 펠리니의 〈Amarcord〉, 프랜시스 코폴라의 〈God Father 2〉, 테리 길리엄의 〈Brazil〉 등 몇 편으로 좁혀지지만, 역시 한 편만을 고르기는 어려운 노릇이군요. 곰곰이 생각하다 보면 먼저 고른 영화들을 앞지를 다른 영화들이 떠오르곤 하네요. 그럼에도 불구하고, 제가 친한 사람들에게 가장 권해주고 싶은 영화를 딱 한 편만 뽑는다면, 그건 쉬운 일입니다. 이타미 주조^{伊丹十三}감독의 〈Minbo no Onna^{民暴の女}〉.

〈Minbo no Onna〉 또는 〈A Gentle Art of Japanese Extortion〉이라는 제목으로 서구에 알려진 이 영화는 이타미 감독의 1992년 작품입니다. 도쿄의 한 호텔은 중요한 국제회의를 유치하는 계약을 성사시키기 위해 애쓰는 중입니다. 그런데 한 가지 문제는, 이 지역 야쿠자들이 이 호텔을 애용한다는 점입니다. 야쿠자들이 애용한다는 것은, 이 호텔이 돈 뜯기 만만한 대상이 되어 있다는 뜻이기도 합니다. 호텔 측은 손님의 발길이 끊어질까봐 두려워서, 야쿠자들이 소란을 부릴 태세로 뻔뻔하게 뒷돈을 요구할 때마다 어쩔 수 없이 응하곤 합니다. 하지만 이번 국제회의만큼은 호텔의 사활이 걸린 문제. 마침내 호텔 측은 야쿠자들의 손아귀에서 벗어나기 위해 폭력 범죄 전문가인 여성 변호사 이노우에씨를 고용합니다. 이 영화는 만성적인 폭력의 피해자가 폭력에서 벗어나기 위해서 어떤 용기를 가져야만 하는지를, 나아가, 용기로 맞서는 이외에는 아무런 대안이 없다는 점을, 유머러스한 웅변으로 보여줍니다.

겸손의 열쇠가 스스로에 대한 엄격함에 있듯이, 저는 이 영화를 보면서, 용기라는 것도 자신에 대한 잔인할 정도의 엄격함에서 나온다는 사실을 되새겼습니다. 그런 점에서 보자면, 겸손과 용기는 한 배에서 나온 남매 같은 덕목들입니다. 얼핏 생각하기엔 섬세하고 내성적인 사람은 겸손하고, 직선적이고 활달한 사람은 용감할 것 같지 않습니까? 하지만 가식 어린 면종복배나 허장성세를 한 꺼풀만 걷어내고 보면, 겸손과 용기는 결국 한가지입니다.

이타미 주조는 느와르나 멜로 같은 특정 장르에 기대지 않으면서도 자신이 연출한 대부분의 영화로 10억 엔 이상의 배급 수익을 올림으로써, 일본 최고 흥행 감독의 반열에 올랐습니다. 서부극과 일본 음식 문화의 만남을 기막히게 그려낸 〈Tampopo タンポポ〉, 세무사들의 활약을 그린 〈Taxing Woman マルサの女〉과 그 속편, 그의 유작이 되고 만 〈Supermarket Woman スーパーの女, 1996〉, 〈Marutai no Onna マルタイの女, 1997〉 등이 그의 작품입니다. 특히 라면 가게를 개업하려는 아줌마가 맛의 비결

을 찾아 헤매는 줄거리를 담은 영화 Tampopo는 국내에도 많은 팬들이 있고, 이후 많은 영화들이 그 흉내를 내기도 했었죠.

영화배우이자 이타미 감독의 아내인 미야모토 노부코宮本信子는 그의 영화에 어김없이 주인공으로 등장하고 있습니다. 그의 아내 사랑이 각별했던 게 아니었을까 하는 생각이 듭니다. 신흥 종교 집단과 살인 사건을 다룬 영화 〈Marutai no Onna〉를 촬영 중이던 그는, 어느 모텔에서 그가 젊은 여성과 함께 나오는 것이 목격되었다는 주간지의 가십을 접하고서는 자신의 결백을 증명한다고 투신자살해 버렸지요.

자살로 결백을 증명한다는 식의 문화는 우리 마음의 결에는 잘 와 닿지 않는, 대단히 일본적인 정서의 발로인 것처럼 보입니다. 도덕적 결벽이라고 부를 수도 있을 법한 그의 그런 정서는 '정의감'이라는 형태로 그의 영화에 녹아있습니다. 그가 〈Minbo no Onna〉에서 그려내고 있는 야쿠자의 모습은, 단언하건대 지금껏 어느 매체에 의해 묘사된 것보다 야비하고, 치사하고, 사실적입니다. 마리오 푸조가 God Father를 집필한 후 마피아로부터 당했듯이 이타미 또한 야쿠자의 협박에 시달렸고, 기어이 자신의 영화 속에서 여주인공이 칼에 찔렸듯이 치명적인 공격을 당한 뒤 구사일생으로 살아나기도 했었습니다.

진정한 용기를 가진 사람이 흔치 않은 세상이 되다 보니,

용기를 가져야 할 대목에서 우리는 이루 말할 수 없는 외로움을 느끼게 됩니다. 사노라면, 옳은 일을 위해서 자기 가슴 속의 심연으로부터 용기를 길어 올려야만 하는 순간을 영영 피해갈 수는 없습니다. 크고 작은 불의의 시험 앞에서 우리는 딱 한번만이라고, 사소한 일이라고, 어쩔 수 없다고, 세상 이치가 다 그런 거라고 스스로를 설득하곤 하죠. 하지만 제아무리 평소에는 비겁으로 일관하는 소시민일지라도, 생각지 않던 인생의 어느 막다른 골목에서, "스스로를 영원히 경멸하지 않으려면 도저히 눈감아줄 수 없는" 어떤 불의와 맞닥뜨리게 마련입니다. 불행히도.

내 애기 했지?

〈Hitchhiker's Guide to the Galaxy〉라는 영화가 있죠. 혹시 우주에서 미아가 되는 경우 도움을 주기 위한 안내서가 이 영화에 등장합니다. 우주에서 미아가 될 확률 따위에 비한다면, 우리가 도저한 불의와 폭력과 협박과 거짓 앞에서 순결한 용기를 끌어올려야 할 경우를 만날 확률은 가히 비교할 수도 없을 만큼 크겠습니다. 〈Minbo no Onna〉는 부조리한 세상 속을 여행하기 위한 용기의 가이드북 같은 영화라는 생각이 듭니다. 그런 뜻에서, 친애하는 벗들에게 저는 이 한 편의 영화를 추천합니다. 피해갈 수 없는 어떤 순간에, 이 영화가 저에게 주었던 것과 같은 용기와 격려의 메시지를 벗들에게도 줄 것으로 기대하면서.

Shall we dance?_1996

착한 영화, 착한 시간

드물긴 하지만, 지내다 보면 어제 같은 날도 있습니다. 저물녘의 바람을 마주 안으며 느린 걸음으로 걷다가 하늘을 올려다보았을 때 문득, 모든 것이 분명해지는 그런 날. 이해가 안 될 때할 수 있는 일은 외우거나 물어보는 두 가지만 있는 게 아니라용서하는 방법도 있다는 걸 깨닫는 날. 우울함의 이유는 내가나 자신에 관해서 너무 많이 생각하기 때문이라는 사실을 알게되는 날. 나에게 모자라게 굴거나 모질게 굴었던 모든 사람들이 다 용서되는 날. 나와는 아무 관련이 없더라도 여전히 소중하고 귀한 것들이 오롯이 마음 속에 짚어지는 날. 아무 일도 일어나지 않았지만 그렇다고 결코 무의미하지는 않은, 그런 날말입니다.

제가 착해지는 날입니다. 마흔 고개를 넘으면서 그런 날

| 영화라는 거울에 나를 비추어 보며

은 가끔씩 찾아옵니다. 그것은 십대 시절의 종교적인 경험과 조금은 비슷하기도 하지만 그보다는 훨씬 고요하고 정갈할 뿐 아니라, 스스로의 모습을 굽어보게 된다는 점에서도 다르더군요. 어쩌면, 나이를 먹어간다는 게 밑지는 일만은 아닌 모양입니다.

저는 해탈의 경지에 이를 재목도 못되는 데다가, 매일의 일상이 그런 식이었다가는 오히려 도시의 잡답^{雜沓}을 살아가기 어울리지도 않을 터이니, 그런 날이 아주 가끔씩만 찾아온다는 걸 원망할 일은 아니겠습니다. 자주 찾아오는 마음의 평정이 아니라는 걸 잘 알면서도 막상 어제 같은 날에는, 날이 밝으면 또다시 반복되는 일상으로 돌아가 이 소중한 느낌들을 잊어버릴지도 모른다는 사실에 그다지 조바심 나거나 하진 않습니다. 막상 어제 같은 날의 느낌이, 마치 애를 써도 잘 기억나지 않는 잊혀진 이름처럼 안타깝고 아깝게 느껴지는 것은 오늘처럼 그 이튿날이 되어서야입니다.

마침, 어느 후배가 자신의 블로그에서 아다치 미츠루의 H2를 가리켜 '착한 만화'라고 부른 것을 보았습니다. 어제 같은 날과 잘 어울릴 '착한 영화'를 고른다면 어떤 영화가 좋을까요? 호튼 푸트의 희곡을 영화화했고 제럴딘 페이지가 주연한 1985년 영화 〈The Trip to Bountiful〉, 주세페 토르나토레 감독의 유일한 걸작으로 남을 것으로 예상되는 1988년 영화

〈Nuovo Cinema Paradiso〉, 미야자키 하야오가 각본을 쓰고 (원작은 히이라기 아오기) 〈반딧불의 묘지〉를 만들었던 콘도 후시요미가 감독한 1995년 만화 영화 〈귀를 기울이면耳をすませば〉, 그리고 단 한 편의 영화로 뭇 남성들의 가슴을 설레게 만들어 놓고 수오 마사오키 감독과 훌쩍 결혼해 버린 발레리나 쿠사카리 타미요가 주연했던 1996년 일본 영화 〈Shall we dance?〉 등이 얼른 떠오르는군요.

일본 사람들의 이름이 유난히 자주 나오나요? 어쩌면, 일본인들이 좀 유난스러울 만큼 절제를 미덕으로 삼는 섬세한 문화를 가지고 있다는 점과 관련이 있는지도 모르겠습니다. 인간이 저절로 착해질 수 있는 게 아니라면, 착함을 일상 속에서 가장 잘 흉내 내는 지름길은 아마도 절제를 통한 것일 테니까요. 제가 이렇게 이야기한다고 해서, 설마 일본인은 다 착하다는 뜻으로 잘못 알아듣고 흥분할 사람은 없겠지요? 일본인들의 인간관계는 이중적이고 잔혹한 면도 있습니다. 그러나 위선과 냉정함이라는 단점은 둘 다 절제라는 덕목과 아주 무관한 것이 아닙니다. 햇볕을 받으면 그림자가 생기게 마련이듯이, 너그러움과 우유부단함, 엄정함과 냉혹함, 기쁨과 들뜸, 우울함과 차분함 같은 형용사들은 한 가지 특징을 달리 표현한 것에 불과한 경우도 많거든요.

〈Shall we dance?〉의 주인공은 평범하고 건실한 가장

인데, 그는 중년에 갑자기 춤바람이라는 치기稚氣에 유혹됩니다. 어느 날 갑자기 유치해진 남성에 관한 유치한 줄거리입니다만, 이 영화는 가슴을 따뜻하게 만들어줍니다. '치기에 관한' 이야기를 하자면, 어느 정도 '치기 어리게' 하지 않을 수는 없는 법이겠죠. 제 친구는 이 영화를 가리켜, "영화적 판타지가 잘 살아 있는 영화"라고 평한 적이 있었습니다. 저는 이 영화를 그보다 더 잘 설명한 표현을 아직 들어보지 못했습니다. 이 영화의 마지막 장면에서 울려 퍼지는 음악 'Shall we dance'는, 〈The King and I〉에서 율 브리너와 데보라 카가 춤을 추는 장면보다 마음을 오히려 훨씬 더 많이, 그리고 멀리 움직입니다.

'영화적 판타지'라는 것은 참 묘해서, 그것을 낚아채기란 돌 틈에 숨어있는 우럭을 미끼 없이 잡는 것보다 어려운 것 같습니다. 결정적인 증거가, 이 영화를 리메이크한 2004년 미국 영화 〈Shall we dance?〉입니다. 리처드 기어와 제니퍼 로페스를 기용하여 만든 미국판 리메이크는, 마치 영화의 뼈대만을 섣불리 빌려오면 원본이 제아무리 좋은 영화라도 충분히 망가뜨릴 수 있다는 시범을 보여주자고 만든 영화처럼 되어버렸습니다.

미국판 〈Shall we dance?〉가 놓친 것은 불과 2% 정도에 불과할지도 모릅니다. 설명하기 어려운 그 2%가 그토록 절묘하게 영화적 판타지를 불어넣고 있었던 것이죠. 중년의 유부

남이 예쁜 춤선생에게 홀려 무도 교습소를 찾지만, 그는 흔히 생각하는 식으로 '여자에게 바람나는' 것과는 다른, 중년의 복잡한 유혹에 이끌리고 있었습니다. 관객들이 그 점을 느낄 수 있게 해주던 설득력이 바로 그 사라진 2% 속에 있었습니다.

〈Shall we dance?〉의 주인공이 경험한 유혹은 달콤하고 짜릿하고 활기찬 것이라기보다는, 인생에 서서히 그늘을 드리우는 좌절감과 어떡하든 희망의 돌파구를 찾아보려고 애쓰는 안쓰러움이 뒤섞인 것이었죠. 이런 남성을 묘사하는 일이 얼마나 어려운 것이었는지는, 원작에서보다 훨씬 더 위태롭고 불륜스러워 보이는 리처드 기어와 제니퍼 로페스의 무도장면이 선명하게 보여 줍니다. 그 점은 리처드 기어가 야쿠쇼 코지보다 더 성적으로 위험해 보이고, 제니퍼 로페스에게 신비감이 없는 탓이기도 하겠지만요.

일본판 〈Shall we dance?〉에는 인생을 바라보는 좀 더 따뜻한 시선이 담겨 있습니다. 리처드 기어는 방황을 접고 제자리로 돌아오지만, 야쿠쇼 코지가 춤바람을 딛고 다다른 인생은 예전과는 분명히 다른 어떤 지점이었습니다. 가슴을 따뜻하게 해주는 영화들은 우리의 지친 일상에 작으나마 위안을 줍니다. 정신이 정갈해지는 경험을 하는 와중에도 이튿날이면 다시금 낮은 일상으로 임하리라는 것을 미리 아는 것은, 좌절과 역경 속에서도 내일의 희망을 믿는 것 못지않게 정상적이고 건강

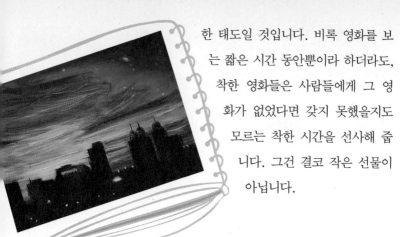

한 태도일 것입니다. 비록 영화를 보는 짧은 시간 동안뿐이라 하더라도, 착한 영화들은 사람들에게 그 영화가 없었다면 갖지 못했을지도 모르는 착한 시간을 선사해 줍니다. 그건 결코 작은 선물이 아닙니다.

X-Men_2000

돌연변이, 그 슬픈 사랑의 우화

〈X-Men〉은 스파이더맨, 헐크, 판타스틱 포 등의 원작자이자, 마블 코믹스의 명예 회장인 스탠 리가 60년대에 창조한 연작만 화입니다. 그는 현재 85세인데, 상상력의 세계 속에 사는 것이 그의 장수 비결인 모양입니다. 최근 영화화된 그의 작품 〈Fantastic Four〉에서 그는 우편배달부로(1편), 그리고 주인공 들의 결혼식에 참석하려다 문간에서 퇴짜를 맞는 스탠 리 자신 으로(속편) 카메오 출연을 했습니다. 이름을 밝히면서 결혼식에 초대 받지 못했을 리가 없다고 우기는 그를, 경비 요원은 "Nice try(그럴듯한 얘기네요)"라며 입장시켜주지 않습니다.

〈X-Men〉 시리즈는 뒤늦게 대중적인 인기를 누리기 시 작한 만화인데, 워낙 등장인물이 많고 난삽해서 고전적 영웅 의 팬들에게는 호소력이 적었던 건지도 모릅니다. 배트맨과 슈퍼맨이 세계를 구하던 시절을 유년기로 보낸 세대에게, 〈X-Men〉이 인기를 끄는 현상은 어쩐지 세상이 좀 더 어지러워졌다는 한 조각 증거처럼 보이기도 하니까요. 하지만 〈X-Men〉의 영화화는 단지 시간문제였습니다. 특수 효과가 발전할 날만 기다리고 있던 거죠. 떼거지로 등장하는 초능력자들이라든지, 선악의 경계를 넘나드는 주인공들은 원작 만화가 태어난 60년대보다, 오히려 권력과 기술과 자본이 총체적으로 민주화되어가는 요즘 세대와 궁합이 더 잘 맞는 설정이라는 생각도 듭니다.

정치학적으로 보자면, 영화 〈X-Men〉은 인간 대 변종 인간^{mutant}의 대립 구조를 마치 인종 차별에 관한 알레고리처럼 그렸습니다. 2차 대전의 경험은 인류에게 우생학^{eugenics}적 관심을 끔찍한 기억으로 새겨두었으므로, 이 영화에도 나치 방식의 인종주의적 접근에 대한 반감이 짙은 그림자를 드리우고 있습니다. 우생학은 플라톤의 '공화국' 이래 정치학이 늘 진지하게 다루어 왔던 주제입니다. 집단적 돌연변이라는 만화적 설정 덕분에 〈X-Men〉은, 본성 대 환경^{nature vs. nurture}에 관한 복잡한 논의를 일단 접어두고 우생학의 정치적 함의를 저울질할 수 있는 재미를 선사합니다.

인종 차별이라는 현상은 유전자 차원의 딜레마가 벌어지는 지점에서 나타납니다. 인종 간의 화합은 유전자 풀^{pool}을 넓혀서 자연 선택$^{natural}_{selection}$을 보다 용이하게 만들어주므로 유전자적 관점에서 유리합니다. 반면에, 일단 복제된 자기 유전자를 보호하고 전파하려면 자신과 비슷하게 생긴 개체와 협력하고 보는 것이 유리하므로, 다른 인종을 불신하는 습관 역시 길고 긴 진화 과정에서 인간의 직관에 깊이 심어진 편견에 해당할 터입니다. 생물학적으로 보자면, 〈X-Men〉은 인종 차별 반대론보다는 오히려 동성애 권리 옹호론에 더 가깝게 자리매김할 수 있다는 점에서, 흥미롭습니다.

유전자의 목적은 개량이 아니라 복제이므로, 자연계에서 대량 돌연변이^{macromutation}가 성공했던 적은 없었습니다. 더구나 〈X-men〉처럼 돌연변이들의 특징이 중구난방으로 다양할 때는 말할 것도 없죠. 이 영화는 유전자의 진화에 관한 비장한 장광설을 늘어놓습니다만, 실은 오히려 유전자와 개체 간의 경쟁('육체의 반역')에서 유전자가 실패하고 있는 대목을 드러내는 셈입니다. 자연 선택에 의해 실패로 증명될 돌연변이의 권리를 옹호하는 태도는 유전자적 진화의 성과가 아니라, 유전자의 이익을 거스르는 개체의 지능을 통해서만 성취할 수 있는 문화적 진화의 성과이기 때문이죠. 생물학적 진화의 단위를 유전자^{gene}라고 하듯이, 문화적 진화의 단위는 밈^{meme}이라고 부릅니다. 동성애자 권익$^{gay rights}$ 보호 같은 이슈들은, 전형적으로 반 유전자적인 밈이라고 할 수 있습니다.

원작에서 선악의 경계를 멋대로 드나들던 반 영웅 '울버린'을 얼마나 매력있게 묘사할 수 있느냐가 영화의 성패를 가름하는 열쇠였습니다. 휴 잭맨이라는 호주 출신의 미남 배우가 그 숙제를 해냈습니다.

진화와 진보가 돌연변이적 변혁을 통해서 성취될 수 있다는 믿음은 쉽사리 전체주의적인 태도로 기울어집니다. 전체주의적 정치관을 지닌 매그니토가 악당으로서 패배한다는 것이 이 영화의 근본적인 역설입니다. 그런 결말에 도달하려면 필연적으로, 초능력을 지닌 주인공들은 진화의 도로를 벗어난 실패작이라는 점을 인정해야만 합니다. 〈X-Men〉의 주인공들은 일종의 반 영웅anti-hero일 수밖에 없는 운명을 타고난 거죠. 〈X-Men〉에 내재된 이런 모순은 대립 구조의 긴장감과 주인공의 비장미를 더해주기도 하고, 만화적인 허구성을 증폭시키기도 하죠.

만화 같은 (당연히!) 이 영화에 듬직한 무게를 실어준 것은 짐짓 심각한 체하는 플롯이 아니라, 패트릭 스튜어트(제이비어 박사 역)와 이언 매캘런(매그니토 역)이라는 두 명의 노배우였습니다. 〈Star Trek〉의 고참 함장 장 뤽 피커드(스튜어트)와 〈The Lord of the Rings〉의 회색 마법사 간달프(매캘런)가 셰익스피어급 영국식 억양으로 한 치 양보도 없는 겨루기를 보여준 덕분에, 이 영화는 그들이 아니었다면 가질 수 없었을 품격을 덧입을 수 있었습니다.

하지만 정작 영화의 성공의 열쇠는 울버린이 쥐고 있었습니다. 만화 속에서 통제 불능의 악동이던 울버린은 대중에게 가장 인기 있는 캐릭터였거든요. 제작사는 휴 잭맨이라는 산뜻한 매력을 가진 호주 청년을 캐스팅함으로써 마치 개리 올드먼에게나 어울릴 것 같던 원작의 울버린을 근육질 제임스 딘처럼 재해석했습니다. 이로써 휴 잭맨은 멜 깁슨의 뒤를 이어 할리우드를 점령하고 있는 니콜 키드먼, 에릭 바나, 히스 레저, 러셀 크로, 나오미 와츠 같은 신예 호주 출신 배우들의 대열에 당당히 합류했습니다.

연극배우 출신답게 기본기가 착실히 다져진 잭맨은 반항과 외로움, 만용과 정의감 사이를 적당한 수위로 오가며 캐릭터에 생명력을 불어넣었습니다. 〈X-Men〉 1편에서 주인공 울버린의 여성 파트너로 설정되었던 배역은 〈Piano〉의 아역 배우였던 안나 파킨이 연기한 로그였습니다. 사실, 울버린과 로그는 연인이 되기엔 나이차가 너무 많이 나기도 하고, 속편으로 가면 울버린은 진 그레이를 사모하는 것으로 설정이 됩니다. 하지만, 1편에서는 울버린과 로그가 로맨틱한 관계의 두 주인공입니다. 이들은 정상인들의 세계에서도 추방되고, 아직 동료들에게도 마음을 다 주지 못한 경계인들입니다.

울버린은 상처가 순식간에 치유되는 변종 인간입니다. 본시 그의 주특기는 빠른 회복밖에 없었던 거죠. 어떤 수상쩍은 군사 집단이 그런 그의 모든 뼈를 강력한 합금으로 대체하고, 손등에서 튀어나오는 쇠갈퀴를 '설치'하는 생체 실험을 행함으로써 그를 걸어 다니는 살인 무기로 만듭니다. 오직 그만이 그런 수술을 감당할 수 있을 정도의 회복력을 가지고 있었던 거죠. 그는 기억을 잃었지만, 평생 이 대수술의 악몽에 시달립니다. 버림받은 늑대처럼 혼자서 천하를 주유하던 울버린은 로그와 함께 제이비어 박사의 은신처에 당도합니다. 로그는 자신이 손을 대는 모든 생명체의 에너지를 흡수해 버리는 변종 인간입니다. 동료들조차도 거리를 두고 두려워하는 로그를, 울버린은 따뜻하게 대해줍니다. 당초 그녀를 위기에서 구해준 것도 그였지요.

어느 날 밤, 잠자리에서 악몽에 괴로워하는 울버린, 그런 그를 다독이는 로그. 그러나 꿈에서 발작적으로 깨어나던 울버린은 자신도 모르게 튀어나오는 쇠갈퀴로 그녀를 찔러버립니다. 그녀는 살기 위해서, 또 그를 그녀를 죽인 살인자로 만들지 않기 위해서 손을 뻗어 그의 에너지를 빨아들여야 했습니다. 물론, 갈퀴에 관통당한 그녀도 살아나고, 에너지를 거의 다 흡수당했던 그도 타고난 회복력 덕분에 살아납니다. 그러나, 이제 그들의 로맨스는 비극입니다. 멀리서 서로를 지켜보아야 하기 때문입니다.

의도하지 않은 쇠갈퀴로 자신을 아끼는 사람을 결국 찌르고야 마는 수많은 울버린들과, 가장 가까운 사람의 에너지를 고갈시키는 수많은 로그들에게, 사랑이란 '너무 가까이 다가가지 않는 것'이라는 저주 어린 신탁

을 받은 수많은 뮤턴트들에게, 자기 의지에 반하여 사랑하는 사람을 해치는 장면을 보면서 울컥 슬픔을 느낄 수 있는 모든 구제불능의 낭만주의자들에게, 이 한 편의 비극적 우화를 권합니다.

Cinema note 09

Little Miss
Sunshine_2006
비슷한 영화들의 서로 다른 사연들

어딘가 서로 비슷하다고 줄긋기를 할 수 있을 법한 영화들이
있죠. 영화가 전체적으로, 또는 부분적으로 비슷하게 되는 데
는 몇 가지 사연들이 있습니다.

오마주와 패러디

'경의'라는 뜻을 가진 프랑스어 '오마주hommage'는 감독들이
자기가 좋아하는 선배의 작품을 인용함으로써 존경을 표하는 것
을 뜻합니다. 드 팔마 감독이 〈Dressed to Kill〉에 히치코크의
〈Psycho〉에서 오려낸 듯한 샤워 장면을 넣은 것이라든가, 〈The
Untouchables〉에서 에이젠슈타인의 〈Battleship Potemkim〉
의 오데사 광장 장면을 흉내낸 것 등이 오마주의 사례입니다. 타

| 영화라는 거울에 나를 비추어 보며

란티노가 〈Reservoir Dogs〉에서 오우삼 감독의 〈첩혈쌍웅〉 장면을 '오마주' 소재로 삼은 것도 잘 알려져 있습니다.

패러디parody는 다른 작품들을 비꼬아 우스꽝스럽게 만드는 것입니다. 〈Back to the Future〉에서 마이클 제이 폭스가 〈Taxi Driver〉의 명장면 "Are you talking to me?"를 흉내 내는 대목은 오마주와 패러디의 경계선쯤에 해당할 것입니다. 멜 브룩스가 〈Blazing Saddles〉나 〈Spaceballs〉를 만들 무렵만 해도 패러디는 격조 있는 웃음을 제공했습니다. 80년대 후반 들어 〈Airplane!〉으로 재미를 본 데이비드 주커가 〈Naked Gun〉 시리즈를 양산하면서부터, 패러디 영화의 질과 수준은 급전직하 낮아지기 시작했습니다. 요즘 들어 〈Scary Movie〉나 〈Date Movie〉, 또는 그것을 흉내 낸 국산 영화들은 끝까지 봐주기가 어려운 지경이지요.

오마주나 패러디를 담은 영화들은 원본과 흡사한 장면을 의도적으로 담고 있지만, 전체적으로는 판이하게 다릅니다. 그렇지 않다면 이도 저도 아닌 표절이 되고 마니까요.

장르 영화

비슷한 영화들의 두 번째 사연은 장르물이라는 특성에 기인합니다. 캠핑 간 젊은이들이 정체 모를 살인마에게 살해당하는 슬러시 무비는 제목만 다르지 죄다 똑같이 생겼습니다. 괴수 영화들은 하나같이 그 나름의 규칙을 따르고 있고, 로드 무비들은 성장과 자아 발견이라는 동일한 코드를 담고 있으며, 두 형사들이 짝을 이루곤 하는 버디 무비도 다들 서로서로 닮아 있죠.

　　장르란 하나의 약속이므로, 서로 다른 장르끼리 비교하는 일은 거의 무의미합니다. 조지 로메로와 조지 루카스의 작품들을 견주어 평하는 것은 국수와 햄버거를 비교하는 일 비슷합니다. 대신, 장르 영화들은 관객들의 '선입견 깃든 기대'라는 좁은 테두리 속에서 독창성을 보여주어야 하는 숙제를 안고 있습니다. 그것이 장르 영화라는 게임의 규칙입니다. 아, 물론 최근에는 '누가 누가 장르를 더 잘 파괴하나'라는 색다른 게임도 생겨나기도 했지만요.

　　제 친구는 잘 만들어진 장르 영화를 보면 "이렇게 생긴 영화들 중에서 제일 재미있다"는 표현을 쓰곤 했습니다. 그것은 그가 장르 영화에 바치는 최대의 찬사입니다. 〈Holiday Inn〉이라든지 〈Die Hard〉 같은 영화들이 그런 찬사의 대상이 되었습니다. 장르의 규칙을 허물지 않으면서도 같은 장르의 다른 영화들보다 뛰어난 영화를 관람하는 일은, 그 장르가 무엇이건 즐거운 일입니다.

자고로, 모차르트건 미켈란젤로건 모든 분야의 장인들이 이룬 가장 높은 성취는 그런 대목에서 드러나는 게 아니겠습니까. 몹시 비슷하면서도 전혀 다른 뭔가를 만들어내는 능력 말이죠. 규칙의 틀을 너무 멀리 벗어나면 긴장감이 사라져 버립니다. 길 잃은 현대 미술처럼, 로버트 휴즈가 "새로움의 충격 The Shock of the New"이라고 불렀던 일종의 해방감만을 남긴 채 지루해지고 마는 거죠. 인간이 개성을 열망하면서도 인습의 관행에 그토록 열심히 의지하는 사연도 '장르 영화'라는 게임의 법칙과 별반 다르지 않을 터입니다.

과잉 경쟁적 영화 기획

세 번째 비슷한 부류는 영화판이 비좁아서 생기는 일입니다. 영화는 집단 창작물이다 보니, 기획 단계부터 내밀한 제작이 이루어지기 어렵습니다. 시나리오는 여러 제작사들의 손을 거치고, 아이디어가 영화관계자들 입에 오르내리는 사이에 누가 누구를 베꼈는지 가려내기도 어렵게 비슷한 소재나 내용의 영화들이 비슷한 시기에 제작되곤 하는 겁니다.

1989년에는 느닷없이 심해 괴물 영화들이 극장가를 덮쳤습니다. 〈Abyss〉, 〈DeepStar Six〉, 〈Leviathan〉 세 편이 거의 동시에 말입니다. 이 무렵에는, 어른과 아이의 몸이 서로 바뀌는 영화들이 다섯 편이나 돌아다니고 있었죠. 〈Like Father

Like Son〉, 〈Big〉, 〈18 Again〉, 〈Vice Versa〉, 〈Dream a Little Dream〉 등. 그나마 "이렇게 생긴 영화들 중에서 가장 나았던" 〈Big〉과, CG의 새 지평을 연 〈Abyss〉를 제외하면 나머지 영화들은 서로 구별이 잘 되지 않을 지경이었습니다.

1997년에 개봉했던 화산 폭발 영화 〈Dante's Peak〉와 〈Volcano〉도 주인공과 내용이 헛갈리는 쌍둥이 영화고, 갑자기 만화 펭귄들이 스크린을 점령한 〈Happy Feet〉(2006), 〈Surf's Up〉(2007)도 그런 경우입니다. 2006년에 개봉한 마술사 영화 〈Prestige〉와 〈Illusionist〉 역시 내용은 서로 상당히 다르지만 포스터만 보면 한 영화의 두 포스터같이 생겼습니다.

1999년의 중국집 영화 〈신장개업〉과 〈북경반점〉, 2000년의 소방관 영화 〈싸이렌〉과 〈리베라메〉, 2002년 사내들의 육아일기인 〈유아독존〉과 〈키드갱〉, 최근 들어 부정父情을 소재로 한 〈눈부신 날에〉, 〈날아라 허동구〉, 〈아들〉처럼 닮은꼴 영화들이 동시에 개봉되는 우리 영화계도 이런 현상으로부터 자유롭지 못합니다. 삼사 년간 홍수를 이루었던 조폭 영화들은 말할 것도 없고요.

이런 닮은꼴 영화들은 치열한 마케팅 경쟁이 빚어내는 부산물이라고 할 수 있습니다. 부적절한 비유가 되겠지만, 저는 이런 영화들을 보면 임신 촉진제 처방을 받은 산모들이 종종 출산하는 쌍둥이들이 연상되곤 합니다.

닮지 않은 비슷한 영화

얼마 전 우리 식구들은 〈Little Miss Sunshine〉을 함께 봤습니다. 코카인 중독자인 할아버지와 '성공'에 집착하는 아버지, 자살을 기도했던 동성연애자 삼촌, 진학할 때까지 묵언 서약을 한 오빠 등 식구들이 주인공 소녀를 어린이 미인대회에

Little Miss Sunshine의 희한한 식구들과 라디오 스타의 주인공들은
서로를 진정으로 이해해 주는 상대방의 존재가 얼마나 소중한지를 보여줍니다.

데려다 주려고 자동차로 여행하면서 벌어지는 이야기를 담은 블랙 코미디입니다.

다 보고 나서 큰아들 녀석이 〈라디오 스타〉 비슷한 영화라고 툭 한마디 던지더군요. 우리는 그보다 불과 며칠 전에 로빈 윌리엄스가 식구들을 데리고 자동차로 여행하면서 온갖 사건을 겪으며 가족애를 되찾는 영화인 〈RV〉도 보았던 터였습니다. 우리 식구들은 작년에 자동차를 몰고 캠핑장을 전전하며 북미대륙을 횡단했었기 때문에, 남의 일 같지 않은 로빈 윌리엄스의 고생을 보며 배를 잡고 웃었더랬습니다. 그런 마당에, 〈Little Miss Sunshine〉이 〈RV〉 비슷하다고 하지 않고, 굳이 〈라디오 스타〉 비슷하다고 말하는 녀석이 저는 신기했습니다.

실은, 〈Little Miss Sunshine〉과 〈라디오 스타〉는 성공과 실패의 통념을 뒤집어서 들여다보고 항변하는 점에서 비슷합니다. 이 두 영화는 매사에 등수를 매기는 삶의 바퀴에 짓눌린 보통 사람들끼리 서로를 이해하고 어깨를 두드려주는 일이 얼마나 소중한지 보여줍니다. 무엇보다도, 낮은 음성으로 천천히 말하는 것 같은, 두 영화의 보행 속도^{pace}는 참 비슷합니다.

이렇게, 겉으로는 비슷하지 않은 영화들이 내 마음 속에서 남몰래 비슷한 인상으로 맺어지는 경우가 있습니다. 이런 방식으로 닮은꼴 영화들을 하나 둘씩 꼽아보는 일은, 영화 보기의 가장 큰 즐거움에 해당합니다. 〈Little Miss Sunshine〉과

〈라디오 스타〉를 같은 칸에 꽂아두는 제 아들도 이제 자기만의
영화 서가를 갖게 되는 것처럼 보여서, 저는 혼자 실없이 흐뭇
한 웃음을 웃었습니다.

The Incredible
Hulk_2008

내 안에는 나쁜 내가 산다

경멸해 마지않는 모습을 제 자신에게서 보게 되는 날이 있습니다. 사소한 일에 화가 치미는 모습, 당당하지 못하고 비겁해지는 모습, 남을 얕잡아보는 모습, 정직하지 못한 모습 등등. 특히 나이를 먹어가면서 예전보다 쉽게 화가 나는 걸 느끼는데, 이런 추세로 가다간 예순 살쯤 먹으면 가히 볼만하겠다는 생각이 들기도 합니다. 분노 자체야 경멸의 대상이 될 수 없는 순수한 감정이겠지만, 무슨 일에 화를 내느냐에 따라 사람은 무서워지기도 하고 우스워지기도 하는 거겠죠.

SF 연속극인 〈Star Trek Deep Space 9〉에서 마일스 오브라이언은 우주정거장 DS9의 수석 엔지니어입니다. 아일랜드 출신의 그는 순박하고 단순하지만 엔지니어로서의 능력은 타의 추종을 불허합니다. 어느 에피소드에서 카다시언들에게 붙잡혀 터무니없는 죄목으로 허울 좋은 재판을 받던 오브라이언은 형식적인 자기 변론 기회가 주어지자 이렇게 말합니다. "나는 천사는 아닙니다. 하지만 나는 매일 내가 할 줄 아는 만큼은 가장 선한 사람이 되려고 애씁니다. 내 딸이 아침에 일어나서 나를 볼 때, 나는 그 아이가 존경할 수 있는 사람을 볼 수 있길 원합니다." 이 대사는 저의 심금을 울리더군요.

저는 원칙주의자도 아니고 도덕적 완벽주의자도 아니라서, 세상과 적당히 타협하며 살아가는 데 큰 불편을 느끼는 사람은 아닙니다. 하지만 저의 두 아들들이 존경할 수 있는 아버지가 되어야겠다는 지점이, 저의 그런 타협의 배수진이요 마지노선입니다. 대체로 정신 차리고 지내는 동안에 그 선을 지켜내기란 그리 어려운 일은 아닙니다. 그저 더 중요한 일을 위해, 또는 남을 위해 조금의 불편이나 손해를 감수할 줄 아는 사람이 되면 그만이니까요. 그런데 피곤하거나, 바쁘거나, 정신이 산만해져서 스스로에 대한 감시의 끈을 놓으면, 더러 이기적이고 오만하고 비겁하고 게으른 제가 여분의 군살처럼 밖으로 삐져나오곤 하는 겁니다. 아, 그럴 때의 실망감과 모멸감이란! 햄릿이 사느냐 죽느냐의 문제를 두고 고민할 때, 삶의 가치를 감하는 쪽으로 셈해진 것들이 있습니다. 세상의 채찍과 멸시, 권력자의 횡포, 교만한 자의 작태, 무시 당한 사랑의 아픔, 법의 지체된 도움, 권력자의 건방진 꼴, 참을성 있는 착한 이가 못난 놈에게 받는 수모 등입니다. 하지만 그중 어느 것이 자기 자신의 도덕적 불민함보다 더 흉측할 것입니까?

　자기 속의 짐승을 길들이는 노력의 다른 이름이 문명이요, 문화일 것입니다. 로버트 루이스 스티븐슨의 소설 〈Dr. Jekyll And Mr. Hyde〉는 자아의 내부에서 일어나는 끊임없는 전쟁에 관한 우화입니다. 이 소설은 수많은 영화와 연극과 뮤지컬의 소재가 되었습니다. 선한 자아와 악한 자아가 다중인격으로 드러나는 병리적 현상도 여러 영화의 소재가 되었지요. 알프레드 히치코크의 〈Psycho〉(1960)에서, 한때 시대를 풍미했던 꽃미남 배우 앤서니 퍼킨스는 섬뜩할 정도로 광기 어린 이중인격자의 연기를 보여주었습니다. 최근에는 〈Me, Myself & Irene〉(2000)에서 짐 캐리가 심히 정신 사나운 이중인격자 연기를 했습니다. 짐 캐리라는 배우는 평소에도 워낙 다중인격 장애를 겪는 사람처럼 부산스럽기 때문에 그가 연기한 이중인격자는 되레 실감이 나질 않더군요.

　최근 TV 시리즈 〈Heroes〉에서는 미녀 배우 알리 라터가 니키라는 이중인격 슈퍼 영웅 역할을 맡았습니다. 세계적으로 높은 시청률을 올리고 있다는 이 드라마는 〈X-men〉에 〈Friday the 13th〉을 섞어놓은 것처럼 황당하고 잔혹해서 과연 TV용 드라마가 맞는지 고개를 가로젓게 만듭니다. 평범하고 연약한 보통 사람들이 특별한 재능을 선사 받으면서 자신의 사명을 깨달아간다는 설정의 이 드라마는 도덕적으로도 유약한

인물들을 주인공으로 삼고 있는데, 그중에서도 특히 니키는 반영웅적인 사악함을 갖추고 있습니다. (여담이지만 니키라는 인물은 만화 〈드래곤볼〉의 런치라는 캐릭터를 표절한 게 아닌가 하는 의심이 듭니다. 왜 있잖습니까, 숙맥인 미소녀였다가 재채기만 하면 기관총을 휘두르던.) 어쩌면 9·11 사건이 미국에서 '영웅'의 의미를 지나치게 잡아늘여놓은 건지도 모릅니다. 저로선 〈Heroes〉의 주인공들을 섣불리 영웅이라고 부르고 싶은 마음은 들지 않더군요. 〈The Old Man and the Sea〉의 스펜서 트레이시나 〈Mr. Smith goes to Washington〉의 지미 스튜어드가 그들을 다 합쳐놓은 것보다 영웅적이죠. 자기와 싸워 이긴 사람들.

1996년 영화 〈Primal Fear〉에서 에드워드 노튼은 모골이 송연할 정도로 가식적인 이중인격자를 '연기하는 연기'를 보여줍니다. 잘나가는 변호사(리처드 기어)는 그에게 완전히 속아 넘어가, 성직자를 살해한 그가 무죄 판결을 받도록 도와줍니다. 제 생각에 에드워드 노튼은 90년대 할리우드가 낳은 최고의 남자 배우입니다. 그는 젊은 나이가 무색할 노련함으로 폭넓은 연기를 보여주고 있습니다. 우디 앨런의 〈Everyone says I love you〉(1996) 같은 로맨틱 뮤지컬 코미디에서 숫기 없는 청춘남을 멋들어지게 연기하는가 하면, 〈American History X〉(1998)나 〈Fight Club〉(1999)에서는 폭발할 듯한 야성을, 〈Italian Job〉(2003)에서는 비열한 악당의 역할을 천성인 듯 해내고 있어 혀를 내두르지 않을 도리가 없습니다. 그런 그가 헐크가 되어 돌아왔습니다.

헐크라는 괴물 역시 자아의 통제를 벗어난 어두운 이드[id]의 은유이겠습니다. 70년대 TV 드라마에서는 육체미 선수 루 페리노가 헐크 역할을 맡았었는데, 그는 최근의 극장판 영화들에 카메오 단역으로 출연하기도 했습니다. TV 드라마 배역을 결정할 당시 유럽 육체미 선수권 대회를 석권하고 있던 아놀드 슈워제네거도 캐스팅 검토 대상이지만 '키가 너무 작아서' 탈락되었다는 후문이더군요. 007에서 미스터 조스 역을 맡았던 로버트 킬도 후보였는데 '근육이 너무 빈약해서' 탈락되었답니다.

2003년 극장용 영화 〈Hulk〉는 대만인 이안 감독이 메가폰을 쥐었습니다. 미끈한 속옷 모델처럼 생긴 호주 출신 배우

에릭 바나가 브루스 배너 박사 역할을 맡았던 이 영화는 이안 감독의 사색적인 섬세함이 마블 코믹스의 활극에는 그다지 어울리지 않는다는 걸 드러냈습니다. 아마도 브루스 배너 박사가 어린 시절 아동 학대를 당했었다는 만화의 설정에서 착안한 듯하지만, 아버지와의 존재론적 대립이라는 오이디푸스적 테마는 낯선 이질감을 줄 뿐이었습니다. 결국 이 영화는 지난 반세기 동안 구축된 헐크의 이미지를 끌어안을 수 있는 따뜻한 추억 같은 요소를 담아내지 못하고 말았죠.

어린 시절부터 헐크의 팬이던 에드워드 노튼이 각본 작업에도 참여했다는 2008년의 〈The Incredible Hulk〉는 2003년의 어정쩡한 전편과 과감하게 결별을 선언했습니다. 이안 감독이 두 시간 어치의 내러티브로 풀어내려 했던 배너 박사의 내면적 고통을 에드워드 노튼은 우수 어린 눈빛으로 간단히 표현해냈고, 뤽 베송 감독의 수제자인 루이 르테리어 감독은 전편의 '날아 다니던 형광색 괴물'보다 한결 더 어둡고 음침하고 험상궂은 헐크를 그려냈습니다. 비록 잠깐이지만, 노튼이 찢어진 바지를 걸치고 거리를 배회하는 장면에서는 옛 TV 연속극의 테마곡이 흘러나와 빌 빅스비가 연기하던 〈두 얼굴의 사나이〉를 기억하는 올드팬들의 향수를 자극하기도 합니다.

아무리 박력 있는 활극으로 바꾸어 놓더라도, 헐크는 이성으로 가두고 억눌러야 하는 야성이라는, 인간이 살아서 숨 쉬는 한 멈출 수 없는 그 질기고 슬픈 전쟁을 상징하는 괴물임에는 변함이 없습니다. 하긴 그 전쟁을 서글픈 자기 연민의 눈으로만 볼 필요는 없겠죠. 그것은 이성의 힘을 역설적으로 드러내는 것이기도 할 테니까요. 그런데도 '슬픈 전쟁'이라는 표현이 불쑥 먼저 나오는 까닭은 아마도 갈수록 그 싸움의 전황이 만만해 보이지 않기 때문일 겁니다. 시간의 대부분을 직장에서 보내고 있으므로, 제 속의 괴물을 만나는 사고(!)도 직장 생활 중에 일어나곤 합니다. 곤란한 문제는, 그런 날일수록 집에서도 아이들마저 말귀를 영 못 알아듣고, 아내도 짜증을 내서 마음 기댈 곳이 더더욱 없게끔 되어버리더라는 점이더군요. 마치 과음하고 걸으면 나를 향해 벌떡벌떡 덮쳐오는 땅바닥처럼!

배우들,
카메라 앞에 선 사람들

고대에 평범한 사람들의 목마른 상상력을 채워주는 역할은
신들이나 그들의 신탁을 전하는 신의 대리인들의 몫이었습니
다. 신화는 두려움과 간구의 소산이기만 한 것이 아니라, 대
리 만족이나 선망의 결과물이기도 했던 거죠. 영적인 존재는
공동체가 공유하던 엔터테이너이기도 했던 셈입니다. 현대에
는 영화배우가 그런 역할을 해줍니다. 그래서 배우들은—전
지전능하지 못함에도 불구하고—불로장생하는 이미지가 되
어 선망을 받습니다. 아이돌(Idol ; 우상)이라는 그들의 별명
은 턱없는 과장만은 아닌 셈입니다. 우상이 된 값으로 그들
이 치르는 것은 사생활의 평온함을 영원히 빼앗기는 고통
이죠. 아니, 배우들을 그저 우상이라고 부르는 건 공평치
못한 처사인지도 모릅니다. 연기란 매우 정교한 기예(ars)
이므로, 그 기량을 감상하고 비교하는 것은 거의 예술 작
품을 감상하는 즐거움과 맞먹으니까요.

Come September_1961

어른 되기의 어려움

남자들이 거실에 모여 각국의 음식과 요리에 대해 떠들고 있었다.

남편 (부엌을 향해) 여보, 내가 좋아하는 그 이탈리아 것 이름이 뭐더라?

아내 (심드렁한 목소리로) 지나 롤로브리지다.

—80년대 어느 날, 리더스 다이제스트

모린 오하라, 레슬리 앤 다운, 셀마 헤이엑 등 숱한 여배
우들이 〈노트르담의 꼽추〉의 집시 에스메랄다 역할을 거쳐 갔
지만, 지나 롤로브리지다만큼 어울렸던 배우는 없었습니다. 하
지만 그녀가 저에게 가장 아름답게 보였던 영화는 〈Come
September〉였습니다. 에스메랄다나 시바의 여왕 같은 미의
현신으로 등장할 때보다 노처녀로 나오는 그녀를 더 화사하게
기억하는 제가 좀 특이한 건지도 모르겠네요.

| 배우들, 카메라 앞에 선 사람들

로버트(록 허드슨)는 부유한 미국인 사업가입니다. 그는 매년 9월 이탈리아에 있는 자기 별장으로 가서 오래된 연인 리자(지나 롤로브리지다)를 만나 휴가를 즐깁니다. 그것이 그의 질서이고, 그는 그런 자기만의 정연한 질서를 통해 성공을 거둔 사람처럼 보입니다. 그러나, 올해 따라 예년보다 일찍 도착한 별장에는 반갑지 않은 일이 그를 기다립니다.

철석같이 믿었던 그의 별장지기는 그가 없는 내내 별장을 호텔로 꾸며 뒷돈을 챙기는 수완을 발휘하고 있었던 겁니다. 이미 투숙해 있던 미국 여학생 샌디(샌드라 디) 일행에게 별장지기는 로버트가 과대망상 증상을 보이는 단골손님이라고 설명합니다. 여학생들의 꽁무니를 따라 다니는 남학생(바비 다린) 일당도 로버트의 신경을 긁습니다. 게다가, 애인 리자는 올해 따라 담판을 지으려 듭니다. 결혼은 안 할 거냐고.

로버트는 이런 상황에서 애인의 자존심을 다치지 않으면서 자신의 휴가도 되찾고 신사의 품위도 지키려고 애씁니다. 인상적인 점은, 록 허드슨이 로버트의 이런 노력을, 애처로운 꼴이 될 지경으로는 연기하지 않는다는 점입니다. 이점이 〈Come September〉의 매력 포인트라고 봅니다. 그는 이 영화에서 저물어가는 남성이 자신의 남성성을 품위 있게 지키는 일이 얼마나 어렵고 또 부질없는 일인지를 유머러스하게 보여줍니다. 로버트는 아직 젊고 (아직도 젊다, 라고 말하는 모든 사람들

1927년 생인 지나 롤로브리지다는 28살 때 출연한 영화 제목(The World's Most Beautiful Women)처럼 한동안 세계 최고의 미녀로 칭송 받았습니다. 배우로서뿐 아니라 조각가, 사진가, 패션 사업가로서도 수완을 발휘하던 그녀는 79세가 되던 2006년에는 무려 34년 연하 남성과의 약혼 계획을 발표한 적도 있었죠.

은 실은 젊지 않습니다), 멋을 부릴 수 있는 체력과 재력도 있습니다. 그런 그가 졸지에 가장 노릇을 해야 할 처지에 빠집니다. 그의 별장에 투숙한 10대 소녀들과, 그들을 쫓아다니는 남학생들의 보호자처럼 되어버렸기 때문입니다.

로버트를 보고 있노라면, 나이를 먹는다는 것은 저절로 변하는 것이 아니라, 어른 노릇을 해야 하는 상황한테서 어른이 되기를 강요받는 것이라는 생각이 듭니다. 논어 위정편에는 "나는 열다섯이 되어 배움에 뜻을 두었고, 서른이 되어 뜻을 세웠으며, 마흔이 되어서는 현혹되지 않았고, 쉰이 되어서는 천명을 알게 되었고, 예순이 되어서는 귀가 순해졌으며, 일흔이 되어서는 마음 내키는 대로 행하더라도 법도를 넘지 않았다

(子曰 吾十有五而志于學, 三十而立, 四十而不惑, 五十而知天命, 六十而耳順, 七十而從心所欲 不踰矩)"는 말씀이 있습니다. 예전엔 이것이 공자님의 오만한 자기 자랑처럼 들렸는데, 세월을 겪으며 새김 질해 보니 공자님이 내준 숙제라는 생각이 듭니다.

서른이 되어서도 장래의 포부를 세우지 못하는 사람은 싹수가 없고, 마흔은 유혹에 약해지는 시기니 흔들리지 말 것이며…예순이 되면 아무리 너그럽던 사람이라도 참을성이 고갈되어 싫은 소리 듣기를 싫어하고 짜증이 늘게 마련이니 귀를 순하게 다스릴 일이다. 그렇게 하면 일흔쯤 먹어서나 종심소욕이라도 불유구할 수 있으리라, 라고 새기는 편이 공자님의 뜻에 충실한 것이라고 봅니다.

불혹이 마흔에 저절로 다다르는 경지일 리 만무합니다. 공자님은 거꾸로, 사십 대가 겪는 유혹이 치명적일 수 있다는 경고를 하셨던 것이죠. 돈의 유혹, 출세의 유혹, 떳떳하지 못한 지름길로 들어서고 싶은 유혹, 익숙한 일에 안주하거나 탐닉하고 싶은 유혹 등 사십 대를 혹하게 하는 덫은 많습니다. 남자에게 40대란, 사내에서 어른으로 변신을 해야 하는 때인 것입니다.

사십 줄의 남자들이 겪는 유혹은, 적어도 부분적으로는, 사내로 남고 싶은 유혹입니다. 앞뒤를 재지 않고 저돌적이고, 즉흥적이며, 자기 행동에 책임질 필요를 느끼지 않는 것이 '사내'의 특징이라면, '어른'의 특징은 그 반대의 것들입니다. 영화나 소설 속에서 유혹을 넉넉하게 이겨내는 사나이들의 모습은 가슴에 깊은 발자국을 남깁니다. 모든 고수들이 그러듯이, 쉽지 않은 일을 쉽게 하는 것은, 실은 겉으로 그것이 쉬워 보이게 하는 것일 뿐입니다.

인기 미니시리즈였던 드라마 〈Lonesome Dove〉에서 거스 대위(로버트 듀발)는 작부의 처지에 빠진 로레나(다이안 레인)를 구해주고, 위험을 무릅쓰면서 그녀를 지켜줍니다. 다이안 레인을 보호하는 로버트 듀발의 모습은 〈Come September〉에서 샌드라 디의 보호자 노릇을 (조금은 덜 기꺼이) 맡았던 록 허드슨의 모습과도 겹칩니다. 거스는 그녀를 자신의 친구이자 연인인 클라라(안젤리카 휴스턴)의 집에 데려다 주는데, 클라라는 척 보고 대번에 그녀가 거스에게 깊은 연모의 정을 품고 있다는 것을 압니다. 거스 자신도 모를 리 없건만, 그는 자신을 연모하는 젊은 미녀를 친구에게 맡겨두고, 세월을 삭이는 미소만 남긴 채 혼자 길을 떠납니다.

〈Come September〉의 록 허드슨에게 지나 롤로브리지다가 있고, 〈Lonesome Dove〉의 로버트 듀발에게 안젤리카 휴스턴이 있었다면, 〈와호장룡〉의 주윤발에게는 양자경이 있습니다. '와호장룡의 샌드라 디', 즉, 젊고 재능 있으며 스크린 밖에서도 큰 인기를 누리는 미녀 히로인 장쯔이(옥교룡)는 주윤발(이모백)에게 발칙한 연모의 정을 품습니다. 그러나 그는 연정이 파고들 틈을 주지 않습니다. 이모백은 유수련(양자경)과의 이루어질 수 없는, 우정 같은 사랑에 충직합니다. 유수련이 결혼도 못해보고 저세상으로 보낸 정혼자는 이모백의 사형이었거든요.

연정을 실현할 길 없는 옥교룡은, 오히려 이모백에게 대들고 그를 곤경에 처하게 합니다. 악당 벽안호는 남편(이모백의 사부)을 주살하고 독랄한 사공을 익힌 외로운—정확히 말하면 스스로를 외롭게 만든—여자입니다. 자기 제자라고 여기던 옥교룡의 무공이 자신의 전승이 아닌 것을 발견하자, 그녀는 치를 떨며—배신을 해본 사람들이 배신에 더 치를 떨지요—제자인 옥교룡을 미향으로 중독시킵니다. 이모백은 그녀를 구하려고 자신의 장심을 그녀의 등에 대고 가부좌로 앉아 그녀에게 진기를 주입시켜 줍니다. 이런 무방비의 순간, 벽안호의 독공이 그에게 날아듭니다. 옥교룡을 치료하느라 공력을 소진한 그는 평소라면 가볍게 튕겨냈을 독침 하나를 피하지 못하고 횡사합니다.

'보호자인 남성'의 이미지라면 〈Up Close and Personal〉의 로버트 레드포드도 빼놓을 수 없습니다. 워렌(레드포드)은 풋내기 제시카(미셸 파이퍼)를 일기 예보에 기용하고, 앵커로 육성하고, 성공의 발판이 되어줍니다. 그는 왕년의 인기를 잃고 그녀는 일류 앵커가 되지만, 그는 그녀의 곁에 사내로 남기보다 그녀를 성장시켜 주는 보호자의 모습을 간직한 채 위험 지역으로 취재를 떠나는 쪽을 택하고, 결국 평기자로서 취재 중 죽음을 당합니다. 이 영화의 짙은 여운은 그의 선택이 주는 비장감에서 나옵니다. 워렌의 죽음은, 〈와호장룡〉에서 장쯔이를 살려주고 목숨을 잃는 주윤발의 모습보다 훨씬 현실적이지만, 그 둘 사이에는 어딘지 모르게 흡사한 구석이 있습니다.

좌우지간, 미셸 파이퍼, 양자경, 장쯔이, 안젤리카 휴스턴, 다이안 레인을 다 합친 것보다, 제게는 〈Come September〉의 지나 롤로브리지다가 훨씬 더 멋져 보입니다. 면사포를 쓴 그녀(리자)와 그(로버트)의 결혼으로 끝나는 〈Come September〉는 해피엔딩입니다. '해피'하게 어른이 될 수도 있는 거겠죠? 그렇게 믿고 싶은 마음으로 옛 영화가 다시 보고파서, 미국 사는 후배에게 어제 DVD로 이 영화를 구해달라고 부탁했습니다. 별로 어른스럽지 못하게.

낙수 落穗

1. 록 허드슨이 에이즈에 걸린 후 그의 동성애 행각이 그토록 비난의 대상이 되었던 이유의 절반은, 아직도 에이즈와 동성애에 대한 편견이 심하던 시절에 그의 비밀이 드

러났기 때문일 것이고, 나머지 절반은 그가 〈Come September〉나 〈Giant〉에서 보여준 남성성이 그토록 멋지고 건강하고 설득력 있는 것이었으므로 팬들의 배신감이 곱절의 실망으로 더해졌던 것이 아닌가 싶습니다.

2. 〈A Summer Place(피서지에서 생긴 일)〉로 이미 십대들의 우상이었던 샌드라 디는 〈Come September〉에 함께 출연한 가수 바비 다린과 촬영 중 떠들썩한 염문을 뿌리며 결국 결혼에 골인했었습니다. 그럼에도 불구하고 이 철없는 십대 커플은 〈Come September〉의 주인공이 아니었습니다. 어릴 때 봤는데도 이 젊은 커플에 대해 별 매력을 못 느꼈던 것은, 제가 샌드라 디에 대한 시대적 열광을 모른 채 영화를 접했기 때문이었을 겁니다. 제 어머니는 이 영화를 '록 허드슨과 산드라 디가 나오는 영화'로 기억하고 계시더군요.

Marathon Man_1976
연기를 하지 그러나?

메소드 연기^{method acting} 라는 것이 있습니다. 여기서 '메소드'란, 보통 스타니슬라프스키^{Stanislavski}식 연기방법론을 말합니다. 50년대에 미국 액터스 스튜디오^{Actors Studio}의 위상을 확립하는 데 결정적인 역할을 했던 연기교수 리 스트라스버그가 잘 요약한 대로, 그것은 "가장 효과적인 연기는 연기를 하지 않는 것이고, 연기자 자신이 등장인물이 되어 반응하는 것"이라는 생각에 바탕을 둔 연기론입니다. 'Act'하지 않고 'React'한다는 얘기죠.

모스크바 예술극장의 감독이던 콘스탄틴 스타니슬라프스키는 연기론에 관한 여러 권의 책을 집필했고, 그 중 대표적인 'An Actor Prepares'가 1936년 영어로 번역되어 미국에 소개되었습니다. 그의 제자인 볼리슬로스키는 뉴욕에 연기 학교를 열어 자기 스승의 연기론을 미국에 전파했죠. 이런 방법론은

| 배우들, 카메라 앞에 선 사람들

30년대를 거치면서 미국 연극영화계에 점차 뿌리를 내려, 1947년 엘리아 카잔 등이 설립한 Actors Studio를 통해서 할리우드에 압도적인 영향을 미치기에 이릅니다.

　스타니슬라프스키식 '방법론'은 연기자들에게 가식적인 연기를 절대로 하지 말 것과, 배우 자신의 경험과 기억으로부터 배역에 이입할 수 있는 부분을 끄집어내어 완벽하게 극중 인물로 변신할 것, 자기 자신이 아닌 극중 인물로서 말하고 움직일 것을 요구합니다. Actors Studio는 말론 브란도, 몽고메리 클리프트, 제임스 딘 등 수많은 배우들을 이런 연기방법론으로 훈련시켜서 배출했고, 현역 배우들 중에는 더스틴 호프만과 메릴 스트립 등이 이 '방법론'을 최고 수준으로 구현하는 것 같습니다.

　사정이 이렇다 보니, 미국에서 '연기를 잘한다'는 것은 스타니슬라프스키 식으로 극중 인물의 성품과 몸가짐에 깊이 몰입하는 것을 의미하게끔 되었습니다. 연기력보다는 캐스팅이 훨씬 더 중요하고, 뭐가 좋은 연기냐는 결국 관객의 취향에 달린 것이기도 하다는 것이 제 생각이다 보니, 저로서는 메소드 연기의 남용에 따른 문제가 좀 있다고 봅니다.

　메소드 연기의 달인들조차도 스타덤에 올라 오랜 기간 노출되다 보면 관객들이 그들의 연기의 폭에 익숙해지게 마련입니다. 결국, 스크린에 등장하는 말론 브란도나 더스틴 호프만은 극중 인물보다도 크게 보입니다. 영어식으로 말하면, 그들은 자신이 연기하는 인생보다 커 보이는 They look larger than life 거죠. 그렇게 되면 배역보다 배우가, 배우보다 연기가 먼저 보입니다. 한편, 자신의 자아를 철저히 감추고 탈색하는 데 성공적인 메릴 스트립 같은 배우는, 뭐랄까, 배역만 있고 연기자는 없어지는 '묽은' 배우가 되어버립니다. 게다가, 어중이떠중이가 다 메소드 연기를 추구하다 보니, 어떤 배우가 A를 연기할 때와 B를 연기할 때 뭐가 다른지 잘 알 수 없는 지경인 경우도 많습니다. 연기를 지나치게 연기자의 전유물로 만들어서, 배우가 스스로를 설득하는 것이 관객을 설득하는 것보다 더 중요해져 버린 느낌이랄까요.

연기를 잘하건 못하건 할리우드의 배우들은 대체로 그냥 '자기 자신들'입니다. 잭 니컬슨, 멜라니 그리피스, 톰 크루즈, 드미 무어, 제임스 우즈, 우피 골드버그 등이 보여주는 모습은 제목과 대본과 감독과 배역이 바뀌어도, 변함없는 그들 자신들의 모습입니다. 배우가 자기 경험 속에서 극중 인물과의 동질성을 최대한 끄집어내어 극중 인물이 되는 것과, 그냥 자신의 모습 그대로를 보여주는 것 사이의 차이는, 애당초 스타니슬라프스키가 생각했던 것만큼 큰 것은 아니었는지도 모릅니다.

그런 점에서, 셰익스피어의 전통을 자랑스럽게 여기면서

정극 훈련을 쌓아서 미국으로 진출하는 영국 배우들은 두드러져 보입니다. 이들의 연기는 대체로 '성실하다'는 표현이 어울립니다. 기예로서, 또는 직업으로서 연기에 임하기 때문입니다. 당초 스타니슬라프스키의 취지는 극중 인물을 평면적으로 묘사하는 대신, 입체적이고 현실적인 모습으로 연기하자는 것이었으리라고 짐작합니다. 요컨대 악당인들 인간적인 면이 없겠느냐는 거겠죠. 그러나, 이렇게 전인을 연기해 내려는 경향이 대세인 할리우드에 극적인 강세^{accent}를 부끄러워하지 않는, 잘 훈련된 영국배우를 데려다 놓으면 돋보이지 않을 수 없습니다. 영국 배우가 맡은 악역은, 사악함을 부각하기에 주저하지 않고, 그래서 오히려 더 입체감이 나는 경우가 많죠. 영국 억양으로 말하는 악당들이 영화 속에 그토록 자주 등장하는 까닭은 그 때문이 아닐까 합니다.

영국 배우들은 영화가 집단적 창작이라는 점에 대해서도 잘 훈련받는 것처럼 보입니다. 이점은 '메소드'가 배우의 개성을 중시하는 점과도 대비가 됩니다. 스타니슬라프스키 방식은 개인기에 치중해서 패스와 조직력에 약하던 과거의 남미 축구처럼, 연기자들 간의 '앙상블'을 부차적으로 만드는 약점을 지니고 있기도 합니다. ⟨Sense and Sensibility⟩나 ⟨Gosford Park⟩, ⟨Velvet Goldmine⟩처럼, 일급 영국 배우들을 대거 기용해서 만든 미국 영화들은, 마치 조직력에 승부를 거는 축구처럼, 훌륭한 팀워크의 아름다움을 잘 드러냅니다.

영국이 자랑하는 로렌스 올리비에 '경'과 '메소드의 대가' 더스틴 호프만이 함께 출연한 〈Marathon Man〉(1976)을 한번 볼까요. 뉴욕에서 미국 정부의 비밀 조직원들이 하나씩 살해당합니다. 그 조직원 하나가 전직 나치 군의관(로렌스 올리비에)에 의해 살해 당하는데, 피살자의 동생(더스틴 호프만)이 우연히 그 장면을 목격합니다. 그 독일인의 별명은 '아우슈비츠의 백색 천사!' (동대문 곰발바닥이나 불광동 휘발유 등과는 비교가 안 되는 묵직한 별명 아니겠습니까?) 나치 전범인 그는 다이아몬드를 대량 밀반출하려고 합니다. 조깅을 좋아하는 주인공 청년은 그에게서 뭔가를 캐내려고 눈에 불을 켜고 달려드는 사악한 냉혈한으로부터 있는 힘을 다해 달아나야 합니다. 자신의 달리기 실력과 꾀와 운에 의지해서.

이 영화를 촬영하는 동안 더스틴 호프만은 배역에 몰입하기 위해 시종 잠을 안 자고 뛰어 다니면서 체력을 소모했답니다. 영화의 끝부분에 주인공의 지친 몰골이 그토록 설득력 있게 보이던 것은 십중팔구 더스틴 호프만의 노력 덕분이었을 것입니다. 그런 더스틴 호프만에 견주더라도 로렌스 올리비에의 연기는 오싹할 정도로 완성된 경지를 보여준다는 점에서, 이 영화는 흥미롭습니다. 촬영 당시 배역 몰입을 위해 자신을 혹사하는 호프만에게 로렌스 경이 건넸다는 말은 〈Saturday Night Live〉 같은 코미디 프로그램에 종종 패러디되기도 했을 만큼 유명합니다. "이보게, 연기를 하는 게 어떤가? 그게 훨씬

더 쉬운데.^{Why not try acting? »}
^{It's much easier.}

이 영화에서 가장 유명한 장면은 로렌스 올리비에가 더스
틴 호프만을 붙잡아 고문하면서 앞니에 드릴로 구멍을 뚫는 장
면입니다. 그 장면의 통증은 다른 어떤 영화의 고문 장면보다
객석에 실감나게 전해집니다. 인두에 지져지거나, 채찍을 맞아
본 사람은 흔치 않지만, 치과에 가본 사람이라면 누구나 저 통
증이 어떤 종류의 것인지 압니다. 아, 입안에 침이 고이면서 몸
에 소름이 돋던 그 장면! 이빨에 구멍을 뚫으면서 높낮이가 달
라지던, 드릴의 끔찍한 진동음!

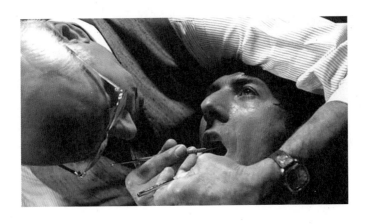

지난 여름 치통이 있어서 치과에 갔습니다. 어금니에 금
이 갔다고 하더군요. (영구적으로 쓰도록 디자인된 것들이 망가지
기 시작하는, 그런 나이가 된 것입니다.) 의사 선생님의 고마운 배
려로, 문 닫을 시간이 지난 고즈넉한 저녁에 의자에 누워 불빛

다음 영화의 배역이
철인 5종경기 선수라는
소식을 듣더니 그만

을 마주 보며 여러 차례 몸서리를 참다가, 저는 경망스럽게도 물어보고 말았습니다. "선생님, 혹시 Marathon Man 보셨습니까?" 저보다 열 살은 젊어보이던 그 치과의사가 미소를 지으며 이렇게 말하더군요. "아뇨, 못 봤는데요. 그런데 마치 본 것 같습니다. 오시는 환자분마다 하도 그 영화 얘기를 하셔서요."

Blade Runner_1982

피그말리온 콤플렉스

희랍 신화에는 자기 작품과 사랑에 빠진 딱한 예술가의 이야기가 나옵니다. 피그말리온이라는 조각가는 숫기가 없는데다가 여자들에게 혐오감마저 가지고 있어서 연애와는 담을 쌓고 지내는 사내였습니다. 그러던 어느 날, 그는 혼신의 힘을 기울여 대리석 처녀상을 만듭니다. 몇날 며칠을 자신의 걸작품만 바라보던 그는 그만 대리석 처녀의 미모와 기품에 반한 나머지 사랑에 빠지고 말죠. 그야말로 화장실에도 가지 않는 이 처녀의 모습은 자신의 이상적인 여성상을 완벽하게 갖추고 있었거든요. 혼자 끙끙 마음의 열병을 앓던 그는 아프로디테 여신의 축제 때 치성을 드립니다. 이를 가상히 여긴 미의 여신은 자신을 숭배하는 조각가의 마음을 헤아려 그의 소원을 들어줍니다. 축제가 끝나고 집으로 돌아와 보니 세상에서 가장 아름다운 여인이 얼굴을 붉히고 그를 맞아주더라는 얘깁니다. 그는 그녀에게 갈라테아라는 이름을 지어줍니다.

남자는 다 도둑이라죠. 피그말리온의 이야기는 세상 남자들이 정도를 달리 하며 품고 있는 환상을 담고 있습니다. 남자들이란 누구나 이제 막 잠에서 깨어난 대리석 처녀같이 순진하고 아름답고, 자기만 바라보는 여자를 꿈꾸는 경향을 조금씩은 가지고 있게 마련이니까요. 〈잠자는 숲속의 미녀〉가 그렇고, 사람인 줄만 알았던 인조인간(숀 영)과 해리슨 포드가 사랑에 빠지는 리들리 스콧 감독의 SF걸작 〈Blade Runner〉가 그렇습니다. 속편까지 만들어진 〈Mannequin〉이라는 코미디는 아예 피그말리온 이야기 자체의 각색입니다.

숀 영이라는 배우는, 나중에 알고 보니 뭐 그렇게까지 천상의 미를 간직한 미인은 아니었건만, 〈Blade Runner〉에서만큼은 인조인간을 만든다면 이보다 더 예쁘게 만들 수는 없을 것만 같은, 가슴 설레는 '화면발'을 보여줍니다. 여담이지만, 나타샤 헨스트리지나 이영애 같은 배우들도, 웃고 떠들지 않고 무표정으로 있을 때가 훨씬 더 예쁘더군요.

아직까지도 〈Blade Runner〉보다 잘 만들어진 SF영화를 찾기란 어렵습니다. 이 영화는, 실감나는 SF를 만들려면 공들여 만든 배경이나 소품들을 '아무렇지도 않게', 되도록 아무 설명 없이 슬쩍 보여줘야 한다는 점을 증명한 효시입니다. 이

후의 SF 영화들이나, 90년대 들어 일본 오타쿠족들이 쏟아내는 〈공각기동대〉나 〈에반게리온〉 등의 아니메들이 그런 선례를 충실히 답습했다고 봅니다. 진정한 페티시스트들은 호들갑을 떨지 않는 법이랄까요. 영화가 시작되면 커다란 눈동자가 화면을 가득 메우고, 선문답 같은 대화가 오갑니다.

홀든 당신은 사막에 있습니다. 당신은 모래 위를 걷다가 아래를 봅니다.

레온 어느 사막 말이죠?

홀든 그건 중요하지 않습니다. 완전히 가정적인 이야기니까요.

레온 왜 제가 그런 곳에 있나요?

홀든 일상에 싫증이 났을 수도 있고, 혼자 있고 싶었을 수도 있죠. 당신이 아래를 보니 거북이tortoise가 보입니다.

레온 거북이? 그게 뭐죠?

홀든 바다거북^{turtle}은 아시죠?

레온 당연하죠!

홀든 같은 겁니다.

레온 바다거북도 본 적은 없습니다…. 하지만, 무슨 말인지
알겠습니다.

홀든 레온, 당신은 손을 뻗어 그 거북이를 뒤집습니다.

레온 홀든씨, 당신은 이런 질문을 지어내는 겁니까? 아니면
그들이 써준 것인가요?

홀든 거북이는 등을 땅에 대고, 배는 뜨거운 태양을 향하고
있습니다. 발버둥을 치지만 다시 뒤집어지지 않습니다.
당신의 도움 없이는 말이죠. 하지만 당신은 도와주지
않습니다.

레온 무슨 말입니까, 도와주지 않는다니!

홀든 내 말은, 당신이 도와주지 않는다는 겁니다. 왜죠, 레
온?

　당최 뭔 얘긴지 알 수가 없는 질문은, 사실은 대상을 감
정적으로 자극하여 인조인간을 판별하는 시험입니다. 이 시퀀
스는 영화가 시작하자마자, 그것이 인조인간 식별 실험으로 밝
혀질 때까지 짧은 시간 동안, 효과적으로 관객들을 낯선 세계
에 내동댕이쳐진 겁먹은 관찰자의 시점으로 옮겨놓습니다.
〈The Hunger〉, 〈Black Rain〉 등에서 보듯이, 리들리 스콧
감독의 장기는 섬세한 화면에 있습니다. 그가 만든 〈Alien〉(1

편)은 도처에 숨이 멎을 만큼 섬세한 미장센^{mis-en-scene}을 담고 있습니다. (우주공간이 배경이라서 "숨이 멎을 만큼"이라는 표현이 더 잘 어울리네요.) 그의 동생 토니 스콧도 CF 감독 출신답게 화려한 영상에 치중하는 경향이 있지만, 리들리의 유려함을 따라잡지는 못합니다.

영화 〈Blade Runner〉가 담고 있는 인간성에 대한 깊은 성찰은 소설가 필립 K. 딕의 몫으로 돌려야 마땅합니다. 그는 이 영화의 원작인 〈안드로이드는 전자 양의 꿈을 꾸는가?〉 외에도, 〈Total Recall〉의 원작인 〈도맷값으로 기억을 팝니다〉, 〈마이너리티 리포트〉 등을 썼습니다.

생물의 개체는 유전자의 이익에 봉사하는 수레^{vehicle}에 불과하다는 것이 현대 진화생물학의 입장입니다. 생식을 마친 개체가 예외 없이 시들어가고, 뚜렷한 이유 없이 죽음을 맞는 것이 그 한 증거죠. 그러나 영장류의 진화 과정은 뇌기관을 고도로 발달시킴으로써, 인간이라는 종은 유전자의 명령에 항거할 수 있는 지성을 가지게 되었습니다. 육체의 반란이라고나 할까요. 인류의 진화 과정은 이제 유전자와 문화가 함께 경쟁하고 협력하며 진화하는 형국으로 접어들었습니다. 생물학적 진화의 단위를 유전자^{gene}라고 하듯이, 리처드 도킨스는 문화적 진화의 단위를 밈^{meme}이라고 불렀습니다.

집단적 전통이나 민족주의 같은 밈들은 유전자의 이익에 봉사하지만, 노인과 장애자 보호 같은 밈들은 개체가 유전자에 대해 일으키는 반란의 표식입니다. 유전자의 이익에 반해, 인간은 평균 수명을 인공적으로 연장시키고 있고, 그것이 성공하는 사회들에서 출산율은 비례적으로 낮아지고 있습니다. 유전자가 자기 복제를 위한 전략으로 개체라는 더 큰 조직체를 발명했듯이, 인간은 인터넷과 세계화라는 수단을 통해 공동의 지능을 집적하고 있죠. 상상컨대, 마치 유전자가 개체의 뇌를 진화시켰듯이, 어쩌면 인간 육체의 반란은 인공 지능의 창조로 그 절정을 맞게 될지도 모르겠습니다. Blade Runner에서 인조인간들은 복제물^{replicant}이라고 불립니다. 복제가 유전자가 아닌 개체 수준에서 이루어지는 날, 수십억 년간 휘날리던 진화의 깃발은 마침내 내려져야 할지도 모릅니다. 어쩌면 머지않은 미래에.

단편집 〈태평양횡단특급〉으로 한국 SF가 성취한 발전의 현주소를 보여준 듀나에 따르면, SF는 별 수 없이 그냥 SF라고 불러야지, 공상 과학 소설이라는 명칭은 옳지 못하다고 합니다. SF는 환상 소설도 끌어안고 있고 대체 역사 소설도 아우르는 너른 장르이기 때문입니다. 환상 소설과 SF를 별개로 분류하고 과학을 넓은 의미로 받아들인다면, 국내 SF소설의 개척자 역할을 한 소설가 복거일의 표현을 빌려 '과학 소설'이라고 부를 수도 있겠습니다. 뭐라고 부르든, SF는 SF만의 방식으로, 다른 방식으로는 할 도리가 없는 이야기들을 해냅니다. 그 과정에는 늘 인식의 돌파구가 마련되죠. 그것이 제가 이 영화를 좋아하는 두 번째 이유입니다. 첫 번째 이유요? 손 영이 예뻐서라니까요.

Blade Runner란, 불법 인조인간을 파기하는 사람들을 일컫는 말입니다. 인조인간을 사랑함으로써 좋건 싫건 저절로 퇴역 Blade Runner가 된 데커(해리슨 포드)는 신화 속의 피그말리온처럼 자신의 갈라테아를 쟁취합니다. 순종적이면서도 독립적인 여자라는 모순된 존재는 남자들의 판타지 속에만 존재합니다. 섬세하면서도 터프한 남자들이 여자들 머릿속에만 존재하듯이 말이죠. 이 영화에서 자연광은 딱 한번, 라스트 신에만 등장합니다. 햇볕 쏟아지는 숲 위를 날아가는 비행기 속의 인조인간 손 영의 얼굴이 좀 더 진짜 인간처럼 보이게끔 리들리 스콧이 아프로디테처럼 피운 재 주겠습니다만.

A Room with
a View_1985

남자의 사랑은 서툰 사랑

애처로울 지경으로 연애에 서툰 한 남자가 등장하던 영화가 있
었습니다. 스토익^{stoic}하다는 표현으로는 모자랄 정도로, 이 남
자는 여자 앞에서 서툴고, 뻣뻣하고, 속이 훤히 들여다보입니
다. 당연하게도, 그는 자기 약혼녀를 남성미 넘치는 외간 남자
에게 빼앗깁니다. 영화는 〈A Room with a View〉이고, 남자
는 그때만 해도 신인이던 다니엘 데이 루이스입니다.

〈A Room with a View〉(1985)는 뭄바이 태생의 제작자
이스마일 머천트와 영국인 감독 제임스 아이보리 콤비가 E.M.
포스터의 소설을 스크린에 옮긴 일련의 작품들(〈Maurice〉,
〈Howard's End〉)중 하나입니다. 사극을 꾸준히 만들어온 머천
트―아이보리는 이제 하나의 상표에 가까울 만큼 색깔이 분명
한 그들만의 브랜드 이미지를 가지고 있습니다.

피렌체와 영국을 배경으로 전개되는 〈A Room with a View〉에는 매기 스미스, 덴홀름 엘리엇 등 뛰어난 배우들이 조연으로 포진해서, 자신들이 등장하는 장면마다 호시탐탐 주인공들로부터 관객의 관심을 훔쳐내는 데 성공하고 있습니다. 빛나는 조연들 중에서도 단연 압권이 '영국에 있는 못난 약혼자' 역할을 정말이지 남의 일 같지 않게 연기해낸 다니엘 데이 루이스였습니다.

영화 속에서 한 번, 그는 약혼녀에게 키스를 하는데, 어찌나 인상적인지 〈For Whom the Bell Tolls〉의 잉그리드 버그만과 게리 쿠퍼의 키스 신이 절로 떠오릅니다. 마리아(잉그리드 버그먼)가 조던(게리쿠퍼)에게 이렇게 말하죠. "오, 로베르토, 나는 키스하는 법을 몰라요. 알면 당신에게 입맞출 텐데…. 코는 어디로 가야 하죠? 코가 어느 쪽으로 가야 하는지 늘 궁금했어요. (조던이 그녀에게 키스한다) 코가 방해가 되는 건 아니네요, 그렇죠? 항상 난 걸리적거릴 거라고 생각했어요. (그녀가 그에게 키스한다) 봐요, 이젠 나도 할 수 있죠." 잉그리드 버그먼의 이 대사는, 처녀의 순진무구함을 드러내는 역할을 합니다. (이렇게 말하는 여자를 어찌 사랑하지 않을 수 있단 말입니까!)

〈A Room with a View〉에서 세실(다니엘 데이 루이스)은 키스를 잘해서 게리 쿠퍼를 연상시키는 게 아닙니다. 그는 놀랍게도(!) 키스할 때 코가 엄청나게 걸리적거리고 분위기를 깨는 장애물 역할을 할 수도 있다는 걸 몸소 증명해 보이는데, 실은 그것은 묘기에 가깝습니다. 이 영화를 처음 봤을 때는 저런 연기를 해내는 배우가 있다는 사실이 그저 놀랍기만 하더니, 세월이 지나서도 다니엘 데이 루이스가 연기한 세실의 서투름이 가슴 속에 오래도록 남는 이유는 따로 있는 것 같습니다.

본시 남자는 여자들에게 서툰 동물인 겁니다. 그 서투름을 들키는 순간의 곤혹스러움을 '세실의 어설픈 키스'만큼 적나라하게 묘사하는 장면을 딴 데서 찾기란 어렵습니다. 설령, 상대 여성을 혼절시킬 만큼 성적인 매력을 뿜어내면서 잘 '꼬시는' 남자라 할지라도, 여자들에게 끝까지 능수능란한 '정답'으로 남을 수는 없을 겁니다. 오히려 그런 남자일수록 정답이 되려는 노력을 게을리 하는 법이죠.

3년의 터울을 두고, 다니엘 데이 루이스는 그런 종류의 남자도 멋지게 연기해 보였습니다. 필립 카우프먼이 밀란 쿤데라의 동명 소설을 영화화한 〈The Unbearable Lightness of Being〉에서 난봉꾼 토마스 역할을 맡은 거죠. 여기서 그는, 여자에게 상처를 주는 것이 사명이라도 되는 듯이, 가볍게 만나고 가볍게 떠나버립니다. 그런데 참 묘하죠? 다니엘 데이 루이스가 연기하는 토마스의 잔인하고 무신경한 모습을 보고 있노라면, 그 위로 세실의 서툰 모습이 겹쳐 보이는 겁니다. 정반대처럼 보이긴 해도, 토마스와 세실은 남자가 여자를 원할 때 여자의 입장에서 보자면 대체로 오답이 되고 마는 비극을 공통적으로 보여주는 셈입니다.

남자와 여자는 그토록 다르고, 달라서 그토록 서로 끌리고, 서로에게 끌려서 오해하고 다투는 야릇한 사이가 되는 거겠죠. 남자가 여자에게 '오답'신세를 면하는 길은 '커닝'을 하는 방법뿐이라는 점을 직설적으로 보여준 영화는 〈What Women Want〉(2000)였습니다. 이 영화에서 멜 깁슨은 사고를 당한 뒤 여성의 마음속 생각을 들을 수 있는 능력을 갖게 되죠. 멜 깁슨에게 굳이 팬티 호스를 입히거나 다리털을 밀게 만드는 역겨운 장면까지 꼭 필요했었는지는 의문입니다만, '저 여자가 대체 무슨 생각을 하고 있는지 좀 들여다 볼 수 있으면 좋겠다'는 희망을 가져본 남자는 결코 적지 않을 겁니다. 대체로, 남자는 여자에게 자기가 원하는 것을 말하고, 여자는 자기가 원하는 대로 남자가 하는지 못하는지 지켜보지 않습니까?

다니엘 데이 루이스 얘기가 나왔으니 말인데, 그는 제가 알고 있는 배우들 중에서 가장 아름다운 손을 가지고 있습니다. 〈The Unbearable Lightness of Being〉에서, 그는 길고 멋진 손가락들의 관능미를 십분 드러냅니다. 제가 일찌감치 주목하고 응원했던 이 배우는 그러나, 〈My Left Foot〉(1989)에서 연기가 아닌 묘기로 흡사 더스틴 호프만의 〈Rain Man〉에

도전해보려는 것처럼 보이더니만, 〈The Last of the Mohicans〉를 거치면서 개성을 다 벗어버린 할리우드 스타로 변신하고, 〈Gangs of New York〉에 이르러서는 강렬함만 남고 섬세함을 다 잃은 모습을 보여서, 오래된 팬인 저를 낙담시키는 중입니다.

영국은 미국에 록 뮤지션들을 공급해준 것보다는 조금 덜 압도적이지만 조금 더 지속적이고 광범위하게, 뛰어난 배우들을 할리우드에 공급해주고 있습니다. 캐리 그란트, 피터 셀러즈, 피터 오툴, 로렌스 올리비에, 크리스토퍼 리, 이언 매캘런, 데이비드 니븐, 로저 무어, 존 길거드, 앤서니 홉킨스, 숀 코너리, 주디 덴치, 미아 패로 등 어제의 스타들에서부터 앨런 릭만, 존 허트, 케네스 브래너, 숀 빈, 벤 킹슬리, 팀 커리, 제러미 아이언스, 헬렌 미렌, 에마 톰슨 같은 중견 배우를 거쳐, 좀 더 젊은 크리스틴 스콧 토머스, 휴 그랜트, 랄프 파인즈, 저드 로, 콜린 패럴, 클라이브 오언, 이완 맥그리거, 케이트 윈슬렛, 키라 나이틀리 등등 그 리스트는 계속한다는 것이 무모할 만큼 끝도 없이 이어집니다.

영국 배우들은 일반적으로 미국 배우들보다 배우로서 훈련이 잘 되어 있다는 것이 제 생각입니다. 그건 영국이라는 무대가, 영어의 종주국이라는 데 힘입어 미국과 세계를 향해 열려 있으면서도 연극과 TV드라마와 영화를 자유롭게 오가며 경험을 쌓기에 적합한 정도로 아담한 규모라서 가능한 일인 것 같습니다. 좀 더 근본적으로, 그들은 왕립극예술학교나 로열셰익스피어극단을 통해 정극 훈련을 충실히 수업하는 일을 중요시하고 높이 평가하는 영국의 문화적 풍토로부터도 큰 덕을 보고 있다고 봅니다.

최근까지도, 〈The Lord of the Rings〉, 〈Harry Potter〉, 〈007〉 시리즈 같은 블록버스터들은 할리우드를 영국 배우들의 놀이터처럼 만들어주고 있죠. 가장 미국적인 영웅이라고 할 수 있는 배트맨의 prequel(나중에 만들어진 전편)인 〈Batman Begins〉를 보셨나요? 무대는 시카고인데 정작 등장인물들은, 가면 쓴 웨일즈 사내(크리스천 베일)가 런던 태생 잉글랜드인들(마이클 케인, 게리 올드먼)의 도움을 받으며 아일랜드 출신 악당들(리엄 니슨, 킬리언 머피)과 싸우는 형국이더군요. 마치 〈Excalibur〉나 〈Braveheart〉의 캐스팅으로도 별 손색이 없을 만큼 영국인들이 대거 설치는 틈새에서 모건 프리먼이나 케이티 홈스가 동떨어져 보이던 게 우연이랄 수 없을 정도로.

정말 걸리적거리는군요.

물이 높은 데서 낮은 데로 흐르는 것처럼, 영국 배우들의 뛰어난 수공예적 기량이 할리우드라는 거대 시장으로 흘러가, 우리 안방까지 쉽게 전해지는 것은 영화팬들에게는 즐거운 현상입니다. 그 거대한 시장이 다니엘 데이 루이스처럼 좋은 배우를 망가뜨리는 것을 지켜보는 것은 괴로운 일입니다만.

Friendly Persuasion_1956, Working Girl_1988

그들의 어디가 닮았나 하면

윌리엄 와일러 감독의 1956년 작 〈Friendly Persuasion〉과 마이크 니콜스 감독의 1988년 작 〈Working Girl〉은 서로 비슷한 점을 찾기 어려운 영화들입니다. 그러니까, 이 두 영화를 묶어서 한 번에 소개하는 건 순전히 개인적인 어떤 취향에서 연유하는 일입니다. 그저 저한테는 이 두 영화가 항상 동시에 연상되는 것일 따름입니다. 그 이유는 나중에 말씀드리죠.

제사민 웨스트의 소설을 영화화한 〈Friendly Persuasion〉의 주인공들은 1860년대 인디애나주에 사는 퀘이커 교도 가정입니다. 이들은 성서가 가르치는 비폭력 원칙을 글자 그대로 지키며 삽니다. 독특하게 전통적인 방식으로 평화로운 일상을 누리던 그들도 남북전쟁의 소용돌이를 피해갈 수는 없습니다. 북부 지역을 초토화시키면서 남부군이 인디애나주를 통과하기 때문이죠. 사랑하는 이웃을 지키기 위해 총을 들겠다는 아들(앤서니 퍼킨스)과 이에 반대하는 아버지(게리 쿠퍼)의 대립이 드라마의 큰 축을 이루고 있습니다.

이렇게만 소개한다면 훌륭한 영화를 부당하게 폄훼하는 거나 다름없습니다. 양심적 집총거부는 〈Friendly Persuasion〉의 중심적 소재이기는 하지만, 이 영화는 결코 그것만으로 좁아들지는 않기 때문입니다. 좋은 작품이란, 항상 그것을 이루고 있는 모든 재료들의 합계보다 큰 법이죠. 와일러 감독은 이 영화를 무척 조심스럽게 연출한 것 같습니다. 영화의 전반부는 흡사 〈Seven Brides for Seven Brothers〉를 연상시킬 만큼 가볍고 경쾌합니다. 그러다 전쟁의 그림자가 문턱에 다가옵니다. 그 후반부에도 등장인물들은 적어도 겉으로는 일상의 경쾌함을 유지하지만, 영화의 분위기는 사뭇 달라지죠.

남북전쟁에 대해 쥐뿔도 아는 게 없다손 치더라도 이 영화의 줄거리를 이해하는 데는 지장이 없습니다. 그러나 동시에, 이 영화는 남북전쟁이 미국인들에게 미친 영향을 가장 잘 그려낸 작품들의 반열에 포함될 수도 있을 겁니다. 퀘이커 교도라는 비폭력 집단을 주인공으로 삼았기 때문에 전쟁의 광포함이 더 두드러져 보인다는 점에서, 이 영화가 선택한 전략은 절제였다고 생각합니다. 메시지를 잘 전달하기 위해서 큰 목소리로 말하는 웅변가가 아니라, 주위를 조용하게 만드는 연설가 비슷하다고나 할까요. 그래서, 게리 쿠퍼·집안 애완동물인 거위가 남부군에게 꽥꽥거리며 대드는 모습이 오히려 〈The Patriot〉에서 도끼를 들고 종횡무진 뛰어다니며 싸우는 멜깁슨 못지않게 영웅적으로 보일 수 있었던 거죠.

거위와 줄곧 다투는 열 살배기 막내아들에게, 군인을 사랑하게 된 딸에게, 싸우기로 마음 먹는 큰아들에게, 신앙을 지키려는 부모들에게, 전쟁은 제각각 다른·얼굴로 다가옵니다. 저항을 독려하는 북군 장교 앞에서 게리 쿠퍼는 퀘이커 교도가 싸우지 않는 것은 싸움이 두렵기 때문일지도 모른다는 점을 시인해서 마을 노인들의 분노를 사기도 합니다. 스스로의 비겁함을 시인하려면 도대체 얼마나 용감해야 하는 걸까요. 이 영화 속에서 게리 쿠퍼는, 마을 전체의 비겁자들의 운명을 홀로 어깨에 걸머지고 악당들과 외롭게 싸우던 〈High Noon〉에서보다 진정으로 더 용감해 보이더군요. 아들을 나무라는 아내를 말리면서, 그는 "사람이 양심을 저버리면 쌓아놓은 콩더미보다 값어치가 없어지지 않느냐"고 말합니다. 사실 그는 완고한 기독교 신자의 얼굴을 하고 있지만 더없이 인본주의적인 가장의 역할을 맡았던 셈이죠.

앤서니 퍼킨스는 히치코크 감독의 〈Psycho〉에서 소름 끼치는 다중인격자로 깊은 인상을 남긴 이래 줄곧 "사이코의 주인공"으로 일컬어졌습니다. 성격파 배우로 분류된 그에게 맡겨지는 배역들도 주로 뒤틀린 내면 연기를 하는 것들이었죠. 하지만 〈Friendly Persuasion〉에서만 해도 앤서니 퍼킨스는 준수하기 그지없는 꽃미남 배우였습니다. 아, 화무십일홍이라 지만.

자, 이제 극장을 바꿔서, 〈Working Girl〉은 하급 전문직에 종사하는 여성의 좌절과 꿈과 사랑과 성공을 그린 로맨틱 코미디입니다. 직장인들의 애환을 그린 비슷비슷한 분위기의 영화들은 많지만, 〈Working Girl〉은 "이렇게 생긴 영화 중에서는 제일 재미있는" 영화라고 서슴없이 말할 수 있습니다. 테스(멜라니 그리피스)는 평소 쌓인 것도 많고, 잘 풀리는 일도 없는 여비서입니다. 직장에서 상사는 그녀의 아이디어를 가로채고, 그녀의 남자 친구는 딴 여자에게 한눈을 팔죠. 멜라니 그리피스는 이 영화를 촬영하는 동안 알코올 중독 치료를 병행하고 있었다고 합니다. 그런 덕분인지 몰라도, 그녀는 우리 직장인들이 누구나 경험하는 시시포스적인 노동의 피로감을 호소력 있게 보여주고 있습니다.

이 영화가 우리 가슴을 따뜻하게 만들어주는 것은, 피곤한 일상의 수레바퀴 밑에서 신음하면서도 꿈과 희망을 저버리지 않는 평범한 사람의 이야기이기 때문입니다. 스태튼 아일랜드에서 맨해튼으로 통근하는 배로 허드슨 강 하구를 건너는 동안 출근시간을 이용해서 경제 신문을 꼼꼼히 읽는 그녀의 모습

속에서 자신과 동료들의 자화상을 보지 않는 월급쟁이들은 없을 것 같습니다. 테스는 직장 생활을 하면서 야간학교에서 학위를 받기도 했습니다. 마침 직장 상사(시고니 위버)가 스키장에서 다리가 부러져 치료를 받는 동안, 그녀는 우연히, 또 우연찮게 스스로의 능력을 증명할 기회를 얻습니다. 그녀는 미남 투자 브로커인 잭(해리슨 포드)과 팀을 이루게 됩니다. 사무실 안에서, 또 밖에서도.

테스가 출퇴근 때 이용하는 페리선은 영화의 중요한 상징물입니다. 배로 출퇴근할 수 있는 여건이 흔치 않은 것이다 보니 독특한 풍물에 해당되기도 합니다만 그보다도, 그녀에게 그것은 마치 신데렐라를 태우고 집이라는 현실과 무도회장이라는 기회 사이를 건너다니던 마차 비슷한 것이기도 합니다. 배가 맨해튼을 향해 가는 장면에서 주제가 〈Let the River Run〉의 멜로디도 강물처럼 흐릅니다. 칼리 사이먼이 부른 〈Let the River Run〉은 이 영화에게 유일한 오스카를 안겨준 주제가였습니다. 최우수 작품상, 최우수 감독상, 최우수 여우주연상 등 여섯 개 부문 후보에 오르고도 주제가상 딱 하나만을 받았지만, 그게 별로 억울해 보이지 않을 정도로 이 노래는 노래 자체로서 좋기도 하고, 영화의 분위기도 잘 살려줍니다.

이 영화에는 기억에 남는 재치 있는 장면들이 많지만, 마지막 장면은 압권입니다. 부단한 노력의 결과 그녀는 새 직장의 '초임 직급^{entry-level}'을 선사 받습니다. 첫 출근 후 비서의 책상에 짐을 풀어놓으며 새로운 출발을 다짐하는 그녀에게, 방안에서 다리를 꼬고 전화 통화 중이던 그녀의 비서가 다가와 안쪽 방의 상사 자리가 그녀의 것임을 알려줍니다. 자기 행동이 마음에 안 들면 말로 하시지, 첫날부터 왜 이러냐며. 이런 안배는, 테스의 놀라움에 관객들을 효과적으로 동참시켜 줍니다. 만세를 부르는 그녀의 모습을 카메라가 창밖에서 점점 멀리 줌아웃 하면서 건물을 비춰줍니다. 여담이지만, 그곳은 이제는 사라지고 없는 세계무역센터였습니다. 9·11 테러사건이 발생했을 때, 저는 졸지에 희생된 수많은 테스들을 마음속으로 애도했습니다.

〈Friendly Persuasion〉과 〈Working Girl〉 두 영화를 제 마음 속의 지도 속에서 한 덩어리로 묶어주고 있는 것은 두 명의 남자 주인공입니다. 주제의 무게나, 배경이나, 소재나 무엇 하나 비슷한 게 없는 영화지만, 이 두 영화가 담고 있는 유머^{Humor}의 농도만큼은 상당히 비슷합니다. 그 유머는 게리 쿠퍼와 해리슨 포드를 통해 구현되고 있습니다. 깔

깔거리며 배를 잡을 장면은 없어도 내내 흐뭇한 미소를 머금게 하는 정도의 건강한 유머. 정직하고 성실하고 성숙한 남성만이 구현할 수 있는 그런 색깔의 유머. 해리슨 포드는 그것을 굉장히 '게리 쿠퍼스럽게' 해내고 있었습니다. 〈For whome the bell tolls〉라든가 〈High Noon〉에서의 게리 쿠퍼가 아니라 〈Friendly Persuasion〉에서의 게리 쿠퍼. 그래서 비슷하더라는 얘기였습니다. 그뿐입니다.

Cinema note 016

Lonesome Dove_1989
넘치지 않는 연기의 매력

좋아하는 배우를 한 명만 꼽으라면 저는 주저 없이 로버트 듀발을 꼽습니다. 그런데 서운하게도, 그게 누구냐고 묻는 사람들이 의외로 많더군요. 심지어 〈The Godfather〉에서 콜레오네가의 변호사 톰 헤이근이라고 설명을 해도 기억을 못하는 사람들이 많습니다. 〈MASH〉, 〈The Godfather〉, 〈Apocalypse Now〉, 〈Colors〉, 〈The Handmaid's Tale〉, 〈Days of Thunder〉, 〈Rambling Rose〉, 〈Falling Down〉, 〈The Scarlet Letter〉, 〈Phenomenon〉, 〈Deep Impact〉, 〈Gone in 60 Seconds〉, 〈The 6th Day〉, 〈John Q〉 등등 그가 출연한 수많은 히트작들에도 불구하고, 그가 명실공히 주연을 맡았던 영화는 THX 1138 등 두어 편뿐이라는 사정을 생각하면 놀랄 일은 아닐 수도 있습니다만.

로버트 듀발은 성격파 배우입니다. 어떤 역할이건, 그는 늘 그 배역을 다른 누군가가 맡아서는 도저히 그렇게 소화했을 것 같지 않은 존재감으로 가득 채웁니다. 그럼에도 불구하고, 그는 자신의 연기로 영화를 압도하는 법이 없습니다. 눈에 띄려고 빨간 옷을 입고 결혼식장에 나타나는 신부의 친구 같은, 그런 연기를 하는 법이 없다고나 할까요. (쓰면서 생각해 보니, 이런 설명은 제가 어떤 종류의 사람이 되고 싶은지에 관한 자기암시 같은 것일 수도 있겠다는 생각이 듭니다.)

그런 로버트 듀발이 모처럼 주인공으로 화면을 유감없이 누비는 모습을 감상할 수 있는 작품이 〈Lonesome Dove〉입니다. 이 영화는 극장용 영화가 아닌 6시간 정도 분량의 TV 미니시리즈(1989)로 제작되었습니다. 국내에 〈머나먼 대서부〉라는 제목으로 방영되기도 했었는데, 연속극 시간에 맞춰 TV를 시청할 만큼 부지런하지 못한 저는 놓치고 말았습니다. 그런데 고맙게도 AFKN이 시청자의 요청에 부응해서 89년 어느 날 자정부터 연속 상영을 해준 덕분에 날밤을 새면서 몰아서 볼 수 있었습니다. 식구들을 깨울까봐 중간 공익 광고 시간에 까치발로 뛰어다니며 라면을 두 그릇 끓여 먹으면서 봤죠.

TV 드라마는 극장 영화보다 호흡이 길고 대사에 많이 의존하기 때문에 배우들이 자기 밑천을 다 드러내지 않으면서 연기의 긴장감을 지속하기가 어렵습니다. 하지만, 가끔 어떤 배우들은 정말 뭔가에 씐 것처럼 평소에 보여주지 않던 자신의 저력을 끄집어내는 경우도 있습니다. 〈용의 눈물〉에서의 유동근, 〈청춘의 덫〉의 심은하, 〈커피 프린스 1호점〉의 윤은혜 같은 경우들이 떠오르네요. 그런 멋진 연기가 매번 나오지 않는 까닭은, 배우 혼자만의 기량이 아니라 배역과 대본과 연출과 다른 연기자들과의 앙상블이 전부 좋은 화학작용을 일으킬 때만 가능한 현상이기 때문입니다. 유동근씨는 〈용의 눈물〉에 태종 이방원으로 출연하던 당시, 하루치 촬영을 마칠 때마다 스태프로부터 박수를 받았다더군요. 이런 현상은 캐스트와 스태프의 노력 전체가 서로 상승작용을 일으켜 말로는 설명하기 어려운 집단적 고양 상태가 될 때만 가능한 게 아닐까 생각합니다.

앞서 얘기한 것처럼, 로버트 듀발은 어떤 사소한 배역을 맡더라도 호연을 보여주는 훌륭한 배우입니다. 그런 그에게, 〈Lonesome Dove〉는 모처럼 제대로 깔아준 멍석이었습니다. 여기서 그는 자신이 가진 최상의 기량을 보여줄 뿐만 아니라, 다른 배역들을 좀 더 생동감 있게 만들어주는 촉매 같은 역할도 하죠. 그렇더라도, 이 영화를 이런 식으로 소개하는 건 별로 공평한 일이 아닙니다. 주연 배우를 제가 얼마나 개인적으로 좋아하느냐, 또는 작품의 길이가 얼마만큼 기냐 등과는 상관없이 완성도가 높은 드라마이기 때문이죠.

지나간 드라마의 DVD도 쉽사리 구입할 수 있는 세상이 되었기 때문에, 이제 방송사의 호의에 기대지 않고서도 〈Lonesome Dove〉를 구해 볼 수 있습니다. 기술적으로 말하자면, 예전에 제가 그랬던 것처럼 여섯 시간 동안 꼼짝없이 TV 앞에 붙들려 있지는 않아도 된다는 뜻이겠습니다. 하지만 과연 그럴 수 있을지는 한번 시험해 보시죠. 일단 드라마가 시작되면 중간에 한두 번 라면 끓이러 자리를 뜨는 정도보다 길게 쉬기는 아마 수월치 않을 겁니다.

거스 매크리(로버트 듀발)와 우드로 콜(토미 리 존스)은 텍사스의 퇴역 군인$^{retired}_{ranger}$들입니다. 이들은 군대 시절 동료로부터 몬태나라는 신개척지에 새로운 기회가 기다리고 있다는 말을 듣습니다. 우드로는 거스를 설득해서, 그 동안 조용히 지내던 텍사스의 소읍 론섬 도브를 떠나 서부로 대장정에 나섭니다. 거스와 우드로 두 사람의 성격은 정반대랄 수 있을 만큼 서로 다릅니다. 거스는 낙천적이고, 잘 웃으며, 두주불사에다, 재미있는 게임이라면 마다하지 않는 성품인 반면, 우드로는 늘 심각하고, 농담이란 걸 당최 모르는 사람입니다. 하지만, 이들의 서로에 대한 존경과 신뢰에는 다른 사람이 비집고 들 틈이 없습니다.

우드로와 거스는 4000킬로미터나 떨어진 몬태나로 소떼를 몰고 갈 작정으로 군대 시절 동료를 포함하여 믿을 만한 동료들을 불러 모읍니다. 이들은 저마다 사연을 안고 대장정에 참여하죠. 몬태나를 향해 초원과 사막과 태풍과 강물을 가로지르며 겪는 간난신고는 우드로와 거스, 두 명의 잊혀진 영웅들에게는 이제 여생에 마지막으로 남은 한판의 모험이자, 그들이 삶을 정리하는 방법입니다. 잊혀진 영웅이라니까 생각나는 장면이 있군요. 두 늙은 카우보이를 업신여기며 모욕하는 어떤 술집에서 거스는 급한 성미를 못 참고 실력을 발휘하여 바텐더들을 혼내주고 나서, 카운터 너머에 떡하니 걸려 있는 자신들의 빛바랜 사진을 가리킵니다. 그는 애수 어린, 그러나 장난꾸러기같은 눈웃음을 지으며 이렇게 말하죠. "저거 누군지 알아? 약간의 존경심을 표해줬으면 해. 나는 오거스터스 매크리 대위고, 이 사람은 우드로 콜 대위지. 저 사진에 찍힐 무렵엔 사람들이 우리를 상원 의원으로 만들려고 야단들이었거든."

〈Lonesome Dove〉가 선사하는 긴 여운을 한 두 마디로 정리하려는 시도는 부질없습니다. 다만, 어디선가 외계인이 나타나서 영어의 'frontiermanship'이라는 단어가 무슨 뜻이냐고 묻는다면 저는 주저없이 이 영화의 관람을 권해주겠습니다. 돌이켜 생각건대, 무릇 프론티어 정신이란, 〈Lonesome Dove〉가 구현하고 있는, 소략하게 정리하기 어려운 정서의 몸뚱아리 전체에 가깝습니다. 어쩔 수 없이 '개척자 정신'이라고 번역되곤 합니다만, 프론티어 정신은 산악인들이 산에 오르는 이유 비슷하기도 하고, 연어가 고향으로 회귀하는 것과 정반대로 낯선 곳에 뼈를 묻는 역노스텔지어 같은 정서도 포함하고 있다고 생각됩니다. '미지의 그리움'이라고나 할까요.

퓰리처상을 수상한 래리 맥머트리의 소설이 원작인데, 재미있는 것은 그가 이 소설을 당초 영화 시나리오로서 쓰기 시작했다는 점입니다. 70년대 초 맥머트리는 이 시나리오를 쓰면서 우드로 콜에 존 웨인, 거스 매크리에 제임스 스튜어트를 기용하기를 희망했습니다. 그의 시나리오가 소설로 성공하고 다시 한 바퀴 돌아 드라마로 만들어지기 위해서는 강산이 두 번 더 바뀌어야 했던 거죠. 〈Lonesome Dove〉가 에미상을 휩쓸고 나서 〈Return to Lonesome Dove〉라는 속편이 만들어졌는데, 여기서는 제임스 가너와 존 보이트가 거스와 우드로를 맡았습니다.

〈Lonesome Dove〉를 서부극으로 분류해도 좋을까요? 서부 영화 장르의 단조로움에 대한 반성은 요상스런 수정주의적 서부극들을 낳았습니다만, 〈Lonesome Dove〉는 현실의 어두운 면에 두 발을 튼튼히 딛고 있으면서도 옛날 서부극의 따뜻한 분위기를 잘 담아내고 있습니다. 오히려, 서부 영화라는 장르 전체의 품위와 격조는 〈Lonesome Dove〉와 클린트 이스트우드의 〈Unforgiven〉 단 두 편만으로도 몇 단계 승격되었다고 저는 믿습니다. 품위 없다는 사실 자체가 서부극의 격조라고 아마도 주장할, 장르 팬들에게는 야유를 들을 법한 소리겠지만.

Cinema note 017

The Others_2001
다른 눈으로 세상을 보다

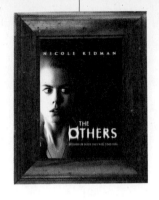

니콜 키드먼. 제가 그녀를 만난 것은 99년 2월, 찬바람이 아직 가시지 않은 일요일 오후 맨해튼 48번가 코트 극장 앞에서였습니다. 극장의 쪽문을 열고 나온 그녀는 제게로 성큼성큼 걸어왔습니다. 저는 방긋 웃는 그녀와 악수를 하고 몇 마디 대화를 나눴습니다. 니콜은 화면에서 보던 것보다 키가 작았고 (톰 크루즈는 대체 얼마나 작단 말인지?) 그냥 키가 작은 것이 아니라 눈, 코, 입, 얼굴, 손, 할 것 없이 보통 사람을 85%쯤 축소 복사해 놓은 것처럼 전부 올망졸망 작더군요.

　　니콜과의 만남은, 솔직히 자백하자면, 만남이라고 부를 만한 것도 못되었습니다. 89년에 할리우드에 데뷔한 후 불과 몇 년 사이에 초대형 스타가 된 그녀는 몹시도 연기력을 인정받고 싶었던지, 98년 12월부터 석 달간 브로드웨이에서 〈The

Blue Room〉이라는 연극의 주인공으로 출연했습니다. "극장
의theatrical 비아그라"라는 평을 받았던 이 연극에서, 그녀는 때로
는 전라로 때로는 반라로 무대 위에서 옷을 입었다 벗었다 하
면서 1인 5역을 열연합니다. 저는 마침 그때 뉴욕에서 지내면
서 이 연극을 놓칠 수 없었던 (놓칠 것이 따로 있지) 수많은 사람
들 중 하나였을 뿐입니다.

저와 아내는 주말 오후에 아이
들을 베이비시터에게 맡겨 두고 연
극을 관람하러 갔습니다. 연극은 상
상했던 것보다도 훌륭했습니다. 과
연 브로드웨이는 할리우드 스타가
벗고 달려든다고 무조건 문을 열어
주는 곳은 아니구나 하고 감탄했습
니다. 보모에게 아이들을 맡겨본 것
이 처음이었던 우리 부부는 조바심
이 나서, 출구가 혼잡해지기 전에 커
튼콜이 진행되는 동안 극장을 살금
살금 빠져 나왔습니다. 마침 극장 앞

에 공중전화가 있더군요. 아이들은 잘 있으니 걱정 말고 놀다
오시라는 베이비시터의 음성을 듣고 수화기를 내려놓은 저는
돌아서다가 깜짝 놀랐습니다. 극장에서 꾸역꾸역 나오는 관객
들 거의 전원이 우리 뒤로 와서 줄을 서는 게 아니겠습니까.

긴 줄의 맨 앞에 서는 경험은 일부러도 좀처럼 하기 어려운 것이다 보니, 졸지에 영문도 모르고 일등이 된 저는 제 뒤에 선 아줌마에게 무슨 일인지 물었죠. 설명인 즉슨, 잠시 후면 배우들이 공중전화 옆의 저 문으로 나와서, 팸플릿^{Playbill}에 사인을 해준다는 겁니다. 좀 춥긴 했지만 그냥 갈 일은 아닌 것이죠. 30분쯤 기다렸나? 주변이 갑자기 훤해지더니 니콜이 나타나서는 맨 앞에 선 제게 다가와 손을 내밀었던 것이죠. 그녀와 나눈 '깊은' 대화는 다음과 같았습니다.

나 (악수하며) 대단한 연기였습니다.

니콜 고마워요. (손을 내밀어 내 팸플릿을 받아든다.)

나 (황급히 필기구를 찾다가, 열쇠고리로 쓰던 소형 스위스칼 속의 볼펜심을 꺼내서 건넨다. 이것은 내가 애용하는 비상용 볼펜이다.)

니콜 (특유의 경쾌하고 높은 목소리로) 이게 뭐죠?

나 필기구요.

니콜 (깔깔 소리 내어 웃으며) 오, 이런. 이건 아마 세상에서 제일 작은 필기도구일 것 같네요.

나 (실없이 킬킬 마주 웃으며) 우연의 일치군요. 저도 그렇게 생각하거든요.

웃지 마시길. 이런 인연도 있고 해서, 니콜 키드먼은 한동안 제가 가장 좋아하던 여배우였습니다. 적어도 그녀의 보톡스 중독이 그 환한 미소를 망가뜨리기 시작하던 〈Moulin Rouge!〉 무렵까지는. 어쨌거나, 니콜은 저와의 '만남' 이후로도 승승장구하여 오스카 여우주연상에 빛나는 히로인으로 성장했으니, 그녀를 속으로 성원해 마지않던 저로서는 보람 있는 일입니다. 그녀의 출연작들 중 제가 제일 좋아하는 작품은 〈The Others〉입니다. 제가 막상 〈The Others〉를 좋아하는 이유는 영화의 독창성과 장점이 마음에 들어서입니다. 영화 속에서 니콜 키드먼의 매력이 돋보였던 것으로 치자면, 딴 영화들이 얼마든지 있죠. 두 편만 골라 본다면 저는 〈To Die For〉와 〈Birthday Girl〉을 꼽겠습니다. 특히 〈Birthday Girl〉에서 악역을 맡아 러시아 억양을 완벽하게 구사하던 그녀는 멋졌습니다.

〈The Others〉의 독창성에 관해 설명하면 영화보다 저의 허접한 글을 먼저 읽게 될 분들에게 너무 결정적인 스포일러가 될 것인지라 세세한 설명은 자제하겠습니다. 아메나바르 감독은 이 영화를 통해, 공포영화가 신체 절단이나 피범벅 없이 암시만 가지고도 충분히 무서울 수 있다는 사실을 훌륭히 증명했습니다. 키드먼의 연기도 좋긴 했지만, 자칫 유치한 반전으로 전락할 수도 있었던 발상을 품격 있게 영상화한 공로는 감독의 몫이었다고 봅니다.

영화는 타인의 관점에서 세상을 바라보는 경험을 제공하

는 독특한 오락입니다. 특히, 연기자 시점 장면이 보여주는 타인의 시야는 소설이 흉내 내기 어려운 영상의 직접화법이죠. 랠프 파인즈가 주연한 〈Strange Days〉에서는 인간의 중추 신경을 직접 복사해서 기억과 감정까지 전해주는 SQUID라는 불법 녹화 장치가 등장합니다. 이미 1932년에 올더스 헉슬리가 쓴 〈Brave New World〉에도 '현실보다 더 현실적인' 느낌을 재생시켜주는 feelie라는 장치가 등장했었죠. 하지만 이런 기계들이 나오기 전까지는, 영화는 우리가 가지고 있는 매체들 중에서 남의 감각의 근사치를 가장 즉물적으로 경험할 수 있는 수단입니다. 그것을 가장 잘 기록하는 매체는 아니더라도 말이죠.

대개의 영화들은 작가인 감독의 눈을 통해 색다른 세상을 '들여다보는' 기회를 줍니다. 그것도 즐거운 일탈에 해당합니다만, 〈The Others〉처럼 극중 인물의 각성을 통해서 전혀 다른 세상을—마치 거울 속에서 거울 밖을 바라보듯—'내다보게' 해 주는 영화들도 있는 겁니다. 〈The Others〉 류의 반전이 아메나바르 감독의 전유물은 아니지만, 그는 특이하게 느린 긴장과, 조용한 공포감, 관점의 도치를 결합함으로써 이 영화를 '타자성otherness의 두려움'에 관한 독보적인 알레고리로 만들었습니다. 남이 나에게 남이라는 것은, 내가 남에게 남이라는 것만큼이나 무서운 것이지요. 남에게 남인 내가, 나에게만은 영영 남이 아닐 거라는 법은 또 어디 있겠습니까.

폴란드 태생 안드레이 줄랍스키가 89년에 만든 〈Mes nuits sont plus belles que vos jours(나의 밤은 너의 낮보다 아름답다)〉라는 영화가 있었습니다. 소피 마르소가 소녀티를 벗고 성인 연기를 시작한 영화로 소개되곤 하는 영화죠. 참, 그러고 보니, 저는 소피 마르소와도 인사를 나누고 대전 시내를 함께 거닐었던 적이 있군요. 대전 엑스포에 참석한 미테랑 대통령 등 삼십여 명의 귀빈들을 안내하던 저를 그녀가 기억할 리는 만무하지만서도.

이 영화의 남자 주인공 루카는 불치의 병으로 서서히 기억을 상실하면서 광기에 휩싸입니다. 광기를 주제로 한 여느 영화들과는 달리, 줄랍스키 감독은 이 영화가 광기에 '관한' 것이기 보다는 광기에 '의한' 것이 되게끔 만들었습니다. 해변의 리조트에서 블랑슈(소피 마르소)와 함께 보내는 루카의 생애 마지막 며칠간은 유난히 뒤죽박죽이죠. 저는 이 영화가 점점 광기를 더해가는 주인공의 눈으로 바라본 바깥 세상의 묘사라고 느꼈습니다.

천사의 시각으로 베를린 시내를 헤집고 다니며 관찰한 빔 벤더스의 영화도 이런 대열에 포함시킬 수 있겠군요. 영화를 통해서가 아니라면 언제 우리가 광인이 되어보고, 천사가 되어보고, 유령이 되어보겠습니까. 극장 밖의 일상 속에서도 나 아닌 다른 누군가, 또는 무언가가 되어보는 것은 중요합니다. 역지사지^{易地思之}는 세상 모든 도덕의 황금률이기도 하니까요. 상대방의 입장에 자신을 놓고 어떤 일을 다시 한번 바라보는 것은 도덕적 감성만 가지고 해낼 수 있는 일은 아닙니다. 실은 그것은, 영화적 상상력도 필요로 합니다.

그녀들에 관한 여담

은막에서 경력을 시작하는 여배우들 중에 제가 기대감을 가지고 지켜보았던 유망주들은 예전에도 많았습니다. 언젠가 좋아하는 여배우들의 이름을 주워섬겼더니 한 친구는 "입술 얇은 여자들을 좋아하는구나" 그랬었던 기억이 납니다. 글쎄요, 제가 좋아하던 기준은 입술의 두께 같은 건 아니었는데, 하긴 그렇다고 해서 그녀들의 연기력이 기준이었던 것도 아니긴 했습니다. 솔직히 말해서.

80년대 TV 연속극에서 스타가 되었던 모건 페어차일드 Morgan Fairchild 는 치졸한 스릴러인 〈Seduction〉으로 스크린에 진출하더니만, 영화다운 영화는 찍어보지도 못하고 어느새 시트콤 〈Friends〉의 챈들러 엄마 같은 TV 연속극 게스트 스타로나 등장하는 한물간 유명인이 되어버렸습니다.

비르지니 르도엥^{Virginie Ledoyen} 같은 신예가 제가 미처 팬 노릇을 해주기 전에 너무 일찌감치 유명해진 통에 좀 아쉬웠던 데 비하면, 오래전 드미 무어^{Demi Moore}에 대해서는 〈St. Elmo's Fire〉부터 〈Ghost〉 무렵까지 팬들이 많지 않던 기간 동안 그녀의 스타성을 미리 점치고 기대감을 걸어볼 기회가 있었습니다. 한동안 잘 나가는가 싶더니, 아아, 그녀는 제 오랜 성원의 보람도 없이 갈수록 이상하게 되어가고 있습니다.

존 트라볼타의 부인인 켈리 프레스톤^{Kelly Preston}은 엄청나게 많은 주류 영화에 조연으로 등장했지만 주연으로서는 아직도 B급 영화 스타의 울타리를 넘어 서지 못하고 있습니다. 그녀가 주연을 맡은 영화 중에는 그나마 오래전 데뷔작인 청춘물 〈Mischief〉가 개중 나은 편이죠. 조연으로서의 인기는 좋지만, 〈Twins〉에서 슈워제네거의 애인이나 〈Jerry Maguire〉에서 톰 크루즈 애인이 그녀였다고 말해줘도 사람들이 잘 기억 못할 정도로, 그녀는 자신의 존재감을 키우지 못했습니다.

〈Star Trek, The Next Generation〉의 〈Dauphin〉이라는 에피소드로 데뷔해서 〈Twin Peaks〉에 웨이트리스로 나왔던 매드첸 아믹^{Madchen Amick}이나, 〈Ferris Bueller's Day Off〉에서 눈에 확 띄는 신선한 모습으로 등장했던 미아

사라^{Mia Sara}도 어쩐 일인지 배우 경력 10년이 넘도록 대여용 비디오 전용 영화처럼 생긴 영화들에서만 얼굴을 볼 수 있습니다. 마리아 피틸로^{Maria Pitillo}라는 배우는 〈White Palace〉에서는 몰라도 〈Godzilla〉에서는 제법 인상적이었는데도 극장 영화에는 섭외를 못 받고 있는 모양이고, 재능 있어 보이던 페닐로프 앤 밀러^{Penelope Anne Miller}도 97년 〈Relic〉에 출연한 이후로는 뒷심 없이 이렇다 할 후속작에 얼굴을 못 내밀고 있습니다.

반면에, 제가 일찌감치 성원했던 배우들 중에 여우주연 상감으로 성장한 로잔나 아퀘트^{Rosanna Arquette}, 제니퍼 코넬리^{Jennifer Connelly}, 샤를리즈 테론^{Charlize Theron} 등도 있습니다. 로잔나 아퀘트의 경우는 인형처럼 예쁜 얼굴도 아니고 당초부터 저예산 영화에서 그로테스크한 역할을 많이 맡았었지만, 제니퍼 코넬리가 〈Requiem for a Dream〉으로, 샤를리즈 테론이 〈Monster〉로 망가지는 걸 봐야 했던 건 고역이었습니다. 예쁜 덕분에 일찍 주목받은 배우들이 진정한 연기자로 인정받으려면 폭삭 망가져야만 하는 것이 요즘 풍토이다 보니 어쩔 수 없는 일이겠습니다만.

최근에도 실패와 성공의 아슬아슬한 줄타기를 하며 분투하고 있는 신예들 중 제가 관심 있게 지켜보는 여배우들이 있습니다. 한동안 온갖 잡지표지를 장식했던 그레첸

몰^{Gretchen}_{Mol} 은 조만간 돌파구를 찾지 못한다면 B급 영화 선배들의 전철을 밟을 조짐이 커지고 있습니다. 〈The Notorious Bettie Page〉에서 60년대 유명 핀업 걸이던 베티 페이지 역할을 맡은 것이 그녀의 승부수였던 것 같은데, 글쎄요, 행운을 빕니다.

시에나 귈로리^{Sienna}_{Guillory}가 〈Superstition〉에서 보여준 모습은 근래 보기 드물게 가슴 속의 예민한 부위를 건드리는 설렘을 가져와서 기대가 컸습니다. 하지만 그 뒤로는 그녀도 아직 〈Resident Evil〉 속편의 여전사나 〈Eragon〉의 공주 등 싱거운 역할을 맡고 있어서, 아직 자기 매력을 충분히 활용할 기회를 얻지 못하고 있는 것 같습니다.

레이첼 리 쿡^{Rachael}_{Leigh Cook}의 경우는 소녀 이미지가 너무 강해서 그런지 성년 배우로서는 히트작을 못 내고 있지만, 아직 나이가 어리니 기회가 있을 거라고 기대해 봅니다. 듀나의 SF 단편소설 〈히즈올댓〉에는 레이첼 리 쿡에 관한 근사한 표현들이 포함되어 있더군요. 그녀를 지켜보는 게 저 혼자만은 아닌 것 같아서 적잖이 반가웠습니다.

97년 〈Jurassic Park〉 앞부분에서 작은 공룡에게 물려 다치던 꼬마애로 나왔던 카밀라 벨^{Camilla}_{Belle}이 어느새 홀쩍 커 가지고, 〈The Chumscrubber〉에서 조숙하면서도 생각이 복잡한 소녀의 매력적인 모습으로 눈에 쏙 뛰어들어 와서 놀랐습니다. 그녀는 최근 〈When a Stranger Calls〉 라는 서스펜스 스릴러의 주연을 맡긴 했는데, 자신의 흡인력을 잘 키워갈 수 있을지 어떨지, 아직은 너무 어리니까 좀 더 지켜봐야 할 듯합니다. 파이팅.

유망주에 대한 기대감 따위와는 무관한 얘기지만, 좋아하는 여배우들에 대한 장광설을 늘어놓고 보니 꼭 덧붙여야 할 것 같은 사실이 하나 있군요.

제가 지금까지 살면서 보았던 중에 가장 예뻤다고 생각하는 배우는 정윤희입니다.

Troy_2004

사극은 사극일 뿐, 오해하지 마시길

기원전 4세기의 그리스 학자 유헤메로스는 신화가 역사적 사실
에 기초했다고 여겼습니다. 실제로 벌어졌던 사건들이 오랜 세
월을 두고 인구에 회자되면서 덧칠된 것이 신화라고 생각했던
거죠. 그래서, 실재했던 사건이나 인물이 신화의 바탕을 이룬
다고 믿는 신화관을 Euhemerism이라고 부릅니다. 이런 시각
으로 신화를 보는 것은 섣부른 역사왜곡의 함정에 빠질 우려도
있거니와, 굳이 불필요한 일이기도 합니다. 그런 방식으로 접
근한 슐리만 같은 이가 트로이의 유적을 발굴해내는 고고학적
쾌거가 이따금 일어난다는 점만 뺀다면.

영화 〈Troy〉(2004)는 거기서 한발 더 나아가, 일리아드
의 줄거리로부터 신들을 아예 따돌렸습니다. 트로이 전쟁을 소
재로 영화를 만들자면 대략 세 가지 길이 있습니다. 첫째, 호머

의 시를 충실히 극화하는 방법입니다. 고전에 의존하므로 안전한 방식이지만, 모르긴 해도 지루한 영화가 될 공산이 크죠. 둘째, 철저한 고증에 입각한 사극으로 만드는 방법입니다. 이 경우 애로 사항은, 확실하게 고증된 재료가 영화의 근간으로 삼기엔 너무 빈약하다는 점입니다. 셋째, 트로이 전쟁사가 고대부터 끊임없이 재해석되고 수정되고 있는 역사적 창작물이라고보고, 일종의 '이야기 이어 만들기'에 참여하는 길이죠.

일단 일리아드는 덮어두기로 작심한 영화 〈Troy〉는, 나름대로 현존하는 학설과 고증에 충실하려 애쓴 흔적을 보여줍니다. 상고의 사건을 영화로 만들자면 어차피 상상력이 메워야할 공간이 크므로 고증의 철저함만을 잣대로 삼는 것은 무의미하겠지만, 이 영화는 (적어도 의도적 왜곡으로 가득한 리들리 스콧의 〈Gladiator〉보다는) 남겨진 기록에 충실한 것으로 보입니다.

트로이 전쟁을 영화로 만드는 제작자들이 부딪히는 곤란한 문제 중 하나는 헬렌의 캐스팅입니다. 고대 전 유럽에서 이의없이 최고의 미녀로 인정되던 얼굴, 그녀를 되찾기 위해서 그리스가 10년간 피비린내 나는 전쟁에 뛰어들 만큼 사람의 마음을 사로잡는 얼굴, 이른바 "천 척의 배를 띄운 얼굴^{face that launched}_{a thousand ships}"을 찾아야 하기 때문입니다. 그래서 Troy 전쟁에 관한 영화는 미국에서 만들어지더라도 미국 여배우가 맡았던 적이 없었습니다. 줄곧 지중해 근처에서 미녀 배우를 찾아다 기용했죠. 비교적 최근에 제작된 〈Helen of Troy〉에서도 영국 배우인 시에나 퀼로리가 헬렌 역을 맡았었습니다. 시에나는 제가 좋아하는 여배우지만 냉정히 말해서 헬렌감은 못되었습니다.

〈Troy〉에서는, 독일 태생 모델 출신으로 주로 프랑스에서 활동하던 다이안 크루거가 헬렌으로 발탁되는 영광을 누렸습니다. 다이안은 막 삼십 줄에 접어든, 얇은 입술에 섬세한 미모를 지닌 배우인데 모델 출신으로는 그만하면 썩 괜찮은 연기를 펼쳤습니다. 그녀는 니콜라스 케이지의 애인 역으로 〈National Treasure〉라는 블록버스터에도 출연했죠. 다이안 하이드크루에거라는 본명으로 모델 노릇을 하던 시절의 그녀는 광활한 이마와 뾰족한 하관을 가진 깡마른 소녀였는데, 나이를 먹으면서 얼굴에 좀 살이 오르더니 미운 오리새끼가 백조로 변

신하듯 몰라보게 예뻐진 여배우입니다. 어차피 헬렌도 누군가
가 역할을 맡아야 한다면, 저로선 그녀 정도면 만족입니다.

〈The Lord of the Rings〉에서 날렵한 엘프 레골라스였
던 올란도 블룸은 연약한 로맨티스트 파리스 역할에 맞춘 듯이
어울립니다. 지상 최고 미녀의 마음을 대번에 앗아갈 만큼 매
력적이고 섬세하지만, 살육의 전장에서는 목숨을 구걸해야만
하는 처지인 트로이의 왕자, 그 슬픈 인간의 모습을 블룸은 모
순되어 보이거나 너무 역겨워 보이지도 않게 연기해 냈습니다.

제가 별로 좋아하지 않는다는 사실과는 상관없이, 브래드
피트는 좋은 배우입니다. 그는 불사신 아킬레스의 활약상을 마
치 동양 신화의 치우蚩尤에나 비교될 법한 파괴력으로 그려냅니
다. 각개전투 장면에서의 안무가 하도 아름다워서 이 영화의
무술 감독이 누구였는지 궁금해지더군요. 육체적인 활력과 놀
라운 운동 신경만이 아니라, 금방이라도 폭발할 듯한 분노를
담은 반항아의 눈빛을 쏟아내는 연기로 브래드 피트를 능가할
배우는 당대에는 없는 듯합니다.

과거 제임스 딘은 원숙해진 모습을 보여줄 기회도 없이
요절하는 바람에 반항아를 대신 일컫는 이름이 되었습니다.
(리즈 테일러를 생각하면, 만일 그도 장수했다면 전설이 될 수는 없었
을 게 확실합니다.) 브래드 피트와 비교해 보자면, 제임스 딘은

좀 덜 폭발적이고 좀 더 음울합니다. 〈Waterfront〉에서의 말론 브란도도 액체 니트로글리세린처럼 건드리면 탁 터질 것 같은 모습이지만 어딘지 좀 작위적인 구석이 있죠. 저는 브래드 피트와 리버 피닉스를 6 : 4의 비율 정도로 섞어서 잘 흔들면 제임스 딘과 상당히 흡사한 분위기가 나오지 않을까 생각해본 적이 있습니다. 피닉스에게도 섬세한 우울함이 있었거든요. 물론, 제임스 딘을 감싸고 있는 신화적 분위기야 재생할 길이 없겠지만 말이죠.

또 다른 반항아 닉 놀테를 스타덤에 올려준 것은, 어윈 쇼의 소설을 극화한 70년대 TV 미니시리즈 〈Rich Man, Poor Man〉이었습니다. 할리우드 현역 배우들 중 반항아의 이미지로 브래드 피트를 능가할 사람이 만일 있다면 닉 놀테 정도라는 게 제 생각입니다. 물론 그가 젊었을 때 이야기죠. 나이 들어서까지 카리스마로 승화되지 않은 반항과 폭발을 일삼는다면 그건 주책에 해당하겠습니다. 〈Rich Man, Poor Man〉의 톰 조다시 역할로 지워지지 않은 인상을 남겼던 닉 놀테는 터프 가이의 이미지를 벗는 데 상당한 세월이 걸렸습니다. 형 루디

역을 맡았던 피터 스트라우스도 훌륭했습니다. 웬일인지 그는 그럴듯한 영화에는 출연하지 못하고 주로 TV 연속극 주변을 맴돌았는데, 아까운 노릇이죠.

국내 TV에 〈야망의 계절〉이라는 제목으로 방영되었던 이 미국 드라마는 김수현씨의 손을 거쳐 〈사랑과 야망〉으로 번안되었습니다. 거기서 반항아 태수 역할을 맡았던 이덕화가 보여준 연기는 감탄스러운 것이었습니다. 그것은, 요즘 어깨에 힘주고 덤비는 터프 가이들은 물론이려니와, 〈맨발의 청춘〉에서 보여준 신성일의 연기도 훌쩍 뛰어넘는 호연이었던 걸로 기억됩니다. 마음 좀 잡고 조용히 살아보려는 태수에게 동네 양아치들이 당구장에서 자꾸 시비를 걸자, 참다못한 그가 베수비오 화산처럼 폭발하면서 큐대를 콱 꺾는 장면은, 뭐랄까요, 최근에 리메이크한 〈사랑과 야망〉에 나오는 이훈 같은 배우가 흉내 낼 수 있는 경지가 아니었습니다.

〈Troy〉의 또 다른 영웅 헥토르 역할은, 남자 속옷 광고의 모델처럼 생긴 호주출신 배우 에릭 바나가 맡았습니다. 그는 단아하고 절제된 연기력으로 헥토르를 멋지게 재해석했고, 영웅의 명성에 값하는 우아함을 덧입혔습니다. 그가 〈Hulk〉에서 브루스 배너 박사 역할로 캐스팅 되었던 이유는, 안으로 잘 갈무리된 인품을 가진 것 같은 그의 인상 때문이었을 것입니다. 녹색 괴물과 잘 대비되니까.

분노를 갈무리할 줄 아는 사람만이 그것을 남을 위해 사용할 수 있습니다. 영화 〈Troy〉에서 헥토르는 조국 트로이를 위해 싸우고, 아킬레스는 자신을 위해 싸우죠. 그리스의 트로이 침공이 역사적 사실이었다면 그 목적은 헬렌을 되찾기 위한 것 따위는 아니었을 겁니다. 남자들은 단순하지만, 전쟁은 그렇게까지 단순하지 않거든요. 경제적으로 피폐해진 그리스가 트로이를 때때로 약탈한 것이 사실의 전말에 더 가까울 거라고 믿는 학자들도 있습니다. 호머라는 대시인에 의해 터무니없이 미화되고 윤색되기는 했지만, 고대에 10년간 지속적으로 장거리 원정을 수행할 수 있는 자원을 보유한 나라는 아마 없었을 겁니다.

헥토르도 죽고, 아킬레스도 죽고, 오디세우스가 속임수를 동원해서 만든 목마가 전쟁의 승패를 좌우한다는 결말은 묘한 여운을 줍니다. 교훈적이라기보다는 냉소적이라는 느낌의 결말입니다. 일리아드의 후편을 오디세이로 이어, 오디세우스에게 유랑의 형벌을 내린 것이 호머에게는 일종의 시적 정의$^{poetic}_{justice}$ 였을까요?

왜 불러!!

Homer

Million Dollar
Baby_2004
모든 것은 거꾸로다

클린트 이스트우드를 가리켜, 현재 가장 왕성하게 활동하는 감독이라고 말하면 과장일 겁니다. 그는 가장 오랫동안 활동하고 있는 현역에 해당되지도 않을 겁니다. 하지만, 왕성한 활동을 오랫동안 지속한다는 차원에서 현역 영화인들 중 그를 따라잡을 사람은 없는 것 같습니다. 1955년에 배우로 데뷔한 그는 70년대부터는 감독으로, 80년대부터는 제작자로도 1인 3역을 하면서 종횡무진 활약하고 있습니다. 지난 반세기 동안 그가 영화에 출연하거나, 감독하거나, 제작에 참여하지 않은 채 쉬고 있던 순간은 거의 없었던 것이죠. 1993년 그는 〈Unforgiven〉으로 아카데미 감독상과 작품상을 양 손에 거머쥐더니만, 2005년에도 〈Million Dollar Baby〉라는 영화로 또다시 감독상과 작품상을 가져가는 진기록을 세웠습니다. 〈Million Dollar Baby〉는 모건 프리먼에게 남우조연상을, 힐러리 스웽크에게 여우주연상을 안겨주기도 했었죠.

힐러리 스웽크는 제가 특별히 좋아하는 배우는 아닙니다만, 이 영화에서는 참 대단합니다. 링 위에서 모든 상대를 1라운드에 때려눕히는 전사이면서도 상처받기 쉬운 가녀린 영혼을 가진 여자 복서 역할을, 그녀는 넘치지도 모자라지도 않게 해내고 있습니다. 영화 속에서 풋내기 복서 매기 피츠제럴드는 지독한 연습벌레로 나오는데, 힐러리 스웽크라는 배우도 자신이 연기한 복서 매기에 결코 뒤지지 않는 연습벌레가 틀림없다는 사실을 화면 가득히 느낄 수 있습니다. 단지 열심히 한다고 해서 누구든지 뭐든 다 잘 할 수 있게 되는 건 아니겠지만, 열심히 하는 사람이 그 열심으로 채울 수 있는 빈 공간은 크고도 넓습니다. 무슨 일에서든지.

〈Million Dollar Baby〉의 줄거리에 예상을 뒤엎는 반전 같은 것은 없습니다. 그럼에도 불구하고, 가난하고 고단한 삶 속에서 권투 선수로서 자아를 실현한 매기 피츠제럴드가 자기 삶을, 그리고 죽음을 끌어안는 모습은 더없이 감동적입니다. 이 영화의 사랑스러운 점은 뻐딱한 냉소주의를 담고 있지 않다는 데 있습니다. 삶을 진지하게 대하지 않아도 좋을 만큼 잘난 사람이라는 건 없는 법입니다. 값싼 웃음을 선사하려는 치기도 없고, 과도한 비장미로 관객을 저만치 밀어내는 실수도 없이 이 영화는 정공법을 선택합니다. 흡사 매기 피츠제럴드의 권투

스타일 비슷하죠. 과연 클린트 이스트우드라는 노장의 연륜은 땅따먹기가 아니었던 것입니다.

이 영화를 보기에 앞서 저는 이른바 '헝그리 스포츠'인 권투의 실체를 미국 영화가 어떻게 그려낼지가 궁금했었는데, 이스트우드 감독은 화려한 링의 뒤안길, 그 구질구질하고 한없이 처절한 삶의 모습을 솜씨 좋게 화면에 담아냈습니다. 코치 프랭키는 매기에게 게일어로 Mo Chuchle라는 별명을 지어줍니다. 매기가 아무리 졸라도 그게 무슨 뜻인지 설명해주지 않는데, 결국 그 뜻을 매기에게 설명해 주는 끝장면은 저같이 무딘 남성 관객의 누선도 기어이 자극하고야 맙니다.

클린트 이스트우드 자신은, 어찌 보면 실패자라는 딱지를 붙일 수 있는 프랭키 던이라는 권투 코치의 역할을 맡았습니다. 프랭키라는 이름은 한물 간 권투 코치의 이미지에 잘 들어맞고, 던Dunn이라는 성도 끝장났다는 뜻의 Done과 발음이 같아서 사뭇 어울리지요. 이 영화에서 그는 〈Unforgiven〉에서와 마찬가지로 모건 프리먼과 친구사이로 나옵니다. 말수 적지만 가슴으로 말하는 두 노인네의 역할을, 노련미 넘치는 두 배우들은 마치 흰 설탕과 흑설탕처럼 잘 어우러지게 연기하고 있습니다.

이 영화에 보면 이런 대사가 나옵니다. "권투는 부자연스러운 행위다. 왜냐하면 권투 속의 모든 것은 거꾸로이기 때문이다Everything in it is backwards. 왼쪽으로 움직이고 싶으면 왼발을 내딛는 대신 오른쪽 발가락에 힘을 주고 민다. 오른쪽으로 움직이려면 왼발가락을 사용해야 한다. 제정신을 가진 사람들이 으레 그러듯이 고통으로부터 도망치는 대신, 그 속으로 뛰어드는 것이다…… 때때로, 펀치를 날리기 위한 최선의 방법은 뒤로 물러서는 것이다. 너무 물러섰다가는 싸움이 되지 않지만."

유심히 살펴보면, 이런 반어적 역설은 우리 주변에 가득 차 있습니다. 골짜기의 깊이는 봉우리의 높이와 같습니다. 어떤 사람의 장점은 그 사람의 단점이기도 하지요. 온유한 사람은 우유부단하고, 결단력 있는 사람은 독선적이고, 남의 말을 귀 기울여 들어줄 줄 아는 사람은 귀가 얇고, 공정한 사람은 가

혹하고, 자제력이 크면 스트레스를 쉽게 받고, 빠른 사람은 경솔하거나 부정확하고, 정확한 사람은 느리거나 편협하고, 쾌활한 사람은 덜 진지하고, 진지한 사람은 덜 쾌활하게 마련이죠. 흔히들, 물잔의 절반이 비었다고 말하는 사람이 되지 말라고들 얘기 합니다만, '잔의 반이 찼다'고 여기는 사람 중 과연 몇 명이 그 잔을 가득 채우려 들겠습니까. 물론, 어떤 사람의 단점이 그 사람의 장점이 되는 것은 아닙니다. 그런 불가역성에 인생의 묘미가 있고, 인격수양의 가치가 있는 거겠죠.

어쩌면 권투뿐만이 아니라, 우리 삶 속의 온갖 것들이 죄다 거꾸로라고 말할 수 있는 것인지도 모릅니다. 얼른 떠오르는 몇 가지만 더 예를 들어 보지요. 기독교인들은 자신들의 구세주를 살해한 십자가 형틀을 신앙의 거룩한 상징물로 삼습니다. 불교의 선가에서는 "부처를 만나면 부처를 죽이고, 조사를 만나면 조사를 죽이고, 나한을 만나면 나한을 죽여라"라는 임제의 가르침을 받들고 있죠. 개인은 이타적인 희생이 아니라 합리적이고 이기적인 경제활동을 함으로써 시장이라는 '보이지 않는 손'을 통해서 자기가 속한 사회 전체의 효용을 극대화합니다. 우리는 스스로를 다스리지 못하지만, 나 대신 정책을 결정하고 나에게 권력을 행사할 누군가를 선출하는 것을 민주주의라고 부릅니다. 평화는, 그것을 지키기 위해서는 피를 흘릴 수도 있다는 각오를 통해서만 지켜집니다. 게다가 평화를 반드시 지켜내야 한다는 믿음은, 평화로운 시대에 오히려 하찮고 혐오스러운 생각으로 대접받습니다. 누구나 행복을 갈구하지만, 정작 인간의 영혼을 정화하는 것은 고난과 고통입니다. 우리가 실수를 저지르기 가장 쉬운 때는 확신에 차 있을 때입니다.

오페라 아리아의 클라이맥스를 절절하게 만드는 부분은 정작 포르테로 부르는 후렴부가 아니라, 그것을 돋보이게 만드는 피아니시모입니다. 특히, 고음에서 작은 음량으로 소리를 점차 줄이는 decrescendo 기량은 테너나 소프라노 가수의 실력을 손쉽게 가늠하는 척도가 됩니다. 스스로 매사에 최선을 다한다고 자부하는 사람들은 오페라 아리아를 처음부터 끝까지 포르티시모로 부르는 것 같은 실수를 범하는 경우가 종종 있습니다. 중요한 일을 중요하게 다룰 줄 아는 능력은, 덜 중요한 일을 덜 중요하게 다루는 능력과 한 가지라는 사실을 잊어버리는 것이죠.

그림도 다르지 않습니다. 그림 속에 빛을 그리고 싶다면 그림자를 잘 그려야 합니다. 그럴 수밖에 없습니다. 빛은 그린 뒤에 나타나는 것이지 그려지는 것은 아니니까요. 어떤 그림자와 그늘을 그려 넣느냐에 따라서 붉은 빛깔 도는 저녁 햇살도, 눈부신 인공 조명도 마술처럼 그 모습을 드러냅니다.

저는 온화하고, 밝고, 쾌활한 사람이 좋습니다만, 정작 어떤 사람의 진정한 됨됨이를 드러내는 것은 그가 가진 그늘입니다. 아무리 친절하고 밝은 사람이라도 자신의 그늘을 숨기거나 감추어 드러내지 않는 사람, 또는 그림자를 아예 갖지 않은 사람과는, 친구가 될 수 없습니다. 당신에게 자기 그늘을 열어 보여주지는 않는 사람은 아마도 당신과 친구가 되고 싶은 생각이 없는 사람이기 쉽습니다. 같은 장점이나 특기를 가진 부부나 친구보다, 비슷한 그늘과 좌절을 지닌 부부나 친구 사이가 더 원만하다고들 하더군요. 자, 어떻습니까. 가히 인간만사가 반어적 역설로 가득하다고 할 만하지 않은가요?

The Painted Veil_2006
사랑, 서로 다른 것들에 붙여진 이름

무대는 1920년대 영국입니다. 유복한 가정의 맏딸 키티는 동생이 먼저 결혼하자 퇴물이 되었다는 느낌을 받습니다. 그런 그녀에게 숫기 없는 병균학자 월터 페인 박사가 갑자기 사랑을 고백하고 청혼을 합니다. 그녀는 충동적으로 청혼에 응하지만 그에 대한 사랑 따위는 없습니다. 결혼 직후, 페인 부부는 월터의 임지인 중국으로 함께 부임합니다. 키티는 매력적이지만, 행동거지가 신중한 여성은 아닙니다. 중국에서 그녀가 유부남 찰리 타운젠트와 바람이 나는 데는 그리 오랜 시간이 걸리지 않습니다. 페인 박사는 이 사실을 알게 되는데, 내성적인 사람들이 흔히 그러듯, 충격을 받고 자기파괴적인 결정을 합니다. 콜레라가 창궐하는 내륙 지방으로 전근을 자원하는 거죠. 그는 아내에게 일방적으로 통보합니다. 자기를 따라 시골로 가든가, 그렇지 않으면 불륜을 사유로 이혼을 청구하겠노라고.

| 배우들, 카메라 앞에 선 사람들

그녀는 타운젠트의 애정을 믿고 남편에게 큰소리를 치지만, 남편은 그녀를 비웃습니다. 행여 타운젠트가 이혼하고 키티와 결합하겠다면 조용히 헤어져 주겠노라고. 타운젠트를 찾아간 키티는 남편이 옳았음을 깨닫습니다. 그녀에겐 이제 남편을 따라가는 선택밖에 남지 않습니다. 당시 중국은 민족주의 열풍 속에서 외국인에 대한 적개심이 치솟던 시기이기도 했습니다. 역경 속에서 하루하루를 지내며, 키티는 전에 보려고 애쓰지 않았던, 그러므로 당연히 보지 못했던 남편의 훌륭한 점을 발견합니다. 아이러니컬하게도, 자신들이 파괴적으로 자초한 고난 속에서 두 부부는 서로에게서, 또 스스로에게서 새로운 모습을 찾게 됩니다. 그 결말은 비극적입니다만.

〈The Painted Veil〉은 영국 문호 서머싯 몸의 1925년 소설입니다. 원작은 못 읽어봤습니다만, 몸은 작품 속에 '반어적 감각과 영국적 위트로 사랑, 결혼, 간통, 제국주의, 선행, 종교와 구원 등 무거운 주제를 한꺼번에 잘 담아내는' 작가로 정평이 나 있군요. 이 대목에서 낡은 우스개가 생각납니다. 어느 학교의 작문시험 문제가 '종교, 왕실, 성적 일탈, 미스터리 등이 포함된 글을 지으라'는 것이었답니다. 다들 끙끙대는데 한 학생이 다음처럼 써 놓고 유유히 나가더랍니다. "하느님 맙소사, 공주님이 임신하셨다. 범인은 누굴까?" 교수가 그 학생을 불러 준엄히 꾸짖고 "SF적 요소를 가미해서 작품을 보완하라"고 시켰습니다. 학생은 세 글자만 더 쓰고는 답안지를 다시 제

출했답니다. "하느님 맙소사, 별나라 공주님이 임신하셨다! 범인은 누구인가?" 아무렴, 한 줄거리 속에 많은 이야기를 녹여내는 일은 대문호가 아니고는 어려운 일이겠죠. 그걸 영화로 잘 만들기도 쉽지 않은 일이구요.

1934년 그레타 가르보가 주연했던 〈The Painted Veil〉은 어딘가 문제 학생의 답안지 같은 면이 있었습니다. 배우들이 프레임 안에 서로 가깝게 서야했기 때문에 지금 보면 굉장히 어색하다는 둥 30년대 영화 문법 따위에 뒤늦게 시비를 걸려는 건 아닙니다. 이 영화가 맹숭맹숭한 최대 원인은 그레타 가르보라는 배우였던 것 같습니다. 주인공 키티는 걷잡을 수 없이 허영심이 많고, 종잡을 수 없이 이기적인 데다, 감잡을 수 없이 변덕스러워서 책잡을 일이 많은 여자입니다. 가히 여신급에 해당하는 가르보를 데려다 이런 역할을 맡기면서, 관객들에게 그녀가 '동생이 먼저 시집갔다고 아무 남자한테나 덥석 시집갈 법한 여자'라는 점을 납득시키기는 애당초 어려웠을 것입니다.

1957년에도 〈Seventh Sin〉이라는 제목으로 영화화 되었던 〈The Painted Veil〉은 존 커란 감독의 손으로 2006년에 다시금 빚어집니다. 주연을 맡고 제작에도 참여한 에드워드 노튼과 나오미 와츠는 중국 자

본을 참여시키고 촬영도 중국 현지에서 했습니다. 그래서 이 영화는 중국 영화사 로고로 시작되죠. 중국 상영 때 제목은 〈면사面紗〉였습니다. 몸은 "살아있는 자들이 인생이라고 부르는 저 채색된 베일을 걷어내지 말라. 비록 거기 비현실적인 형상들이 그려져 있더라도 Lift not the painted veil which those who live call life : though unreal shapes be pictured there"라는 셸리의 시구에서 소설 제목을 따왔습니다. '인생이라는 채색된 베일'을 면사포라고 번역해 놓으면, 삶 전체에 대한 깊은 성찰이 신혼 이야기로 좁아들어 버리는 느낌입니다. 하지만, 이 영화의 제목으로는 적당한 번역일지도 모릅니다. 2006년 영화는 1934년 영화만큼 원작의 결말을 터무니없이 상투적인 해피 엔딩으로 바꿔놓진 않았지만, 그래도 여전히 소설보다는 달짝지근하다니까 말이죠.

에드워드 노튼은 90년대 할리우드가 건져 올린 가장 큰 수확이라고 저는 생각합니다. 꽃미남 아니면 터프 가이들이 대부분인 요즘 미국 남자배우들 틈에서 에드워드 노튼과 숀 펜 정도를 제외하면 더스틴 호프만이나 알 파치노 같은 예전 배우들에 필적할 존재감을 지닌 연기자를 찾기는 어렵습니다. 이 영화에서 에드워드 노튼과 호주 출신 여배우 나오미 와츠 두 사람의 연기는 진한 감동을 줍니다. 모자라지 않는 연기도 어렵지만, 넘치지 않게 연기하기도 어려울 터인데, 30대 후반에 불과한 배우들이 표정으로 대사의 여백을 채우는 연기를 저토록 천연덕스럽게 해내는 걸 보고 탄복했습니다.

나오미 와츠는 키티 역할에 딱 알맞을 만큼 예쁩니다. 자칫하면 장식품 같은 금발 아가씨 역할 단골 배우로 전락할 수도 있을 외모를 가진 그녀는, 현명하게도 데뷔 이후 저예산 독립영화에서 '망가지는 역할'을 마다하지 않으면서 천천히 성장했기 때문에 고정되지 않은 이미지를 지킬 수 있었습니다. 〈Mulholland Dr.〉에서는 수상쩍은 상대에게 빠져드는 레즈비언 역할을 맡았었고, 〈21 Grams〉에서는 가혹한 삶에 지친 여자의 절망을 생얼로 실감나게 보여줬지요. 그 덕에 그녀는 킹콩이 사모하는 금발 여배우 역할을 맡아도 인형 같은 가녀림이 아니라 생동감 있는 '사람 냄새'를 풍길 수 있었습니다.

1968년 생인 나오미 와츠는 여러 얼굴을 가졌습니다. 어떻게 보면 평범하기 짝이 없고, 어떻게 보면 화려한 미모조, 출연작 목록을 보고 있노라면, 그런 변신은 각고의 노력의 결과일 거라는 생각이 듭니다. 그녀는 호주에서 고교 동창생이던 니콜 키드먼과 가장 친한 친구라는군요.

〈The Painted Veil〉에서 나오미는, 사랑 없는 결혼에 뛰어드는 철부지, 유부남과 사랑에 빠지는 허영심 많은 신혼주부, 남편의 경멸에 치를 떠는 천박한 불륜녀, 스스로를 부끄러워하는 성숙한 어른의 역할을 다 설득력 있게 보여줍니다. 그러면서도, 그녀는 관객들이 키티라는 주인공을 미워하지 않고 그녀의 시각에서 바라보도록 도와줄 수 있을 만큼 적당히 우아하고 아름답습니다. 그녀는 타운젠트의 아이일지도 모르는 아들을 낳습니다. 그러나 아들에게는 세상을 떠난 남편의 이름을 따라 월터라는 이름을 붙이죠. 라스트 신, 세월이 흐른 뒤 길에서 우연히 타운젠트와 재회했을 때 그녀가 보여준 무심한 표정은 기억에 오래 남습니다. 아들 '월터'가 저 아저씨는 누구냐고 묻자, 별로 중요한 사람이 아니라고 답하는 그녀. 어떤 사랑은 상대를 떠나보내고서야 완성되기도 하는 것입니다!

사랑은 여러 가지의 감정에 붙여진 하나의 이름입니다. 신체가 거부하기 어려운 호르몬의 화학적 명령도 우리는 사랑이라고 부릅니다. 벌도 하고 나비도 하는 그런 사랑이죠. 로미오와 줄리엣이 서로를 얼마나 안다고 첫눈에 반한 것이겠습니까? 숭고하달 것까진 없지만, 그렇다고 해서 질 낮은 육욕이라고 눈을 흘길 필요도 없는 사랑입니다. 이런 사랑 없이 맺어질 수 있는 짝은 드물 테니까요. 그런가 하면, 익숙함도 사랑입니다. 그리움이라고 불러도 좋겠죠. 함께 있는 것이 정상적인 상태가 되어버린 결과, 상대방이 없으면 불편하고, 괴롭고, 아쉬운 '비정상적' 상태에 빠지는 감정 말입니다. 발에 잘 맞는 낡은 구두 같이, 특별히 아깝고 귀중하다는 생각은 들지 않더라도 이 또한 분명 사랑입니다.

사랑은 약속[commitment]이기도 합니다. 누가 강요한 것도 아니건만, 상대방을 짝으로 소중히 여기겠다고 공약하는 것이죠. 스스로에게, 또 상대방에게. 이런 얘기를 어린 후배들에게 해주면, 그건 사랑이라고 하기엔 너무 처량한 것 아니냐는 반응들이더군요. 하지만, 서로에게 필요하고 고마운 사람이 되게끔 만들어주는 힘, 결혼이라는 농사에서 보람이라는 과실을 가꾸는 주원료는 바로 이 세 번째 사랑이라고 생각합니다. 〈The Painted Veil〉에서 페인 부부가 그들의 삶 전체로 증명해 주듯이 말입니다.

추신

1. 그레타 가르보의 1934년 〈The Painted Veil〉은 2006년에 리메이크된 영화와는 판이합니다. 오히려, 그것은 가르보가 1929년에 주연한 〈Wild Orchids〉와 더 닮아 있지요. 〈Wild Orchids〉에서 그녀는 남편을 따라 자바 섬으로 왔다가, 자신에게 반해 끊임없이 들이대는 자바 왕자의 유혹에 넘어가고, 파국을 맞이하는 역할을 맡았

습니다. 그 영화에서는 과거 서구인들이 자바 섬을 얼마나 낭만적으로 상상했는지 엿볼 수 있어 재미있습니다. 스크린 속에서 인도네시아는 고질라나 킹콩 같은 괴물의 고향일 뿐만 아니라, 취미 삼아 호랑이 사냥을 다니면서 그레타 가르보를 유혹하는 멀쑥한 왕자가 사는 나라이기도 했습니다!

2. 나오미 와츠는 뻔뻔한 유부남 타운젠트 역을 맡았던 리브 슈라이버와 실제 연인 사이이고, 그녀는 2007년 여름에 두 사람 사이의 아들을 출산했습니다.

3. 〈The Painted Veil〉에는 뜻밖의 반가운 얼굴들도 나옵니다. 〈무간도〉의 형사 반장 왕초우생이 유대령 역할을 맡았습니다. 키티가 월터를 보는 시각이 점점 바뀌는 것과 동시진행형으로, 왕초우생은 중국인의 대표 격인 유대령이 월터를 점차 높이 평가하게 되는 중요한 대목을 연기합니다.

사랑

호로온이 주연하는 생화학적 총람

푸른 길 없이 함께 오고
함께 가는 식욕과 성욕
달리 방법 없이 질긴 맷줄
밤에 맞는 구두 같은 익숙함 또는
비정상적인 부색
아니, 가엾은 결심
설명이나 설령 굳이 필요 없는 약속

4. 60년대 영국 TV 액션 시리즈물인 〈Avengers〉에서 섹시한 여자 첩보원 역할을 맡아 화면을 누비던 다이애나 리

그가 수녀원장으로 출연합니다. (〈Avengers〉의 후편 격인 〈New Avengers〉는 70년대에 〈전격제로작전〉이라는 난해한 제목으로 국내 TV에서도 방영되었죠.) 다이애나 리그는 저의 뇌리에 아직도 생기발랄한 첩보원의 이미지로 남아 있는데, 그런 그녀가 인생을 달관한 수녀원장으로 나와서 '나와 하느님 사이에도 처음 같은 열정은 이제 없고, 애정이 식은 부부 관계처럼 서로를 당연시하게 되어버렸다'고 토로하는 장면은 복잡한 감상에 젖게 만들더군요.

La Môme
(La Vie en Rose)_2007
그녀의 수상을 점치며

다음 주(2008.2.24)에 개최될 제 80회 아카데미상 시상식의 심사위원들은 여우주연상 때문에 적잖이 곤혹스러워하고 있을 것 같습니다. 금년도 후보로는 케이트 블랑쳇$^{Elizabeth :}_{The\ Golden\ Age}$, 줄리 크리스티$^{Away}_{from\ Her}$, 마리온 코티야르$^{La\ Vie}_{en\ Rose}$, 로라 리니$^{The}_{Savages}$, 엘렌 페이지^{Juno} 등 5명의 배우가 선정되어 있습니다.

먼저 지금까지 아카데미 여우주연상의 일반적인 경향을 한번 살펴보죠. 그 동안 여우주연상은 실존 인물의 기구한 삶이나 정신적으로 정상 상태를 벗어난 역할을 연기한 배우들에게 압도적으로 많이 주어져 왔습니다. 알코올 또는 약물 중독이거나, 고군분투하는 여성이거나, 살인자의 배역을 맡은 여배우는 상을 탈 확률이 높아진다고 할 수 있습니다. 창부나 타락한 여성의 역할로 수상한 배우들도 줄잡아 스무 명이 넘죠. 평소와는 완전히 다른 모습으로 변신하여 성공적인 연기를 펼친 배우에게도 종종 상이 돌아갑니다.

한편, 아카데미상은 후보에 오른 한 편의 작품에서 펼친 연기만으로 평가받는 상은 아니라는 점도 널리 알려져 있습니다. 치명적인 폐렴에서 회복된 것을 격려하기 위해 엘리자베스 테일러에게 주었던 것 같은 일종의 감투상 격도 있고, 그동안 아슬아슬하게 상을 비켜갔던 노배우들에게 평생의 업적을 기려 상을 준 사례도 많습니다. 쟁쟁한 현역 배우들 사이에 70세 이상의 노령 배우가 후보로 끼어 있고, 그 배우가 과거에도 몇 번 후보에 올랐지만 수상 경력은 없다면, 그해의 상은 그 배우에게 돌아갈 가능성이 큽니다. 루스 고든, 제랄딘 페이지, 제시카 댄디, 엘린 버스틴 같은 예를 들 수 있겠죠. 반대로, 십대의 아역들이 천재적인 연기를 보여준 경우에도 수상을 점쳐볼 수 있습니다. 패티 듀크나 테이텀 오닐, 안나 파킨의 경우처럼 말입니다.

가령, 날씬한 금발 미녀인 인기 여배우(샤를리즈 테론)가 어느날 갑자기 체중을 수십 킬로그램이나 불려서 〈The Monster〉(2003)에서처럼 연쇄 살인자에다 동성연애자이기까지 한 창녀 역할을 맡았다면 보나마나 강력한 수상 후보로 꼽으시면 된다 이런 뜻이죠. 이런 경향을 금년도에 대비해 보면, 강력한 수상후보는 두 명으로 압축되지 않나 합니다. 〈La Vie en Rose〉에서 약물과 알코올 중독으로 무너져간 샹송 가수 에디트 피아프의 일생을 열연한 마리온 코티야르와 〈Away from Her〉에서 알츠하이머 병에 걸린 아내 역할을 맡았던 줄리 크리스티가 그들입니다. 특히 전성기 때에는 하나의 팝 아이콘이었으며, 일찍이 1965년에 〈Darling〉으로 아카데미 여우주연상을 수상했던 줄리 크리스티는 매우 오랜만에 후보군에 재입성했고 올해 67세인 그녀가 다시 또 이만큼의 활약을 보여줄 수 있을지 확신할 수 없다는 점에서 심사 위원들의 강한 동정표를 얻을 것으로 보입니다.

올해의 다른 여우주연상 후보작들을 살펴볼까요? 이제 아예 여왕 역할 전문 배우 대열에 올랐다고 해도 과언이 아닐 케이트 블란쳇은 아카데미에 새로운 진기록을 하나 세웠습니다. 그녀는 1998년에 〈Elizabeth〉라는 영화에서 엘리자베스 1세 역할로 여우주연상 후보에 오른 적이 있었고, 꼭 10년 후인 2008년에 〈Elizabeth : The Golden Age〉라는 영화에서 같은 역할로 같은 상의 후보에 오른 것이죠. 한 배우가 한 인물을 두 개의 다른 영화에서 연기한 것이 두 번 다 주연상 후보에 오른 경우는 그녀가 유일합니다. 그녀는 아마 영미권에서 가장 우아한 여배우들 중 한 명일테고, 앞으로도 기대되는 유망주입니다. 하지만 그녀는 2004년 〈Aviator〉에서 케서린 헵번 역할로 이미 여우조연상을 받았기 때문에 주연상은 조금 더 기다려도 좋을 것 같습니다.

〈X-Men III〉에서 벽을 마음대로 뚫고 다니는 Kitty역을 맡았던 21세의 엘렌 페이지는 〈Juno〉에서 고교생 미혼모 역할을 능청스러우면서도 섬세하게 해냈습니다. 하지만 그녀가 아역배우의 천재성을 보여준다고 보기는 어렵고, 주인공 주노는 십대 답다기 보다는 오히려 배우 엘렌의 실제 나이에 어울릴 위악스러운 조숙함으로 가득한 캐릭터였기 때문에 그다지 어려운 연기였을 것으로 보이진 않더군요. 〈The Savages〉는 아직 못 봤습니다만, 저로선 로라 리니가 상을 받을 거라는 기대감은 별로 생기지 않습니다. 그녀는 좋은 배우이지만 지금까지 이렇다 할 폭발적인 모습을 보여준 적은 없습니다.

폭발적인 모습? 네, 바로 그겁니다. 〈La Vie en Rose〉에서 마리온 코티야르가 보여주고 있는 것이. 이 영화에서 마리온은 프랑스의 국민가수 에디트 피아프의 일생을 연기합니다. 올리비에 다한 감독이 만든 이 영화는 조금은 과도하게 멜로드라마틱하고, 플래시백 기법을 남용한 나머지 객관적인 감상을 다소 방해한다는 단점을 지니고 있습니다. 다한 감독은 이 영화를 죽음에 임박하여 혼란스럽게 과거를 회상하는 에디트 피아프의 시점으로 만들고 싶었던 것이 아닌가 생각됩니다. 그 하나의 증거로서, 그녀가 연인 마르셀의 꿈을 꾸고, 그의 사망 소식을 듣고, 다시 무대로 이어지는 롱 테이크는 주관적 시점으로 이루어진 독특한 미학적 완성도를 보여줍니다.

이 영화는 마리온 코티야르라는 여배우의 영화입니다. 부모로부터 버림받아 창녀들의 손에 의해 양육되고, 거리의 가수로 자라 스타덤에 오른 피아프의 복잡한 내면을 마리온은 힘차면서도 섬세하게 그려냅니다. 그녀가 연기하는 피아프는 과시적이고 막무가내인 거리의 잡초 같은 성품을 지녔으면서도 한없이 상처받기 쉽고 대인관계를 두려워하는 여성입니다. 그녀는 알코올과 약물 남용, 무절제한 생활로 인해 불과 40대 후반에 마치 칠순 노파처럼 휘고, 삭고, 졸아든 여인, 그러나 그 '참새'처럼 작은 몸집 속에서는 언제나 불과 같은 음성을 토해내던 정열의 가수이기도 합니다. 참고로, 147cm의 단신이던 에디뜨 피아프의 데뷔 당시 별명은 Môme Piaf(작은 참새)였습니다. 이 영화의 불어제목은 〈La Môme〉이고요.

말년의 피아프를 연기하는 마리온을 보면서 유난히 놀랐던 것은, 지금까지 〈Chloe〉, 〈Taxi〉, 〈Jeux d'enfants〉 등의 전작에서 줄곧 매우 육감적인 성적 매력이 넘쳐흐르는 모습을 보여주었기 때문입니다. 그런 그녀가 갑자기 자신의 섹스 어필을 어디로 빼돌려 감춰버린 것인지 신기하기까지 했습니다. 재능이 있어 보여 눈여겨 지켜보던 배우이긴 했지만 그녀가 이렇게까지 갑작스레 일을 낼 줄은 미처 몰랐습니다. 당연히, 피아프의 노래를 흉내 내는 그녀의 립싱크 또한 흠잡을 데가 없었습니다.

제 느낌으로는 이번 수상 후보들 중에 마리온만큼 다른 후보자들을 뒤로 멀찍이 따돌리는 인상적인 연기를 보여준 배우는 없는 것 같습니다. 바로 그런 이유 때문에, 저는 아카데미 상 심사 위원들이 곤혹스러워하는 모습을 상상하고 있습니다. 외국어 영화에서 외국어로 연기한 외국인이 아카데미 여우주연상을 탔던 사례는 지금까지 딱 한 번 밖에 없었습니다. 1962년 〈La Ciociara (두 여인)〉라는 영화로 행운을 거머쥔 당시 28세의 소피아 로렌이 바로 그 주인공입니다. (이 영화로 그녀는 칸 여우주연상도 받았죠.) 하지만 소피아 로렌은 1962년 당시 이미 다수의 미국 영화에 출연한 국제적 스타였던 데다가, 60년대라고 하면 미켈란젤로 안토니오니, 로베르토 로셀리니, 피에르 파올로 파솔리니, 루키노 비스콘티, 페데리코 펠리니 등등 기라성 같은 이탈리아 작가들이 펄펄 살아서 세계영화사 교과서의 주요 부분을 채워가고 있던 시절이었습니다. 〈La Ciociara〉만 해도, 이제는 전설이 되어버린 비토리오 데 시카 감독의 작품이죠. 아카데미상 시상 관행의 예외가 되기에 부끄럽지 않은 작품이었다는 뜻입니다.

마리온 코티야르는 뤽 베송의 〈Taxi〉 시리즈에서 주인공의 매력적인 애인 역할로 널리 알려지긴 했지만, 그녀가 출연한 미국 영화는 〈Big Fish〉와 〈A Good Year〉 두 편뿐이었습니다. 별로 아카데미가 상을 주고 싶어 할 만한 이력을 갖춘 배우는 아닌 것처럼 보입니다. 하지만 〈La Vie en Rose〉에서의 그녀의 연기는, 만일 상을 받지 못한다면 영화제가 권위를 지키는데 애로가 있어 보일 만큼이나 뛰어난 것이었습니다. 과연 올해 다시 하나의 예외적인 기록이 추가될 것인지 지켜보는 것도 재미일 것 같습니다.

후기

이 글은 제가 영사로 근무하던 인도네시아에서 교민 잡지를 위해 2008년 2월 15일에 쓴 것이었습니다. 그 다음 주인 2008년 2월 24일, 제80회 시상식에서 아카데미는 마리온 코티야르에게 여우주연상을 선사했습니다. 짝짝짝.

Rambo IV _2008

노병은 죽지도, 사라지지도 않는다

의료 기술이 발전하고, 인류가 기술의 진보에 힘입어 맬더스적
기아위기를 탈출한데다, 불안하게나마 비교적 오랫동안 세 번
째의 세계대전은 일어나지 않았던 덕분에, 지구촌 곳곳에서 인
구의 노령화 현상이 나타나고 있습니다. 노령화 현상으로부터
건강 및 의료 등 사회 보장의 확대, 경제 활동 인구 감소와 저
축률 감소로 인한 저성장, 가족 구성의 변화에 따른 새로운 갈
등 등과 같은 문제들이 흘러나오고 있지요. 크게 보면, 노령화
의 문제는 사회가 책임져야 할 보살핌의 부담 증가로 말미암은
문제들(사회 보장 비용 증가, 저성장 등)과, 그럼에도 불구하고 노
년층에게 부족한 보살핌의 문제(질병, 고독, 무의탁 등)라는 동전
의 앞뒷면 같으면서도 각도가 서로 다른 두 종류의 문제를 낳
습니다. 말하자면, 인구의 노령화는 그 내포로 보나 외연으로
보나 현대 사회를 과거와 구분 짓는 특징들 중 하나입니다.

| 배우들, 카메라 앞에 선 사람들

올해로 62세의 노익장을 과시하는 실베스터 스탤론이 감독과 주연을 맡은 〈Rambo IV〉는 노령화의 기념비와도 같은 영화입니다. 스탤론은 2006년에 이미 〈Rocky〉시리즈의 제6편인 〈Rocky Balboa〉에서도 감독, 각본, 주연을 겸했는데, 제 생각으로는 이 영화가 기록을 세웠던 것 같습니다. 한 사람의 배우가 최장 기간에 걸쳐, 최다 편수에 출연한 속편 영화라는 기록 말씀입니다.

말이 나온 김에 대강 살펴보자면, 최장수 속편의 기록은 장장 46년에 걸쳐 22편의 영화가 만들어진 007 시리즈입니다. 동일한 판권^{franchise}의 편수를 기준으로만 본다면, 007의 뒤를 잇는 기록은 30년간 11편의 영화가 만들어진 〈Star Trek〉 시리즈와, 23년간 11편이 만들어진 〈Friday the 13th〉 시리즈인 것 같습니다. 하지만 이 영화들은 여러 명의 배우들이 주인공의 대를 잇고 있죠.

같은 배우가 주인공으로 등장하는 영화들로는 30년간 여섯 편이 제작된 〈Rocky〉가 단연 최장·최다의 기록을 가지고 있습니다. 그 외로는 27년만에 제4편이 제작된 〈Indiano Jones〉, 26년간 4편이 제작된 〈Rambo〉, 19년간 4편이 제작된 〈Die Hard〉, (시고니 위버 주연으로는) 18년간 3편이 만들어진 〈Alien〉, (슈워제네거 주연으로는) 19년간 3편이 제작된 〈Terminator〉, 11년간 4편이 제작된 〈Leathal

Weapon〉 등이 장수 시리즈물로 남아 있습니다.

이 영화들에 출연한 배우들이 최근 편에 출연하던 당시의 나이로 보면, 해리슨 포드가 66세, 실베스터 스탤론이 62세, 브루스 윌리스가 52세, 아놀드 슈워제네거가 56세(4편에 출연한 그는 CG뿐이었으므로 제외), 시고니 위버가 48세, 멜 깁슨이 42세더군요. 최근에 만들어지는 시리즈물일수록 배우의 최연장 기록이 더 높게 갱신되고 있다는 점은 흥미롭습니다. 노령화의 심화 추세를 증언해 주는 것만 같아서 말이죠.

칠순이 넘어서까지 액션 영화의 주인공을 맡으면서 서른살짜리 조카 손녀뻘 여주인공과 로맨스를 나누던 숀 코너리 같은 배우는 90년대 말에도 있었습니다만, 환갑을 훌쩍 넘기고도 권투 선수 역할로 링 위에 선다든지 진흙과 피로 칠갑을 한 채 밀림을 뛰어다니며 칼과 활과 기관총을 휘두른 실베스터 스탤론의 투지는 유독 두드러져 보입니다. 비록 그가 호르몬 약제의 도움을 받았던 사실이 들통나긴 했어도, 람보답게 보일 정도의 몸을 만들고 아날로그적인 스턴트로 액션 영화를 만든 그의 노력은 어딘가 가슴에 닿아오는 인간적인 면모가 있습니다.

1946년 뉴욕에서 이탈리아계 이민자의 아들로 태어난 스탤론은 출생 당시 난산으로 인해 안면 근육의 약한 마비 증세를 평생 안고 살게 되었습니다. 한쪽으로 처진 그의 아랫입술과 약간 어눌한 발음은 그로서는 선택한 적이 없는 그의 트레이드 마크가 되고 마는 것이죠. 대학을 졸업 직전에 때려치운 그는 영화계로 뛰어드는데, 막상 데뷔작은 시덥잖은 포르노였습니다. 20대 시절 내내 거의 얼굴을 찾아보기 힘든 단역이나 TV 연속극 몇 편에 출연하면서 배우 노릇을 하던 그는 서른 살 되는 해에 〈Rocky〉로 대박을 터뜨리고 80년대 내내 엄청난 인기를 구가한 세계적 스타가 되었습니다.

느리지만 착실히 성장하던 그가 70년대 말에 보여준 배우로서의 기량은 눈여겨볼 만한 것이었습니다. 적어도, 〈Rocky〉(1976), 〈Paradise Alley〉, 〈F.I.S.T.〉(1978) 등에서 그는 성장 가능성이 기대되는 진지한 배우였습니다. 일부 평론가들은 드디어 말론 브란도의 후예가 나타났다고 흥분하기도 했었죠. 〈Rocky〉의 영웅담이 특이했던 것은 그가 챔피언이 아니라 링 위에서 '눈탱이가 밤탱이'가 되어 처절한 목소리로 애인의 이름을 부르던 패자였다는 데 있습니다. 패자가 모두 패배자는 아니라는 사실을, 로키는 특유의 그 우울한 눈망울로 말해주었습니다. 영락없는 액션 장르물이었던 〈Rambo : the First Blood〉도 다른 영화들과는 닮지 않은 특색 있는 플롯을 가지고 있었죠. 장난기 어린 역사의 수레바퀴에 다치고 소외된 한 인간의 모습을 최초의 람보는 보여주었습니다.

바로 이런 게 인생의 아이러니가 아니겠나 합니다. 홍행의 대성공을 거두면서 스탤론의 이미지는 과묵하고 어눌한 근육덩어리의 마초로 굳어집니다. 80년대의 영화 팬들은 그에게 좋은 배우가 되기보다는 하나의 고정된 아이콘이 되어줄 것을 요구했던 셈이죠. 모든 성공에는 대가가 있는 법이랄까요? 설령 스탤론이 근육질의 액션 연기를 필생의 과업으로 생각하면서 배우의 길에 접어든 건 아니라 할지라도, 이제 그는 제아무리 진지한 이야기를 하고 싶어도 웃통을 벗어 붙이고 총칼을 휘두르면서 해야 되는 처지가 된 것입니다. 하긴 뭐, 돈도 벌 만큼 벌었으니 그가 자신의 그런 처지에 불만을 품을 것으로 생각되지는 않습니다만, 그래도 한 사람의 배우로서 그런 입장에 처한다는 건 정색하고 축하해 줄 만한 일은 아닌 거겠죠?

　　2008년의 〈Rambo〉가 우리에게 증언하는 것은 현대의 노령화 현상 말고도 한 가지가 더 있습니다. 스크린 속 폭력의 그칠 줄 모르는 확대 심화 현상입니다. 오하이오 주립대의 존 뮬러라는 교수가 세어본 결과에 따르면 람보가 살해하는 적의 숫자는 1편에서 4편에 이르기까지 1명(1편)→58명(2편)→78명(3편)→83명(4편)으로 늘어났습니다. 람보의 동료가 살해하는 적의 숫자도 각각 0명→10명→17명→40명으로 늘었죠. 악당이 살해하는 희생자의 숫자도 0명→1명→37명→113명으로 왕창 늘었습니다. 영화 속에서 죽어나가는 사람들의 숫자가 도합 1명→69명→132명→236명이라는 증가추세를 보인 것이고, 1분당 평균 사망자도 0.01명→0.72명→1.30명→2.59명으로 늘어

낳답니다. 〈Rambo〉 최신편이 담고 있는 폭력은 양은 이처럼 많음에도 불구하고, 그 방향성은 분명치 않아 보입니다.

스탤론은 어느 인터뷰에서 〈Rambo IV〉는 이를테면 기관총이 등장하는 〈Beyond Rangoon〉 같은 영화라고 설명한 적이 있습니다. 미얀마 군부의 잔학성을 만천하에 고발하는 정치색 짙은 계몽 영화를 만들고 싶었다는 이야기죠. 이 영화는 의도적인 선전물이라는 뜻입니다. 아마도 시리즈의 완결편이 될 〈Rambo IV〉는 선전물과 액션 장르물의 어정쩡한 버무림이 됨으로써, '버려진 전사 존 람보'가 지닐 수도 있었던 위엄을 포기해 버린 것 같습니다. 도대체 왜, 어떤 전체적인 맥락 속에서 카렌족이 학살 당하는지를 이 영화는 보여주지 않습니다. 실제 사건을 재현한다는 자제력도 발견할 수 없습니다. 영화 속의 람보는 버마의 현실에는 여전히 무관심해 보이는데, 정치적 각성이 없는 주인공을 통해 정치적인 각성을 촉구할 수는 없는 법이겠죠. 물론 미얀마 군부에 대한 스탤론의 분노는 정당한 것이지만, 감상적인 선전을 통해서 성취할 수 있는 것은 적습니다. 언제나.

The Dark Knight_2008
외로운 영웅의 고달픈 무한도전

〈The Dark Knight〉는 슈퍼 영웅 이야기라기보다 한 편의 충실한 느와르입니다. 〈Superman〉보다는 〈Heat〉나 〈L.A. Confidential〉과 더 닮아 있죠. 자기 삶을 누군가가 조종하고 있을지도 모른다는, 음모에 대한 공포감은 느와르 영화의 뼈대를 이룹니다. 이 영화에서 배트맨은 스스로 온몸을 던져 싸우고 있는 대상이 자신의 존재 자체를 통제하려 드는 공포를 경험합니다. 조커는 자기가 배트맨이 있기에 비로소 빛을 발하는 괴물이라고 말합니다. 강력해진 항생제가 세균들의 내성을 길러냈듯이 슈퍼 영웅이 빚어낸 슈퍼 악당. 2008년의 조커는 이런 사실을 잘 알고 있을 뿐 아니라, 즐깁니다.

8년전 〈Memento〉로 세상을 놀래켰던 30대 감독 크리스토퍼 놀란은 배트맨을 만화책 속에서 끄집어내어, 슈퍼 영웅이 혼자 감당키 어려운 고단한 세상 속에 던져놓았습니다. 〈Last Action Hero〉의 아놀드 슈워제네거처럼 낯선 세상 속에서 활약해야 하는 영웅이랄까요. 고담Gotham시는 더 이상 팀 버튼의 장난기 가득찬 가상 세계가 아니라 시카고의 복제물일 뿐입니다.

이 영화에서 9·11의 상흔을 찾아내려는 노력은 부질없어 보입니다. 무관하기 때문이 아니라 너무 당연하기 때문에. 관객들은 테러리즘을 더 이상 신기하고 드문 것으로 받아들이지 않습니다. 이 영화가 그려낸 세상은 진정한 의미에서 탈냉전의 세계입니다. 마피아의 돈을 들고 홍콩으로 '튄' 중국 악당에게 국경이 도피처가 되어주지 못하듯, 정의를 지키겠다는 배트맨의 굳은 의지도 선악의 경계를 뚜렷이 긋는 피난처가 되어주지 못합니다. 배트맨은 그가 배트맨임으로써, 자기가 막으려던 무고한 희생이 되려 늘어나는 걸 지켜봐야 하는 양난에 처합니다. 마치 이라크 독재자의 폭정과 모험을 막으려다 오히려 이라크에 혼란을 초래한 주범으로 지탄받게 된 미국 정부의 난처함이라든지 그걸 지켜보는 미국인들의 혼란스런 심정이 연상되더군요.

조커로 인해서 반영웅의 길을 강요받는 배트맨의 처지는 모호한 시대 정신을 잘 드러냅니다. 토머스 프리드먼이 설명하듯, 세계화의 특징은 무한 경쟁입니다. 패자는 끊임없이 퇴출당하고, 끊임없이 새로운 기회를 제공받습니다. 경쟁의 무대는 전 세계고 승자가 취하는 열매는 엄청나게 커졌죠. 틀림없이 발전한 세상입니다만, 대부분의 사람들에게 그것은 너무 고단한 세상이기도 합니다. 몸을 숨길 수 있는 벽은 이제 없습니다. 그래서 세계화에 대한 반격은 민족주의의 부활이라는 모습을 띕니다. 후쿠야마가 "역사는 끝났다"고 외친 지 불과 10여 년 만에, 역사는 되돌아온 겁니다. 다른 가면을 쓰고.

요즘 젊은이들은 청춘의 특권을 누리기보다 '무한 도전'을 강요받습니다. 중국이나 한국의 청년들이 저토록 쉽사리 민족주의 정서에 몸을 맡기는 건 어쩌면 편협한 사고의 결과이기 앞서, 민족이라는 마음속 장벽이 그나마 도피처가 되어주기 때문일지도 모릅니다. 결정적인 승리를 장담할 수 없는 배트맨의 싸움은, 끝이 안 보이는 경쟁의 무한궤도 위에 던져진 오늘의 젊은이들에게 친숙해 보일 터입니다. 철학자 에릭 호퍼는 "신성한 목적에 대한 믿음이란, 잃어버린 스스로에 대한 믿음의 대용물"이라고 했죠. 영화 속 배트맨은 자신에 대한 믿음을 지켜내던데, 우리 청년들도 종국엔 그럴 수 있을까요?

체제를 지키려는 배트맨의 노력은 마치 독배를 들면서까지 준법을 가르치던 소크라테스를 사숙한 것처럼 보이기도 합니다. 그런 배트맨을 조커는 조롱하죠. Why so serious? 이 물음은 버거운 경쟁을 요구하는 체제에 일탈로 반격하고 싶은 우리 마음속 절반의 목소리인지도 모릅니다. 조커가 상징하는 것은 내재적인 절대악의 피할 수 없는 실존입니다. 볕이 밝을 수록 짙어지는 그림자! 제목에서 배트맨의 이름이 빠진 것이 당연하다는 양, 조커를 연기한 히스 레저는 필생의 호연으로 관객들의 관심을 다 훔쳐버렸습니다. 그리곤 영화가 채 완성되기도 전에, 약관의 아름다운 청년은 악마와의 거래가 완결되기라도 했다는 듯이 세상을 떴습니다. 레저의 첫 주인공 역할이 금발의 기사^{A Knight's Tale}였던 것과 유작 제목이 '어둠의 기사'라는 사실은 기묘한 공교로움입니다.

이 호주 태생의 미남 청년은 자꾸 그를 꽃미남 역할에만 기용하려는 제작자들의 기호에 줄곧 저항해 왔습니다. 〈Brokeback Mountain〉에서 동성애자 역할로 상찬을 받게 된 것도 그런 노력의 소산이었죠. 불면증과 우울증 약물 과다 복용이라는 그의 사인과 〈The Dark Knight〉에서의 역할이 직접 관계가 없을 거라고 믿기엔, 그의 조커 연기가 너무나도 섬뜩합니다. 1편에서 조커를 연기했던 잭 니콜슨을 마치 농담^{joke}처럼 보일 지경으로 만들기란 결코 쉬운 일이 아닙니다. 레저는 배역에 몰입하려고 호텔에 홀로 몇 달째 머물며 조커로서 일기를 쓰고 있었다더군요. 배역을 흉내내는 '연기^{act}'를 하지 말고 완전히 배역이 되어 '반응^{react}'하라고 가르치는 method acting은 상상외로 위험한 기술인지도 모릅니다. 어쨌든 레저의 조커에 비견할 만큼 무시무시한 악당을 영화 속에서 다시 보려면 우리는 아마도 한참을 기다려야만 할 겁니다.

이 영화의 러닝 타임은 152분입니다. 두 시간 안쪽의 액션물에 길들여진 관객들이 만화처럼 상투적이고 다소 허탈한 결말을 기대함직한 지점으로부터 이 영화는 30분 정도를 더 흘러갑니다. 어쩔 수 없이 후반부는 좀 지루해지는데, 놀란 감독은 투 페이스라는 새로운 악당을 등장시킴으로써 긴장감을 지켜냅니다. 투 페이스는 별도의 속편에 주인공으로 내세워도 될 만큼 비중 있는 캐릭터인데, 이 영화에서는 조커와 배트맨을 양면에서 비춰주는 거울 같은 역할을 하죠. 그로써 내러티브도 설득력이 높아지고 메시지도 단단해졌습니다.

저는 후반부의 지루함이 감독의 과욕이 불러온 실패라기보다 영화와 잘 어울리는 안배였다고 평하고 싶습니다. 얼른 지옥 같은 사건의 끝을 맺고 싶은데 그러지 못하고 끌려 다니는 배트맨의 지긋지긋한 심정에 관객들을 동참시켜주고 있기 때문입니다. 영화 말미에 스스로 혐오의 대상이 되기로 자처하는 배트맨의 굳은 의지는 관객들이 그와 더불어 그 모든 아수라를 경험하고 난 뒤에야 비로소 영웅적으로 보이는 것입니다. 뒷모습을 보이며 사라지는 배트맨을 향해 '그는 진정한 어둠 속의 기사'라고 독백하는 고든 경관의 대사가 낯간지럽지 않게 들리자면 152분 분량의 장면들 중 덜어냈어도 좋을 부분은 없었다고 봅니다.

DC 코믹스의 원본보다는 프랭크 밀러의 80년대 '그래픽 노블'에 충실한 〈The Dark Knight〉는 어린 자녀들의 손을 붙잡고 볼만한 영화는 아닙니다. 하지만 〈The Godfather〉와 〈Spider-Man〉과 〈007〉의 팬들이 함께 즐기면서 서로를 좀 더 잘 이해하게끔 만들어줄 수는 있을 것처럼 보이더군요. 아, 그리고, '버스를 넘어뜨리려면 달리는 버스의 다리를 걸면 된다'는 어린 시절의 농담을 기억하시는 분들이 탄성을 지를 법한 굉장한 장면도 있더군요.

감독들,
카메라 뒤에 선 사람들

오늘날 영화가 '작품'이라고 불릴 수 있게 된 것은, 일찌기 몇몇 영화감독들이 '작가' 대접을 받기 시작한 데서 비롯되었다고 할 수 있습니다. 이건 요행이었습니다. 영화가 얼마나 많은 사람들의 공동 작업의 결과물인지, 또 영화 제작에 관여되는 사람들의 이해가 서로 얼마나 다른지를 생각해보면, 영화가 '감독'의 '작품'이라는 관념이 자리잡았다는 건 결코 당연한 일만은 아닙니다. 영화는 예술 작품인 동시에 기획 상품이기도 합니다. 그래서 소비자를 완전히 배제한 순수 예술로서의 영화도, 창작 행위가 전혀 개입되지 않은 거래 물품으로서의 영화도 존재하지 않습니다. 그럼에도 불구하고, 영화감독이 작가로 인식되는 현상은 부당하기보다는 다행스러운 쪽에 가깝습니다. 그런 인식 덕분에, 감독이라는 '작가들'은 자기 취향과 사상이 영화에 드러나도록 제작과정에서 지배적인 영향력을 행사할 수 있습니다. 그 덕분에 우리는 '작품'으로서의 영화를 감상할 수 있는 것일 테죠.

2001: A Space Odyssey_1968

자기 자신으로부터의 혁신

조지 루카스와 스탠리 큐브릭을 비교하는 것은 흥미로운 일입니다. 그들은 닮았고, 전혀 닮지 않기도 했기 때문이죠. 두 감독의 작품들은 당최 비교거리가 될 만큼의 유사성이 없습니다. 하지만 그들은 영화 기술의 고집스러운 혁신가들이라는 특징을 공유하고 있습니다. 루카스가 〈Star Wars〉를 만들 때 거대한 예산을 뒷받침할 제작자들을 찾아다니면서도 감독의 창작 권한을 양보하지 않으려고 고군분투했다는 건 잘 알려진 사실입니다. 특수 효과도 남에게 맡기기는 싫었던 그는 아예 Industrial Light & Magic을 차려버립니다.

큐브릭은 그의 작품 〈Paths of Glory〉의 주연이던 커크 더글러스의 추천으로 1960년 자신의 첫 할리우드 대작 〈Spartacus〉를 감독합니다. 〈Spartacus〉는 큐브릭의 이름을 전 세계에 알린 대작이었지만, 막상 그는 이 영화를 부끄러워 했답니다. 촬영 내내 감 놔라 배 놔라 간섭하는 커크 더글러스 와 싸우고 틀어져 둘은 그 후로 영영 옛정을 회복하지 못했을 뿐 아니라, 4개 부문 아카데미상을 수상한 〈Spartacus〉의 성 공에도 불구하고 큐브릭은 이 영화의 완성 직후 아예 미국 땅 을 떠나 1999년 죽을 때까지 런던에 머물며 영화를 만들었습 니다. 워너 브라더스 같은 메이저의 작품을 맡고도 고집을 관 철시켜 완전한 창작권한을 인정받으며 일한 사례로 큐브릭 말 고 다른 감독을 찾긴 어려울 겁니다.

어려서부터 사진에 관심이 많았던 (그가 고졸 학력으로 가 졌던 첫 직장은 잡지사 사진가였습니다) 큐브릭은 화면 구성에도 거의 신경질적인 완벽주의자의 면모를 드러냈습니다. 촛불 등 자연광으로만 촬영하는 렌즈를 최초로 도입해 〈Barry Lindon〉을 찍은 사례에서도 그의 혁신 의지는 잘 드러나죠. 그의 기술적 공헌이 가장 두드러진 영화는 〈2001 : A Space Odyssey〉였습니다. 이 한 편의 영화 덕분에, 리들리 스코트건 조지 루카스건 그 뒤에 SF 영화를 찍는 감독들은 영원히 그의 영향력 아래 있게 됩니다.

후일 조지 루카스가 그랬듯이, 큐브릭은 〈2001 : A Space Odyssey〉의 시나리오를 직접 썼습니다. 그가 SF 소설가 아서 클라크와 교감하면서 작업했기 때문에 이 영화는 클라크의 소설

〈The Sentinel〉과 같은 해에 나오긴 했지만, 내용이 상당히 다른데다 클라크가 영화 줄거리는 큐브릭의 창작물임을 인정한 바 있습니다. 큐브릭은 이 영화의 특수 효과 담당이기도 했습니다. 떠들썩한 유명세에도 불구하고 이 영화가 받은 아카데미상은 특수효과상 단 하나였다는 점이 어쩌면 그의 '기술혁신가'다운 면모를 상징하는 듯도 합니다.

참고로 이 영화 이전에는 아무도 영화에서 음악을 그처럼 쓸 생각을 못했습니다. 이 영화에서, 리하르트 슈트라우스, 요한 슈트라우스, 게오르규 리게티의 음악은 단순한 배경 음악 이상의 역할을 하기 때문에 마치 음악 영화 같은 면모를 보이기도 합니다. 완성도를 높이려는 큐브릭의 집념으로 완성이 자꾸 늦춰지자 이 영화를 보려면 2001년까지 기다려야 하냐고 제작자들이 푸념했다는 이야기는 유명합니다. 그러나 그 덕에 이 영화는 세월에 마모되지 않는 작품이 되었죠. 1968년에 만들어진 이 영화는 오늘 보아도 놀랄 만큼 실험적인 시각적 이미지로 가득하며, 결론을 내리지 않는 모호한 줄거리까지도 시대를 앞선 것이었습니다. 이 영화는 지금까지 우주를 소재로 만들어진 수많은 영화들 중 과학적 사실성을 갖춘 거의 유일한 영화이기도 합니다. 공기가 없으므로 소리도 없고, 중력이 없으므로 아래위도 따로 없는 우주공간을 이만큼 충실히 재현한 영화는, 단언컨대, 없었습니다. 또 다른 SF의 대가 조지 루카스의 〈Star Wars〉에는 바다에서처럼 일제히 화면 '아래쪽'으로만 배를 대고 항해하는 우주선들, 우주공간에서 굉음을 일으키는 광선총과 폭발들이 난무하죠.

　　루카스와 큐브릭이 둘 다 혁신가라고 선언하면서 글을 시작하긴 했지만, 루카스의 혁신이 상업적 의미였던 데에 반해서, 큐브릭에게 혁신이란 스스로의 업적으로부터의 탈출을 의미했던 것 같습니다. 30년이 지나서도 〈Star Wars〉의 속편을 만들고 있는 루카스와, 비슷한 영화라고는 하나도 만든 적이 없는 큐브릭. 그렇다면 그 둘의 공통점은 이제 아카데미 특수효과상 하나로 줄어드는 셈인가요? (〈Star Wars〉의 경우, 특수효과상은 루카스 본인이 수상한 건 아니고 ILM의 존 딕스트라 등이 받았습니다. 딕스트라는 〈2001 : A Space Odyssey〉의 특수 효과 담당 더글러스 트럼불의 제자입니다.) 그리고 보니, 혁신가로서의 면모는 실은 두 사람의 차이를 가장 극명하게 드러내는 부분이기도 합니다. 인생 만사가 그런 법이죠. 아담 스미스와 칼 마르크스의 차이보다 오히려 레닌과 트로츠키 사이의 차이가 더 선명하고, 더 치명적인 법 아니겠습니까? 불교와 이슬람의 차이보다 순니와 시아 간의 차이가 더 요란하듯이.

　　몇 년 전 한 친구가 어디선가 멋진 여성을 만났는데 그녀가 '폼 나게도' 큐브릭의 영화를 좋아한다고 말하더란 얘기를 한 적이 있었습니다. 저는 의아했습니다. 성석제의 소설을 좋아한다거나, 이어령의 문체를 좋아한다는 것과는 사뭇 다르게,

큐브릭의 영화들은 한 감독의 작품들이라는 어쩔 수 없는 사실만을 제외하면 그것들을 하나로 묶을 만큼 닮은 점들을 가지고 있지 않습니다. 큐브릭은 결벽에 가까울 정도로 자신의 새 작품이 예전 작품으로부터 되도록 멀리 달라지도록 애썼던 것 같습니다. 우디 앨런이나 로버트 알트만의 영화를 좋아한다면 얼른 이해가 가지만, 큐브릭의 영화를 좋아한다? 글쎄요. 큐브릭의 작품들은 우연히도 대부분 제 마음에도 들긴 하는데, 그렇다 하더라도 그의 영화들을 한 보따리에 싸잡는 것은 어쩐지 그의 의도적인 노력에 대한 모욕인 것처럼 느껴지더군요.

스필버그가 가장 좋아하는 영화라는 전쟁물 〈Paths of Glory〉(1957), 블록버스터 사극 〈Spartacus〉(1960), 미성년자와의 사랑을 그린 〈Lolita〉(1962), 난데없는 블랙 코미디 〈Dr. Strangelove〉(1964), 스필버그가 "우리 시대의 빅뱅"이라고 부른 〈2001 : A Space Odyssey〉(1968), 오늘날까지 가장 폭력적인 영화의 하나로 꼽히는 컬트 〈A Clockwork Orange〉(1971), 18세기 사극으로 마틴 스콜세지가 제일 좋아하는 영화로 꼽는다는 〈Barry Lyndon〉(1975), 스티븐 킹이 자신의 원작을 훼손했다고 여태도 성질을 부리는 공포 영화 〈The Shining〉(1980), 군대 조직의 인간 소외를 잔인할 만큼 날카롭게 보여준 (전반부에 대한 설명임. 이 영화는 뚝 잘라 다른 제목으로 개봉해도 될 만큼 완전히 분절된 두 부분으로 이루어져 있음) 〈Full Metal Jacket〉(1987), 뉴욕 밤거리에서의 성적 방황을 그린 그의 유작 〈Eyes Wide

Shut〉(1999) 등 다시 들여다봐도, 이 영화들을 하나로 묶는 특징은 대항 문화anti-culture에 대한 애호의 느슨한 흔적과, 고집스런 완벽주의자의 손길 정도뿐입니다. 역으로, 작가와 무관하게 대항 문화적 작품이나 완벽주의적인 작품의 목록을 만든다면, 그 목록은 위의 필모그라피와는 다른 모습이 될 테죠.

영화 〈Shining〉 촬영 중 시도 때도 없이 원작자인 스티븐 킹에게 전화를 해서 지치게 만들었던 큐브릭은, 심지어 새벽 3시에 전화를 걸어 "자네는 신을 믿는가?" 따위의 질문도 했다죠. 스티븐 킹이 이 영화를 혹평하는 이유는 그가 이때 너무 괴롭힘을 당했기 때문이라고 믿는 사람들도 있습니다. 나폴레옹의 전기를 영화화하려고 관련 서적을 5백여 권 읽었지만 "준비가 부족해서" 결국 착수를 못했다는 완벽주의자 큐브릭. 그는 손대는 것마다 완벽해지지 않고는 못 배기는 심성을 가졌었나 봅니다. 작가에게는 자식과도 같았을 작품들이 도저히 한 범주로 묶이기 주저될 만큼이나 끊임없이 변화하려고 애썼던 그의 노력을 우러러보지 않을 수 없습니다.

저는 참 별 일 아닌 것에 집착하는 경향이 있는 걸까요. 믿을만한 친구가 멋진 여성이라고 했으니 틀림없이 멋진 사람이긴 할 텐데 그 여성이 무슨 생각에서 '큐브릭의 영화들'을 좋아라 한다는 얘기였는지 꼭 한번 들어보고 싶은 궁금증이 있었습니다. 하지만 역시 멋진 여성을 만날 기회란 흔치 않은 법인지, 오늘날까지 저는 궁금증을 그냥 품고만 있습니다.

우리는 왼쪽에서부터 오른쪽으로, 그리고 위쪽에서부터 아래쪽으로 읽도록 훈련을 받았습니다. 그렇기 때문에, 화면 속 물체가 왼쪽에서 오른쪽으로 (또는 위에서 아래로) 움직이면 안정감이 있다고 느껴지고, 그 반대방향으로 움직이는 것들은 불안해 보이죠. 위의 그림은 〈2001 Space Odyssey〉에서 우주인이 우주선을 향해 느리게 접근하는 장면입니다. 이 장면이 위태롭게 보이는 까닭은 우주인의 머리가 아래로 향해 있다는 점 때문이기도 하지만, 우주선이 화면에 왼쪽에 놓여 있고 끝없는 우주 공간이 오른쪽에 있기 때문이기도 합니다. 우주인이 암흑 속으로 멀어질 것만 같은 불안감을 우리 뇌에 전달해 주는 장본인은 우리의 시선입니다. 과연 습관은 무섭지 않습니까? 글자를 오른쪽에서 왼쪽으로 읽는 아랍인들은 반대의 느낌을 받는다고 하던데, 다음에 아랍인 친구를 만나면 이 화면을 보여주고 느낌을 물어봐야겠습니다.

Amarcord_1973
다른 영화의 본보기가 되는 영화

'영화에 관한 영화'라면 어떤 것들이 있을까요? 〈8 1/2〉, 〈Sunset boulevard〉, 〈Singing in the rain〉, 〈Tie me up, tie me down〉, 〈Edwood〉, 〈Hollywood Ending〉, 〈Postcard from the Edge〉, 〈The Star Maker〉, 〈The Player〉 등등, 잘 찾아보면 적지 않습니다. 영화가 자주 영화를 소재로 삼는 이유는 크게 두 가지입니다. 우선, 영화 자체가 인기가 높은 대중적 소비재인 데다가, 영화가 좋아서 영화를 만들거나 보러 오는 사람들이 영화 속의 영화에 흥미를 느끼지 않는다면 오히려 그게 이상한 일이기 때문이죠. 둘째, 영화는 수많은 사람들이 제작에 참여하는 집단적 창작물이다 보니, 영화의 제작 과정에서 울고 웃는 숱한 드라마가 나올 수 있기 때문입니다.

　조금만 더 자세히 살펴보면 이런 영화들이 대부분 영화를 만드는 사람 또는 영화가 제작되는 과정에 관한 드라마라는 걸 알아차릴 수 있습니다. 영화 제작에 관한 영화는 많아도 영화 관람에 관한 영화는 그리 많지 않은 겁니다. 주세페 토르나토레의 〈Nuovo Cinema Paradiso〉와 안정효의 소설을 정지영이 감독한 〈할리우드 키드의 생애〉 정도만 떠오르는군요.

〈Nuovo Cinema Paradiso〉는 영화를 관람하는 행위에 바치는 기념비 같은 작품입니다. 놀랍지 않게도, 아카데미는 1990년 최우수 외국어 영화상을 이 영화에 아낌없이 선사했고, 세계 각지의 다른 영화제에서도 18개 부문 수상, 11개 부문 노미네이트라는 좋은 성적을 올렸습니다. 수상 기록 따위를 들춰볼 필요도 없이, 이 영화는 다시 만나기 어려울 만큼 따뜻하고 즐거우면서도 슬픈 수작이 틀림없습니다. 삼박자가 잘 맞았달까요. 토르나토레 감독 자신이 쓴 각본도 좋았고, 필립 느와레를 비롯한 출연진의 연기도 좋았습니다. 엔리오 모리코네는 음악이 영화에서 최고로 빛날 수 있는 어떤 경지를 여기서 보여주었죠. 여러 가지 요소들이 잘 어우러져, 이 영화는 말로 설명하기 어려운 아우라^aura를 가지게 되었습니다.

저는 두 시간짜리 극장판을 보았을 뿐입니다만, 세 시간 분량의 디렉터스 컷^director's cut도 좋다고들 하더군요. 디렉터스 컷에는 청년 토토의 연애담이 장시간 추가되어서, 축약판보다 좀 더 진지하고 좀 더 애잔한 감동을 준다는 얘기를 들었습니다. 이루어지지 않은 옛사랑이라는 소재가 주는 애틋한 느낌은 이 영화 전체의 분위기와도 잘 맞을 것으로 추측할 수 있습니다. 구하기가 어렵지는 않지만, 저는 디렉터스 컷을 구해서 볼 용기는 나지 않는군요. 처음 이 영화를 본 뒤로 고스란히 간직하고 있는 감동을 혹시나 실망으로 물들이게 될까봐서.

1990년에 〈Nuovo Cinema Paradiso〉를 보고, 저는 인류의 보편적인 감성을 뒤흔들 수 있는 이야기꾼이 모처럼 이탈리아에서 출현했다고 생각했었죠. 그렇기 때문에, 제가 그 후에 토르나토레 감독의 1985년 영화 〈Il Camorrista〉 The Professor 를 일부러 찾아서 보고 느낀 실망과 충격은 큰 것이었습니다. 나폴리 갱단의 실화에 기초했다는 이 영화는 그의 데뷔작인데, 건달들의 거친 삶을 거친 방식으로 묘사했다는 점을 감안하더라도 평균 점수 이상을 줄 수는 없더군요. 한참 양보해서 엉망진창까지는 아니었다고 인정하더라도, 거기에는 거장의 탄생을 알리는 신호 같은 건 들어있지 않았습니다.

세간의 기대 속에 제작되었던 그의 후속작품 〈L'uomo delle stelle〉 1995, The Star Maker 은 전작의 눈부신 성취가 우연한 행운 같다는 불길한 생각을 여러 사람들에게 심어주었습니다. 모니카 벨루치만 눈에 뜨이던 〈Malena〉(2000)를 본 뒤, 저는 나름대로 토르나토레 감독이 지닌 내공의 평균치가 〈Nuovo Cinema Paradiso〉보다는 〈Malena〉에 더 가깝겠다는 결론을 내렸습니다. 어째서 이런 일이 가능한 걸까요. 범작들을 쏟아내는 감독이 어쩌다 괜찮은 영화를 한두 편 만드는 거야 있을 수 있는 일이지만, 〈Nuovo Cinema Paradiso〉는 그런 정도를 훌쩍 넘어서는 수작이었습니다. 뭔가 설명이 필요하지 않나 하는 찜찜한 의문이 마음 한구석에 있었습니다. 페데리코 펠리니의 〈Amarcord〉를 보기 전까지는.

90년대 초 어느 날 저는 TV 명화 극장 시간에 토르나토레 감독의 등에 장심을 대고 십성 공력을 불어넣어 준 장본인을 맞닥뜨렸던 것이죠. 〈Amarcord〉는 1993년 작고한 페데리코 펠리니 감독이 1973년에 만든 영화였습니다. 〈Amarcord〉속에는 〈Nuovo Cinema Paradiso〉에서 제가 감탄했던 장면들의 원형이 씨앗들처럼 차곡차곡 빠짐없이 들어있었습니다. 토르나토레 감독이 의도적으로 이 영화를 교과서로 사용했는지 여부를 확인할 길은 없습니다. 하지만 적어도 저로서는 '무無에서 나오는 것은 없다 Nothing comes from nothing'는 철칙을 다시금 목도한 것이어서, 혼자서 무릎을 치면서 묵은 궁금증을 풀었습니다.

1973년에 만들어진 영화의 제목 〈Amarcord〉는, 펠리니의 고향인 리미니 지방의 방언으로 '나는 기억한다'라는 뜻이라고 합니다. 그의 기억 속에 남아 있는 리미니 지방의 30년대 인간군상의 모습이 이 영화에 우스우면서도 따뜻하게, 그리고 소박하면서도 우아하게 담겨있습니다. 저는

〈Amarcord〉를 제가 가장 좋아하는 영화들 중 하나로 주저 없이 꼽습니다.

지금은 절판되고 없습니다만, 크리스찬 스트리치가 쓴 〈Feillini's Face〉라는 전기가 국내에는 황왕수씨 번역의 〈나는 영화다〉라는 제목으로 출판된 적이 있었습니다. 펠리니가 실제로 "나는 영화다"라는 말을 한 적이 있는지 어쩐지 확인할 길은 없습니다만, 제 개인적인 인상 속에 영화감독 펠리니는 자기가 곧 영화라는 광오한 언급을 실제로 했다 하더라도 어색하게 없는 강렬한 이미지로 새겨져 있습니다. 영화를 꿈에 비유한 작가나 평론가들은 많지만, 영화가 꿈과 닮았다는 것을 펠리니만큼 과감하게 눈앞에 보여준 사람은 없었습니다.

누군가의 자서전을 사러가자고 했잖아?

어느 인터뷰에서 그는 이렇게 말했습니다. "꿈에 대해 이야기하는 건 영화에 대해 이야기하는 것과 비슷해요. 카메라는 꿈의 언어를 사용하기 때문이죠. 일 년이 일 초만에 흘러가기도 하고, 한 장소에서 다른 장소로 휙 건너뛰기도 하잖아요. 그건 이미지로 이루어진 언어에요. 진정한 영화 속에서, 모든 사물과 모든 빛은 뭔가를 의미해요. 마치 꿈속에서처럼."

  그가 영화의 쇠퇴를 걱정하면서 묻는 질문도, "수많은 사람들이 어둠 속에 모여 앉아 한 사람이 감독한 꿈을 다함께 경험한다는 것이 아직도 가능한가"라는 것이었습니다. 그에게 있어서 영화를 본다는 행위는 집단적으로 동일한 몽중 방황을 경험하는 하나의 의식인 것이죠. 잘 알려진 그의 작품들 중에서도 〈8 1/2〉(1963)은 난해할 만큼 몽환적인 분위기를 담고 있었습니다. 〈La Strada〉(1953)나 〈La Dolce Vita〉(1960)처럼 대중적 인기를 끌었던 영화들 속에도 펠리니 특유의 꿈꾸는 듯한 장면들은 들어 있습니다. 특히, 〈Nuovo Cinema Paradiso〉에서 영화를 관람하는 시골 사람들의 모습은 〈Amarcord〉의 시골 극장 장면들과 동일한 꿈의 서로 다른 조각들이었습니다. 그 꿈의 파편들을 타고, 안개 속을 산책하듯 과거를 회상하는 〈Amarcord〉의 분위기가 일정량 〈Nuovo Cinema Paradiso〉에까지 전달되었던 게 아닐까 상상해 봅니다. 그저 저만의 꿈일 수도 있겠습니다만.

  페데리코 펠리니는 젊은 시절 정규 학교를 마치지 못하고 방랑 생활을 했습니다. 고향 리미니에서 만화를 그리거나 유랑 극단의 일원으로 생계를 꾸리기도 했던 그는 2차 대전 중 젊은 여배우 줄리에타 마시나와 알게 되어 결혼했고, 로셀리니 감독의 조수로 영화에 입문했습니다. 펠리니는 생전에 "모든 예술은 자전적autobio-graphical이다. 진주가 조개의 자서전이듯이"라고 말한 적이 있습니다. 그런 의미에서, 고향의 옛 추억을 담고 있는 〈Amarcord〉는 펠리니라는 조개의 가장 빛나는 진주 같은 자서전입니다.

Star Wars_1977
너무 이른 성취의 족쇄

부모님을 조르고 조른 끝에, 드디어 우리 식구들은 녹번동 집 앞에서 택시를 잡아타고 시내로 나왔습니다. 발치로 극장 간판을 내려다보며 국제극장 상영작 목록을 줄줄이 꿰고 계실 이순신 장군 앞을 지나, 종로3가 피카디리 극장으로 향하던 1978년 여름 방학의 어느 일요일 오전이었습니다. 저와 제 동생은 그 야말로 흥분의 도가니였죠. 제작된 지 한 해가 지나서야 국내에서 개봉되었지만, 극장 앞에서 올려다 본 〈Star Wars〉의 간판은 어찌 그리 멋지던지요.

〈Star Wars〉는 그냥 여느 영화가 아니라, 20세기 영화사를 그 앞과 뒤로 나누는 하나의 분기점이었습니다. 조지 루카스의 〈Star Wars〉는 스필버그의 같은 해 영화 〈Close Encounter with the Third Kind〉와 함께 SF라는 장르의 영화적 지위를 한 단계 승격시켰고, 해리슨 포드라는 배우를 일약 스타덤에 올렸으며, 천문학적인 흥행 수입을 올리기도 했습니다. 그러나, 이 영화의 더 큰 중요성은 이런 기록들이 아니라 기술 혁신입니다.

조지 루카스는 애당초부터 SF에 관심이 많았던 기술 혁신가였습니다. 〈THX1138〉은 그가 학창 시절 제작했던 단편 영화를 1971년 로버트 듀발을 주역으로 기용하여 극장 영화로 다시 만든 것이었습니다. 〈THX1138〉 영화 자체도 훌륭하지만 그가 그때 발명한 THX 음향시스템은 지금도 전 세계 극장 음향설비의 표준기술로 사용되고 있습니다. 〈Star Wars〉를 제작하면서 루카스가 설립한 Industrial Light & Magic사는 특수 효과에 관한 한 부동의 지배적 지위를 구축했고, 〈Indiana Jones〉, 〈Jurassic Park〉, 〈Harry Potter〉 시리즈 등 기념비적인 특수 효과들을 만들어내고 있습니다.

1897년 뤼미에르 형제가 기차의 도착을 무성 영화로 찍어서 처음 상영했을 때 관객들은 다가오는 기차를 보고 혼비백산 했었답니다. 영화는 태어날 때부터 마술적 눈속임이라는 역할을 맡아 왔던 것이죠. 〈Star Wars〉는 놀랍고 즐거운 특수 효과로 잘 포장된 웨스턴이었습니다. SF의 하위 장르들 중에서, Horse Opera라고 폄하하여 부르던 서부 활극의 무대를 우주로 옮겨놓은 것들을 Space Opera라고 부릅니다. TV나 라디오의 연속극들을 Soap Opera라고 부르는 데서 연유한 명칭이 죠. (옛날 미국 라디오 드라마들의 광고주들 중에는 비누 회사가 유난히 많았기 때문에 붙여진 이름이었답니다.)

Space Opera라고 불려지는 SF 소설들은 주로 1920년대에 미국에서 전성시대를 구가했습니다. 과학에 대한 지식이 우주에 대한 호기심을 따라잡지 못하던 시절, 과학적 현실성이 부족하고, 오락 위주의 편의주의적인 플롯을 19세기적인 공간 개념과 제국주의적 세계관에 기반을 두고 펼치던 소설들이 마구 출간된 거죠. 이런 소설들은 싸구려 잡지를 일컫는 이른바 펄프pulp류에 실렸던 펄프 픽션pulp fiction의 한 부류였습니다. 보수적인 SF 팬일수록 작품 속의 과학적 합리성, 또는 현실적 정합성에 민감하게 반응합니다. 과학 소설과 환상 소설의 경계가 흐리기는 하지만, 우주 활극이 문학 속에 설 자리는 애당초 넓지 않았죠. Space Opera라는 이름에서 풍기는 경멸의 어감으로부터 짐작할 수 있듯이.

〈Star Wars〉는 최신 기술 혁신과 구식 우주 활극의 추억을 결합해 은막 위에 이식했습니다. 이런 잡종교배의 결과, 이 영화 속에는 놀랄 만큼 세련된 미래주의적 이미지들과, 진공인 공간 속에서 우주선들이 소리를 내며 날아가고 폭발하는 엉터리 같은 장면들이 아무렇지도 않게 어울려 있습니다. 거기에는 70년대 말의 여러 장르팬들이 열광할 다양한 하위문화들이 부대찌개처럼 섞여있기도 하죠. 오이디푸스 설화의 가장 상투적인 외형과, 무협 소설에서 전형적으로 반복되어 온 복수와 성장의 줄거리를, 〈Star Wars〉는 망설임 없이 끌어안았습니다. 그래서 〈Star Wars〉는, 지겨우리만치 상투적인 것들이 새롭게 탄생하는 과정에서 희열을 느끼는 포스트모던 세대의 구미에 잘 맞았습니다. 〈Star Wars〉는 더없이 상투적이었고, 놀랍게 새로웠으니까요.

하지만 안타깝게도 조지 루카스는 작가auteur적 재목은 되지 못했습니다. 루카스에게 작가로서의 재능이 없다는 사실은 〈Star Wars : New Hope〉의 속편인 〈Empire Strikes Back〉과 〈Return of the Jedi〉가 나왔을 때 일찌감치 증명된 사실입니다. 〈Star Wars〉가 만들어진 지 22년이 지난 다음에도 1999년부터 2005년에 걸쳐 〈The Phantom Menace〉, 〈Attack of the Clones〉, 〈The Revenge of the Sith〉같은 전편prequel들을 만들어낸 걸 보면, 환갑을 넘긴 그는 과거의 영광에 집착하고 거기 기대어 작가auteur로서 인정받고 싶어하는 것처럼 보입니다.

그의 영원한 동료이자 경쟁자인 스티븐 스필버그도 피터 팬스러운 집착을 참 어지간히도 떨쳐버리지 못하고 있긴 합니다. 그래서 스필버그의 최근 영화들은 거의 항상 '하마터면 좋았을 뻔'하죠. 스필버그 역시 새삼스레 〈Indiana Jones〉 4편을 찍은 걸 보면, 아마도 그들 둘 다 스스로의 이른 성취들로부터 자유로워지기 어려운 모양입니다.

비평가들로부터 높은 평점을 받지만 손님은 들지 않는 좋은 영화들을 일컬어 소위 '저주받은 걸작'이라고들 부릅니다. 하지만, 제작자나 감독의 입장에서는 너무 일찍 상업적으로 대박을 터뜨려버린 영화도 저주받은 걸작에 해당할 터입니다. 마흔이 되기도 전에 〈Gone with the Wind〉를 제작한 데이비드 셀즈닉은 이 영화의 시사회에서, '자신이 죽으면 부고obituary의 첫줄이 〈Gone with the Wind〉가 될 것'이라고 예언했었습니다. 그의 부고는 실제로도 그러했었죠. 그가 〈Gone with the Wind〉를 제작하기 전에도, 또 이후로도 대작을 만들기 위해 많은 애를 썼고, 〈King Kong〉, 〈Rebecca〉, 〈A Farewell to Arms〉 등으로 큰 성공을 거두었음에도 불구하고.

틀림없이 죽은 후에 '〈Star Wars〉의 감독'으로 기억될 조지 루카스는, 70년대 3부작의 전편에 해당하는 후속작은 아마도 만들지 않았던 편이 나았던 것 같습니다. 물론, 〈Star Wars〉의 팬인 저의 개인적인 입장에서야 그 후속편들이 저예산 영화로 나온대도 쌍수를 들어 반겼을 테고, 훨씬 재미가 덜했더라도 희희낙락 좋아라 했을 것입니다. 요다와 다스 베이더의 결투 장면은 거의 30년 가까이 팬들이 품어왔던 궁금증을 풀어준, 센스 있는 팬 서비스였습니다. 잘생긴 제다이 아나킨의 머리에 다스 베이더의 가면이 천천히 씌워지는 장면을 보면서 세월을 거꾸로 건너뛰어 78년 여름을 회상하지 않은 〈Star Wars〉 팬은 없었을 겁니다. 저도 70밀리 스크린 속에서 그의 독특한 숨소리를 처음 듣던 열두 살 무렵으로의 생생한 시간 여행을 찰나에 경험하고 심호흡을 했으니까요.

그럼에도 불구하고, 이 후속 3부작은 만들어지지 않았던 편이 조지 루카스 감독의 위신을 지키는 데는 더 나았을 겁니다. 〈Episode I : Phantom Menace〉를 먼저 접한 요즘 후배들은 그만하면 오락물로서 뭐 어떠냐고 할지 모르겠지만, 적어도 70년대의 젊은이들의 눈에 비쳤던 〈Star Wars〉는 2000년대의 〈Episode I〉 같은, 그런 정도의 영화가 아니었거든요.

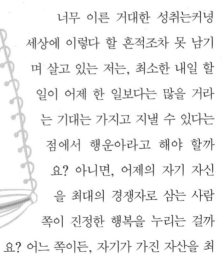

너무 이른 거대한 성취는커녕 세상에 이렇다 할 흔적조차 못 남기며 살고 있는 저는, 최소한 내일 할 일이 어제 한 일보다는 많을 거라는 기대는 가지고 지낼 수 있다는 점에서 행운이라고 해야 할까요? 아니면, 어제의 자기 자신을 최대의 경쟁자로 삼는 사람 쪽이 진정한 행복을 누리는 걸까요? 어느 쪽이든, 자기가 가진 자산을 최대한 활용하고 가늠하며 분투하는 것은 중요하겠습니다. 이른 성공을 쟁취하는 경우, 자신이 이미 이룩한 성취에 지나치게 기대지 않고 새로운 목적지를 탐색하고 도전하는 것도 중요한 덕목이라는 점을, 2000년대의 〈Star Wars〉 시리즈는 보여주고 있습니다.

Midnight Express_1978

영화는 선전이다

〈Mission Impossible〉과 〈The Rock〉이 액션 영화의 속도와 규모를 다시 한 단계 덜커덕 올려놓던 96년 여름, 알란 파커의 영화 〈Midnight Express〉가 제작된 지 무려 18년 만에 서울에서 개봉되고 있었습니다. 그리고 보니, 이 뛰어난 영상 작가의 작품들 중 그때까지 국내 개봉관에 걸렸던 것은 〈Mississippi Burning〉과 〈Angel Heart〉 딱 두 편뿐이 아니었나 싶습니다. 98년에 〈The Road to Wellville〉이 개봉되었고, 〈The Wall〉은 17년이 흘러, 핑크 플로이드에 열광하던 까까머리 학생들이 중년에 접어든 99년에야 개봉되었으니까요.

여자 친구와 터키에 여행 왔다가 마약을 몸에 지니고 밀반출하려던 미국청년 빌리 헤이즈는 공항에서 검거됩니다. 그는 스무 살 난 미국 청년이 터키라는 곳을 찾을 때 가질 법한 가벼운 일탈의 심정으로, 해시시 몇 봉지를 몸에 지니고 반출하려던 것처럼 보입니다. 스무 살 때 우리가 가졌던 그런 어리석음으로 말이죠. 흔히 마리화나 또는 해시시라고 불리는 대마초^{cannabis}는 양귀비나 코카나무에서 추출되는 마약류라든지 암페타민 계통의 합성 물질처럼 강력한 향정신성 물질은 아니지만, 환각 작용을 일으키고 유해하기 때문에 네덜란드를 제외한 대부분의 나라들이 법으로 엄격히 금지하고 있습니다. 빌리가 범죄를 저질렀다는 사실은 분명한데, 이 영화에서 그는 적어도 전문 마약 상인처럼 보이지는 않습니다.

〈Midnight Express〉는 억압과 자유의 주관적인 느낌을 주인공의 시점에서 전달하기 위해 마약 사범임에 틀림없는 빌리를 처음부터 편들어주기로 마음먹고 있는 것처럼 보입니다. 실존 인물인 빌리 헤이즈 자신이 쓴 책을 기초로 하고 있기 때문이기도 하겠죠. 공포 영화들은 종종 관객을 쫓기는 피해자의 시점에 놓음으로써 긴박한 공포감을 전달하는데, 관객이 범죄인과 동일시하도록 만들어진 영화는 많지 않습니다. 〈Midnight Express〉는, 관객이 범죄자의 시점에서 가슴 졸이는 경험을 해볼 수 있는 몇 안되는 영화들 중 하나이고, 그런 일을 이보다 더 잘해내는 다른 영화를 저는 아직 본 적이 없습니다. 특히 빌리가 기내에서 체포될 때까지의 시퀀스는, 나쁜 짓을 하고 두근두근 가슴 졸여본 경험이 있는 모든 사람들의 기억을 자극해서 아주 효과적으로 관객을 공범자로 만들어줍니다. 빌리는 구타와 남색이 난무하고 비위생적이기 그지없는 감옥에서 자신이 선고받은 4년을 버팁니다. 그러나 형량을 거의 다 채워가던 무렵, 터키정부가 본보기로 종신형을 선고할 것이라는 소식을 들은 그는 이른바 'midnight express', 즉 탈옥을 감행합니다.

영화가 상징 조작이나 선전의 도구가 될 수도 있다는 말을 들으면, 저는 〈Midnight Express〉를 떠올립니다. 이 영화는 정치적 선전물과는 거리가 먼 수작이지만, 잘 만든 영화로 사람들을 속일 수 있는 가능성을 분명히 보여주기도 하니까요. 이 영화는 터키 공권력의 부당성과 터키 감옥의 비참함을 묘사한 까닭에 외교적인 논란의 대상이 되기도 했고, 미국—터키 간 범죄인 인도 조약이 체결되는 계기를 마련해 주기도 했다고 합니다. 그럼에도 불구하고 이 영화를 특징짓는 것은 정치성이 아닙니다. 만일 진정한 의도가 터키에 대한 정치적 비판에 있었다면, 보다 냉정한 객관성을 가지고 사건과 일정한 거리를 유지함으로써 더 무서운 심판자의 눈을 획득할 수 있었을 것입니다. 코스타 가브라스가 〈Z〉에서 보여주었듯이 말이죠.

그러는 대신, 알란 파커는 수술칼을 든 집도의처럼 주인공의 내면을 집요하게 파고드는 시선을 선택하고 있습니다. 그럼으로써, 〈Midnight Express〉는 그의 다른 작품들과 마찬가지로, 부조리한 거대 조직과 그에 대항하여 자유를 갈구하는 개인의 대립 구조를, 그 구조의 안쪽에서 바라보는 영화가 됩니다. 우리를 끊임없이 가두고 감시하는 그 큰 눈…. 미셸 푸코가 영화를 만들었다면 〈Midnight Express〉 비슷한 영화가 나오지 않았을까요? 자유로운 바깥세상과의 의사소통 수단을 박탈당한 주인공이 억압적인 권력에 짓눌려 신음하는 구조는 〈The Wall〉이나 〈Birdy〉 같은 그의 다른 영화에서도 낯익은 모습입니다. 백인들로부터 소외된 흑인들, 그 틈 속에서 또다시 소외되는 두 백인형사를 다룬 〈Mississippi Burning〉도 이러한 인식의 연장선상에 있습니다. 정형화에 대항하는 개성주의에 대한 그의 예찬이라고 할 수 있을 〈Fame〉과, 영혼의 지도를 현미경 같은 시선으로 해부하던 〈Angel Heart〉도, 실은 같은 테마의 변주곡이라고, 저는 느낍니다만.

예술사학자 아놀드 하우저는 영화를 가리켜 서구 근대 문명이 대중을 위해 예술을 생산하려 한 최초의 기도 라고 썼습니다. 예술을 대량 생산하는 것이 가능한 일일까요? 대중이라는 불특정 다수가 소비의 주체라는 점에서, 영화는 본질적으로 선전propaganda이기도 합니다. 세계영화사의 첫 페이지를, 인종차별을 정당화하는 〈Birth of a Nation〉이나 혁명을 선동하는 〈Battleship Potemkim〉 같은 작품들이 장식하고 있는 것은 우연이 아니기가 쉽습니다. 사실, 동양인으로서 〈Midnight Express〉를 감상하면서 감독의 시선을 따라가려면 상당한 정신 집중이 필합니다. 인종차별적 태도가 가득하기 때문이죠.

이 영화가 정치적 공정성을 홀러덩 벗어버린 것은, 인간 소외의 문제를 부각시키기 위해 권력을 되도록 사악하게 묘사한 결과인지도 모릅니다. 설사 그랬더라도, 알란 파커 감독은 이 영화의 정치적 부채로부터 자유스러울 수는 없습니다. 그러나 어쩌면, 감독이 말하고 싶어 하는 바를 표현하기에 충분한 수준 이상의 분량으로 영화 속에 잔류하는 정치성은, 각본을 쓴 올리버 스톤의 몫이 아니었을까 하는 의심도 듭니다.

〈Midnight Express〉로 아카데미 각본상을 수상한 올리버 스톤은 정치적 피해 의식이 충만한 음모론의 전도사 같은 데가 있습니다. 저는 그를 보면 어쩐지 뉴스 도중에 뛰어들어 귓속에 도청기가 있다고 소리치던 사람이 떠오르곤 합니다. 그는 영화 〈Dave〉에 카메오 출연도 했습니다. 케빈 클라인이 1인 2역으로 대통령과 그의 대역 놀음을 하는 영화였죠. 이 영화에서 그는 '올리버 스톤 자신'의 역할로 뉴스 인터뷰에 출연해 "대통령이 가짜와 뒤바뀌었으며, 모종의 정치적 음모가 있을 것"이라며 다양한 사진들을 증거로 제시합니다. 미국 사람들이 스톤을 보는 시각도 저랑 비슷한 것 같아서 재미있었습니다. 올리버 스톤이 감독한 영화들은 그가 편집의 귀재임을 보여줍니다. 〈Platoon〉, 〈Born on the 4th of July〉, 〈JFK〉 등은 모두 아카데미 편집상을 수상했죠. 물론 편집은 감독이 직접 하지 않는 경우도 많지만, 스톤의 영화들을 현란한 편집과 따로 떼어서 생각하기는 어렵습니다. 정치성으로 가득 충전된 주제 의식이 실력 좋은 편집과 결합된 영화들을 보러갈 때, 저는 일단 좀 방어적인 마음을 먹습니다. 제 머릿속에서 남이 저 대신 생각하도록 방치하긴 싫거든요.

〈Midnight Express〉에 묘사된 터키인들과 터키 감옥은 빌리 헤이즈의 저서 속에 언급된 것보다 훨씬 흉측한 것이었습니다. 헤이즈 본인조차 이 영화가 터키인들을 괴물로 묘사했다고 비난했고, 올리버 스톤은 터키를 방문하여 이 영화 때문에 상처를 받았을 터키인들에게 공개적으로 사과했습니다. 제작자인 데이비드 퍼트넘은 원작 소설이 부정직한 책이었다고 책임을 떠넘겼죠. 볼썽사납게도, 이 영화는 갑자기 부모들로부터 버림받은 아이처럼 되어 버렸던 거죠.

이런 사실은 영화 〈Midnight Express〉에 대한 전체적 평가를 내리는 데 좀 머뭇거리게 만듭니다. 훌륭한 서사 구조와 탁월한 화면으로 이루어진 완성도 높은 작품이라는 사실은 변함이 없지만, 과연 그것이 이 영화가 지고 있는 정치적 불공정성이라는 부채로부터 분리될 수 있는 것일까 하고 말이죠. 조악한 오락 영화라면 고민할 필요조차 없겠지만, 이 영화는 잘 만들어졌기 때문에 정치적 균형도 그만큼 문제가 되는 셈이죠. 어쨌든, 아카데미가 이 영화에 작품상이나 감독상이 아니라 하필이면 각본상을 안겨주었다는 사실이 할리우드의 삐딱한 정치 성향을 뜻하지 않게 드러내는 것만 같아 흥미롭습니다.

길소뜸 _1985

개천에서 솟아오른 용·

한국 영화를 예전에는 '방화邦畵'라고 불렀더랬습니다. '방화'라
는 명칭 속에는 '나라의 영화'라는 글자만의 뜻과는 무관하게,
검열에 치이고 제작비에 터지고 졸속 시스템에 녹아난 이 나라
의 영화들을 내심 삼류로 치부하는 자조적인 울림이 담겨 있었
습니다. 사회적인 비판은 죄다 정치적인 반항으로 비쳤기 때문
에 '방화'들은 사회성을 덜어내고 그 빈자리를 선정성으로 채
웠습니다. 80년대 말까지도 〈맨발의 청춘〉 만큼의 사회성을
담은 영화조차 찾아보기 어려웠습니다. (여담이지만, 〈맨발의 청
춘〉의 신성일, 〈태양은 가득히〉의 알랭 들롱, 〈친구〉의 장동건 이 세
사람은 영화 속에서 제가 본 제일 잘생긴 사내들이었습니다. 저렇게
생긴 인간들이 이 땅 위를 숨 쉬고 걸어 다닌다니!)

　　영자의 전성시대를 필두로 이른바 '호스티스 영화'들이

범람하던 그 시절, 국산 영화를 사랑하고 염려하는 어린 영화 팬들은 삼삼오오 조용히 모여서 유현목 감독의 〈오발탄〉 같은 옛 영화들을 보면서 장탄식을 하기도 했습니다. 체제 홍보에 양(陽)으로(김희갑 주연의 〈팔도강산〉 시리즈처럼) 또는 음(陰)으로(스스로 정치적 무관심을 확대재생산하는 도구로 전락함으로써) 동원되는 영화에 질린 관객들은 점점 더 냉소적이 되어갔습니다. 그런 분위기 속에서, 이를테면 예전의 〈돌아오지 않는 해병〉처럼 적극적인 공동체 의식에 기대는 영화는 점점 설 자리를 잃어 갔습니다. 2000년 가을 200만 관객을 동원한 〈공동경비구역〉이 대한민국 체제를 흡사 부끄럽고 부담스러운 짐처럼 묘사하게 될 때까지, 또 그 후로도 줄곧.

유신에서 신군부 통치에 이르는 기간 동안 한국 영화에는 선정성과 치기만 남아, 대체로 도색 잡지의 대타 역할 정도에 머물렀고, 같은 오락 영화라도 예컨대 최인현 감독의 1970년 영화 〈극동의 무적자〉 같은 수준이나 완성도를 보여주지 못했습니다. 첩보원 남궁원이 동남아를 일대로 007처럼 활약하던 〈극동의 무적자〉는 대학 시절 하숙집에서 저녁을 먹다가 유선TV에서 우연히 보았는데, 하도 놀라워서 밥을 잘 씹지도 못했던 기억이 있습니다. 마치, 다락을 뒤지다가 머리 벗겨지고 배나온 아버지의 영화 배우 뺨치던 젊은 시절 사진을 발견했을 때 느낄 법한 즐겁고 놀라운 배신감 같은 걸 느꼈다고나 할까요. 홍콩 영화 못지않은 발전 잠재력을 가지고 있던 한국 영화는 줄잡아 20여 년 동안 침체 속에 빠져 있었던 겁니다.

역설적인 이야기가 되겠는데, 그래서 저는 임권택 감독을 좋아합니다. 지금은 거장 소리를 듣지만, 임감독은 애당초 구로사와 아키라나 빔 벤더스 같은 작가적 감독이 아니었습니다. 척박한 이 땅의 영화 현실 속에서 영화 공장의 일꾼으로 끊임없이 작업을 해 온 분이죠. 현실에 좌절해서 그만두는 일 없이, 그러나 주어진 여건이 나아졌을 때 과거의 익숙한 테두리에 스스로를 가두는 일도 없이, 늘 자기가 처한 장소와 시간 안에서 해낼 수 있는 최선의 작업을 해온 프로페셔널이라고 생각합니다. 왜, 벼룩을 조그만 상자 속에 넣어 기르면 나중엔 꺼내 주어도 상자 높이까지밖에는 뛰지 않는다는 얘기가 있지 않습니까. 저는 벼룩을 가지고 실험해 본 일은 없지만, 그건 오히려 사람한테 딱 들어맞는 비유라고 생각합니다. 자신이 입문한 시절의 장벽을 훌쩍 뛰어넘었다는 데에 임감독의 위대함이 있다고 생각합니다.

신상옥 감독의 〈빨간 마후라〉를 보신 적이 있으신가요? 저는 그 영화가 적어도 〈Top Gun〉보다는 훌륭하다고 느꼈습니다. 그렇지만, 한국 영화가 상승 곡선을 그릴 때 멋진 작품들을 만들다가 여건이 어려울 무렵에는 한국에 없었던 신상옥 감독이 해내지 못한 어떤 일을 임감독은 성취해낸 것이라고 할 수 있습니다. 90년대가 열리자마자 임감독이 〈장군의 아들〉

1~3편과 〈서편제〉로 관객동원기록을 갈아치우며 흥행감독으로 우뚝 섰을 때, 저는 아낌없는 갈채를 보냈습니다. 그리하여 그는, 요즘 와서 재기발랄하게 활약하면서 국제 무대에서 활약하는 젊은 감독들이 딛고 서 있는 디딤돌이기도 합니다. 물론 이 땅에는 다른 많은 임권택들이 있었겠지요. 그들 없이 한국영화가 오늘날 한류의 열풍 속에 우뚝 설 수 있었다고 생각한다면 그건 오산이라고, 저는 믿습니다. 어떤 의미에서 70~80년대 한국영화는, 잘나가는 자식들이 보기에 구질구질하고 창피한 어느 부모 같은 존재가 아닐는지요. 그저 자기가 할 줄 하는 방식으로 나름대로 애쓰며 험한 세상을 산 부모.

길소뜸은 1985년에 개봉되었던 임권택 감독의 작품이고, 그의 영화들 중 제가 가장 좋아하는 것이기도 합니다. KBS에서 이산 가족 찾기로 온 나라가 들끓던 83년 여름, 화영(김지미)은 남편의 권유로 전쟁통에 헤어졌던 아들을 찾으러 방송국으로 갑니다. 그 아들은 지금 남편과의 사이에서 낳은 자식은 아니었습니다. 화영은 과거를 회상합니다. 해방이 되면서 길소뜸으로 이사와 고아가 되었던 그녀는 아버지의 친구 김병도 씨의 집에 몸을 의탁합니다. 거기서 지내던 중 그녀는 김 씨의 아들 동진과 자연스레 연정을 나누고 아이를 가졌던 것이죠. 전쟁이 터지면서 그녀는 김씨 가족과 헤어지고, 혈혈단신으로 고군분투했습니다. 세월이 흘러 그녀는 지금의 남편과 가정을 꾸렸지만, 살아남기 위해 아들을 버렸던 기억은 그녀에게 치유되지 않는 상흔으로 남아 있었던 것입니다.

이산 가족 찾기가 한창이던 방송국에서, 화영은 동진(신성일)과 우연히 재회합니다. 물론 그 또한 한 가정의 가장이 되어 있습니다. 두 사람은 함께 그들의 아들 석찬을 찾아 나섭니다. 우여곡절 끝에 찾은 석찬은 어려운 생계를 꾸려가고 있었습니다. 고아로 자랐던 석찬은 갑자기 나타난 신사 숙녀가 자신의 부모로 확인되기를 간절히 원합니다. 그러나 시간을 되돌리기에는 30년 넘는 세월동안 너무 많은 일들이 있었던 거죠. 저는 한국전쟁의 깊숙한 상처가 이 영화 속 주인공들을 통해서 다른 나라 사람들도 알아들을 수 있는 가슴속의 통증으로 번역되었다고 믿습니다.

화영은 의학적인 친자 확인을 시도해 보지만 결과가 분명치 않자, 자신의 '과거 찾기'를 그쯤에서 포기하고 옛 상처를 다시 파헤친 것 같은 아픔을 보듬은 채 헤어지는 쪽을 택합니다. 이 영화는 석찬이 화영의 친아들이라고 구구한 신파조의 설명을 달지는 않습니다. 그래서 더더욱 석찬과 헤어지는 화영의 눈물이 관객에게 절실하게 다가옵니다. 어머니

는 본능적으로 아들을 알아보았지만, 다시 한 가족으로 합칠 수는 없는 현실의 무게가 너무 무거운 것이죠. 앞으로 남은 일 생동안 그녀에게는 친자 확인이 결정적이지 않았다는 알량한 의학적 소견만이 위안이 되어줄 터입니다.

소재의 제약 때문에 이런 영화는 뭔가에 반대하는 이야기로 흐르기 쉽습니다. 그러나 임권택 감독은 이런 함정에 빠지지 않고 품위를 지켜 길소뜸이 원(怨)의 영화가 아니라 한(恨)의 영화가 되도록 했습니다. 제가 본 길소뜸은 반공 영화도 반전 영화도 아니었습니다. 감독의 따뜻한 시선 덕분에, 기를 쓰고 친자임을 인정받으려는 석찬의 절규도 역겹지 않고, 이별을 택하는 화영의 눈물도 가증스럽지 않습니다. 누가 그녀에게 돌을 던질 수 있을 것인가요. 참고로, 길소뜸에서 화영의 어린 시절은 당시 최고의 하이틴 스타이던 이상아가 맡았습니다. 채시라가 유지인과 비슷하고 오연수가 나영희랑 비슷하다는 생각은 해봤지만, 이상아가 어찌 보면 김지미를 빼닮았다는 건 〈길소뜸〉을 보고 처음 깨달은 사실이었습니다.

과거를 고치고 싶은 우리의 소망과 그러지 못하는 현실과의 거리는 〈Back to the Future〉와 〈길소뜸〉의 간격만큼이나 큽니다. 그 상처를 감싸 안고서도, 우리는 내일을 살아가지 않으면 안 되는 겁니다. 요즘 아이들이 한국전쟁을 마치 임진왜란때 얘기처럼 하는 걸 들으면서 느끼는 겁니다만, 저는 6·25전쟁을 당대의 상흔으로 기억하는 마지막 세대가 혹시 아닐까 싶습니다. "우리가 만일 이산가족이 되면 매달 초하룻날 수도의 시청에서 기다리기로 해요." 신혼 초에 제 아내가 저에게 제안한 비극적 아이디어였습니다.

9 1/2 Weeks_1986

판즈워드의 아틀리에

제가 여지껏 본 영화 중에서 가장 야한 영화는 〈9 1/2 Weeks〉
였습니다. 뉴욕에서 미술관을 운영하는 이혼녀가 잘생긴 독신
주식중개상을 만나 성적 일탈과 해방과 실망과 좌절을 경험하
는, 1986년 영화죠. 제 친구의 주장에 따르면, 저는 주로 입술
이 얇은 여자들더러 예쁘다고 한답니다. 어쩌면 그 말이 사실인
지, 저로서는 킴 베이싱어가 미인이라는 느낌을 가져본 적이 없
습니다. 딱 한 번, 〈9 1/2 Weeks〉에서의 그녀를 제외하면 말
이지요.

그러고 보니 공교롭군요. 제가 생각하기에 〈9 1/2
Weeks〉는 아드리안 라인 감독이 지금까지 내어놓은 영화들
중 가장 낫기도 합니다. 영국 케임브리지 태생의 라인 감독은
CF 감독 출신으로 영화계에 입문했습니다. 그와 비슷한 또래

의 영국인이자 CF 감독 출신이라는 공통점도 가진 토니 스콧 감독(리들리 스콧의 동생)의 영화들은 "CF 감독 출신다운 영상미로 승부해야 한다"는 강박 관념에 짓눌려 있는 것처럼 상투적이고 답답합니다. 거기에 비하면 아드리안 라인은 스타일리스트면서 작가적 재능까지 갖추고 있다고 평가할만 합니다.

역시 개인적인 생각이지만, 킴 베이싱어가 연기다운 연기를 한 영화도 이 영화 단 한 편이 아닌가 싶고, 미키 루크가 가장 멋지게 나왔던 영화도 이 영화 같습니다. 어쩌면, 이들 풋내기 배우들로부터 그만큼의 연기를 끌어낸 것이 아드리안 라인 감독의 조련사로서의 능력이 아니었나 싶기도 합니다. 실제로 라인 감독은 두 주연 배우들이 촬영장 밖에서 따로 만나는 것을 엄히 금지하고, 각자에게 상대방에 대한 요상한 '뒷담화'를 전해줌으로써 주연배우들이 서로에 대한 미묘한 감정 상태 속에 있도록 조장했다고 합니다. 킴 베이싱어는 영화 촬영이 끝난 후 감독의 이런 행동에 진절머리를 냈다더군요.

라인 감독은 이런 식으로 배우들을 진이 빠지게 만들면서, 죽어도 영화 내용과 동일한 시퀀스로 촬영해야 한다고 주장하여(보통은 앞뒤로 왔다갔다 하며 찍습니다) 배우들이 감정적으로 지쳐가는 것을 카메라에 담아냈답니다. 주인공들이 넌더리를 낼 법도 하죠. 그들이 그 뒤로는 이 때만한 연기력을 보여주지 못하는 것도 어쩌면 당연한 일인지도 모르겠습니다.

미키 루크의 경우는 좀 더 심각합니다. 80년대 후반 전 세계 여성들의 가슴을 설레게 만들던 그는 90년대에 돌연 어린 시절 익혔던 권투를 하겠다며 영화계를 떠났습니다. 자기가 진정으로 원하는 것을 찾아 떠나는 그에게 박수를 보낼 마음이 제게는 있었습니다. 비슷한 시기에, 인기 절정에 있던 탤런트 최재성씨가 권투를 하기 위해 연예계를 떠났을 때도, 연극 에쿠우스에서 보여준 그의 폭발적인 연기력이 채 못다 피는 것을 안타까워하면서도 갈채를 보냈듯이.

그런데 미키 루크는 권투로 완전히 망가진 얼굴을 해 가지고 다시 연예계로 복귀했습니다. 거기까지만 해도 아쉬운 일에 해당하겠습니다만, 정말 비극은 그가 '꿈을 뒤쫓다가 망가진 얼굴'을 훈장처럼 그냥 두지 않고 수십 번의 성형 수술로 아예 눈뜨고 바라보기 어려운, 괴상망측한 지경으로 만들어났다는 데 있습니다. 최재성씨가 그 정도로 망가지지 않고 복귀한 것은 그나마 다행한 일입니다. 꿈을 찾아서 현재의 영광을 미련 없이 박차고 떠났다가 뒤늦게 예전의 자리로 복귀하는 사람들을 지켜보는 일은 뭐랄까요, 탈옥한 빠삐용이 다시 붙잡혀 들어오는 걸 지켜보는 동료 죄수 드가의 심정만큼이나 서글픈 것입니다.

대학생 시절에 신촌의 재개봉관에서 친구들과 〈9 1/2 Weeks〉를 보면서, 저는 아드리안 라인 감독이 혹시 화가 출신이 아닐까 궁금했습니다. 그럴 정도로 그의 화면들은 매력 있었습니다. 폭우가 몰아치는 뒷골목에서 벌이는 정사 장면이라든지, 음식을 먹는 행위가 저토록 선정적일 수 있다는 사실을 처음으로 상기시켜준 두 주인공의 '음식 장난' 장면들이 특히 그러했습니다. 냉장고 앞에서 두 사람이 먹을 것을 가지고 장난치는 장면은 이제 영화 에로티시즘의 고전적인 클리셰cliché가 되어버렸을 정도죠.

하지만, 이 영화에서 제 기억에 가장 깊이 남은 것은 정작 에로틱한 장면들이 아닙니다. 화랑 주인인 엘리자베스(킴 베이싱어)는 전시할 작가를 물색하다가 판즈워드라는 화가의 작품을 접하고 감동을 받습니다. 화가를 직접 찾아가 전시를 권유하기로 한 그녀는 그의 작업실로 찾아갑니다. 이 무렵 그녀는 점점 변태적으로 변해가는 존(미키 루크)과의 관계에 대해 회의를 품기 시작하고 있었습니다.

이 지점까지 영화는 지극히 세련되고 값비싼 도회적 풍경과 인공 조명을 배경으로 하고 있었습니다. 그런데 멀리 떨어진 교외의 호숫가에 고즈넉이 자리 잡은 노화가의 작업실 풍경은, 관객들에게 놀이동산의 롤러코스터에서 막 내려 땅을 밟은 것 같은 현기증을 전달해 줍니다. 아크릴화 그림들 사이에 달랑 한 점 내걸린 수채화 같은 이 장면을 통해서, "내 삶이 너무 추잡한 것은 아닐까"라고 느끼는 엘리자베스의 느낌이 굳이 대사 없이도 전달되어 오는 것이죠.

썩 내켜하지 않는 판즈워드를 설득하여 전시회가 개최되던 날, 개막 행사는 성대하고 요란하게 치러집니다. 뉴욕 바닥의 온갖 위선적인 예술 애호가들이 샴페인 잔을 들고 떠들어대는 갤러리의 한쪽 구석에서 당황하여 불편해하는 화가 판즈워드를 멀찍이 바라보던 엘리자베스는 죄책감과 자기 연민이 뒤섞인 시선으로 눈물을 흘립니다. 개막식에 모인 선남선녀들 중 그 눈물의 의미를 아는 사람이 아무도 없었던 건 당연합니다. 하지만 긴 설명 없이도, 관객들은 그 눈물이 뜻하는 바를 잘 알고 있습니다.

주인공의 흉중에서 소리 없이 일어나는 심리 상태의 변화에 관객을 동참시키는 시퀀스로, 저는 이보다 더 모범적인 사례를 아직 알지 못합니다. 많은 영화의 주인공들이 그저 저 혼자 웃고 저 혼자 울지요. 다른 각도에서 보자면, 예술이 상업화되는 것이 얼마나 안타깝고 역겨운 일인지를 이 만큼 시각적으로 강렬하게 드러내 보여준 영화도 없었습니다. 역설적이지만, 이 영화가 본질적으로 에로물이라서 그 메시지는 더더욱 강렬합니다.

사설이 길었는데, 제가 정말 하려던 이야기는 이런 것이 었습니다. 존이나 엘리자베스처럼 화려 무쌍한 성적 모험이 없 더라도, 우리를 옭아매고 있는 일상은 한발 벗어나 밖에서 들 여다보기 전에는 그것이 얼마나 유치하고 천박한지를 알아채기 가 어려운 잡답雜沓입니다. 좀 더 요즘 아이들 식으로 얘기해 볼 까요? 붉은 알약을 먹고 깨어나는 결단을 내리기 전에는 매트 릭스Matrix가 가짜라는 사실을 발견할 수 없습니다.

장자의 호접몽胡蝶夢을 '시뮬라크르와 시뮬라시옹'이라는 인식론의 범주에서만 바라보는 습관은 현대 철학의 폐단입니 다. 윌 듀란트가 불평한 것처럼, 오늘날 인식론은 철학의 몸뚱 아리 전체를 유괴해가 버린 셈이죠. 장자가 나비 꿈을 꾼 것은 그가 자연과의 물아일체物我一體 경지를 경험한 것을 상징합니다. 장자처럼 자연과의 우주적 일체까지를 경험하지는 못하더라도, 좀 더 넓은 맥락 속에서 자신을 내려다 볼 때, 부족한 자신의 모습은 더 확연히 잘 보입니다. 영화를 관람하는 일은, 이런 연 습을 하기에 제법 좋은 취미인 것 같습니다.

〈9 1/2 Weeks〉라는 에로틱 멜로 영화의 격조를 단숨에 높여주었던 '판즈워드의 작업실' 장면은 제 머리 속에 깊이 각 인되어 있습니다. 덕분에, 사소한 문제로 미간이 찌푸려질 때, 편두통 환자가 두통약을 삼키듯이 저는 눈을 감고 이 장면을 떠 올립니다. 은퇴한 뒤에도 한참 더 살 수 있다면, 모르긴 해도 저는 물가에서 개를 키우며 낚시를 하면서 지낼 수 있지 않을까 기대하고 있습니다. 물감값을 조달할 수만 있다면 서툰 그림도 좀 그려보면서 말이죠.

후기

이 글은 미키 루크가 〈Wrestler〉라는 영화를 통해 연기 자로서의 자신의 내부에 잠자고 있던 폭발적인 힘을 온 세상에 보여주기 전에 쓴 글이었습니다. 그의 저력이 과연 내내 잠들어 있었던 걸까요, 아니면 나락으로 추락해 본 고통으로부터 새롭게 학습한 것일까요? 그의 다음 출연작들이 그 답을 말해줄 걸로 기대합니다.

Robocop_1987
잔혹은 공포의 그림자가 아닐까?

세상은 잔인합니다. 세상이 잔인하다기 보다는 사람들이 잔인하다는 게 맞는 말이겠죠. (영화 〈넘버쓰리〉에서 검사역할을 맡은 최민식의 대사처럼, 죄가 무슨 죄가 있냐, 죄를 짓는 뭣 같은 놈들이 나쁜 놈들이지….) 위대한 시인 T.S. 엘리엇이 '황무지'에서 4월은 가장 잔인한 달이라고 했던 것은 4월이 너무 아름답기 때문이었습니다. 세상은 부조리하고 황무지처럼 망가져만 가는데 어째서 너 4월은 그토록 화사한 라일락을 피워내느냐 하는 것이 엘리어트의 시심이었을 터입니다. 진정한 재생은 없이 공허한 추억으로 고통을 주는 봄. 그러면서도 재생을 가장하고, 그러면서도 재생을 요구하는 4월. 봄은 왔으나 봄이 아닌 것이지요.

한漢 원제元帝 시절, 왕소군이라는 절세미녀가 궁녀로 입궐

했으나 프로필 그림첩을 작성하는 화공의 농간으로 황제에게 간택되지 못하고 그만 흉노의 우두머리에게 선사되어 추운 땅으로 보내어진 일이 있었습니다. 그녀가 읊었다는 시구가 바로 胡地無花草 春來不似春(오랑캐 땅에는 꽃도 풀도 없으니 봄이 왔으되 봄이 아니로구나)입니다. (JP가 지은 시가 아닙니다!) 왕소군은 자신의 황무지에서 엘리어트처럼 봄을 원망하고 있습니다. 그녀가 기억하는 봄 또한 처절하게 아름답기 때문이 아니겠습니까.

동서고금을 막론하고, 아름다운 것들에서 잔인함을 발견하는 것이 시인입니다. 다다를 수 없는 아름다움, 돌아갈 수 없는 고향, 이런 것들이 띄는 잔인함을 시적인 잔인함이라고 부르는 것이 허락된다면, 창살 밖으로 내다뵈는 만과 곶 위로 아름다운 샌프란시스코가 보이게끔 만들어 놓았던 알카트라스 감옥이 구현하고 있는 잔인성이 바로 그런 시적 잔혹에 해당한다고 할 수 있지 않을까요?

영화는 시인들만 보러 오는 것이 아니므로, 잔인성에 관해 다른 접근을 하는 중입니다. 가지지 못할 아름다움을 탄식하기보다는, 아차하면 벌어질 수도 있는 추한 모습과 잔인함을 가급적 여과 없이 자세하고 실감나게 묘사하는 쪽으로 내닫고 있는 것이죠. 영화는 현재 사용가능한 기술의 도움을 최대한 활용함으로써 이 일을 점점 더 잘 해내고 있습니다. 80년대 후반으로 접어들면서 〈Rambo〉, 〈Commando〉, 〈Robocop〉 같은 영화들은 가히 '콜로세움' 장르라고 불러도 좋을 영화적 대량 살상의 새로운 지평을 열었습니다. 개봉 당시 잔혹한 공포로 이름을 떨쳤던 조지 로메로의 〈Night of the Living Dead〉(1968)조차도, 〈Resident Evil〉(2002)이니 〈28 Days Later〉(2002), 〈Dawn of the Dead〉(2004, 리메이크), 〈Land of the Dead〉(2005) 같은 요새 좀비 영화들과 비교해 보면 차라리 심미적 품위가 있는 것처럼 느껴질 정도죠.

고대 로마인들은 거대한 원형 경기장에 투사들을 몰아넣고 무사들끼리 혹은 짐승들과 죽음의 게임을 벌이게 하여 그것을 오락으로 삼았습니다. 거기서는 실제로 사람과 동물들이 죽어 나갔고, 오늘날의 영화에서는 '죽는 척'을 할 뿐이라는 차이가 있지만, 그런 차이만을 가지고 고대인들을 야만시하기에는, 그 두 가지 오락이 관객에게서 분비시키려고 하는 호르몬의 종류가 너무나도 똑같은 게 아닐는지요. 오히려 오늘날 영화 속의 대량 살상 속에는 더 심각한 문제가 담겨 있습니다. 브레히트가 '소외 효과'라는 것을 발명해야 했을 만큼, 관객들은 본질적으로 영화 속의 인물과 내러티브에 '참여'하는 존재들입니다. 앞서 말한 오락 영화 속에서 죽어나가는 사람들은 대체로 죽어야 마땅한 사람들입니다. 그 사람들은 관객에게 자신의 처지나 동기나 세상살이의 고달픔 같은 것을 하소연할 기회를 갖지 못합니다.

우리는 이런 사정에 익숙해져 가고 있다는 점에서, 고대인들보다 훨씬 거대규모로 유통되는 잔인성의 도락을 심리적 부담 없이 즐기고 있는 셈이죠. 타인의 죽음을 대하는 이런 태도는 매스컴이 대량 살상을 다루는 방식과도 깊은 연관성을 갖고 있습니다. 국제적 테러리즘은 익명적 공포의 양적 팽창이라는 현대적 현상을 다른 방향에서 상징하는, 한 동전의 뒷면이라고도 볼 수 있겠습니다. 인류가 문화적 진화를 거듭해나가면서 인권의 보호나 권력의 제한 같은 위대한 '진보'를 실현해 온 이면에는, 오히려 예전보다 짙고 커져가는 잔인성의 그림자가 숨어있는 건지도 모릅니다. 키가 커지면 그림자도 길어지는 것이 세상 이치랄 수도 있겠습니다만.

한 가지 신기한 점은, 선악의 구분이 단순 명료한 장르 영화들을 즐기면서도, 현대인은 선과 악의 상대성을 깊이, 또 맹렬히 신봉하는 경향이 있다는 점입니다. 인류의 고대와 중세를 지배했던 절대주의 정신의 회초리 자국이 그만큼 아프고 깊었던 것인지, 근대 이후 post-modern age 를 사는 사람들은 선악의 절대성에 관해 말하려면 지적으로 덜떨어진 사람 취급을 받을 각오를 해야만 합니다. 심지어, 예컨대, 교회를 열성적으로 다니는 사람들도 어떤 사안을 선악의 관점으로 보기를 꺼리는 '근대정신'의 소유자인 경우가 많습니다.

대체로 우리 시대에 가장 안전하게 받아들여지는 유행은

양비론과 양시론이 아닌가 합니다. 마치 용궁으로 가면서 육지에 떼어놓은 토끼의 간처럼, 현대인의 권선징악은 우리가 여가 시간에 즐기고 환호하는 오락 영화들 속에, 밀리언셀러가 되는 해리포터나, 수십 년 만에 다시 붐을 일으키는 반지의 제왕 속에나 고이 간직되어 있는 셈이죠. 절대악은 분명히 존재합니다. 다만, 악을 벌하는데 있어서 철저할 필요는 있지만 잔혹할 필요는 없다는 것이 제 생각입니다.

1987년 〈Robocop〉이 상영되었을 때, 할리우드에서 만들어진 주류 액션 영화 중에서 폭력을 이만큼 시각적으로 생생하게 그려 보여준 영화는 일찍이 없었습니다. 전통적으로 할리우드는 성애의 표현에 비해 폭력의 표현에 대해서는 너그러웠습니다. 거꾸로 말하면, 섹슈얼리티에 대해 좀 우스울 만큼 엄격했다고도 할 수 있죠. 80년대 이후 섹슈얼리티에 대한 표현도 파격적으로 대담해져 왔다는 점을 떠올리면, 〈Robocop〉 같은 액션 영화들은 흡사 폭력이 에로티시즘보다 더 큰 표현의 자유를 누려왔던 할리우드의 전통을 고수하겠다고 분발하고 있는 것처럼 보이기도 합니다. 폴 버호벤 감독은 자신의 다음 작품 〈Total Recall〉

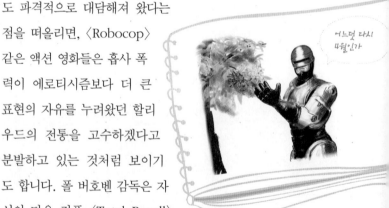

어느덧 다시
4월인가

에서도 피 튀기는 격투장면을 아무렇지도 않게 보여주었죠.

네덜란드 태생 감독 폴 버호벤이 인간 사회를 얼마나 더 럽고 천박하고 잔인하고 폭력적인 것으로 보고 있는지는 1985년 그가 감독한 첫 영어 영화인 〈Flesh & Blood〉에서 좀 더 잘 드러나 보입니다. 이 영화는 상당히 독특하기 때문에, 좋고 싫음을 떠나서, 일단 보면 잘 잊혀지지 않습니다. 말 타고 다니는 기사들을 소재로 한 영화들은 많고도 많지만, 이 영화를 보기 전까지 그 중에서 저에게 가장 특이한 인상으로 남아 있던 영화는 존 부어맨 감독의 1981년작 〈Excalibur〉 정도였습니다. 〈Flesh & Blood〉는 중세를 무대로, 그러나 아무런 신화적 색채도 입히지 않고 두드러진 서사 구조도 없이 인간의 추잡함을 그리고 있어서, 순진한 마음에 왜 저런 영화를 애써 만들었을까 심히 궁금해 했던 기억이 납니다. 이 영화는 아마도 〈The Princess Bride〉처럼 작위적으로 아름다운 동화들의 완전한 대척점에 놓을 만한 영화라고 할 수 있겠습니다.

폴 버호벤 감독은 영화를 만들 때 자신이 어릴 적에 겪었던 2차 대전의 경험들을 떠올린다고 합니다. 그가 연출한 폭력 장면을 보면서 우리가 찔끔하고 느끼게 되는 그 어떤 느낌은, 어쩌면 귀청이 먹고 유리가 산산조각나는 공습과 폭격을 겪으며 죽음과 삶의 기로에서 그가 느꼈던 공포가 우화의 옷을 입고 되살아나 불러일으키는 반응일지도 모르겠습니다. 빨갛고,

날카롭고, 뭉클하고, 원초적^{Basic}이고, 본능^{Instict}적인.

가만 생각해 보면, 제2차 세계대전이나 그 이후의 국지전의 비극을 직접 경험하지 않고 살아가는 저 같은 세대들에게, 그런 가공할 규모의 공포를 은막 밖에서는 경험하기 어렵다는 현실은 한없이 다행스러운 것이 아니겠습니까. 통증이 느껴지지 않는 객석에서 반복적으로 경험하는 대량 살상이 평화를 소중히 여기는 마음과 그것을 지킬 용기와 선악에 대한 분별력을 흐리지 않기를 바랄 따름입니다.

sex, lies,
and videotape_1989

진실의 나신을 목격한 조숙한 천재

미국 법정에서 증인은 성경에 손을 얹고 "나는 진실을 말하고, 진실의 전모를 말하고, 진실만을 말할 것을 맹서한다(I swear to tell the truth, the whole truth, and nothing but the truth)"고 선서합니다. 우리나라에서는 형사소송법 157조에 따라 "양심에 따라 숨김과 보탬이 없이 사실 그대로 말하고, 만일 거짓말이 있으면 위증의 벌을 받기로 맹서합니다"라고 선서하죠. 숨김과 보탬이 없는 진실을 말한다는 의미는 양측이 동일하므로 어느 쪽 선서가 내용상 더 낫거나 못하다는 이야기를 하자는 건 아닙니다. 하지만, "The truth, the whole truth, nothing but the truth"라는 표현은, 보면 볼수록 멋집니다.

우선, 그것은 점점 울림을 더해 가며 반복되는 시구처럼 음악적입니다. "Truth"라는 단어가 세 번 반복되면서 수식 어구가 하나씩 늘어가는 구조는 진실의 중요성을 점층적으로 강조하는 느낌을 줍니다. '진실'이라는 단어를 세 번, 점점 긴 구절로 반복도록 하는 것은 그것을 읽는 증인들에게 진실의 중요성을 자각하게 하는 은근한 부담으로도 작용할 터입니다.

둘째, 이 표현은 논리학이 수학(집합과 연산)과 흡사하다는 점을 간결하게 잘 보여줍니다. '진실의 전모^{the whole}_{truth}'를 말하는 사람은 진실에 해당하는 모든 내용을 다 이야기하겠지만, 거기에 진실이 아닌 다른 것을 섞을 수도 있습니다. 한편, '진실만을^{nothing but}_{the truth}' 말하는 사람의 말 속에는 진실이 아닌 내용이 들어있지 않겠지만, 진실의 일부를 감추더라도 진실만을 말하는 것이 됩니다.

결국 의미상 'the whole truth'는 진실을 감하지 않고, 'nothing but the truth'는 진실에 덧보태지 않고 말한다는 뜻이 되므로 "숨김과 보탬이 없는 진실"이라는 표현과 피장파장이 됩니다만, 어감은 좀 다릅니다. 진실에 뭔가를 숨기거나 보태는 행위는 진실을 가공하는 어떤 대담한 작위^{作爲}를 가리키는 반면에, 'the whole truth'와 'nothing but the truth'는 둘 다 목적어로서, 진실을 대하는 방식이나 태도를 일컫는 뉘앙스가 더 강합니다. 순전히 개인적인 느낌을 말하자면 이런 생각이 들더군요. nothing but the truth를 중시하는 사람의 태도에는 '솔직'이라는 표현이 어울리고, the whole truth를 말하려고 애쓰는 사람의 태도는 '정직'에 가깝지 않은가 하고 말이죠.

솔직한 사람들에게는 진실의 전신상이 어떤 모습이냐 보다는, 자기가 말하는 내용이―남에게 상처를 주는 내용이더라도―모두 다 근거 있는 사실이라는 점이 더 중요합니다. 이런 특징은 자연히, 조금은 이기적이고 자기중심적이며, 가식을 경멸하는 도도하고 공격적인 태도와 잘 어울립니다. 반면에 정직하려 한다는 것은, 진실 중에―자신에게 고통스러운 부분이라도―숨겨지는 부분이 없도록 애쓰는 태도와 가깝습니다. 정직하려는 사람들은 감추고 싶은 것일수록 끄집어내서 이해나 용서를 구하는 것이 상대방에 대한 성실이라고 느끼며, 그렇게 하는 과정에는 흔히 진실의 간결한 나신裸身보다는 좀 더 많은 부연과 설명이 덧붙곤 하죠. 진실 위에 설명이 조금 보태지는 방어적인 태도라고 할까요.

어떤 방식이든, 진실을 말하려는 노력은 훌륭한 일입니다. 일상적인 관계에서 거짓은, 타인에게 취할 수 있는 가장 모욕적인 태도이고, 최대의 불성실이며, 따라서 비난 받아 마땅하지요. 이른바 선의의 거짓말을 하는 사람조차도 자신을 상대방보다 더 우월한 자리에 놓기 때문에, 선의에서 비롯되었다 하더라도 거짓말은 수평적 관계를 파괴합니다.

1989년 스티븐 소더버그는 불과 26살의 나이에 현대적 인간관계의 거짓된 속내를 통찰하는 세련된 영화를 만들어 칸의 황금종려상을 거머쥐었습니다. 그는 여전히 활발한 활동을 하면서 좋은 작품들을 만들고 있긴 하지만, 초기작인 〈sex, lies, and videotape〉를 통해 보여준 섬세한 결이 너무도 뛰어났던 것에 비하면, 상업적으로도 크게 성공한 〈Erin Brockovich〉나 그에게 아카데미 감독상을 안겨준 〈Traffic〉, 심지어 연달아 대박을 터뜨리고 있는 〈Ocean's Eleven〉 연작들조차 실망스러운 지경입니다.

미인이지만 어딘가 성적으로 메마른 인상을 주는 앤(앤디 맥도웰)은 눈썹 진하고 입술 두꺼운 느끼한 인상을 가진 존(피터 갤러거)과 부부 사이입니다. 존은 처제인 신시아(로라 산 지아코모)와 바람을 피우는 중입니다. 신시아는 원하는 남성은 품에 안고야 마는, 성적 에너지가 충만한 여성입니다. 나름대로 불안한 균형을 이루고 있던 이들의 일상은, 존의 옛 친구 그레이엄(제임스 스페이더)이 방문한 뒤로 변합니다. 그레이엄은 여자들과 인터뷰를 하면서 성적인 경험에 관한 그들의 진술을 비디오로 녹화하는 희한한 취미를 진지하게 추구하는 사람입니다. 하지만 정작 그는 성적 불능 상태에 있는데, 그것은 옛 애인과의 사랑에 실패한 데 원인이 있는 것처럼 보입니다. 이 영화로 스타덤에 오른 제임스 스페이더는 그 후로도 줄곧 리비도에 이상이 있는 변태적 역할을 단골로 맡습니다.

이들의 서로에 대한 거짓은 점점 더 쌓여가다가 결국 앤은 남편과 동생의 배신을 알아채죠. 화가 난 그녀는 그레이엄을 찾아가 그의 비디오 카메라 앞에 섭니다. 자기는 바람을 피울망정 아내와 친구가 놀아나는 것은 참을 수 없었던 존은, 그레이엄을 찾아가 일단 그를 두들겨 팬 후 녹화된 비디오를 틀어봅니다. 그 화면 속에는 성적으로 황폐했던 앤과 그레이엄이 번갈아 속내를 드러내고 있습니다. 녹화는 그 두 사람이 서로에게 다가서는 대목에서 멈춰 있습니다. 앤은 존과 이혼하고, 그레이엄과의 관계를 지속할 것 같은 조짐을 보이죠. 거기서 영화는 끝납니다.

섹스와 비디오의 공통점은 무엇일까요? 그것은 현대인이 의사소통하는communicate 방식들 중 두드러지는 두 가지입니다. 섹스가 번식의 기능 못지않게 소통의 기능을 수행하도록 진화했다는 점은 인간을 지구상의 모든 다른 동물들과 구별하는 특징입니다. 소더버그 감독은 두 가지 현대적 의사소통의 상징 사이를 '거짓말들lies'로 연결함으로써, 인간관계와 의사소통의 허구성에 관한 자신의 관점을 분명히 합니다. 스물여섯 살짜리가 각본과 감독을 한꺼번에 맡아 풀어낸 이야기라기에는 뭐랄까요, 감탄스럽기도 하고 안쓰럽기도 한 것이죠. 이 영화는 마치 〈Honesty〉라는 빌리 조엘의 비관적인 노랫말을 연상시킵니다.

저는 막연히, 스티븐 소더버그나 빌리 조엘이 진실에 대해 비관론을 펼치게 된 동기가 혹시 실연의 고통이 아니었을까 짐작해 봅니다. 무릇 비관하기에는 너무 아름답고 낙관하기에는 너무 어두운 것이 인생사이겠거늘, 실연이라는 경험은 인생의 심연을 조망할 수 있는 특별한 시력을 선사해 주는 모양입니다. 고등학교 시절에 기타를 참 잘 치던 친구의 실력이 어느날 눈에 띄게 늘었기에 비결이 뭐냐고 물어봤더니만 그 친구가 '부러우면 너도 실연을 하라'면서 쓸쓸한 표정을 짓던 기억이 나는군요.

〈sex, lies, and videotape〉는 소더버그에게 영광이자 부담이기도 한 초창기의 성공작입니다. 에린 브로코비치 역할로 골든글러브 상을 받는 자리에서 줄리아 로버츠는, "소더버그가 부탁한다면 전화번호부책을 읽어달라고 해도 들어주겠다"고 얘기한 걸 보면, 그는 배우들로부터 깊은

정직은 외로운 낱말-
진실한 사랑 없네.

존경을 받는 유능한 감독으로 성장하고 있는 것 같아 안심이 됩니다. 저는 그가 종당에는 스스로의 기록을 격파하는 내공을 보여줄 거라는 기대를 걸고 싶습니다. 하지만, 실연의 경험이 20대 감독의 창조적 감성을 폭발시킨 기폭제였다는 근거 없는 저

의 지레짐작이 만약 사실이라면, 소더버그는 〈sex, lies, and videotape〉보다 나은 영화는 영영 만들기 어려울지도 모르겠습니다. 첫사랑의 실패를 두 번 할 수 있는 사람은 없을 테니까요.

Terminator 2:
Judgment Day_1991
전편보다 나은 속편

전편만한 속편은 없다는 징크스는 당연한 상식처럼 받아들여지고 있습니다. 어떤 영화의 속편은 전편에 대한 평가와 기대에 의지하기 때문에 그 정의상 참신할 수가 없게끔 되어 있습니다. 그러니까 역으로, 전편과의 계속성을 충실히 유지하면서도 태생적인 한계를 나름대로 극복해 낸 속편이 있다면, 박수를 받아 마땅하겠습니다. 그것이 대단히 어려운 일인 만큼, 박수가 아깝지 않은 속편이란 드물죠. 샘 레이미 감독의 〈Evil Dead〉 연작의 경우, 3편이 가장 호평을 받는 편입니다. 그러나 1, 2편이 저예산 호러물인 반면, 3편은 넉넉한 자본을 바탕으로 전편과는 판이한 분위기의 주류 영화로 변신한 경우라서 진정한 속편이라고 부르기가 좀 뭣합니다. 이런 경우를 제외한다면, 빼어난 속편으로 얼른 꼽을만한 영화는 〈Godfather 2〉와, 〈Terminator 2〉 정도가 아닐까 합니다.

〈Godfather 2〉는 1편에 흐르는 우수 어린 간결함을 갖지 못했기 때문에 1편만 못하다는 사람들도 많긴 하더군요. 하지만 저는, 〈Godfather 2〉가 1편의 시간대를 앞뒤로 오가면서 내용상 그 전편prequel과 속편sequel 역할을 동시에 해냈다는 점, 1편보다 더 극적이고 장중한 느낌으로 콜레오네 가족사를 완결하는 데 성공했다는 점을 높이 삽니다. 시대를 오가는 편집도 뛰어났고, 코폴라 감독이 담아낸 메시지의 일관성도 원작 소설의 힘으로만 설명할 수는 없을 만큼 탁월했습니다.

이 영화는 2대에 걸쳐 전혀 다른 경로로 매우 닮은꼴이 되어가는 두 부자의 인생 역정을 마치 관객이 자신의 낡은 앨범을 뒤적이며 회한에 젖는 것만큼이나 절절하게 느낄 수 있도록 그려냈습니다. 로버트 드니로와 알 파치노 두 명배우의 번득이는 연기가 결정적으로 기여했음은 물론이죠. 처음에는 미스캐스팅인가 싶더니 영화가 진행될수록 점점 '말론 브란도보다 더 말론 브란도스럽게' 변해가는 저 로버트 드니로의 연기는, 아, 어쩌면 좋단 말입니까! 〈Godfather 2〉는, 더 새로운 것을 보여주기는 어렵다는 속편의 대기권(?)을 벗어나는 데서 그친 것이 아니라, 속편은 오히려 관객들이 전편에 대해서 품은 그리움을 탄력 삼아 더 멀리까지도 나아갈 수 있다는 점을 증명했습니다.

제가 뛰어난 속편으로 기꺼이 꼽는 또 하나의 영화는

〈Terminator 2$^{T\cdot2}$〉입니다. 〈Terminator〉가 개봉하던 1984년, 저는 입시를 치른 후 마지막 겨울 방학에 친구들과 부산에 여행을 갔습니다. 그때 광복동 길거리를 배회하다가 본 것이 이 영화였습니다. 드문 해방감을 만끽하던 중이라서 그럴까요? 이 영화를 본 기억은 유난히 생생합니다. 극장 앞 거리 풍경이나, 우리가 지껄이던 실없는 대화까지도. 그때 한 친구는 이 영화를 이미 보았던 터라 〈무릎과 무릎 사이〉를 보자고 우기다가 졌는데, 그가 적당한 대목에서 재미있게 변사 노릇을 했던 것도 이 영화에 대한 기억을 더 훈훈하게 만듭니다. 워낙 재미있게 본 영화여서 속편이 제작된다는 소식을 기다려 보았지만, 3~4년이 속절없이 흘러간 즈음부터는 〈Terminator〉의 속편은 만들 수 없거나, 적어도 너무 늦어버렸다는 쪽에 내기를 걸 자신이 있었습니다. 그런 자신감의 근거는 이런 거였습니다.

첫째, 80년대 후반 불과 3~4년 동안에만도 특수 효과는 상상을 뛰어넘을 만큼 놀라운 발전을 거듭하여, 〈Terminator〉의 특수 효과와 거기에 등장했던 최첨단 살인 기계들이 구닥다리로 보이는 데는 그리 오랜 시간이 걸리지 않았습니다. 이제, 미래에서 온 기계 인간이 저런 모습으로 등장하는 SF는 긴장감과 놀라움을 주기는커녕 우스워보일 터였습니다.

둘째, 광복동 극장에서 무릎을 치며 도대체 저런 배우를 어디서 구했을까 감탄했던 (로봇 배역에 딱 들어맞는 그 영어 억양이라니!), 이름도 발음 못하겠던 근육 덩어리의 유럽 육체미 선수는, 불과 3~4년 만에 실버스터 스탤론을 젖히고 미국의 새로운 영웅으로 부상해버린 것이었습니다. 아놀드 슈워제네거를 기용하지 않은 〈Terminator〉 속편은 맥 빠진 사기극 같아 보일 것이고, 그가 또다시 기계 인간으로 등장하면 이젠 관객들이 그에게 박수를 칠 판이었습니다. 만일 84년 겨울 광복동에서 어묵 꼬치 국물을 나눠먹던 우리 중 누군가가 저 사내가 훗날 미국에서 가장 인구가 많은 주의 주지사가 될 거라고 했다면, 그는 과도하게 실없는 소리를 한 벌로 꼬치 국물 세례를 받았을지도 모릅니다.

셋째, 슈워제네거의 변화는 단지 액션 스타로 유명세를 탄 것만은 아니고, 그도 사람인지라 나이를 먹었고, 육체미 선수들이 늘상 그러하듯이 운동을 접은 후 근육의 사나움도 많이 줄어들었습니다. 그러는 과정에서 그의 인상은 〈Kindergarten Cop〉이 되어 웃음을 선사해도 이상하지 않을 만큼 부드러워졌던 것이죠.

그런 연유로, 무려 7년의 세월이 흐른 1991년에 〈Terminator 2〉가 제작된다는 소식을 듣고 저는 혀를 찼으며, 기대보다는 걱정을 해 주었습니다. 그런데 막상 영화를 보았더니, 제임스 카메론은 슈워제네거의 역할을 뒤집어 '재프로그램되어 주인공을 보호하는 임무를 띠고 과거로 파견된 구닥다리

로봇'으로 변신시켜 버렸더군요. 제가 안 될 거라고 돈을 걸었
던 모든 이유들을 일거에 장점으로 역전시켜버린 거였습니다.
입을 다물 수 없었죠. 그리고 그 놀라움은 즐거운 것이었습니
다. 〈T−2〉는 현실적인 문제들을 해결하는 데서 그친 것이 아
니라, 그것을 더 풍성한 서사 구조의 저수지로 삼아버렸습니
다. 예컨대, 자기를 지켜주러 온 로봇이 '그때 그놈'인줄 알고
주인공이 도망침으로써 긴박감을 더한다든지, 인공 지능 로봇
을 만드는 원천 기술은 전편에서 부서진 로봇의 팔에서 회수한
칩에서 비롯되었다는 SF적 시간 역설$^{\text{time}}_{\text{paradox}}$ 을 더해 넣는 식으
로 말이죠.

　　〈Back to the Future 2〉에 전편의 장면들을 짜깁기해
넣어 풍성한 잔재미를 준 것도 영리했지만, 세월이라는 장애물
의 반탄력을 멋지게 활용한 경우라고 말하긴
어렵습니다. 〈T−2〉의 서사 구
조는 존 코너와 사라, 그리고
터미네이터 3자 관계의 발전에
서 그 동력을 얻습니다. 아빠
없이 자란 존은 로봇에게서 보
호자의 이미지를 발견하고, 사라
는 이것을 못마땅하게 여기며, 그
러다가 결국 셋은 화해에 이르는
것이죠. 존은 예전의 악당 로봇을

말로만 들었을 테지만, 관객들은 사라와 함께 일찌감치 그 생지옥을 겪어보았기 때문에, 터미네이터와 장난치는 아들을 바라보는 사라의 착잡한 심정을 존보다 오히려 더 잘 이해할 수 있습니다. 속편의 이점을 이보다 더 모범적으로 살린 드라마투르기dramaturgy가 어디 있겠습니까.

〈T-2〉의 설정은 당연할 뿐이니 놀랍지 않다고요? 콜럼버스가 픽! 세워놓은 달걀을 쳐다보던 구경군의 머릿속에 떠올랐음직한 그런 생각은, 이 영화가 만들어지기 전에 속편의 가능성을 생각해본 사람들에게는 전혀 당연한 것이 아니었습니다. 특수 효과가 발달한다고 아무나 더 그럴듯한 SF영화를 만들 수 있는 게 아닙니다. 2편으로부터 무려 12년의 세월이 흐른 뒤, 제임스 카메론 없이 만들어진 〈Terminator 3〉의 악당 로봇은 훨씬 더 신형이지만 덜 위협적으로 보이지 않던가요? 성공한 속편이 이룩한 성취는 겉으로 드러나는 것보다 훨씬 더 큰 것입니다.

그렇더라도, 속편은 어디까지나 속편이죠. 속편의 독창성originality이란, 애당초 전편이 '본래적original'이라는 의미와는 차원이 전혀 다른 것이니까요. 공들여 잘 만든 속편들을 제가 소중하게 여기는 이유는, 다른 데 있습니다. 낮게 드리워진 한계 속에서 도전을 기회로 역전시키는 쾌거를 보여주기 때문이죠. 그것은 우리가 삶 속에서 실제로 겪는 작지만 뜻 깊은 성공 사례들과 닮아있습니다. 잘 만들어진 속편들은 미소를 머금게 하는 잔재미만 주는 게 아니라, 우리를 둘러싼 뻔하고 지긋지긋한 조건들을 조금은 다른 눈으로 바라볼 수 있게 도와주기도 합니다.

Unforgiven_1992

용서를 구하는 위대함

원수는 물에 새기고 은혜는 돌에 새기라는 말이 있습니다. 용서할 줄 아는 능력은 개인적으로 고귀하고 사회적으로 중요합니다. 그러나 그것은 '세상에는 용서 받기 어려운 일도 존재한다'는 생각과 공존할 때만 의미를 가집니다. 원수를 물에 새긴다는 말은, 적어도 용서를 빌어야 하는 쪽에서 할 말은 아닌 겁니다. 상상해 보시죠. 누구도 용서를 구하지 않지만 모든 것이 용서되는 사회, 모든 사람이 면책 특권을 누리는 국회 의원들처럼 구는 사회가 얼마나 끔찍할 것인지를!

용서를 구할 줄 아는 능력은 용서할 줄 아는 능력 못지않게, 아니, 때로는 그보다 더 중요합니다. 용서를 구하는 용기가 용서하는 도량보다 더 위대하다고는 말할 수 없을지 모르지만, 최소한 더 근원적이고, 일차적이며, 따라서 우선적입니다.

'다수 속에 있으면 안전하다 There is safety in numbers'는 서양의 격언은, 우리가 언제든지 군중 속으로 숨어버릴 수 있다는 사정을 잘 표현합니다. 사이버 스페이스가 대중의 익명성을 거의 무한대로 확장시키고 있는 오늘날, 자기 책임을 인정하자면 거의 영웅적인 면모를 필요로 할 때도 있습니다. 우리 사회처럼 경쟁이 치열하고, 목소리가 큰 사람이 일상적으로 유리한 위치를 차지할 만큼 사회적 신뢰의 뿌리가 얕은 곳에서, 먼저 미안하다고 말하는 것은 일종의 금기처럼 여겨지기조차 합니다. 아무도 용서를 구하지 않는 곳에서 용서를 베풀 능력이 있는 사람은 없습니다. 그것은, 실은 신의 능력도 미치지 못하는 일입니다.

'용서'라는 단어를 들으면 저는 조건 반사처럼 클린트 이스트우드가 감독하고 주연한 〈Unforgiven〉이 떠오르더군요. 아시다시피, 이스트우드는 〈A Fistful of Dollars(황야의 무법자)〉, 〈The Good, the Bad and the Ugly(석양의 무법자)〉 같은 마카로니 웨스턴으로 스타가 되었고 〈Dirty Harry〉 시리즈로 70년대 영웅으로 군림했던 배우입니다. 어떤 상황에서도 냉정함을 잃지 않고 말 타고 나타나 더러운 악당들을 처단하던 카우보이. 이스트우드만큼만 폼이 나 준다면, 눈가의 잔주름인들 어디 마다할 일이겠습니까?

그런데 그의 필모그라피를 살펴보면, 그가 의외로 일찍 1971년부터 감독으로서 메가폰을 쥐고 카메라 뒤에서 야심을 불태웠다는 사실이 드러납니다. 그는 〈Pale Rider〉(1985), 〈Bird〉(1988), 〈White Hunter Black Heart〉(1990), 〈Mystic River〉(2003)의 감독으로 네 번이나 칸 영화제 황금종려상 후보에 지명되었고, 〈Million Dollar Baby〉(2004) 같은 문제작을 들고 나와 두 번이나 감독상과 작품상을 휩쓸어간 불세출의 영화감독이기도 합니다. 이 영화들 사이 어딘가에 〈Unforgiven〉이 자리 잡고 있는 거죠. 이스트우드의 진정한 속내를 알 수는 없습니다만, 전형적인 액션 스타에서 진지한 영화감독으로 변신하려고 애쓰던 그가 내놓은 영화의 제목이 하필 'Unforgiven'이었다는 사실, 그리고 그것이 자신을 스타로 만들어준 웨스턴 장르의 상투성에 대한 반성을 담고 있다는 사실에 저는 늘 마음이 움직입니다.

와이오밍 어느 마을에서 두 카우보이가 술집 여자의 얼굴을 칼로 난자하는 사건이 일어납니다. 보안관(진 해크먼)은 이들을 벌금형에 처했을 뿐인데, 거기에 격분한 동료 작부들이 돈을 갹출해서 1천 달러의 현상금을 걸죠. 그 돈을 노리고 멀리서 총잡이가 오지만, 보안관은 자기 방식대로 유지하고 있는 질서가 어지럽혀지는 꼴을 못 보는 사람입니다. 총잡이는 보안관에게 치도곤을 당하고 쫓겨나죠. 보안관은 그에게 소리칩니다. 다음에 또 이 마을에 나타나면 쏴 죽여버릴 거고, 그건 정당방위라고.

현상금 사냥꾼으로 대성하겠다는 포부를 가진 스코필드라는 청년도 이번 현상금을 타서 유명해지고 싶어합니다. 그는 은퇴한 총잡이 뮤니(이스트우드)를 찾아가 동업을 제의합니다. 뮤니는 왕년에 서부에서 가장 악명이 높았던 건맨이었는데, 양가집 규수와 결혼한 후에 총을 놓고, 술도 끊었습니다. 그의 아내는―결혼을 반대했던 장모가 예언한 것처럼 뮤니의 총에 죽은 것이 아니었지만―천연두에 걸려 세상을 떠났고, 뮤니는 두 아이를 키우면서 돼지를 사육하고 있습니다. 몇 마리 안 남은 돼지들이 전염병으로 죽어가자 생계가 막연하던 터여서, 그는 마지막으로 한번 더 총을 잡기로 결심하고, 옛 친구 네드 로건(모건 프리먼)에게도 도움을 청하죠.

하지만, 멋모르고 마을 술집에 총을 찬 채 나타났던 뮤니는 보안관에게 거의 죽을 지경으로 린치를 당합니다. 작부들의 간호로 간신히 회복한 뮤니와 그 일행은 결국 '작부 상해범'들을 살해하는 데 성공합니다. 도중에 사람을 더 이상 못 죽이겠다며 귀가한 네드는 그만 보안관에게 붙들려 잔혹하게 심문을 받던 끝에 죽습니다. 보안관은 술집 밖에 본보기로 그의 시신을 걸어두는데, 이 소식을 들은 뮤니는 현상금을 자기 아이들에게 전해주라고 하고는 마을로 복수의 길을 떠납니다. 오랜 세월의 개과천선이 물거품으로 돌아가는 순간이죠. 쓰러진 보안관이 이를 갈며, 그에게 지옥에서 만나자고 합니다. 그는 '그러지'라고 대답하고 방아쇠를 당깁니다.

이 영화에서 이스트우드는 마치 자신의 흉한 자화상을 그리듯, 왕년에 숱하게 야비한 살인을 저지르면서 영웅 행세를 했던 늙은 총잡이의 초라한 만년을 그려내고 있습니다. 사람을 많이 죽여본 사람만이 할 수 있을 법한 대담하고 치사한 수법으로 그가 총잡이들을 처치하는 장면에서 멋들어진 속사수나 명사수의 모습을 찾아볼 수는 없습니다. 그는 술집을 난장판으로 만들고 빠져나오기 전에 밖에다 대고 고래고래 소리칩니다. "내 눈에 띄는 놈들은 다 죽여 버릴 테다! 나한테 대고 총질을 하는 개자식은 마누라와 친구까지 다 죽이고 집에 불을 싸지를 거다!" 그가 겁을 내면서 남에게 겁주려고 악을 쓰는 이 대목에서, 일순간 이 영화는 그가 예전에 주연했던 모든 서부극과 거대한 한 덩어리가 됩니다. 망토자락 휘날리며 유유히 등을 보이던 그의 젊은 시절 모습이 겹쳐 보이는 거죠.

이스트우드는 〈Unforgiven〉에서, 자신이 1959년 서부극의 주연으로 데뷔한 〈Raw Hide〉에서 신었던 장화를 신었답니다. 그 장화가 왠지 클린트 이스트우드 서부극을 수미일관하는 일종의 상징물처럼 느껴집니다. 〈Unforgiven〉에서 그는 젊었을 때 철없이 떠벌인 영웅담이 사실은 다 미화되고 과장된 거짓이었다고 고백하는 것처럼 보이거든요. 웨스턴이라는 거대한 장르 전체가 이 영화 한편을 통해, 폭발한 초신성이 휘익하고 블랙홀로 빨려드는 것처럼 정리되는 것만 같은 느낌을 저는 받았습니다. 아마도 이스트우드였기 때문에 가능한 일이었을 것입니다. 왜냐면 그는 마이클 조던이 현대 농구를 체화하고 있는 것처럼(또는 그보다 더한 정도로, 훨씬 더 장구한 세월 동안) 웨스턴을 한 몸에 체화하고 있는 하나의 아이콘이기 때문입니다.

그렇기 때문에, 용서받지 못한다는 제목이 더 깊은 울림을 가집니다. 술을 끊고 아이 둘 딸린 평범한 홀아비 농부가 되어보려고 애를 쓰다가 결국 회심에 실패하고 마는 주인공의 처진 어깨가 더 안쓰러워 보이기도 하죠. 이 영화를 극장에서 보고 나오면서 저는 상상해 봤습니다. 스타 시스템에 올라타고 유명인이 되었지만 자신이 진정으로 꿈꾸는 진지한 감독이 되기 위해 긴 세월 씨름하던 한 노배우를. 그가 어느 순간, 자신이 예전에 이룩한 어떤 부분을 "용서받을 수 없는" 그 무엇이라고 정의하고 그것을 만천하에 고백하지 않고서는 다음 단계로 넘어갈 수 없다고 결심하는 대목을.

지극히 개인적인 의견이겠습니다만, 이 영화 한 편으로 이스트우드 감독은 진지한 영화 작가로서 책임감을 보여주었고, 온다 간다 마침표 없이 옛 것으로 잊혀져가던 웨스턴 장르라는 용 그림에 멋진 눈알을 그려 넣었습니다. 무엇보다 저에게는, 용서 받으려고 나서는 용기가 지닌, 적지 않은 뜻을 다시 한번 돌아 보게 해 주었습니다.

Cinema note 034

Thirteen
Conversations
about One Thing_2001
조각그림 맞추기

영화감독 로버트 알트만은 2006년에 작고했습니다. 〈Mash〉를
제외하면, 저는 그의 영화들을 썩 좋아하는 편은 아닙니다. 하
지만 개성을 그만큼 일관되면서도 세련되게 유지하는 작가가
많지는 않다는 점에서, 그는 높은 평점을 받을 자격이 있습니
다. 〈The Player〉(1992) 무렵부터, 그는 수많은 스타급 배우
들이 등장하는 자잘한 이야기들을 모아 큰 그림을 완성하는 식
으로 영화를 만들었습니다. 만년의 알트만의 작품들은 그의 명
성이 할리우드에서 가지는 영향력의 전시장이기도 했죠. 작게
조각난 이야기들이 모여 전체를 이루는 서사 구조에 관한 이야
기를 꺼내면 자연스레 그의 이름이 제일 먼저 떠오릅니다.

90년대 초, 천재급 왕수다 떠버리 감독 한명이 나타납니
다. 고교를 중퇴했지만 아이큐가 160을 넘는다는 쿠엔틴 타란

티노는 〈Reservoir Dogs〉로 주목받기가 무섭게 〈Pulp Fiction〉으로 94년 칸에서 황금종려상을 거머쥡니다. 비디오 가게에서 점원노릇을 하며 영화 문법을 익혔다는 그의 이력은, 그의 영화를 보면 대번에 실감이 납니다. 그의 영화는 온갖 싸구려 영화[B-movies] 특유의 상투성이 잡종 교배하듯이 뒤섞여 새로운 뭔가를 만들어내거든요. 〈Pulp Fiction〉은 총잡이 둘, 권투선수, 건달의 아내와 강도들의 이야기를 조각 그림 맞추듯 진열한 하드 보일드 액션물이었습니다. 이 영화에는 몇 가지 두드러진 특징이 있죠. 저급한 상투성이 재인용과 복제를 거쳐 포스트모던한 개성으로 재생되었다는 점, 주류 영화에서 과거 볼 수 없던 수준의 폭력을 버젓이 담고 있다는 점, 〈Memento〉나 〈박하사탕〉처럼 시간의 진행을 허무는 비선형[non-linear] 진행 구조라는 점 등입니다. 다 재미있는 특징입니다만, 제가 하려는 이야기는 그에 관한 것은 아닙니다.

〈Pulp Fiction〉은 전혀 상관없어 보이는 여러 주인공들의 이야기를 엇비슷한 비중으로 풀어놓았다는 점에서 언뜻 알트만의 방식을 떠오르게 하는 특징도 가지고 있거든요. 그러나 그 둘의 차이는 이내 드러납니다. 알트만의 영화에 등장하는 인물들은 주요한 사건에 서로 다른 방식으로 '반응'하는 군상들입니다. 감독이 하려는 이야기는 정해져 있고, 이들은 그것을 여러 방식으로 보여주는 도구들인 것이죠. 그런 의미에서 알트만 영화의 등장인물들과 줄거리가 맺는 관계는 다대일[多對一]

함수적이고, 서사구조는 연역적이며, 결말을 향해 닫힌 구조입니다. 반면, 〈Pulp Fiction〉의 등장인물들을 서로 엮어주는 사건은 우연에 불과하고, 이들은 본질적으로 완전한 남남입니다. 이들이 서로 맺는 관계는, 혼돈스럽고 우연하다는 점에서 프랙털적이고, 이들의 행동은 귀납적이면서, 허탈할 만치 열린 서사 구조 속에 있다고 할까요. 〈Pulp Fiction〉이 보여주는 삶은 어디로 굴러갈지 예측할 수 없어서, 관객들은 롤러코스터를 타듯이 기괴한 사건들의 연속을 목격하게 됩니다.

최근에는 심심치 않게 '조각 그림식 서사 구조'를 가진 영화들이 눈에 뜨입니다. 조만간 식상하게 되지 않을까 하는 생각이 들 정도로 자주 말이죠. 그런 생각을 하던 터라, 저는 〈Crash〉가 2006년 아카데미 작품상을 탔을 때 좀 실망했고, 2007년 후보작에 올랐던 〈Babel〉에까지 상을 안겨주기는 어려울 거라고 짐작했었습니다.

조촐한 제작비로 만들어져 작품상이라는 대박을 터뜨린 〈Crash〉는, LA에서 이틀간 여러 사람들이 겪는 사건들을 날줄과 씨줄로 엮습니다. 약물에 찌든 모친과 범죄자인 동생을 둔 흑인 형사, 친구와 함께 자동차를 훔치는 그의 동생, 아시아인을 함부로 대하는 히스패닉 여형사, 정치적 야망을 가진 백인 검사, 유색 인종을 혐오하는 그의 아내, 흑인들에게 치를 떠는 백인 경찰, 그에게 수모를 당한 흑인 영화감독 부부, 영어가 서툰 이란계 이민자, 그의 자물쇠를 수리해준 히스패닉 수리공과 그의 어린 딸 등등. 〈Crash〉가 이 많은 인물들의 이야기를 하나의 줄거리로 엮어내는 솜씨는 뛰어납니다. 하지만, 이 영화에 담겨 있는 인종적 편견은 농도가 좀 지나쳤죠. 저는 이 영화의 등장인물이 보여주는 정형화stereotype가 역겨울 만큼 단세포적이라고 느꼈습니다. 그런 까닭에, 선악과 편견이 뒤섞이고 등장인물의 복잡한 성격이 드러나는 클라이맥스 대목은 한편으로는 뜬금없고, 또 한편으로는 잘난 체하며 관객들을 가르치려는patronizing 태도처럼 느껴지더군요.

좀 더 최근 영화인 〈Babel〉은 무대도 넓습니다. 모로코, 미국, 멕시코, 일본을 넘나들며 의사소통의 어려움과 우연한 오해가 우리 삶에 얼마나 큰 영향을 미치는지 보여줍니다. 테러 사건으로 규정되어 버리는 총기 오발 사고, 멕시코로 여행 갔다가 재입국에 곤란을 겪는 미국인 등, 이 영화는 9 · 11사건 이후 변해버린 세상을 그려내고 싶었던 것처럼 보입니다. 하지만 너무 야심적이었던 걸까요? 한 편의 영화가 응당 가져야 할 응집력을 보여주지 못하고, 미완성 단편 영화의 짜깁기처럼 느껴집니다. 특히 일본의 이야기는 구색을 맞추려는 것처럼 겉돕니다. 지루한 영화는 아니지만, 영화를 보다 보니 왜 이 이야기들을 한 편의 영화에 쓸어 담으려고 했는지 궁금해지더군요. 〈Babel〉은, 이런 식의 서사 구조가 그리 만만한 방식이 아니라는 점을 증명해 주는 영화입니다.

76년생 그레그 막스가 감독한 〈11 : 14〉는 훨씬 더 치졸한 오락 영화지만, 더 짜임새 있게 이런 방식을 활용했습니다. 치기가 넘친 나머지 작위성이 너무 드러나는 게 흠이긴 한데, 이 영화는 목에 힘을 주거나 영화제를 겨냥한 것처럼 보이지는 않아서 오히려 별로 흠잡고 싶은 생각은 안 들더군요. 제 친구라면 저에게, 너 임마 레이첼 리 쿡이 나오니까 너그러운 거 아니냐고 따질 법도 하겠으나, 그런 건 아니올시다. 이 영화는 교통사고로 사망한 시신을 둘러싸고 여러 인물들이 펼치는 이야기가 밤 11시 14분이라는 시간을 정점으로 한 곳으로 모이는 내용을 담고 있습니다. 이 영화를 보고 느낀 점은, 시간의 흐름을 거스르는 비선형 구조와 조각 그림식 내러티브가 어느새 27살 새내기 감독이 익숙하게 사용할 만큼 낡은 유행이 되었구나 하는 것이었습니다.

조각 그림 같은 구조를 가진 영화들 중에 제가 가장 좋아하는 것은, 철학을 전공한 신예 여류 감독 질 스펜서의 2001년 영화 〈Thirteen Conversations about One Thing〉입니다. 출세 가도를 달리는 변호사(매튜 매커너히), 인생을 바꾸고 싶은 보험 회계사, 물리학 교수, 직장 동료를 시기하는 회사원, 남편을 의심하는 여성, 기적을 바라며 힘겹게 살아가는 낙천적인 청소부 등의 삶을 담은 영화입니다. 이들의 내밀한 일상을 좇다 보면 어느덧 이들의 삶은 우연의 끈으로 연결되어 있고, 우리 인생을 좌지우지하는 것은 바로 이 우연이라는 이름의 불확실성임이 드러납니다.

우리를 타인의 삶과 연결했다가 또 어느 순간 그 연결을 거칠게 뚝 끊어버리기도 하는 우연이라는 괴물의 실체를, 〈Thirteen Conversations about One Thing〉은 차분한 솜씨로 그려냈습니다. 이 영화는 특이한 서사 구조 덕분에 우연의 불확실성에 관한 것으로 읽히기도 하고, 정반대로 인연의 질긴 끈에 관한 것으로 읽히기도 합니다. 서양에서 운명의 여신은 운명의 실타래를 엮어 옷감을 짜는 모습으로 묘사되죠. 이 영화는 여러 인생의 가닥으로 참하게 짠 한 폭의 장식용 직물tapestry같은 느낌입니다. 너무 소란하지 않지만 깊은 슬픔을 담은.

이 영화에서 결정적인 우연은 자동차 사고입니다. 우연히도, 영어에서는 사고도 accident고 우연도 accident죠. 어쩌면 모든 우연은 사고와 흡사한 건지도 모릅니다. 언젠가, 탤런트 김혜자씨가 사랑은 자동차 사고 같다고 말한 기억이 나네요. 차사고가 나이나 상대방을 가려가면서 일어나 주는 게 아니라는 의미였을 텐데, 그녀 자신의 절절하고 남모를 인생

경험이 묻어나는 비유처럼 느껴져 감탄하며 기억의 옷깃에 적어 두었더랬습니다. 만일, 우연이 정말로 불행한 사고 같기만 하다면, 조심하며 지내는 사람에게 슬픈 우연은 덜 찾아오는 건지도 모릅니다. 제발 그렇기라도 했으면 좋겠습니다.

Troy _2004

무술감독 이야기

〈Troy〉는 최상의 사극이라고 할 수는 없지만 분명히 칭찬 받을 만한 데가 있는 영화입니다. 이 영화를 칭찬 받을 영화로 만든 공로자를 딱 한 명만 고르라면 누구를 고를 수 있을까요. 볼프강 페터슨 감독을 꼽을 사람도 있고, 브래드 피트나 다른 배우를 꼽을 사람도 있겠습니다만, 저는 리처드 라이언이라는 무술 감독 swordmaster 을 꼽고 싶습니다.

영국 태생 무술 감독인 그의 기여가 없었다면, 〈Troy〉는 많이 보던 배우들이 많이 본 이야기를 값비싼 스케일로 보여주는, 어디서 많이 본 것 같은 영화가 되어버렸을 게 틀림없다고 저는 생각합니다. 〈Troy〉의 집단 전투 장면이나 일대일 격투 장면은, 주관에 따라선 아름답지 않을 수는 있겠습니다만, 전에 보지 못한 새로운 스타일이라는 점은 부인하기 어려운 것이었습니다.

　물론, 기억에 남을 전투 장면들을 만든 공로를 무술 감독 혼자 독차지할 일은 아닙니다. 영화라는 공동 작업이 늘상 그러하듯이, 잘 다듬어진 부분들은 감독의 재능과, 스태프의 독창성과, 배우의 장점이 잘 어우러진 우연의 산물입니다. 그런 우연이 없다면, 우리는 언제나 기대치를 넘지 못하는 뻔한 장면들만을 보게 될 뿐이겠죠. 무술 감독 리처드 라이언의 입장에서 말한다면, 장엄하면서도 유려한 화면을 담아내는 촬영팀이나 브래드 피트 같은 배우를 만난 것은 그의 행운이었던 셈입니다.

브래드 피트는 잘생긴 외모와 빼어난 연기력에 덤으로 출중한 운동신경까지 갖춘 모양입니다. 〈Troy〉에서 싸우는 그의 모습은 마치 군신 치우(蚩尤)의 신화를 떠올리게 합니다.

영화 초반에 오디세우스가 말을 타고 다가올 때, 아킬레스가 발로 튕겨 올린 창을 공중에서 잡아채고 던지는 약 2초간의 장면이 있습니다. 이 장면을 안무하면서 라이언 무술 감독은 창의 무게 중심을 찾아내느라 여러 번 창을 떨어뜨리고, 팔꿈치나 뒤통수에 부딪혀가며 동작을 만들어냈다고 합니다. 그런 다음 그것을 옆에서 지켜보던 브래드 피트에게 가르쳐 주었는데, 브래드 피트는 창을 차올려 잡아내는 동작을 처음에 제대로 해 내고, 두 번째도, 세 번째도 실수 없이 했답니다. 라이언 감독은 속으로 "오, 제발. 최소한 한번쯤 놓치기라도 해라"고 빌었다죠.

이 영화의 클라이맥스인 아킬레스와 헥토르의 격투 장면이 멋들어지게 만들어진 데는 브래드 피트와 에릭 바나의 궁합이 잘 들어맞았던 덕도 있었지만, 그래도 저는 칭찬의 더 큰 몫은 안무가에게 돌아가야 한다고 믿습니다. 여간해서 무술 감독의 이름을 찾아낼 수 없기에 투덜댔더니, 뉴욕의 친구가 〈The Fight Master〉라는 계간지에 실린 리처드 라이언의 인터뷰 기사를 보내주었습니다. 그 기사 중에서 소개하고 싶은 재미난 이야기가 몇 가지 있습니다.

페터슨 감독은 영화에서 신들의 역할을 배제했지만, 아킬레스의 몸놀림에는 어딘가 모르게 신의 이미지에 수렴하는 초인성을 불어넣기 원했답니다. 라이언 무술 감독이 생각해낸 것은 빠르고 우아한 몸놀림, 날개 달린 발을 가진 머큐리 신의 역동성, 멀리 뛰면서 3단 도약하는 칼 루이스의 이미지였다고 합니다. 그의 팀 중에는 보통 사람보다 세 배는 더 높이 뛸 수 있는 킥복싱 챔피언 출신 스턴트맨이 있어서 그를 브래드 피트의 대역으로 삼아 붕붕 날아다니는 아킬레스의 형상을 찍을 수 있었다는군요. 칼 루이스의 이미지가 차용되었다는 것은 영화 도입부에서 아킬레스가 거인 보아그리아스를 척살하는 일대일 전투장면을 보면 얼른 납득이 됩니다. 전혀 힘을 들이지 않고, 별로 빨라 보이지도 않는데, 얼마나 빠른지 깨달았을 때는 이미 끝나버리는, 멀리뛰기 육상 시합 같은 칼싸움 한판이 벌어집니다.

라이언 감독은 아킬레스의 격투자세를 고안하면서, 그리스군의 승패의 책임이라는 부담감을 한 몸에 진 아킬레스가 지구를 짊어진 아틀라스와 어딘가 유사한 데가 있다고 생각했답니다. 그가 어깨죽지 위로 높직하게 방패를 매도록 한 건 거기서 착안했다네요. 아킬레스는  한쪽 무릎을 굽히고 어깨를 구부린 채, 마치 지구를 어깨에 짊어진 아틀라스처럼 숙인 자세에서 출발합니다. 그의 이런 자세가 탄력을 받는 속도전으로 이어지도록 하기 위해, 라이언 감독은 스피드 스케이팅 선수의 이미지도 빌려왔다는군요.

반면, 헥토르는 과시욕이 없고 책임감이 강한 전사로서, 비록 아킬레스에게 패하기는 하지만 아킬레스와 비교되더라도 실력이 형편없는 것처럼 보여서는 곤란하다는 조건이 라이언 감독에게 주어진 숙제였습니다. 라이언 감독은 헥토르를 '임기응변에 능한 전사'로 만듦으로써 이 어려운 과제를 해결했습니다. 그때그때 주변에서 펼쳐지는 상황에 빠르고 과감하게 대응하는 싸움 스타일을 만들어낸 것인데, 영화를 보신 분들은 무슨 뜻인지 알아차릴 수 있을 것입니다. 라이언 감독의 인터뷰 기사에 따르면, 그는 아킬레스의 동작을 안무하면서 화려한 복서 무하마드 알리를 떠올렸고, 경제적이고 직설적인 동작을 특징으로 지녔던 에반더 홀리필드를 헥토르의 이미지로 삼았다고 합니다. 에릭 바나 자신도 인터뷰에서 홀리필드를 참조한 것이 도움이 되었다고 말한 적이 있습니다.

무적의 아킬레스와의 결투에서 헥토르가 죽는 장면도 헥토르가 자신의 장기였던 임기응변에 역습당한 걸로 묘사되어 있습니다. 이런 일관성은 무술 감독 팀이 공을 들인 흔적을 잘 보여줍니다. 헥토르는 부러진 창을 집어 들고 공격했다가 아킬레스한테 그것을 빼앗겨, 전설에서처럼 창에 찔려 죽습니다. 창은 원래 던지는 무기이지만, 전설에서처럼 둘이 멀찍이 서서 창을 한 번씩 던지는 싸움으로는 영화를 만들 수 없었을 테니까요. 이 둘의 결투 시퀀스는 헥토르가 창에 찔려 사망했다는 신화에 충실하면서도 새로운 볼거리를 제공하고, 그러면서도 배우들이 몸으로 그려내는 스타일의 논리적 일관성을 지키려고 애쓴 노력의 결과물이었고, 멋지게 성공했다고 봅니다.

〈Troy〉처럼 격투가 난무하는 영화 속에서 주요 등장인물들이 서로의 스타일을 넘나들지 않도록 배려하는 것은 관객으로서는 고마운 일입니다. 흔히, 이런 류의 영화들 속에서 싸움꾼들은 다른 영화와는 조금 다르지만 자기들끼리는 다 똑같은 식으로 싸우거든요. 리처드 라이언 감독은 이런 현상을 일컬어 영화 속에 "극중 인물은 보이지 않고 무술 감독만 보이는" 현상이라고 설명하고 있습니다. 그는 일찍이 빌 홉스라는 선배로부터, "영화를 다 본 후에 싸움의 테크닉이 아니라 극중 인물character이 기억에 남아야만 성공한 무술 감독"이라는 가르침을 받아서 가슴에 새겼다고 합니다.

참고로, 그는 파리스 역을 맡은 올란도 블룸이 메넬라오스에게 떡이 되도록 터지는 장면의 안무에 대한 구상을 마치고 걱정을 했었답니다. 〈The Lord of the Rings〉, 〈Pirates of the Caribbean〉등의 영화에서 멋진 액션스타로 자리매김한 블룸이 그렇게까지 스타일을 구기기를 원치 않으면 어쩌나 하고 말이죠. 촬영 당일 설명을 들은 블룸이 묻더라지요. "이건 누가 안무하신 거지요?" 라이언 감독이 심호흡을 하고 "에…접니다"라고 했을 때, 성큼 다가와 악수를 청한 블룸은 뜻밖에도 이렇게 말하더랍니다. "이 장면은 내 캐릭터가 철저히 망가지는 대목이어서 어떻게 형상화하면 좋을지 고민 중이었는데, 이 안무를 보니 이제 알겠습니다. 고맙습니다." 블룸은 그 장면을 대단히 설득력 있게 연기했을 뿐 아니라, 마지막에 메넬라오스에게 등을 보인 채 형 헥토르의 발치로 달려가 그 다리를 부여잡는 부분은 블룸 자신이 고안하여 덧붙인 것이라고 합니다.

리처드 라이언 감독은 화려한 개인기를 마구잡이로 펼쳐 보이기보다는 각각의 극중인물들의 개성을 부각시키는 데 더 공을 들였던 것인데, 그 덕에 영화의 설득력을 높이면서도 오히려 자제력이 강한 무술 감독의 재능과 존재감을 객석에도 강하게 전해 준 셈입니다. 프로 정신이 잘 작동하는 것을 보는 것은 언제나 즐거운 일입니다. 정말로 날고 기는 싸움꾼들이라면 정말 현실에서도 저렇게 싸웠을 것만 같다는 느낌을 제가 영화에서 느껴본 것은 〈장군의 아들〉이후로 〈Troy〉가 처음이었습니다.

괴물(The Host)_2006
좋은 영화를 깎아내린 손쉬운 선택

다르다 / 틀리다

　잘못 쓰이는 우리말은 많습니다. 그 중에서도, '다르다'와 '틀리다'가 섞이는 현상은 걱정스럽고, 거슬립니다. '다르다'는 ① 같지 않다, ② 한 사물이 아니다, ③ 특별히 표나는 데가 있다는 뜻이고, '틀리다'는 ① 맞지 않다, ② 사이가 틀어지다는 뜻입니다. "우리 애는 확실히 틀려요"라는 말은 그 집 아이가 뭔가 올바로 못한다는 뜻으로 새겨야 할 텐데, "특별하다"는 의미로 소통하는 거죠. 이런 혼동은 넓고 깊어서, "확실히 틀려요"라는 표현은 사석에서뿐 아니라 TV 진행자나 광고로부터도 자주 들려오는 지경입니다.

　정답과 '다른' 답을 고르면 '틀린' 답이 됩니다. 실수로

'다른' 전화번호를 누르면 그건 '틀린' 전화번호가 되죠. 그러나 다른 것이 곧 틀린 것인 예는 그런 정도뿐입니다. 다른 것은 다를 따름이고, 그것이 틀린 것이 되려면 틀린 이유가 따로 입증되어야 합니다. '틀리다'를 '다르다'는 뜻으로 쓰는 한, 우리는 획일주의에 물들어 있다는 혐의를 벗기 어렵습니다. 놀랍지 않게도, 우리 사회의 구성원들은 달라지기를 두려워합니다. 드라마든 음식이든 복식이든 뭔가가 유행하면 그 열병은 일순간에 전국을 강타하죠. 예컨대 영화 〈괴물〉에 1400만 명이 넘는 관객이 몰린 현상은 영화 팬의 입장에서 봐도 과연 건강한 것인지 의심스럽습니다. 우리는 전 국민의 삼분지일에 해당하는 수의 관객들이 한 영화를 극장에서 관람하는 나라인 겁니다.

디테일에 강해서 별명이 봉테일이라는 봉준호 감독은 대단한 장점을 가졌습니다. 그는 다르기를 두려워하지 않는 패기를 보여주었고, 달라도 틀리는 것이 아니라는 점을 증명할 역량을 갖추었습니다. 범인이 잡히기는커녕 등장하지도 않는 범죄 영화 〈살인의 추억〉을 그만한 긴장감과 유머와 비애^{pathos}를 유지하도록 빚어낸 것은 특출한 재능입니다. 〈괴물〉도 장르 영화의 코드를 지키면서, 그러나 어느 괴수 영화에서도 보지 못한 새로운 시도를 곁들여 만들었습니다. 〈괴물〉이 성취한 사소한 차별화는, 실은 쉽지도 작지도 않은 성취입니다.

첫째, 영화 초반부터 백주대낮에 괴물이 전신을 드러내며

야외를 뛰어다니는 괴수 영화를 저는 처음 봤습니다. 〈괴물〉을 보고, 괴물들을 감질나게 등장시키는 관행이 제작자의 욕심일 뿐 관객에 대한 서비스는 아니라는 심증을 굳혔죠. 둘째, 평범한 주인공이 괴물을 물리치는 설정은 장르의 약속이지만, 그 주인공이 (영화의 대략 2/3 지점쯤에서) 내면의 영웅적 면모를 발견한다는 또 다른 약속도 있습니다. 봉감독은 이런 약속을 비틀어, 주인공의 희극적이고 연약한 면모를 끝까지 잘 지켜냈습니다. 셋째, 현서가 죽습니다. 장르 영화에서 이것은 생각하기 어려운 파격입니다. 참고로, 저는 어린아이를 불필요하게 죽이는 영화를 몹시 싫어합니다만, 현서는 자기보다 어린 아이를 보호하는 의로운 죽음을 택했고, 그녀의 희생은 중심 테마로서 〈괴물〉이라는 영화 전체와 맞먹는 무게를 가집니다.

관계없다

외국어에서 미안하다거나 고맙다는 말에 대한 대꾸는 대체로, 별일 아니라든가, 그런 말은 필요 없다든가, 나도 마찬가지라든가 하는 표현이 주종을 이룹니다. 하필이면 유독 한국, 중국, 일본 세 나라가 '관계없다'란 표현을 괜찮다는 의미로 사용하는 점은 흥미롭습니다. 沒關係, 關係がない 관계가 없다니? 네가 고마워하는 일과 내가 한 일 사이의 인과 관계는 없다는 의미에서 유래된 표현일지도 모르겠습니다. 관계를 중시하는 한자 문명

권의 심리적 특성을 보여주는 한 자락 증거라고 한다면 견강부
회일까요? 중국에서 사업하시는 분들이 한결같이 말씀하시더
군요. "관시關係가 중요하다"고.

〈괴물〉도 가족이라는 '관계'에 관한 영화였습니다. 봉준
호 감독은 이 영화를 가족애와 그 확장에 관한 영화로 만들었
습니다. 강두가 남의 아이 세진이와 호젓한 저녁상에 마주앉은
마지막 장면은 가슴을 따뜻하게 데워줍니다. 그렇군요. 괴물
같은 역사의 수레바퀴에 상처 입은 우리 민족은 다 한 가족인
것입니다. 그러나, 〈괴물〉에서 확장되는 '관계'가 그렇게 좁게
테두리 지어진 것은 아쉬운 부분입니다. 영화 속에서 미군은
독극물을 방류합니다. 2000년 주한 미군 군무원이 방부 처리용
포름알데히드를 하수구에 버리도록 지시했던 것은 엄연히 사실
이죠. 그러나 영화에서 미국이 한강 주변 상황을 무력으로 통
제하면서 맹독성 화학 물질을 사용하는 대목에 이르면, 여기서
부터는 불편해집니다. 작은 나라 사람처럼 구는 사람은 영영
작은 나라 사람인 겁니다.

실은 우리나라는 이제 작은 나라가 아닙니다. 국토의 면
적에 속지 않고 밖을 내다보면 우리의 경제 규모가 세계 10위
권 언저리에 있고, 그에 걸맞는 기여를 해야 한다는 숙제가 놓
여 있습니다. 이 숙제를 해내려면 우리 시야를 넓혀야 할 터입
니다. 그런 점에서, 관객 동원 기록을 세운 잘 만들어진 영화가

하필이면 우리의 외국인 혐오증과 피해 의식을 담고 있는 것은 안타까운 대목입니다. 외세에 대한 혐오와 투철한 민족 사랑이 만나면 어떤 불길한 일들이 생겨나는지 1930년대의 독일 역사는 잘 보여줍니다. 나라의 힘이 안팎으로 커가는데도 우리는 언제나 당하고만 산다는 체념 어린 한을 품는 것은 무책임합니다. 그런 국민이 큰 국력을 가지게 되는 것은 세계를 더 편안하고 안전하게 만드는 데 별 도움이 되지 못할 터입니다. 우리 자신이 괴물이 되지 않으려면 사해동포적 심성과 국제 정치에 관한 엄정한 식견을 더 길러야 할 것입니다. 봉준호 감독처럼 재능 있고 장래가 촉망되는 감독이 소중한 '관계'의 틀을 좁게 정의하는 것은 재능을 낭비하는 길이라고 저는 생각합니다.

모르다

저는 우리말 말고는 '모른다'는 낱말을 가진 언어를 못 봤습니다. 대부분 '알지 못한다'는 부정형 표현을 쓰죠. 영어의 ignorant가 있지만, 동사가 아니라서 무지의 상태 쪽에 무게를 두는 표현인데다, 구체적 사실보다는 전반적 정황에 대해 어둡다는 뉘앙스가 강합니다. 영어의 unless, lest, nothing, dispense처럼, 부정이나 부작위의 의미를 지닌 낱말들이 있죠. 이처럼 우리말에서 부작위나 부정을 포함하는 낱말은—좀·不·勿·無 등과 결합된 복합한자어를 제외한다면—제가 생각해낼 수 있는 것은 '모르다'와 '없다' 뿐입니다. (우리말에는 nothing에 해당하는 명사가 없고, 영어에는 '없다'라는 동사가 없으므로, "Nothing comes from nothing"같은 문장의 어감을 번역해내는 일은 본질적으로 불가능합니다.) 왜 우리말에만 유독 모른다는 동사가 있을까요? 공부가 얕아서 잘 모르겠지만, 무지를 긍정형으로 표현하는 언어 관습이 무지에 대해 상대적으로 긍정적인 태도와 관련된 것이 아니기만 바랄 따름입니다. 모른다는 낱말에서 파생된 '남몰래', '나몰라라', '모르쇠' 등의 독특한 표현들이 은밀한 책임 전가를 편리하게 표현하도록 도와주고 있다는 점이 내심 불길한 거죠.

영화 얘기로 돌아가, 괴수 영화를 포함한 호러물이라는 장르는 일반적인 도덕 관념에 기초한 바르고 그름을 모릅니다. 알아야 하는데 '알지 못하는' 것이 아니라 그것을 '몰라야' 장르의 코드에 충실한 거죠. 이런 장르 영화의 약속은, 괴물과 괴물의 창조자는 '악'이고, 주인공은 '선'이며, 그 사이에서 주인공을 따르지 않는 인물들은 '악'과 함께 몰락해도 싼 '어리석음'인 것입니다. 그러니, 괴수 영화 얘기를 하면서 정색을 하고 정치적 인식을 논하는 자체가 이상해 보일지도 모르겠습니다.

그러나, 바르고 그름을 몰라야 마땅할 장르물의 '악당' 자리에 하필 주한 미군과 미국 정부를 놓는 것은, 우리 사회에서 가장 논쟁적인 주제들 중 하나인 반미 정서를 장르 영화의 값싼 코드에 실어 나르는 선택이었습니다. 그런 선택은 언뜻 생각하기보다 훨씬 불건전합니다. 무엇보다, 영화의 품격을 떨어뜨리죠. 열성팬들이 괴물이 불타는 CG 장면의 어색함이나, 양궁 시합장의 시간적 불일치 등을 옥에 티로 열심히 골라내는 모양입디다만, 제가 생각하는 〈괴물〉의 옥에 티는 섣부르고 손쉬운 자세stance를 골랐다는 점입니다. 민족주의적 정서는 우리 사회에서 발화점이 가장 낮아서 쉽게 불붙는 쟁점이므로, 〈괴물〉은 적어도 이 부분에서만큼은 일상적인 관념의 허를 찌르는 대신 손쉽고 게으른 해결책을 택했다는 비난으로부터 자유로울 수 없습니다. 장르 영화는 옳고 그름을 모르지만, 저는 봉준호 감독이 현실의 엄혹함과 도덕적 감성의 섬세한 결을 '모르기'는 바라지 않습니다. 다르면서도 틀리지 않을 수 있음을 보여준 영화의 결정적인 발디딤stance에서, 그가 '다른' 나라 사람들을 '틀린' 것으로 미리 정해버리는 값싼 결정을 했다는 점은 아쉬운 대목입니다.

無間道_2002,
The Departed_2006

마침내, 그가 상을 받다

며칠 전 79번째 아카데미상 시상식이 있었습니다. 시상식이 있기 전에 친구에게 메일을 보내면서 여우주연상(헬렌 미렌)과 남우주연상(포레스트 휘태커)은 알아맞혔는데, 작품상은 〈Little Miss Sunshine〉이 받게 되지 않을까 하고 틀린 추측을 했었죠. 〈Little Miss Sunshine〉을 예상했던 건, 실은 제 영화 취향을 반영하는 희망 섞인 응원이었고, 속으로는 〈Babel〉이 수상할 가능성이 더 많겠다고 생각하긴 했습니다. 〈Babel〉 같은 영화는 과대평가되기 쉽다는, 이를테면 편견을 저는 가지고 있거든요. 간단히 말해, 〈The Departed〉가 편집상과 각색상 둘 중 하나라면 몰라도 작품상과 감독상을 포함한 네 개 부문을 휩쓸 거라고는 생각지 못했습니다. 몇 가지 이유가 있긴 했습니다.

우선, 잘 만들어져 흥행 기록을 세웠던 홍콩 영화의 번안
물에 작품상과 감독상을 줄 만큼 아카데미가 자존심을 팽개치
리라고는 생각 못했습니다. 제가 미처 몰랐던 것은, 대감독 마
틴 스콜세지에게 '여지껏' 감독상을 한번도 주지 못했다는 아
카데미의 초조감이 그만큼이나 컸었다는 사실이었습니다. 스콜
세지 감독의 최고의 작품들은 〈Taxi Driver〉와 〈Raging
Bull〉이었습니다. 바꿔 말하면, 그도 입봉 이래 줄곧 내리막을
걷고 있는 감독들 중 한 명이라는 뜻이 되겠습니다. 이번에도
상을 안주면 다음엔 어떤 영화를 들고 올지 알 수 없다는 점이
초조감을 더한 것이었을까요? 올해 작품상 후보작들 중에는 군
계일학처럼 두드러지는 수작이 없었다는 사정도 있어서, 아카
데미가 애라 모르겠다는 심정으로 밀린 숙제를 해치울 수 있었
던 건지도 모릅니다.

이 영화의 원작인 〈무간도〉의 무간無間은 무간지옥無間地獄
을 뜻하는 불교용어로, 무간지옥은 불교에서 말하는 18층 지옥
중 가장 낮은 층의 지옥을 뜻한다고 합니다. 〈The Departed〉
는 '사망한 사람'이라는 뜻이고요. 번안 계약의 조건이 그랬었
기 때문이었는지, 〈The Departed〉는 할리우드의 번안물 치고
는 원작의 플롯을 상당히 충실하게 재현하고 있습니다. 하지
만, 〈무간도〉가 지옥 속에서 '살아가는' 사람들의 이야기라면,
〈The Departed〉는 살아서 고함치고 뛰어다니되 영혼은 '죽어
버린' 사람들의 이야기라는 점이 다릅니다. 이 두 영화의 차이

점은 사실 그 제목에 다 들어 있는 셈이죠. 〈무간도〉에서 폭력 조직에 간자間者로 투입된 양조위는 그 큰 눈망울과 느릿한 태도pace로 뚝뚝 흐르는 우울함을 전해줍니다. 반면 레오나르도 디카프리오는 마치 성난 우디 앨런처럼 짜증내고, 불안에 떨면서 서성대지요.

〈무간도〉는 그런 영화였습니다. 홍콩 느와르에 뿌리를 둔 비장미 넘치고 과장된 우수가 거기에 담겨 있습니다. 〈무간도〉를 좋은 영화이게끔 만들고 있는 요소는 이러한 과도한 비장감이 용서 받을 수 있는 장르적 전통, 홍콩이라는 좁고 닫힌 무대, 그리고 비겁함과 용기를 동시에 담은 내면 연기를 펼칠 수 있는 양조위와 유덕화라는 두 명의 배우였습니다.

〈The Departed〉는 완성도가 높은 영화입니다. 완성도가 높다는 표현이, 제가 이 영화에 바칠 수 있는 최고의 찬사이자, 유일한 찬사이기도 합니다. 스콜세지 감독은 빌려온 플롯이 주는 제약에도 불구하고 번안물을 자기만의 색채로 칠하는 데 성공했고, 그 색깔은 〈Mean Street〉, 〈Taxi Driver〉, 〈Good Fellas〉, 〈Gangs of New York〉 등 여러 편을 거치면서도 변색지 않았던 그만의 것이었습니다.

그런 영화를 만드는 데 〈무간도〉의 플롯은 도움이 되기보다는 방해가 됩니다. 스콜세지가 보여준 더럽고 비열한 폭력의 세계를 말하려면 줄거리도 차가운 현실감을 가지는 편이 더 유리했을 겁니다. 경찰이 폭력 조직의 내부에 그런 식으로 첩자를 둔다는 설정이 홍콩 땅을 떠나 미국으로 건너오니까 마치 진지하게 강의하는 만화 같은 느낌을 줍니다. 스콜세지의 영화에서, 하필이면 비슷한 시기에 두 젊은이가 정반대의 기구한 운명의 길을 걷는다는 설정은 불필요한 것일 뿐 아니라, 실은 불리하기도 한 거죠. 매트 데이먼과 레오나르도 디카프리오는 나이차가 훨씬 더 많이 났어도 좋았고, 둘 중 한 사람이 첩자가 아닌 조직의 배신자였어도 상관없었을 그런 영화였습니다. 그 둘이 하필이면 한 여자에 대한 애정을 공유한다는 설정도 스콜세지의 영화에서는 감점 요인이 되겠습니다.

〈The Departed〉의 완성도가 높다는 것은, 그것이 과제로 주어진 원작을 각색한 번안물이라는 점을 감안할 때 그렇다는 말입니다. 잘 만들어졌기 때문에 오히려 설정과 줄거리가 서로 더 멀리 겉도는 영화가 되어버렸다는 사정은 그대로 남습니다. 대거 출연한 스타급 배우들은 하나같이 잘 어울리는 자리에 캐스팅 되었지만, 〈The Departed〉에서 '연기'를 하고 있는 것은 마크 월버그 한 사람 뿐이었던 것 같습니다. 그가 연기한 디그넘이라는 인물은 〈무간도〉에 없는, 칭찬해 줄 만한 유일한 캐릭터이기도 합니다. 아마도 감독의 의도가 그러했던 듯, 나머지 배우들은 다들 자연스러운 자기 자신의 모습들을 보여주고 있지요. 특히 잭 니컬슨은.

제가 동양인이며, 〈무간도〉를 먼저 보았다는 사실까지를 감안해서 냉정하게 다시 생각해 보더라도, 영화팬으로서 〈무간도〉가 〈The Departed〉보다 평점이 높은 영화라는 생각을 바꿀 수는 없습니다. 올해 아카데미는 정성껏 잘 만들었으되 안 어울리는 옷을 걸친 희한한 영화에게 4개 부문 상을 안겨준 것입니다. 어쩌면, 후보 작품을 다 볼 시간조차 없다는 아카데미 회원들 중 몇몇은 〈The Departed〉가 홍콩 영화의 번안물이라는 사실을 잘 몰랐거나, 알았더라도 크게 마음을 쓰지 않았는지도 모르겠습니다.

마침 휴일인 오늘, 시상식 재방송을 하기에 봤습니다. 막상 시상식을 보니까 〈The Departed〉의 수상에 대해서는 누구도 단죄 받을 필요가 없겠다는 생각이 들었습니다. 무엇보다도, 상을 받는 마틴 스콜세지 본인이 이 작품이 자신의 대표작이 될 수 없다는 사실을 다른 누구보다 더 잘 알고 있는 것처럼 보였습니다. 이 작품이 편집상을 받을 때는 눈물을 흘릴 정도로 감동을 하던 그가, 막상 감독상을 거머쥐자 많이 부끄러워하는 모습을 보이더군요.

수상 소감을 밝히면서 그가 밝힌 일화처럼, 그는 가는 곳마다, 심지어 동네 이웃이나 이발소나 가게 점원들로부터도 "이번만큼은 꼭 당신이 상을 받아야 할 텐데"라는 동정 어린 관심 표명을 들었다고 합니다. 겉으로 말은 안했지만, 그것이

참 피곤했다는 투였습니다. 아마도 아카데미 회원들 대다수가 스콜세지의 동네 사람들과 비슷한 심정이었던 모양이고, 그래서 그는 상을 받은 것이었습니다.

시상자로 프랜시스 포드 코폴라, 스티븐 스필버그, 조지 루카스 셋이 나와서 펼친 개그는 많은 내막을 짐작게 했습니다. 코폴라와 스필버그가, 자신들 셋이 시상자로 결정된 이유는 막상 상을 받아본 감독만이 이 상의 진가를 알 수 있기 때문이라고 말합니다. 루카스가 머쓱하게, '잠깐만' 하면서 자기는 상을 못 받았다고 합니다. 코폴라는 죄송하다고 하면서 정정합니다. 이중에서 자기와 스티븐 둘만 그 상의 진정한 가치를 안다고. 루카스는 입을 비쭉이면서, 자신은 언제나 상은 받는 것보다 주는 것이 보람 있는 것으로 여겨왔다고 말합니다. 코폴라와 스필버그가 이구동성으로 답합니다, 그렇지 않다고.

이것은 마틴 스콜세지한테서 아카데미 7수의 딱지를 떼어주는 장난기 어린 예식이었습니다. 동네 잔치 같은 분위기였는데, 오히려 그래서 보기가 좋았습니다. 하필이면 〈The Departed〉로 상을 받아야 했던 스콜세지 본인의 입장을 생각하면 좀 안됐긴 하지만, 그 업계에서

그렇게 한 목소리로 '꼭 챙겨줘야 될 사람'으로 여겨지기란 역시 쉬운 일이 아닐 것입니다. 올바른 평가를 받지 못한다는 사실에 대해서 주변의 동정을 받는 일은, 자랑할 만한 일은 아니겠지만, 반드시 부끄러운 일도 아닙니다.

영화라는 창을 통해
세상을 내다보며

영화는 투명한 유리창처럼, 내가 몰랐던 바깥 세상을 바라
보는 통로가 되기도 합니다. 우리는 종종 '거짓말한다'는 뜻으
로 '소설 쓰고 있네'라고 말하기도 하고, 현실성이 없다는 뜻
으로 '영화 같다'라는 표현을 쓰기도 합니다. 그러나 소설이
거짓말이 아닌 것처럼, 영화를 비현실의 대명사처럼 부르는
것도 부당합니다. 영화 속에는 과거에 현실이었거나, 다른
누군가의 현실이거나, 현실일 뻔 했거나, 현실이지 말란 법
도 없거나, 현실일 수도 있을 법한 현실의 수많은 가능태
dynamis가 담겨 있습니다. 그래서 영화감상은 역동적인
dynamic 체험이 되는 것이죠. 타인의 서툰 설교나 주장에
쉽사리 세뇌당하지 않을 정도로만 지적 훈련이 되어있다
면, 영화관은 여러 종류의 인생을 살아볼 수 있는 즐거운
가상 체험 공간이기도 합니다.

Mary
Poppins_1964

걱정의 자기실현 능력

서브프라임 모기지(비우량 주택 담보 대출) 부실이라는, 이름조차 괴상한 미국발 경제 위기가 우리 경제의 전망을 어둡게 만들고 있습니다. 서브프라임 모기지란 신용도가 낮은 사람들을 대상으로 제공된 주택 자금 대출을 의미하는데, 부동산 시장에 거품이 일면서 너도나도 대출을 받고, 은행도 경쟁적으로 원금 유예 기간을 연장해 주는 등 대출을 늘리다 보니 부실 채권이 쌓이고 쌓였던 거죠. 금융 회사들은 서브프라임 대출 증권들을 안전성이 높은 다른 금융 상품들과 묶어서 수익률이 높은 파생 상품으로 재탄생시켜 전 세계에 판매해 왔는데, 부동산 대출의 부실이 커지면서 서브프라임 채권과 묶어서 판매된 상품들이 큰 손실을 일으키기에 이르렀습니다. 신용 평가 기관들도 파생 상품의 위험도를 과소 평가함으로써 위기를 예방하기는커녕 조장하는 역할을 했죠. 위험을 분산시킨다던 선진 금융 기법이

도리어 위험의 규모를 파악하기 어렵게 만든 원인이 되고 말았습니다.

알 수 없는 위험이 증가했으므로 세계적으로 신용이 경색되고 '위험의 가격'인 실질 금리는 상승 압력을 받게 되었습니다. 금융 시장의 붕괴를 우려한 정책 당국은 금리를 낮추고 시장에 유동성을 공급하기 위해 안간힘을 다하고 있습니다만, 부실의 전모를 아무도 알 수 없고 그 여파가 어떤 모양으로 국경을 넘나들지 예측하기 어렵기 때문에 '서브프라임'이라는, '몹시 완곡한euphemistic 이름'을 가진 새로운 위기는 여전히 세계 경제에 짙은 그늘을 드리우고 있죠. 얼마 전, 영국에서도 제5위 대출은행인 노던록이 중앙은행의 긴급 구제 금융을 받기로 한 소식이 알려진 후 수천 명의 고객들이 예금을 인출하려고 은행 앞에 장사진을 쳤다고 보도되었더군요. 서브프라임 모기지의 충격파가 런던에 상륙했다는 이 기사를 접했을 때, 저는 영화 〈Mary Poppins〉를 떠올렸습니다. 대량 인출 사태를 희극적으로 그린 한 장면이 떠올랐던 겁니다.

〈Mary Poppins〉는 여류 작가 P.L. 트래버스의 동화를 디즈니가 1964년 영화화한 작품입니다. 이 영화는 뮤지컬 배우였던 줄리 앤드루스의 영화 데뷔작이었습니다. 그녀는 데뷔전 브로드웨이 연극 〈My Fair Lady〉의 주인공으로 성가를 높였는데, 막상 영화의 배역은 오드리 헵번에게 빼앗기고 말았습니다. 〈Mary Poppins〉와 〈My Fair Lady〉가 경합을 벌였던 1965년 아카데미 시상에서 다른 상들은 죄다 〈My Fair Lady〉가 휩쓸어가는 와중에도 여우주연상을 줄리 앤드루스가 차지함으로써 그녀는 헵번과의 경쟁에서 탈락한 수모를 딛고 달콤한 승리를 쟁취하긴 했죠. 헵번은 훌륭한 배우지만 노래로는 앤드루스와 경쟁이 안 된다고 봅니다. 줄리 앤드루스는 제가 여지껏 본 모든 직종의 인간, 아니, 모든 종의 생물들 중에서 가장 또렷한 발성과 발음으로 말하는 존재이기도 합니다.

〈Mary Poppins〉의 배경은 1910년, 영국이 '해가 지지 않는 제국'을 건설하여 '지난번 세계화'를 정점에 올려놓고 있던 무렵입니다. 우산을 펴들고 구름 위를 떠다니는 신식 요정 메리 포핀스(앤드루스)는 뱅크스 씨네 가정 교사로 들어옵니다. 그녀는 엄격한 가장의 슬하에서 주눅이 들어 지내는 아이들에게 자상하면서도 따뜻한 보모가 되어줍니다. 어느 날 뱅크스 씨는 진지한 세계를 교육 시킬 목적으로 아이들을 자신이 일하는 은행으로 데려갑니다. 탐욕스러운 고령의 은행장은 저금의 중요성을 강조하면서 아이의 동전을 빼앗다시피 하려 들죠. 아이는 동전을 빼앗기지 않으려고 몸부림치는데, 이걸 보고 은행에 돈이 부족한 것으로 오해한 고객들은 너도나도 저금을 인출하는 아수라장이 벌어집니다.

은행은 영업을 중단하기에 이르는데, 이 일로 인해서 징계를 당하게 된 뱅크스 씨는 마침내 아이들의 동심을 이해하게 됩니다. 집을 나서는 뱅크스 씨에게 아이는 죄송하다며 자기 동전을 내밉니다. 아버지는 고맙다고 미소 지으며 그 동전을 받아들죠. 뱅크스 씨는 '1773년 보스턴 티 파티 사건 이후 처음으로' 은행의 영업중단사태를 초래한 책임을 추궁당하고 해고됩니다. 그러나 그는 의기소침하지 않고 메리 포핀스로부터 들었던 농담을 은행장에게 던지고는 쾌활하게 은행 문을 나섭니다. 다음날 뱅크스 씨네 부부는 아이들을 데리고 연을 날리기 위해 공원으로 나가고, 단란한 그들의 모습을 멀찍이 바라보며 메리 포핀스는 짐을 꾸립니다. 공원에서 그들은 은행장의 아들을 만나는데, 그로부터 은행장이 어젯밤 사망했으며, 생전 처음이자 마지막으로 행복한 웃음을 웃으며 임종했다는 소식을 듣습니다. 고맙다는 말과 함께, 은행장의 아들은 뱅크스 씨를 다시 고용합니다.

과연 금융 강국의 동화답지 않은가요? 어린 시절 이 영화를 보면서 무척 낯설었던 기억이 납니다. 첫째, 아이들을 살갑게 대하지 않고 일부러 엄격하게 거리를 두는 에드워드 시대 영국 부모들의 육아 방침이 낯설었습니다. 자상하기로 이름난 메리 포핀스조차 우리네 식모 누나들처럼 아이들을 업어주고 닦아주는 유모와는 거리가 먼, 사랑을 엄격함 속에 꽁꽁 포장한 가정 교사였으니까요. 둘째, 세계 최고의 산업화 수준을 자랑하던 1910년 당시 영국 사회의 문물과 풍경이 신기했습니다.

비록 재미난 줄거리와 환상적인 특수 효과를 통해서이긴 하지만, 이 영화는 길거리 잡상인, 굴뚝 청소부, 매연으로 가득한 하늘, 참정권을 얻지 못해 불평하는 여성들, 엄격한 사회 제도에 짓눌린 아이들 등 20세기 초 대영 제국의 그늘을 보여주고 있었던 것입니다. 동화이긴 했어도, 그곳은 한번쯤 가서 살아보고 싶은 세상은 아니더군요.

무엇보다, 은행이 고객들 때문에 망할 수 있다는 대목은 당시로서는 도저히 이해 못할 심오한 부조리처럼 보였습니다. 97년 외환 위기 때도 저는 이 영화를 떠올렸습니다. 'Fidelity Fiduciary Bank(충실 신탁 은행)'이라는 기묘한 이름의 영화 속 은행은 제 마음 속에 대량 인출 사태로 문을 닫는 모든 은행들의 대명사로 자리 잡게 된 겁니다. 케인즈가 통찰한 것처럼, 경제에서 기대^{expectation}는 스스로를 실현하는 힘을 가집니다. 낙관이건 비관이건, 경제적 기대는 일종의 자기 충족적 예언^{self-fulfilling prophesy}이 되는 거죠. 그러니, 경제적 위험에 대해 우리가 느끼는 공포감은 그 공포를 현실화하는 촉매가 될 수도 있다는 점을 기억할 필요가 있겠습니다.

서브프라임 모기지 사태는, 세계화로 인해 과거와는 비할 수 없이 커지고 복잡해진 금융 시장 속에서 무책임한 손실이 은밀히 남에게 전가되지 못하게끔 정교한 감시 장치를 마련할 필요가 있다는 점을 증명해 주었습니다. 한편, 이왕 발생한 위험 앞에서 우리가 과도한 공포감에 휩쓸리지 않고 조심스러운 낙관을 공유하는 일 또한 중요합니다. 동전을 둘러싼 실랑이를 보고 화들짝 놀라 은행으로 쇄도하지는 않을 만큼 말이죠. 메리 포핀스는 일이 잘 안 될 것 같을 때 외울 주문을 한 가지 가르쳐 주었습니다. 걱정이 너무 커진다면 한번쯤 외어 보시죠.

 "Supercalifragilisticexpialidocious."

후기

이 글은 2008년 9월 월간지 〈포브스코리아〉에 '걱정의 자기 실현 능력'이라는 제목으로 게재되었던 것입니다. 불행히도, 그 해 10월 1일이 되자 '세계 금융 시장 대혼돈'이라는 머리 기사들이 일간지를 장식하고야 말았습니다. 10월 8일 조선일보의 1면 머리 기사 제목은 '지나친 위기의식이 더 큰 위기를 만든다―공포감 확산 따른 자기 실현적 위기 우려' 더군요.

There was a
crooked man_1970

매력은 유한한 자원

경제학에서 제일 먼저 가르치는 원칙이면서, 경제학에 도사가
되더라도 마지막까지 잊어서는 안 되는 중요한 사실 한 가지가
있습니다. 이 세상의 자원이 유한하다는 점입니다. 흔히들 감
사와 사랑은 주면 줄수록, 하면 할수록 커진다고 하죠. 하지만,
정작 커지는 것은 감사·사랑 베풀기를 더욱 용이하게 만들어
주는 평판reputation과, 관계relationship와, 지위status와, 선순환에서
오는 보람을 더 누리고 싶은 동기motivation입니다. 다른 조건들이
동일하다면(경제학에서는 ceteris paribus라고 하죠), 누군가를 조
건 없이 사랑하거나 범사에 감사하는 에너지조차도 무한정 만
들어낼 수 있는 것은 아닐 겁니다. 사람은 사랑과 감사조차도
소모하고 소진하는 겁니다. 재능도 낭비될 수 있고, 신뢰도 바
닥날 수 있습니다. 사람이니까요.

매력^{personal} 은 어떨까요. 사람이 가진 재산 중에 타고난 매력만큼 중요한 자원도 없습니다. 거부할 수 없는 매력을 가진 사람들은 분명히 존재하고, 그들의 매력은 무한한 자원처럼 보일 때가 많습니다. 그런 사람은, 이를테면 산유국을 연상시킵니다. 남들이 뼈 빠지게 노력해야 벌 수 있는 돈을 그저 땅에 파이프 박아서 벌어들이는 나라들 말이죠. 하지만, 경제의 원칙은 여기도 어김없이 작용합니다. 자신의 자산을 소중하게 여기고 아껴 쓸 줄 모르는 사람에게, 매력은 생각보다 쉽사리 그 바닥을 드러냅니다.

예전에 중동의 산유국에서 생활하면서 살펴보니 석유가 매장되어 있다는 사실이 반드시 축복이기만 한 건 아니더군요. 중동 산유국들이 부유하다는 신화는 알고 보면 사막의 신기루 같은 허상입니다. 물론, 이들 국가에는 믿기 어려울 정도로 부유한 개인들이 있긴 하지만, 석유 파동이 진정된 80년대 이래 줄곧 걸프 연안 국가들의 정부는 적자 재정을 운영해 왔습니다. 좀 더 알기 쉽게 말하자면, 90년대 후반까지 8개 걸프 연안국의 GDP 총액은 스위스 한 나라의 GDP 규모에 맞먹을 정도에 불과하고, 94년 기준으로 모로코에서 아프가니스탄에 이르는 북아프리카 및 중동 국가(이스라엘 포함) 전체의 GDP 총액은 같은 해 프랑스 GDP의 절반에도 못 미쳤습니다. 90년대 말 유가 상승 이후 수년간 몇몇 국가들이 흑자 재정으로 돌아서기는 했지만, 그런 현상은 오히려 중동 산유국의 재정이 유가라

매력^{personal charm} 은 어떨까요.

는, 자기 힘으로 좌우할 수 없는 요소에 지나치게 의존하고 있다는 사실을 여실히 증명하고 있을 따름입니다.

중동 산유국들은 석유에 지나치게 많이 의존해 왔기 때문에 어려움을 겪습니다. 이 국가들의 경제 구조는 대체로 70년대 오일 쇼크때 완성된 것이어서, 치유가 어려운 문제점들을 내포하고 있습니다. 유가의 등락으로 인해 예산 운용의 불확실성이 지나치게 크고, 석유 가스 사업을 필두로 하는 공공 부문이 과대하며, 비석유 제조업 부문이 거의 전무한 불균형적 산업 구조를 가지고 있으며, 그 외에도 빈부 격차의 심화, 해외 인력의 과다 고용, 내국인의 만성적인 실업(자국민 실업자에 대한 복지 정책도 재정적자 요인 중 하나입니다), 조세수입의 저조, 정책의 투명성 부족 등의 고질적 문제를 안고 있는 것입니다. 흔히, 걸프 지역 산유국은 1조 달러 이상의 해외 투자 자본이 있으므로 이를 국가 자산에 고려해야 한다고도 하지만, 그 상당 부분이 왕실 및 개인의 사유 재산이므로 최악의 상황이 벌어지면 국내로 돌아오지 않을 수도 있는 불안정한 자산이라는 분석도 있습니다.

어찌 보면 검은 황금이라는 석유는 축복이기보다는 저주일 수도 있습니다. 개인의 매력도 낭비되기 쉬운 자원입니다. 내로라하는 사기꾼들을 한 자리에 모아놓을 수 있다면 어쩌면 그보다 매력적인 집단은 찾기 어려울는지도 모릅니다. 매력 넘치는 선남선녀들 중에는, 스스로에게 그런 자원이 없었다면 아마도 훨씬 더 성실하고 진지하게 대인 관계를 맺어나갈 수 있을 사람들도 많지 않을까 하고 짐작해 봅니다. 배 아파서 하는 말 같은 티가 너무 나나요? 하하.

1970년에 만들어진 〈There was a Crooked Man〉이라는 서부 영화가 있습니다. 커크 더글러스가 천하의 악당으로 나오는 영화입니다. 이 영화를 보면, 그가 신화의 주인공이나 반란 노예의 수장에만 잘 어울리는 것이 아니라, 이기적이고 약아 빠진 악당 역할도 잘 소화했다는 걸 알 수 있죠. 어느덧 세월이 흘러, "커크 더글러스 아들이 배우 하겠다고 나섰다며?"라고 묻던 사람들은 이제 "마이클 더글러스의 아버지도 배우였던가요?"라고 묻는 애들에게 점점 밀려나고 있지요. 마이클은 일찍이 〈One flew over the cuckoo's nest〉를 제작한 탁월한 영화 제작자였는데, 배우로서도 훌륭하게 성장했습니다. 그러나, 커크 더글러스가 보여준 신화적인 서늘한 느낌을 아들에게서 찾아보기란 어렵습니다.

〈There was a Crooked Man〉의 주인공 피트먼(커크 더글러스)은 몇몇 악당들과 작당하여 크게 한탕을 합니다. 쫓기는 몸이 되자 그는 동료들을 배반하고 혼자 돈을 들고 달아나, 사막의 어느 돌산, 독사들의 땅굴 속에 돈을 묻어둡니다. 마침내 체포된 그는 혹독한 사막의 형무소에 수감됩니다. 여기서 그는 신임 형무소장인 로프먼(헨리 폰다)과 숙명적으로 만납니다. 피트먼은 자신의 카리스마적인 매력을 십분 발휘하여 형무소 내에서 죄수들의 우상이 됩니다. 그는 가엾은 형무소장을 골탕먹이면서 자신에게 헌신적인 여러 죄수들을 모아 탈옥을 모의하죠. 마침내 거사일이 되자 죄수들은 가슴 설레며 준비한 작전을 감행합니다만, 탈옥이 어디 쉬운 일이겠습니까? 대부분의 죄수들은 사살되고, 충실한 동료 죄수들의 목숨을 건 도움으로 피트먼은 혼자 탈옥에 성공합니다.

알고 보면 이 녀석은 애당초부터 소란을 피워놓고는 저혼자 내뺄 생각이었던 겁니다. 탈출 도중 부상을 당해 "이봐 나는 어떡해"라며 매달리는 동료 죄수의 가슴을 향해 싸늘한 미소를 지으며 방아쇠를 당기던 커크 더글러스의 표정이 잊혀지지 않습니다. 악당은 숨겨둔 돈을 찾으러 유유히 떠나고, 스타일이 완전히 구겨진 형무소장은 그를 잡으러 길을 나서지요. 그러나 정작 피트먼을 죽이는 것은 형무소장이 아니었습니다. 희희낙락하며 돈뭉치를 풀던 그는 돈 보따리의 작은 구멍을 통해 기어들어갔던 독사 한 마리에 손을 물려, 도망칠 때처럼 혼자서 죽어갑니다. 형무소장이 퉁퉁 부은 그의 시체를 발견해서 말안장 뒤에 묶고 석양을 향해 떠나면서 영화는 끝이 납니다.

〈There was a crooked man〉의 크루키드^{crooked}란 단어는 물건이 구부러지고 비뚤어진 것을 뜻하기도 하지만, 이 영화 주인공처럼 심성이 비뚤어진 것을 일컬을 때도 쓰죠. 이 영화 제목은 영국의 동요 Nursery Rhyme 에서 따온 거랍니다. '비뚤어진 사내가 있었네/그는 비뚤어진 길을 걸었지/그는 비뚤어진 계단 위에서/구부러진 동전을 주웠지/그는 삐딱한 입을 가진/비뚤어진 고양이를 샀네/그리고 그들은 함께 살았지/비뚤어진 작은 집에서.' 노래 속의 비뚤어진 사내는 영국 왕 찰스 1세이거나 그와 평화조약을 맺은 스코틀랜드의 장군 알렉산더 레슬리를 가리킨다는 설이 있습니다. 노래 속의 비뚤어진 계단은 잉글랜드와 스코틀랜드 간의 경계선을 암시한다는군요. 어쨌든, 이 영화는 심성이 못 말리게 꼬부라진 사람이 엄청난 매력으로 사람들을 사로잡는 일은 가능하지만, 그런 관계는 오래 가지 못한다는 사실을 드라마틱하게 보여주었습니다.

매력 만점이면서도 그 자산을 잘 관리하는 선후배나 벗들이 더러 있습니다. 그들의 비결은 정직, 성실, 겸손인 것 같습니다. 이런 사람들은 자기 매력을, 기회를 만드는 데 쓰지, 불성실을 용서받는 데 쓰진 않더군요. 이런 이들은 마치, 북해 유전이나 텍사스 유전처럼 매장량이 큰 자원을 가지고 있

Kirk Douglas in Vincent Style

으면서도 경제 활동의 대부분을 거기에 의존하고 있지는 않은 나라들을 떠올리게 합니다. 언뜻 생각하면 매력을 키우고 관리하는 것은 쉬운 일처럼 보이기도 합니다만, 강호의 고수들을 유심히 살펴보면 알 수 있습니다. 진정한 매력은 엄청난 자제력과 끊임없는 노력 없이 빛나는 법이 없다는 사실을.

The Omega Man _1971

우리들 속의 맹수

어느 밤하늘에서인가, 별 하나가 스러졌을 겁니다. 5년간 알츠하이머로 투병하던 찰턴 헤스턴이 지난 4월 6일 향년 84세로 사망했습니다. 그는 모세였고, 세례 요한이었으며, 벤허였고, 미켈란젤로였으며, 엘 시드였고, 안토니우스 장군이었죠. 그를 빼놓고는 50년대와 60년대 할리우드의 대형 서사극을 말할 수 없습니다. 근엄하면서도 장중한 그의 표정과 몸짓은 언제나 영웅적 비장미를 풍겼기 때문에 그는 최소한 두 편의 히트 영화에서 '인류의 마지막 생존자' 역할을 맡았습니다. 아마도 지금까지 가장 많은 패러디가 만들어진 영화들 중 하나일 〈Planet of the Apes〉(1968)가 그 하나고, 오늘 이야기하려는 〈The Omega Man〉(1971)이 다른 한 편이죠.

191cm 장신에 굴곡이 뚜렷한 얼굴, 진지하고 신실한 표

정을 지닌 그에게는 '최초의 인간'보다는 '최후의 인간' 역할이 더 잘 어울렸던 것이 틀림없습니다. 전설이라는 관념을 체화하고 있었으므로, 찰턴 헤스턴의 이미지는 하나의 아이콘이었습니다. 그래서 그는 줄곧 비극적 군인, 고독한 지도자, 또는 천재적 예술가였죠. 그래서 벤허의 전차 경주 장면은 삶이 주는 역경과 거기 지지 않으려는 인간 사이의 싸움을 동영상으로 형상화한 상징과도 같았습니다. 또한 그랬기 때문에 이를테면 〈Almost an Angel〉(1990) 같은 영화에서처럼 사람이 '신'을 연기할 필요가 있었을 때, 그가 신의 역할로 나오면 관객들은 놀라기보다는 안심을 했던 것이지요.

〈The Omega Man〉은 SF 영화지만, 매우 직접적인 기독교적 은유를 담고 있었습니다. 이 영화의 원작 소설인 리처드 매더슨의 소설 〈I Am Legend〉는 지금까지 세 번 영화로 번안되었죠. 빈센트 프라이스 주연의 1964년 영화 〈The Last Man on Earth〉, 1971년의 〈The Omega Man〉, 그리고 2007년에는 윌 스미스 주연의 〈I Am Legend〉. 이 중 〈The Omega Man〉의 줄거리는 이렇습니다.

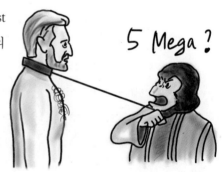

5 Mega ?

중국과 소련 사이의 생물 무기 전쟁이 발발한 지 2년이 지난 1977년, 지구상의 인구는 거의 절멸됩니다. 군사 과학자였던 로버트 네빌 대령(헤스턴)은 실험용 백신을 투여한 덕분에 생물무기에 의한 파멸로부터 살아남습니다. LA에는 그 외에도 일군의 생존자들이 있지만, 이들은 모두 세균의 영향으로 정신 상태가 이상하게 변해 있습니다. 공격적이고, 망상적인 태도로 변한 그들은 신체적으로도 백색증(알비노) 증상을 보이는가 하면 빛을 무서워하는 변종 인간들이 된 것이죠. 전직 TV 리포터였다가 정신 착란 상태에 빠져버린 리더 아래 그들은 집단적으로 행동하면서 현대 과학과 그 상징물들을 모두 파괴합니다. 스스로를 가족 The Family라고 부르는 그들은 이른바 '바퀴 사용자'인 네빌 대령을 죽이려고 하지요.

네빌은 낮이면 거리를 돌아다니면서 음식을 구하고 밤이면 요새화한 자신의 아파트에서 '가족'의 공격을 막아냅니다. 그러다가 마침내 사로잡혀 화형을 당할 위기에 처한 그를 또다른 그룹이 구출해 줍니다. 이들 제3의 그룹은 세균에 상당한 면역을 지닌 어린 아이들 덕분에 병세가 더디게 진행되고 있었던 것이죠. 이 그룹의 지도자는 리사라는 여성입니다. 네빌은 자신의 면역력을 이용해서 백신을 만들어 병세가 진행 중이던 청년에게 투여합니다. 그런데 막상 그 덕에 치유된 청년은 열정에 들떠서 '가족'의 우두머리를 찾아가 함께 치료를 받자고 권유합니다. 이 말을 믿지 않는 '가족'의 두목은 청년을 처형하고 말죠. 그를 찾아 나섰던 네빌은 어둠 속에서 천신만고 끝에 피난처로 돌아오지만, 이제 병세가 악화되어버린 리사는 그를 배신합니다. 네빌과 리사는 치료 혈청이 완성되면 함께 먼 곳으로 도피하기로 약속했었거든요. 피난처에서 기관총으로 '가족'들에 대항하려던 네빌은 창에 찔리고 맙니다. 다음날 아침, 그를 찾아온 아이들에게 네빌은 죽어가면서 자신의 혈청을 건네줍니다.

창에 찔려 고정된 채 피를 건네는 네빌의 모습은 이 영화가 '십자가 보혈의 피'라는 기독교적 구원 신학의 알레고리로 만들어졌다는 것을 분명히 해줍니다. 모세, 벤허, 세례 요한 등의 역할로 기독교 서사극에 자주 출연했던 찰턴 헤스턴이 네빌 역할을 맡아 그런 인상을 더 짙게 해 주었던 거죠. 오메가(Ω)는 그리스어 알파벳의 마지막 글자로, '최후'를 의미합니다. 오메가가 '최후'를 뜻하는 널리 알려진 기호가 된 것도 성서 덕분입니다. 요한 계시록 22장 13절은 예수의 말씀을 이렇게 전합니다. "나는 알파와 오메가요 처음과 나중이요 시작과 끝이라." 사도 요한이 적은 계시록에는 '알파요 오메가(또는 시작과 끝)'라는 표현이 여러 곳에서 나오는데, 이것은 오메가라는 기호가 종말론적인 성격을 가지고 있음을 말해줍니다.

이 영화가 개봉될 무렵 살인죄로 기소된 찰스 맨슨이라는 사람은 60년대 캘리포니아 지역에서 '맨슨 가족Manson Family'이라는 종말론적 사이비 종교 집단을 이끌었습니다. '가족'이라는 영화 속 집단의 명칭에는 맨슨 사건으로부터 받은 울림도 포함되어 있었을 터입니다. 마치 〈The Omega Man〉의 '가족' 처럼 맨슨이 이끌던 단체는 종말론적 인종 청소 전쟁을 공언하고 있었으니까요. 맨슨의 신앙은 그가 전과자로서 여러 교도 기관들을 떠돌면서 만들어진 것이었다고 합니다.

매더슨의 50년대 원작 소설은 좀비 영화와 흡혈귀 사냥 영화 같은 공포 영화에 영향을 주기도 했습니다. 〈The Resident Evil〉이나 〈28 Days Later〉 같은 영화들은 매더슨의 소설에 매우 가깝게 접근하고 있기 때문에 윌 스미스를 주연으로 기용하여 소설을 세 번째로 영화화한 〈I Am Legend〉는 이들 좀비 영화들을 흉내 낸 것처럼 보일 정도죠. 실제로 영화 〈I Am Legend〉에 나오는 세균 감염 생존자들은 더 이상 사람이라고 부를 수 없을 정도로 짐승같이 움직이고, 울부짖고, 파괴합니다. 컴퓨터 그래픽 기술의 발달로 이들 감염자들은 기괴하고 박력 있는 좀비들로 재탄생한 것이죠. 엄청난 제작비와 첨단기술의 힘을 빌려 〈I Am Legend〉가 그려낸 황폐한 맨하탄은 시각적으로나 청각적으로나 매우 인상 깊었습니다. 윌 스미스는 날렵하고, 섹시하고, 비관주의와 외롭게 싸우는 좋은 연기를 보여주었죠. 그러나 찰턴 헤스턴처럼 최후의 인간을 대표하는 듯한 종말론적 비장감을 가지고 있지는 않았습니다.

70년대에 냉전적 대치 상황과 강대국 간 핵전쟁의 공포를 반영하던 〈The Omega Man〉은 21세기 영화인 〈I Am Legend〉에서는 대량 살상 무기에 의한 테러라는 새로운 안보상의 불확실성에 대한 비유로 바뀐 셈입니다. 오늘날은 그런 시대입니다. 익명의 다수를 대상으로 자신의 불행에 대한 화풀이를 할 수 있는 사람들이 우리와 함께 섞여 살아가고 있는. 그들은 백색증 따위의 알아보기 쉬운 표식을 지니지도, 자외선에 거부 반응을 보이지도 않습니다. 사람 좋아 보이던 이웃이 어느 날 비행기를 납치해 건물로 돌진하고, 남대문에 불을 지르고, 모자를 깊이 눌러쓴 채 엘리베이터에서 어린 여학생을 폭행하기도 하는 것이죠. 우리 속의 맹수들을 치유할 혈청은 없습니다. 우리 한 사람 한 사람이 모두 오메가 맨이 되는 심정으로 도덕이라는 항체를 몸 속에 키우고 이웃에게 나눠주는 수밖에는.

바보들의 행진_1975

현실과 타협한 걸작

며칠 전, 두 아들과 함께 〈바보들의 행진〉을 다시 봤습니다. 장발 단속으로 도망가고, 통금 위반으로 경찰서에 잡혀가는 장면에 아이들이 어리둥절해 하는 게 재미있더군요. 최인호 원작 소설을 1975년 하길종 감독이 영화화한 〈바보들의 행진〉은 한국영화사를 말할 때 빼 놓고는 이야기가 안 되는 작품입니다. 하길종은 신동 소리를 들으며 자라, 국내 최초로 영화학(UCLA) 학위를 받고, 프랜시스 코폴라와도 친한 사이였다는데, 38세의 나이로 요절했습니다. 그는 이 영화로 '현실과 타협했다'고 한숨지었다지만, 설사 유신 체제를 모르는 사람이라도 그에게 돌을 던질 수는 없을 겁니다. 본질상 영화란 3차원의 세계를 평면에 그리기 때문에 타협이고, 있었던 이야기가 아니라 있을 법한 이야기를 하는 것이기 때문에 타협이며, 작품이기만 한 것이 아니라 상품이기도 하기 때문에 타협인 것이니까요.

하지만 검열에 30분이나 잘려나갔다는 사정을 감안하더라도, 역시 〈바보들의 행진〉은 뭔가 미친한 느낌을 줍니다. 하길종 감독은 누벨바그에 경도되어 있었다죠. 거칠게 툭툭 끊어지는 누벨바그의 영향은 이 영화에서도 볼 수 있는데, 애당초 그런 접근이 원작 소설과 잘 어울리는 것이었는지 의문입니다. 더구나 과장된 연기와 상투적으로 더빙된 성우들의 대사들과 합치면, 영화 문법과 서사 구조가 서로 겉도는 것 같은 느낌을 피할 수 없습니다. 어쩌면 하길종 감독이 현실과 타협했다고 할 때의 '현실'이란 억압적인 정치 상황 못지않게, 누벨바그 방식을 제대로 소화할 수 없었던 한국의 영화 제작 현실을 가리킨 게 아닌가 싶기도 합니다.

이 영화는 주인공이 신체 검사를 받는 장면에서 시작해서, 입영 열차를 타는 장면으로 끝나는 수미쌍관의 모습을 하고 있습니다. 그 사이에 70년대 대학생들의 코믹하고 가벼운 에피소드들이 전개됩니다. 하지만 그 행간에는 이들을 짓누르고 있는 현실의 무서운 무게가 느껴집니다. 병태는 미팅에서 만난 영자와 잠깐 사귀다가 차이고, 영철은 고래를 잡겠다며 동해안으로 가서 절벽에서 뛰어내려 자살합니다. 병태와 영철은 영화 속에서 경찰이라는 공권력과, 또 교수들이라는 기성세대와 끊임없이 충돌하는데, 극장에서 영화를 보던 70년대의 관객들에게 이 영화가 대놓고 말하지 못한 가장 높은 벽이 유신체제라는 점은 분명해 보였을 터입니다. 영화가 어쩔 수 없이

선택한 이런 은유적 방식 때문에 〈고래사냥〉이나 〈왜 불러〉
같은 삽입곡들은 더 빛을 발합니다.

〈바보들의 행진〉은 시대 상황과 함께 읽어야 하는 영화입
니다. 그러지 않으면, 주인공들은 미팅이나 다니다가 실연에 속
상해하고, 돈 없이 생맥주 마시며 생떼나 부리다가, 불현듯 미
친 듯 자살해 버리는 젊은이들로 보일 뿐이죠. 삶에 대한 열정
을 좀처럼 보여주지 않는 주인공들의 기행은, 과대항 술 마시기
대회에서 절정을 이룹니다. 선수들이 도열해서 막걸리를 열 잔
씩 마시고 시험을 치르고, 다시 열 잔을 또 마시는 이 장면은
대단히 유머러스합니다. 시합에서 우승하는 병태의 모습은
〈Cool Hand Luke〉에서 '삶은 달걀 50개 먹기 내기'에서 이기
는 폴 뉴먼을 연상케 합니다. 더 근사한 것은 작가 최인호와 코
미디언 이기동이 시합의 심판으로 깜짝 출연을 하는 점이죠.

30년이 흐른 후 다시 본 〈바보들의 행진〉에는, 영화를
좀 더 잘 만들지 못한 게 이상할 만큼 빛나는 재료들이 들어있
더군요. 가장 눈에 띄는 것은 최인호 원작의 탄탄함과, 윤문섭
이라는 배우, 그리고 송창식의 노래였습니다. 몇 해 전 소설 취
재를 안내하면서 만나본 최인호 선생은 환갑을 앞둔 연세에도
불구하고, 믿어지지 않을 정도의 정력과 따라잡을 수 없는 재
치를 지닌 영원한 청년이시더군요. 연포 해수욕장에서 기타 치
며 놀다가 캐스팅되었다는 윤문섭은 제 고교 선배이기도 합니

다. 믿거나 말거나, 그가 출연한 단 한 편의 영화가 〈바보들의 행진〉이었습니다. 그 뒤 홀연히 영화계를 떠난 그는 지금 인도네시아에서 사업가로 활동 중이죠. 그의 외모는 개성 있으면서도, 병태가 늘 끼고 다니던 정구채가 잘 어울리던 귀공자의 인상이었습니다. 우스워 보일 만큼 구부정한 자세로 그가 휘적휘적 걷던 팔자걸음은 70년대 청년 문화의 또 다른 상징이었죠. 그의 영화 경력으로 미루어 짐작건대, 병태의 우수어린 눈동자는 그가 연기해낸 것이라기보다는 자신의 매력을 있는 그대로 발산했던 것이 아닐까 생각합니다. 그는 신인 배우였지만, 커피를 열 잔은 마신 것처럼 과장된 명랑함을 보이던 이영옥의 상투적인 연기에 대비되어 그 어눌한 자연스러움이 더 돋보였습니다.

　〈바보들의 행진〉에서 느껴지는 완성도의 미진함은 한국 영화 산업이 처했던 열악한 상황을 보여줍니다. 그 열악함은 단지 표현의 자유에 대한 정치적 억압만으로 설명되는 것은 아니었습니다. 어떤 산업에 대한 보호와 통제는 본질상 그리 멀리 떨어져 있지 않습니다. 보호하기 위해 통제하고, 통제하기 위해 보호하는 것이죠. 유치 산업으로 보호되고 있던 한국의 영화산업은 오랫동안 그야말로 유치한 상태를 벗어나지 못했습니다. 우리 영화의 제작 현실을 가장 위협적으로 변화시켰던 사건들 중 하나는 '직배 허용'이었습니다. 외국 메이저사의 직접 배급을 허용하면 마치 이 땅의 영화는 다 말라죽어버릴 것처럼 겁먹은 영화인들의 단식과 삭발 시위가 이어졌고, 어느 영화 감독은 직배 상영관에 뱀을 풀기도 했었죠.

직배가 허용된 이후 막상 말라죽은 영화는, 말라죽을 수밖에 없었던 영화들뿐입니다. 정치적 민주화 과정과 병행해서, 영화 제작 집단이 소비자의 욕구를 좀 더 섬세하게 반영해야만 하는 '민주화'도 소리 없이 일어났던 것입니다. 세계 영화와 힘겨운 경쟁을 경험한 뒤에야 우리 영화는 모스크바에서, 베를린에서, 로카르노에서, 급기야는 칸에서까지 깃발을 휘날리는 힘찬 도약을 이뤄낸 것입니다. 불과 몇 년 사이에 '방화'라는 명칭 자체가 얼마나 어색한 외국어처럼 들립니까. 그 어색함의 한 자락이 아직 스크린 쿼터를 유지하자는 목소리에 묻어 남아 있긴 합니다만.

〈바보들의 행진〉이 우리 영화사에 미친 영향은, 그 속편과 아류작들의 행방을 살피는 것만으로도 짐작할 수 있습니다. 이 영화가 성공을 거두자, 하길종 감독과 최인호 작가 콤비는 속편인 〈병태와 영자〉(1979)를 만듭니다. 제대한 병태가 영자의 사랑을 쟁취하려고 고군분투하는 내용이 담겨있고, 〈The Graduation〉의 라스트 신처럼 약혼식장에서 신부를 데리고 줄행랑치는 병태의 모습으로 끝나는 영화죠. 하감독이 간암으로 별세하는 바람에 이 영화는 그의 유작이 되었습니다. 〈병태와 영자 2〉는 이강윤 감독이 만든 속편인데, 영자(이영옥) 말고는 배역이 다 바뀝니다. 세 번째로 바뀐 병태 역할은 1편에서 병태 친구 영철로 나왔던 하재영이 맡아서 좀 서먹한 느낌이었죠. 이 영화는 고단한 신혼 살림으로 전전하는 병태와 영자의 모습을 담았습니다.

〈바보들의 행진〉에 대한 향수는 배창호 감독의 〈고래사냥〉(1984)과 〈고래사냥 2〉(1985)에서도 절절히 느껴집니다. 그 제목 자체가 〈바보들의 행진〉에서 자살한 영철이 버릇처럼 뇌까리던 대사이자 그 영화의 타이틀 송이었던 데다가, 김수철과 손창민이 연기한 주인공의 극중 이름도 '병태'였던 거죠. 배창호 감독의 화면은 70년대 영화들과 비교할 수 없을 만치 안정감이 있고, 유머의 세련미도 객석에서 보기에 한결 편안한 것으로 발전합니다. 그러나 〈바보들의 행진〉은 그 후의 청춘 영화들이 담지 못한 깊이와, 이르지 못한 높이를 가지고 있습니다. 촬영 기법 면에서도 새로운 시도들을 담고 있고, 우회적으로나마 시대적 고민을 그려내기 위해 진지하게 애쓴 흔적들을 지니고 있기 때문입니다. 87년 이규형 감독의 〈청춘스케치〉에 이르면, 한국 영화가 걷고 있던 길이 과연 발전인지 퇴행인지 심각하게 고민하

게 됩니다. 영화 속에서처럼 한국의 대학생들이 점점 바보가 되어간 것이 아니라면, 지금쯤은 좀 나은 청춘 영화 한 편쯤 나와 줘도 좋을 것 같습니다. 〈Paper Chase〉 같은.

Brazil _1985
작은 정부를 기다리며

대학을 졸업하고 진로를 모색하던 해에, 기자 선발 시험에 응시한 적이 있었습니다. 일종의 실기 시험이었는데, 영등포 시장에서 두 시간 내로 3분짜리 스트레이트 기사를 써오라는 문제였지요. 저는 시장 주변의 노점상 실태를 취재했습니다. 단속에도 불구하고 자리를 옮겨 다니며 인도를 거의 다 차지하고 있는 노점상들은 보행자들에게 불편과 위험을 끼치고 있었으며, 합법적으로 세금을 내면서 점포를 운영하는 인근 상인들의 불만도 컸습니다. 다른 한편으로는, 노점상들이 경제적 약자라는 사실이 있었죠. 어차피 보도되지 않을 시험 답안에 불과했지만, 저는 제 기사가 어느 쪽에 비판의 칼날을 맞춰야 할지 고민할 수밖에 없었습니다. 돌이켜 보면, 저는 법이 지켜지지 않는 현장을 보았으므로 그것을 고발하면 족했을 것입니다. 그러나 경제적 약자인 노점상들의 불법 행위를 비난하는 걸로 기사를 마무리하기는 불편했기 때문에, 저의 기사는 경찰의 단속이 형식적이고 뜸하다는 점을 지적하면서 이렇게 끝을 맺었습니다. "노점상에 관한 정부의 보다 근본적인 대책이 요구되고 있습니다."

나랏님이 가난을 구제하라는 주문으로 끝맺은 셈인데, 요즘도 저는 치졸하게 급조된 제 시험 답안과 비슷한 태도의 보도를 자주 만나게 됩니다. 온갖 불행과 사고와 탈법의 대책을 정부에 요구하는 분위기는, 정부의 몸집을 손쉽게 키워줍니다. 불행과 사고를 완전히 막을 방법은 없으므로, 그것을 막는 일이 전부 정부의 몫이라면 이론상 정부의 크기에 한계란 없습니다. 그 점에 있어서는 히틀러와 스탈린의 정부조차 충분히 크지 않았으니까요. 테리 길리엄 감독의 1985년 영화 〈Brazil〉은 지나치게 커져버린 정부의 모습을 섬뜩하게 풍자한 블랙 코미디입니다. 유감스럽게, 이 영화는 국내에 〈여인의 음모〉라는 괴상망측한 제목으로 출시되어 있어서, 대여점에 가보면 더러는 에로물 근처에 꽂혀있기도 하지요.

단조롭고 반복적인 일상을 별다른 불만 없이 살아가는 주인공 샘 로리는 미래 어느 나라의 하급 관료입니다. 그는 밤마다 위기에 처한 여인를 구하는 용사가 되는 꿈을 꾸곤 합니다. 이 나라는 정부가 국민들을 세밀히 감시하는 전체주의 체제인데다가, 관료주의가 극단으로 치닫고 있어서 서식을 갖추어 관공서에 신고하지 않으면 전열기 수리조차 합법적으로 할 수 없습니다. 어느 날, 교정당국 전산 장비의 실수로 인해 범법자 터틀에 대한 체포 영장이 선량한 시민인 버틀의 이름으로 발부되는 일이 벌어집니다. 어디론가 체포된 버틀 씨의 행적은 찾을 길이 없어집니다. 행정상 착오를 통보하기 위해 버틀 씨네 가족을 찾아간 샘은 길에서 어떤 여자를 만나는데, 그녀는 밤마다 그의 꿈속에 등장하던 바로 그녀였습니다. 그러나 현실 속에서 그녀는 당국에 수배된 테러용의자였기 때문에, 사랑을 쟁취하고 버틀 씨 사건을 해결하려는 그의 시도는 점점 더 위태로운 방향으로 소용돌이쳐 그의 삶을 뿌리째 흔들어 놓습니다.

올더스 헉슬리나 조지 오웰 같은 영국 작가들의 전통을 이어받은 덕분인지, 테리 길리엄 감독은 깊은 통찰력으로 전체주의 사회의 혐오스러운 모습을 묘사했습니다. (그는 영국으로 이민 온 미국인입니다.) 실제 길리엄 감독은 이 영화를 가리켜 "1984년(이 영화가 제작되던 해)의 〈1984〉"라고 불렀다죠. 게다가 〈Brazil〉은 독특하고 촌철살인적인 유머로 가득합니다. 그도 그럴 것이, 길리엄은 저 유명한 코미디 그룹 Monty Python의 일원이었으니까요. Monty Python은 BBC 방송을 통해 센세이션을 일으킨 70년대 영국의 문화 게릴라로서, '의식의 흐름' 같은 지적인 실험을 슬랩스틱과 접목시키기도 했습니다. 이들이 현대 코미디에 미친 영향은 심대한데, 요즘 젊은이들의 '황당 개그'에도 맥이 닿아 있죠. 참고로, 원치 않는 수신 메일

을 '스팸'이라고 부르게 된 연유도 'Spam'이라는 제목의
Monty Python 개그에서 유래한 것입니다.

〈Brazil〉의 풍자는 우선 그 제목에서 시작합니다. 브라질
과 관련된 거라곤 코빼기도 등장하지 않기 때문이죠. 영화 속
암울한 현실과 극적으로 대비되는 〈Aquarela do Brasil〉이라
는 감미로운 선율이 배경음악으로 사용될 뿐입니다. 여기서 브
라질은 낭만적이고 환상적인 도피처를 상징합니다. 1987년 일
가족을 이끌고 탈북하던 김만철 씨가 "따뜻한 남쪽 나라"로 가
고 싶다고 말했을 때, 그가 말한 따뜻한 나라는 이 영화의 제목
과 흡사한 의미가 아니었을까 짐작해 본 적이 있었습니다.

그러나 김만철 씨의 여정과는 달리, 〈Brazil〉의 주인공
샘은 연인과의 도주를 시도하다가 실패하고, 질서를 교란한 죄
로 체포당합니다. 나무 그늘 아래에서 주인공이 연인에게 "이
젠 더 이상 꿈을 꾸지 않는다"고 말하면서 탈출의 성공을 자축
하는 장면이 실은 그가 외과 수술을 닮은 고문을 당하면서 꿈
꾸는 환각으로 밝혀지는 마지막 장면은 가슴 쓰라린 여운을 남
깁니다. 슬픈 풍자로 가득한 성인판 〈Matrix〉 같다고나 할까
요. 해피 엔딩을 고집하는 제작사에 맞서 길리엄 감독은 이 비
극적 결말을 지켜내려고 고군분투했답니다. '환각 속으로의
도피'를 몽환적으로 그려내는 것 또한 길리엄 감독의 장기인
데, 그는 〈Time Bandits〉, 〈The Adventures of Baron

Munchausen〉 등의 작품을 통해서도 그 주제를 솜씨 좋게 다루었죠.

사실 〈Brazil〉이 경고하고 있는 것이 전체주의 정부의 위험만은 아닙니다. 관료주의Bureaucracy는 관료 기구에만 나타나는 것이 아니라, 위계질서를 지닌 인간의 모든 조직에서 발아하고 성장하고 번성하는 특성입니다. 영국의 역사학자이자 경제학자인 파킨슨Cyril N. Parkinson은 이 점을 짐짓 심각한 어조로 풍자했습니다. 이른바 업무는 그 업무를 처리할 수 있는 시간을 채우도록 늘어난다 는 '파킨슨의 법칙'을 천명한 것이죠. 그는 관료적 기구가 스스로 확대되려는 지속적인 경향을 가진다고 결론을 내렸습니다. 모든 조직에 다 해당되는 이야기겠지만, 파킨슨의 법칙은 특히 정부 조직에 시사하는 바가 큽니다.

매사에 정부의 적극적인 개입을 요구하는 언론의 태도는, 그 의도와 무관하게 수상쩍은 공생 관계를 초래합니다. 오래전 급조된 제 시험 답안이 그랬듯이, 손쉽게 정부 탓을 하는 비판은 어쩌면 게으른 사수처럼 과녁을 확대하고 있는 건지도 모릅니다. 정부는 욕을 먹는 대신—또는 욕을 계속 먹지 않기 위해—팔을 더 길게 뻗고 덩치를 크게 불리는 것이죠. 저 역시 납세자의 한 사람으로서, 시장이 더 잘 할 수 있는 일에 국가가 개입함으로써 더 많은 세금이 쓰이게 되는 것을 원치 않습니다. 술자리에서건 언론을 통해서건 납세자들은 '왜 정부가 이런 일을 하지 않느냐'는 비판을 하기에 앞서, 그것이 정말 정부에 요구할 일인지 한번쯤 되짚어 보는 것이 좋습니다. '정부가 왜 이런 일에까지 나서느냐'는 비판을 주변에서 더 자주 접하게 되는 날, 우리 사회가 누리는 자유의 총량은 더 늘어나 있을 것입니다.

People under
the stairs_1991
컬트 영화는 없다

직장에서 전 직원을 대상으로 '성희롱 예방 교육'이 열렸습니다. 강사분은 강의 중에 수강생들이 졸까봐 그랬던지 객석을 향해, 저기 저 여자분, 하면서 직원 한 명을 지목했습니다. "남자 동료직원과 단둘이 사무실에 남아 잔무를 정리하는데, 그가 슬슬 다가오더니 손을 잡고 어깨에 손을 올리면 기분이 어떠시겠어요?" 아마 후배뻘로 짐작되는 그 여자 직원이 대답했습니다. "그 사람이 누구냐에 따라 다르겠죠." 강사가 할 말을 잃고, 직원들이 웃음을 터뜨렸죠. 하지만 생각할수록, 성희롱을 그보다 더 명료하게 정의하기는 어려울 듯 합니다. 저는 '컬트 영화'라는 표현을 들으면, 그날 강당에서 들었던 당찬 여직원의 대답이 떠오릅니다.

컬트는 수용미학적인 현상이므로, 어느 영화가 컬트 영화인지를 제작자가 정할 수는 없습니다. 제아무리 기존의 컬트 영화를 흉내 내고, 아무리 기괴하게 만들어도, 관객들이 숭배하지 않는 한 컬트 영화는 생길 수 없습니다. 〈Casa Blanca〉가 왜 컬트 영화인지 설명하려고 애쓰는 사람은, 왜 똑같은 행동이 어떨 때는 성희롱이 되고 어떨 때는 아닌지 설명하려는 것처럼 헛수고를 하는 셈입니다. 관객들이 미친 듯이 좋아했다는 것 외에는 다른 설명이 있을 수 없는 거죠. 컬트 영화에 대한 어떤 거창한 설명도 결국 불필요한 동어 반복^{tautology}이 되고 맙니다. 마치, 아슬아슬한 행동을 해도 용서받는 남자는 상대 여성이 그를 좋아하기 때문에 그런 행동을 해도 된다는 설명처럼.

예술 작품은 그것을 수용하는 청중·독자·감상자로부터 완전히 떼어놓고 생각할 수 없습니다. 조지 오웰은 1947년에 쓴 〈Lear, Tolstoy, and the Fool〉이라는 짧은 수필에서, 셰익스피어를 폄하했던 대문호 톨스토이의 팜플렛을 통렬하게 논박했습니다. 오웰은 이렇게 말합니다. "현실적으로 셰익스피어나 다른 작가가 '훌륭하다'는 점을 보여줄 수 있는 증거나 논리는 없다. 궁극적으로 작품의 우수성에 관한 증거는 살아남는 것 외에는 없는데, 그 자체도 다수의 견해의 표시일 뿐이다." 좋은 작품이란 결국 오랫동안 '살아남는' 작품이라는 생각에 저는 공감합니다. 그러나 창작 예술의 장르를 수요자의 반응에 따라 '분류하는' 일은 (또는 그런 구분은) 큰 뜻을 지니기 어렵습니다. 어떤 작품이 '살아남는' 것이 중요하다는 말 자체가, 작품에 대한 수요자의 반응이 필연적으로 '변한다'는 점을 가리킵니다.

결론부터 말하자면, 컬트 영화는 이제 없습니다. '컬트스러운' 영화들이 있을 뿐이죠. 컬트 영화는 있었습니다. 70년대 미국의 심야 극장에. 그 뿐이었습니다. 컬트 영화를 설명하려면 누구나 〈Rocky Horror Picture Show〉를 예로 듭니다. 이 영화의 예를 드는 것은 필요할 뿐 아니라, 실은 충분한 것이기도 합니다. 관객의 폭발적 반응이라는 면에서 여기에 비견될 다른 컬트는 없었습니다. 이 영화에는 싸구려 뮤지컬과 징그러운 동성애적 도착이 난무합니다. 도착적이고 변태적인 반어적 심미감각은 '캠프Camp'라고 불리는데, 비평가 수잔 손탁은 "캠프적인 것들은 이상하기 때문에 아름답다"고 했다죠. 지금 봐도 참 야릇한 이 영화는 이런 영화에 대한 커다란 수요가—따라서 시장이—존재한다는 점을 증명했습니다.

미국 서점의 영화 코너에는 〈Rocky Horror Picture Show 관람법〉이라는 책이 있습니다. 관객용 시나리오라고 할 수 있는 이 책에는 어느 대목에서 뭐라고 화답하고, 언제 쌀이나 물 따위를 무대로 던지라는 따위의 설명이 적혀 있습니다. 만약 이 영화를 그런 예식에 맞춰 신나게 관람했더라도, 그 예식을 만들어내는 과정에 기여하지 않았다면 당신은 컬트 현상의 관광객 노릇을 했을 뿐입니다. 실제로 컬트적 숭배의 대상이 된 영화들은 〈Casa Blanca〉, 〈Night of the Living Dead〉, 〈Eraser Head〉 등 그리 많지 않습니다. 젊은이들이 심야 극장에 모여 독특한 제의를 통해 유대감을 느끼던 유행이 획 하니 지나가버린 거죠. 70년대 미국 청년들은 자기 선배들이 우드스톡 벌판에서 즐겼던 디오니소스적 축제의 장소를 어둑한 극장 속에서 발견했던 건지도 모릅니다. 그런 심야 축제의 도구로 선택된 영화들은 버려진 영화, 어른들이 이해할 수 없는 영화, 주류 영화로 히트를 했더라도 익살스럽게 거꾸로 읽히고 농담의 대상이 될 수 있는 영화들이었습니다.

괴팍하고 난해하다고 다 컬트 영화가 되는 것도 아니었습니다. 예컨대, 브뉘엘, 로셀리니, 파졸리니 같이 진지하거나 현학적인 감독들의 작품은 컬트의 대상이 아니었습니다. 괴팍한 예술성으로 제도권에서 높이 평가받은 작품들도 마찬가지였죠. 80년대 이후에도 괴팍한 영화들은 넘쳐났지만, 심야극장의 축제는 더 이상 열리지 않았습니다. 가정용 비디오의 보급도 그 원인이겠습니다만, 그보다도, 워낙 이런 유난스런 짓거리는 여러 사람이 따라하게 되면 신명이 나지 않는 법이죠. 장사가 된다 싶으니까 많은 제작자들이 '컬트'라고 상표를 미리 붙인 영화들을 찍어내기 시작했던 것도 컬트 현상을 잠재우는데 기여했는지도 모릅니다. 온갖 포스트모던 학자들이 정색을 하고 난삽한 용어로 컬트 현상을 설명하려고 나선 것도 그 비슷한 효과를 가져왔지 싶네요. 제 딴에는 일탈이라고 묘한 짓을 하는 아이에게, 어른들이 귀엽고 신기하다고 박수치며 멍석을 깔아주는 것처럼 확실하게 아이를 머쓱하고 시들하게 만드는 일은 또 없을 테니까요.

우리나라에는 컬트적 영화 감상 풍토가 없었습니다. 우리의 컬트 영화들은 차라리, 당국의 검열을 피해서 후미진 장소에서 상영되어야 했던 이름난 작품들, 수고스레 그런 장소들을 찾아다니고 비디오를 돌려 보던 영화팬들의 수첩에 적힌, 그런 영화들의 목록이었습니다. 요즘 젊은이들이 영화를 '감상하는' 일에 그다지 많은 에너지를 소모하지 않고 자연스럽게 영화를 '소비하는' 배경에는, 더 이상 힘들여 찾아봐야 할 금지된 영화들이 없다는 사정도 있는 것입니다.

⟨Blue Velvet⟩(86), ⟨Delicatissen⟩(91), ⟨Barton Fink⟩(90)처럼 기성복 상표같이 '컬트'의 칭호를 부여받은 영화들은, 영화 산업의 놀라운 적응 능력의 징표들입니다. 80년대부터 '컬트스러운' 영화들은 공장의 라인에서 찍어내듯이 대량생산됩니다. 어떤 건 좀 낫고 어떤 건 형편없고 그렇죠. 제가 이런 영화들을 각별히 애호하는 건 아니지만, 표현의 폭이 넓어지는 건 나쁜 일은 아닐 터입니다. 가끔은 야릇한 음식이 구미에 당기듯이, 독특하게 '튀는' 영화를 보며 기가 막혀 헛웃음을 짓는 것도 재미라면 재미죠. 상투적인 표현으로 가득

하더라도, 상투성에 매몰되느냐 아니면 그 위에 군림하면서 새로운 느낌을 만들어 내느냐에 따라 영화의 평점은 갈릴 수 있습니다.

〈Nightmare on Elm Street〉으로 상업성을 인정받은 웨스 크레이븐 감독의 〈The People Under the Stairs〉라는 영화가 있습니다. 저는 이 영화를 〈Eraser Head〉나 〈Barton Fink〉보다 더 재미있게 봤습니다. 'Fool'이라는 별명을 가진 열세 살짜리 꼬마가 누나 남자 친구를 따라 사악한 집주인이 사는 집을 털러 들어갔다가 그만 혼자 그 속에 갇히고 맙니다. 집주인들은 남매지간이고, 그 집은 나올 수도 들어올 수도 없는 철옹성입니다. 그 지하에는, 마치 낡은 집에 쥐들이 살듯이 갇혀 지내는 아이들이 있습니다. 변태적인 집주인 남매가 아이들을 납치해서 지하에 가둬 두는 이유는 분명치 않습니다. 엎치락뒤치락 끝에 Fool의 활약으로 아이들이 이기고, 닫혔던 집은 열립니다. 이 영화의 인상적인 주인공은, 갇혀 지내는 아이들에게 도망 다닐 공간을 허락하는 '집'입니다. 크레이븐 감독은 이 영화에서, 폐쇄 공포적인 좁은 집 안에 기묘한 환상의 공간을 만들어내는 재능을 보여줍니다.

저는 감히 '이제 컬트 영화는 없다'고 썼습니다. 그러나 '컬트'가 사라졌다고 한 적은 없습니다. 젊은이들이 어울려 자신들만의 일탈의 제의를 열고 싶어하는 열망은 사라지지 않습니다. 심야 극장의 컬트가 사라진 것은, 인터넷이 발달하는 시점과 겹칩니다. 21세기 컬트의 현장은 컴컴한 극장 속에 있지 않습니다. 그것은 금제의 손길이 함부로 미치지 못하는 사이버 스페이스에 있죠. 그것은 각종 게시판과 UCC 속에 있고, 네티즌이라는 익명의 집단에 의해 구현됩니다. 이메일과 SMS의 문화는 사이버 스페이스 속에만 머물지 않고, 플래시 몹이라든지 월드컵 거리 응원이나 꼭지점 댄스 같은 현장감 있는 컬트적 퍼포먼스도 가능케 합니다. 사이버 스페이스에 서식하는 각종 컬트와 거기에 매료된 젊은이들이 지하에 사는 사람들^{People under the stairs}처럼 암울한 기운에 빠지지 않고, 건강한 변화의 동력이 되었으면 좋겠습니다. 저의 이런 바람에 대한 답은, 2002년 월드컵 응원 후 깨끗했던 길거리를 생각하면 낙관적이고, 지하철 속의 치한들 같은 일부 누리꾼들이 만들어가는 저급한 댓글 문화를 생각하면 비관적입니다.

Blue_1993

건강한 미술을 위한 변론

데렉 저먼 감독의 〈Blue〉라는 영화는, 79분 동안 상영되는 짙
푸른 단색 화면으로만 이루어져 있습니다. 푸른 화면을 배경으
로 삶과 죽음에 관한 이런 저런 '소리'가 들려오게끔 만든 영화
죠. 이 영화에 대해서는 '쓰레기'라는 혹평에서부터 '다시 만들
수 없는 걸작'이라는 찬사에 이르기까지 다양한 반응이 존재합
니다. 이 영화에 대한 찬사는 대략 이런 내용입니다. "죽음을
앞둔 감독이 병상에서 죽어가면서 만든 이 영화는 예술가가 죽
음에 대해 언급한 가장 도발적인 내용이다. 관객은 푸른 화면
을 외면하려 하지만, 결국은 시선을 그 지긋지긋한 푸르름에
빼앗기고 만다."

과연 어디서부터 어디까지를 예술로 보아야 하는 걸까
요? 영화 〈Blue〉는 영화 예술의 평균치보다는 오히려 ― 백남

준의 작품처럼—미술에 수렴하고 있습니다. 오늘날, 추상적 전위대가 주류의 지위를 가장 확고하게 누리는 분야가 미술이죠. 저는 그림을 좋아하지만, 미술의 그런 전위적 사정 때문에 자주 곤혹감을 느끼곤 했습니다. 피카소에서 잭슨 폴록 정도 까지는 작품을 보면서 아름다움을 느낄 수 있지만, 요셉 보이스처럼 변기를 벽에 걸어두거나 빈 캔버스를 내걸고 제목을 붙이는 작태는 뭐란 말입니까! 스스로의 혼란을 정리하기 위해, 은밀히 저는 뭐가 미술이고 뭐가 미술이 아닌지 저만의 개인적인 기준을 정해버렸습니다. 살짝 말씀드릴 테니 미술가들에게 일러바치지는 말아주세요.

저는 미술美術이라는 이름에 들어맞는 것만 미술로 대하기로 했습니다. 미술Fine Art은, 첫째 아름다워야Fine 합니다. 아무리 피나는 노력의 결과이더라도 감동을 불러오는 아름다움이 없다면 미술이 아니라고 결정해 버린 거죠. 둘째, 미술은 術Art이니까, 장기간의 반복적인 노력으로 익힌 기술craftsmanship의 결과물이어야 합니다. 아무리 아름다워도 우연의 결과이거나 아무나 흉내 낼 수 있는 거라면 미술로 치지 않기로 한 것이죠. 그렇게 정리하니 한결 편한 마음으로 미술품들을 감상할 수 있더군요. 에프라임 키숀의 〈피카소의 달콤한 복수〉를 읽고, 비슷한 생각을 하는 사람이 있다는 사실에 반가웠던 적이 있습니다. 미술평론가로서 보다는 〈가족〉, 〈동물 이야기〉 등 독특한 유머 소설로 이름난 키숀은, 현대 미술이 작가와 평론가들의 협잡에

농락당하고 있다고 주장합니다.

추상 예술을 뒷받침하는 튼튼한 논리가 없는 건 아닙니다. 사실, 서양의 모든 사상적 모험은 플라톤과 아리스토텔레스의 견해차에 관한 각주에 불과합니다. 자연계를 되도록 충실히 관찰하고 모방하는 것이 아름답다는 생각은 대체로 아리스토텔레스의 생각과 뿌리가 같습니다. 반면, 현실은 껍데기에 불과하고, 진정한 아름다움은 관념적으로 접근할 수밖에 없다는 생각은 플라톤의 사상에서 흘러나온 지류입니다. 하지만 플라톤적인 예술관의 연장선상에 선다면, 공화국에서 예술가들을 추방해야 한다는 플라톤의 결론에 도달할 수밖에 없습니다. 그러니, 관념을 그리는 데 주력하는 미술은 스스로를 부정하는 모순입니다. 추상 미술가들은 현대가 부조리하고 상스럽고 무가치하므로 그런 시대의 추함을 그대로 반영하고 고발함으로써 각성을 촉구해야 한다고 주장합니다. 그러나 도를 벗어난 추상 미술은 현대를 고발하기 이전에, 미술의 존재 이유를 부정하는 것처럼 보입니다.

저는 거창한 문제의식으로 현대 사회의 천박한 면을 고발한다고 주장하는 미술 작품들을 대하면, 그 작품이 주장하는 커다란 주제보다는 오히려 스스로의 존재 방식을 고민하는 미술의 딱한 모습이 보입니다. 풍차를 향해 돌진하는 돈키호테보다는 오히려 냇물에 비친 자기 그림자와 싸우던 이솝의 강아지의 이미지가 떠오르는 거죠. 백보 양보해서 현대 미술이 주장하는 것처럼 극단적인 추상화나 행위 예술이 미술의 본질적인 표현 방식이 될 수 있다고 합시다, 그렇다면 현대 사회는 과연 그토록 상스럽고 천박하고 부조리하고 기형적이고 무가치한 것일까요?

그렇습니다. 현대 사회는 천박하죠. 하지만, 인간이 모여 하는 사회가 언제 합리적이고 고상했던 적이 있었단 말입니까? 고대건 현대건, 고상함과 합리성은 그것을 갖추려고 노력하는 소수의 사람들에 의해, 그런 노력을 하는 동안만 지켜지곤 했던 것이 아니던가요. 영화 속에서 포레스트 검프가 "Stupid is what stupid does"라고 했듯이, 미술도 스스로 추해지려는 만큼만 추해질 수 있는 거겠죠. 현대가 부조리하다는 상투적인 명제는 논술 시험의 상식적인 답안처럼 되었습니다만, 현대적 부조리는 적어도 인류가 여태까지 이루어 놓은 온갖 위대한 업적들과 패키지로 따라 오는 것입니다. 저는 설령 귀족으로 태어난대도 100년 전으로 돌아가서 살고 싶은 생각은 없습니다. 견제되지 않는 권력이 거의 항상 자의적으로 행사되고, 약자를 보호할 수 있는 제도적 장치도 없다시피 하고, 사상과 표현의 자유도 보장받지 못하는 세상으로 돌아가서 흡족해 하며 살 수 있는 현대인은 아마 없을 겁니다. 우리가 현대를 비판할 때, 이 점은 한번쯤 생각해 봐야 할 문제입니다.

인류 사회의 진보는 피땀 어린 노력과 진지한 희생을 통해 이루어져 왔고, 그것은 뭔가를 창조하고 건설하는 사람들에 의해 이뤄진 것입니다. 앞으로도 그럴 겁니다. 세상에는 두 종류의 사람이 있죠. 만들고 가꾸고 심는 사람과 부수고 헐뜯고 깎아내리는 사람. 저는 예술가들이 모쪼록 전자이기를 바랍니다. 현대 사회의 모든 결실을—작품의 유통 구조와 명성의 확대 생산과정을 포함해서—다 누리는 작가들이 진보의 부산물인 부조리에만 확대경을 들이대고 그것이 곧 '현대'라고 규정하는 것을 보는 일은, 피로합니다. 줘도 줘도 불평불만만 늘어놓는 어린애를 상대하는 것처럼.

거기서 다시 백보 양보해서, 설령 현대 사회가 추하기만 한 것이 사실일지라도, 저는 그것을 충실히 드러내는 것이 미술의 임무라고는 생각하지 않습니다. 미술이 스스로 천박해짐으로서 현대 사회의 천박함을 더는 일에 기여할 것은 없겠죠. 고발은 반성을 촉구하는 범위 내에서만 유용할 터인데, 그림은 글자보다 그 일을 잘 해낼 수 없습니다. 주의 주장으로 가득찬 그림은, 마치 선거 유세장의 연단에 오른 축구 선수를 연상시킵니다. 그림이 주는 감동의 척도는 '아름다움'이라고 표현할 수 있는 그 무엇이지, '얼마나 정확히 현실을 반영하느냐'는 것처럼 저널리즘적인 요소는 아닐 터입니다.

미술이 뭔가를 고발하려 들면, 그것은 필연적으로 감상자들을 얕잡아 보고 한 수 가르치려는 태도로 이어집니다. 제가 생각하는 진정한 미술가는, 자기가 생각하는 아름다움美을 오로지 숙련된 장인 정신精으로만 말합니다. 만일 미술이 시대의 추함을 드러내는 임무를 충실히 수행 중이라면 미술에는 미래가 있을까요? 우리가 현대 미술을 접하고 당혹하지 않으려면 미술 평론가들만큼 배워야한다면, 그 배움은 교조화가 아닐까요? 한 자락 철학적 사고를 가르침 받기 위해 미술 작품을 찾을 사람이 얼마나 있을까요? 그런 사람들만 오롯이 남아 추종하는 예술 장르가 있다면 그것은 과연 풍경이나 인물을 '베끼는 데' 연연하는 장르보다 과연 얼마나 더 값어치가 있는 걸까요? 현대 미술 평론가는 작품에 값을 매기는 달콤한 권력을 행사하고 있기 때문에 이런 논의에서 떳떳하기 어렵습니다. 그림이 소수의 수집가들 사이에만 거래되던 시절로부터, 평론가가 거간하는 시장에서 유통되는 시절로 바뀌었다는 것만큼, 더 여실히 현대적 부조리를 잘 보여주는 사례도 드물지 않은가요?

이 작품은 '태고적의 기억을 응시하는 태아의 시선' 이죠.

영화 〈Blue〉는 진지한 작가의 진지한 시도임에는 틀림없지만, 제가 좋아하기에는 실험적인 강박 관념을 너무 많이 담고 있습니다. 일찍이 완당阮堂 김정희는 寫蘭有法不

可無法亦不可(난초를 그리는 데 법도가 따로 있어서는 안 되지만, 법도가 없어서도 안 된다)라고 했었습니다. 허허, 그의 세한도歲寒圖는 그래서 그런 기묘한 감동을 주나 봅니다. 유법과 무법, 손재주craftsmanship와 철학philosophy 사이의 시퍼렇게 선 날 위를 걷고자 했던 그의 부단한 노력을 새삼 되새겨 봅니다.

Independence
Day_1996

영화는 허구다

고등학교 시절 고문古文선생님께서는 "역사는 공인된 허구$^{\text{History is a falsehood}}_{\text{agreed upon}}$"라는 멋진 격언을 가르쳐 주셨습니다. 저는 그 가르침을 접한 뒤로, 역사적 기록을 접하면 언제나 그것을 기록한 사람의 모습도 찾아보려고 애쓰는 습관이 생겼습니다. 역사가 공인된 허구가 될 수 있는 까닭은, 그것이 기록되기 때문입니다. 기록되는 것이 역사만은 아니죠. 제가 생각하기에, 영화야말로 공인된 허구입니다. 적어도 세 가지 면에서 그렇습니다.

첫째, 영화는 눈속임^{illusion}입니다. 우리가 은막 위로 보는 동영상은 실은 1초당 24 프레임씩 바뀌는 정지된 그림에 불과합니다. 어수룩한 우리 시력 덕택에 잔상 현상이라는 즐거운 착각을 누리는 거죠. 굳이 이름 붙이자면 기술적 허구라고나 할까요. 1895년 뤼미에르 형제가 기차의 도착을 동영상으로 보여주자 혼비백산했던 관객들은 100년이 넘도록 발전해온 눈속임의 기술에 꾸준히 적응했습니다. 하지만 우리는 아직도 속고, 여전히 놀랍습니다. 마술 같은 환영에 속아 넘어가는 재미를 찾아 오늘도 극장에 가는 거죠. 관객들이 과거 한국영화에서 못 보던 규모의 특수 효과를 구경하려고 기꺼이 돈을 내고 〈디워〉의 상영관을 찾는다면, 그들을 바보로 취급할 자격을 가진 영화 평론가란 있을 수 없습니다.

둘째, 영화는 가공의 이야기[fiction]입니다. 서사 구조상의 허구라고 하겠습니다. 실존 인물이 등장하는 다큐멘터리도 있긴 하죠. 그러나 어떤 현실도 일단 영화로 만들어지면 특정한 의도로 편집되고 착색됩니다. 60년대 미국의 다이렉트 시네마, 프랑스에서 유행하던 시네마 베리테 같은 사실주의 사조의 존재는 오히려 드라마가 영화의 본류임을 반증하는 가냘픈 항변에 지나지 않습니다. 같은 사건도 시각에 따라서, 또 그것을 기억하는 사람에 따라서 전혀 딴 이야기가 될 수 있다는 점을 멋지게 보여준 영화로, 구로사와 아키라의 〈Rashomon羅生門〉과 홍상수의 〈오! 수정〉이 있었죠. '편집된 현실'은 더 이상 현실이 아닙니다. 최근 마이클 무어가 〈Fahrenheit 9·11〉 같은 다큐 드라마로 유명세를 타기도 했지만, 실존 인물의 동영상과 뉴스 화면들을 짜깁기한다고 해서 그것이 주관적 진실의 한 가지 번안본[version] 이상의 의미를 지니게 되는 건 아닙니다. 경우에 따라, 그런 시도는 오히려 진실과 가장 먼 선전물을 낳을 수도 있죠. 무어의 〈Bowling for Columbine〉이라는 영화를 본 관객은 거기에 재연한 장면과 끼워 넣은 자료들이 포함되어 있다는 사실을 알아채기 어렵습니다.

셋째, 영화는 작품art과 상품product의 혼성물hybrid이라는 구조적 허구를 지니고 있습니다. 영화는 공동 작업의 산물이요, 관객 집단의 관람 행위를 전제로 하기 때문입니다. 진지한 영화감독들이 작가auteur로 대접받게 된 20세기 후반부터, 타르코프스키나 벤더스, 트뤼포 같은 감독들은 예컨대 바그너나 헤세처럼 당당한 예술가로 취급됩니다. 상업 영화를 만든 채플린이나 히치코크 같은 감독들조차 그 대열에 끼었죠. 하지만 작곡가나 화가, 소설가와는 달리, 골방에서 홀로 영화를 만드는 영화 감독은 세상 어디에도 없습니다. 영화를 감상하거나 평할 때, 이 점을 잊어서는 안 됩니다. 영화는 예술 작품인 동시에 기획 상품입니다. 소비자를 완전히 배제한 순수 예술로서의 영화도, 창작행위가 전혀 개입되지 않은 거래 물품으로서의 영화도 존재하지 않습니다. 그래서 영화 제작 집단은 예술가와 장사치의 중간에, 관객들은 비평가와 소비자의 중간에 놓이게 됩니다. 이렇게 어정쩡한 구조적 틈에서 비롯되는 다의적 긴장 관계는 좋은 영화란 무엇인지 규정짓는 것을 퍽 어려운 일로 만듭니다.

〈Independence Day〉는 롤랜드 에머리히 감독의 1996년 영화입니다. 외계인의 침공을 소재로 삼은 이 영화는 그때까지 영화 산업이 집적해온 최고 수준의 현란한 눈속임^{illusion} 솜씨를 자랑했죠. 비약적으로 발전한 특수 효과는 더 이상 영화의 '특수한' 보조장치가 아니라 중심적 기술이라는 점을 이 영화는 보여줬습니다. 과장을 조금 보태면, 거의 백년 내내 서사구조 중심으로 발전해 온 영화산업이 이제 다시금 뤼미에르가 영화를 처음 만들었던 시절처럼 단순한 '구경거리'에 해당하는 영화들에도 자리를 내 주기 시작한 겁니다. 그런 현상의 신호탄이라고 부를 만한 영화들을 고른다면, 〈Independence Day〉는 그 목록에 끼워넣을 수도 있을 것 같습니다.

그러므로, 이 영화의 서사구조를 짐짓 심각하게 분석하는 일이 가지는 뜻은 작을 것입니다. 개봉되던 무렵 이 영화는 너무 노골적인 소영웅주의와 애국주의, 미국 중심주의로 화제에 올랐습니다. 이 영화는 세계적 종말을 초래할 외계의 침공을 몇몇 미국인들의 영웅적 희생과 승리의 이야기로 축소시켰고, 단지 미국이라는 공동체의 안위를 지키는 것이 그 영웅들의 사명이었던 것이죠. 비슷한 시기의 〈Deep Impact〉(1998), 〈Armageddon〉(1998)도 마찬가지였습니다. 2005년 영화 〈War of the Worlds〉에서 주인공이 자기 딸만 힘겹게 구할 뿐, 정작 지구의 미생물이 외계인을 물리치는 것을 구경만 하고 있는 것과는 대비가 됩니다.

〈Independence Day〉는, 이 영화가 개봉된 지 불과 5년 후 뉴욕에서 9·11 테러사건이 발생했을 때, 사람들의 기억 속에 묘한 기시감既視感, deja-vu 을 불러 일으켰습니다. 미국의 적대세력에 의해 최초로 미국 본토에 가해진 사상 최악의 테러 공격은 특히 미국인들에게는 외계인의 침략만큼이나 낯선 충격이었을 터입니다. 결과적으로 〈Independence Day〉는 2001년 직후였다면 만들어지지 못했을 영화의 반열에 올라버렸습니다. 몇 해가 더 흐른 지금 이 영화의 서사 구조를, 당시 미국 영화 시장의 상황과 연관 지어 생각해 보면 두어 가지 재미있는 사실이 보입니다.

90년대 내내 미국과 미국인에 대한 테러는 증가 추세에 있었습니다. 세계 무역 센터 폭파 시도는 93년에도 있었고, 25만 명의 살상을 노리던 이 시도는 그나마 실패해서 여섯 명의 사망자와 천여 명의 부상자를 낳았었죠. 98년에는 미국 구축함 콜호가 폭탄 공격을 당했고, 2000년에는 탄자니아와 케냐에 있는 미국 대사관이 동시에 폭탄 공격을 당했습니다. 미국의 새로운 적은 국가가 아니었습니다. 미국이 98년 오사마 빈 라덴을 향해 78기의 크루즈 미사일을 발사한 것은 전술적 효과를 기대하기는 어려운 군사 행동이었지만 하나의 상징성을 띱니다. 그것은 사상 최초로 국가가 개인을 상대로 치른 전쟁을 상징합니다. 이런 상황은 세계화 현상의 부산물이었고, 세계화는 갈수록 빠른 속도로 진행되고 있었습니다. 이제 와서 돌아보니, 영화 〈Independence Day〉는 90년대 말의 불안한 안보 정서를 반영하고 있었습니다. 이 영화는 예언적인 흉몽과도 같았던 셈이죠.

〈Independence Day〉와 그 이듬해에 만들어진 〈Air Force One〉은 공통적으로, 적들이 걸어오는 싸움을 마다하지 않는 군인 출신 미남 대통령을 주인공으로 삼고 있습니다. 씩씩하고 애국적인 지도자를 그린 영화가 히트하던 현실 뒤에는, 언변은 뛰어나지만 국익을 행동으로 수호하는 데 조심스러웠던 병역 기피자 클린턴 대통령이 있었습니다. 그는 결국 추악한 섹스 스캔들로 탄핵 재판까지 직면해야 했었죠. 앞서 제가 설명한 표현을 다시 쓰자면, 〈Independence Day〉는 '예술품'보다는 '상품'에 근접한 영화였습니다. 모든 상품이 시장에 민감하듯이, 〈Independence Day〉 같은 영화에는 90년대 말 미국인들이 바라던 지도자의 상이 어느 정도 투영되어 있을 개연성이 큽니다. 이 영화는 미국에서 선출될 다음 지도자가 어떤 노선을 지향하게 될지를 나름대로 보여주는 지표이기도 했던 게 아닐까요. 미국 정부의 국제 정치 노선에 대한 안팎의 비판이 커진 2005년 무렵 이후로는 이런 영화들을 볼래야 볼 수 없다는 점을 생각하면, 영화 시장이라는 정치적 온도계의 민감성은 과소 평가할 것이 아닙니다. 할리우드를 꿈의 공장이라고들 하죠. "말도 안 되는 것처럼 보이는 꿈들이 종종 가장 심오한 꿈에 해당한다"고 말한 사람은 프로이트였습니다.

Inventing
the Abbotts_1997

적이 필요한 사람들

이렇다 할 대박을 터뜨린 적은 없는 팻 오코너라는 감독이
1997년에 만들었던 〈Inventing the Abbotts〉라는 영화가 있
었습니다. 이 영화도 평점이 대단히 높다고는 할 수 없지만, 제
목이 급소를 치듯 허를 찌르는 데가 있어서 오래 기억에 남습
니다. 이 영화는 〈악의 꽃〉이라는 제목의 비디오로 국내에 출
시되었는데, 도대체 어디가 악이고 꽃은 또 무엇인지 알 길이
없습니다. 이 영화로부터 '애보트가家를 지어낸다'라는 뜻을 가
진 원제목을 빼고 나면 사실 남는 것이 별로 없기 때문에, 지나
치게 심오하거나 아무 생각 없이 지어졌거나 둘 중 하나가 틀
림없는 '악의 꽃'이라는 제목은 더더욱 아쉽습니다.

제가 당초에 이 영화를 봤던 이유를 정직하게 고백하자
면, 제니퍼 코널리가 제가 좋아하는 배우였기 때문입니다. 14

세 때 〈Once upon a time in America〉에 아역 배우로 데뷔해서 줄창 '예쁜 어린애' 역할을 하다가 80년대에는 미국보다 오히려 일본에서 광고 모델로 큰 인기를 누리던 그녀는, 90년대에는 남자들의 보호 본능을 자극하는 순진한 미인의 역할을 도맡아 합니다. 그러던 그녀는 크게 결심한 듯 2000년에 〈Requiem for a Dream〉에서 마약 중독자 역할로 왕창 망가져 버립니다. 아니나 다를까, 그녀는 이듬해에 〈A Beautiful Mind〉로 아카데미 여우조연상을 수상하고, 더이상 순진하고 예쁜 장식품 같은 역할 전문 배우가 아닌, 역량 있는 중견 연기자로 성장했습니다. 진지한 배우로 대접받기 위해서 마치 그려 놓은 것 같던 예전의 외모를 일부러 훼손한 것만 같은 생각이 드는 건 어쩔 수 없이 좀 서운한 부분입니다만, 그래도 제가 응원하는 배우가 잘 성장하는 모습은 보기 좋은 일입니다. 이제 제니퍼 코널리의 필살기는 예쁜 미소나 몸매가 아니라, 형형한 초록빛을 내뿜는 그녀의 눈빛입니다.

〈Inventing the Abbotts〉는, 그저 가끔 보이던 아역 배우 정도였던 조아킨 피닉스가 〈To Die For〉에서 좀 모자라는 문제아 역할로 주목을 받은 직후에 일약 주인공으로 기용된 영화이기도 합니다. 그는 그 후부터 엄청나게 폭넓은 연기로 칼리귤라 황제(Gladiator)에서부터 가수 조니 캐시(Walk the Line)에 이르기까지 다양한 역할을 맡으며 활발하게 활약 중입니다. 그는 아무리 좋게 봐줘도 호감이 가는 첫인상이랄 수는 없는

데, 그런 그가 외모를 극복하는 정도가 아니라 도리어 활용해서 성격과 배우로 자리매김해가고 있는 광경도 2000년대 할리우드에서 눈길을 끄는 구경거리입니다. 그는 〈Inventing the Abbotts〉에서 주인공 더그 역할을 맡았습니다.

50년대 일리노이 어느 마을에 두 형제가 있는 홀트네와 세 자매를 가진 애보트네가 이웃지간으로 살고 있습니다. 일찍 가장을 여읜 홀트 집안은 형편이 그다지 좋지 못한 편이고, 애보트네는 부잣집인데다 세 자매 모두 미인들이죠. 두 형제는 애보트가의 자매들을 마음에 두고 있는데, 수줍은 동생 더그는 감히 셋 중 누구에게도 쉽게 말을 못 붙이지만 여자 꼬시는 데 일가견이 있는 형 제이시는 이들 자매를 죄다 넘봅니다. 별로 행복하지 못한 결혼 생활을 하는 유부녀 앨리스(조안나 고잉), 활달하고 외향적인 엘리너(제니퍼 코널리), 수줍은 막내 파멜라(리브 타일러) 등이 차례로 형 제이시한테 매력을 느끼죠. 〈누구에게나 비밀은 있다〉의 이병헌 같다고나 할까요. 그 영화 속의 이병헌은 파렴치범 치고는 뭐랄까요, 흡사 〈Meet Joe Black〉의 브래드 피트처럼 딴 세상에서 온 사람 같은 이상한 여유를 지니고 있었습니다. 그런 여유가 어디서 비롯되는 것인지 잘 알 수 없어서, 그 영화가 무슨 말을 하고 싶은 건지도 잘 모르겠더군요. 하여간, 제이시가 애보트의 자매들을 '섭렵'하려고 덤벼드는 것은 이병헌처럼 여유만만한 바람둥이 노릇을 하려는 게 아니라, 애보트가에 복수를 하려는 마음에서입니다.

무슨 얘기냐 하면, 돌아가신 자기 부친의 특허권을 애보트가의 가장인 로이드 애보트 씨가 부당하게 탈취해서 그 덕에 부자가 되었다고 믿기 때문입니다. 게다가, 자기 어머니 헬렌이 로이드와 정분이 나서 아버지로 하여금 로이드와 무모한 내기를 벌여 결국 목숨을 잃게까지 만들었다고 믿고 있습니다. 그래서 제이시가 애보트네 딸들을 넘보는 것은 애정 행각이기보다는 부당하게 잃은 재산을 만회하려는 노력이자 그 자체로서 복수 행각인 것이죠.

정작 사실은 사정이 좀 달랐습니다. 그의 아버지가 목숨을 잃게 되었던 무모한 내기(얼음판 위를 자동차로 가로지르기)는 본인이 만용을 부렸던 것이고, 그의 특허권은 재산 가치가 크지 않은 것이었으며, 로이드도 그가 생각한 것 같은 괴물은 아니었습니다. 내심 로이드는 정숙한 학교 선생님이자 심지가 굳은 홀트 씨의 부인 헬렌을 혼자서 연모하고 있었던 데다가, 그녀 남편의 죽음에 대해서도 책임감을 느꼈습니다. 그래서 홀트 씨가 죽은 뒤 필요 이상으로 자주 헬렌을 방문해서 위로했던 것인데, 이 사실을 알아챈 로이드의 부인이 월마트 한복판에서 동네 사람들 앞에서 헬렌에게 한바탕 소란스런 강짜를 부리는 바람에 그녀는 억울하게 동네 사람들의 손가락질을 받게 되었던 거죠. 나중에 로이드는 더그에게 이렇게 말합니다. "만일 나 같은 사람이 네 어머니 앞에서 기회가 있었을 거라고 생각한다면, 너는 어머니를 전혀 모르고 있는 게다."

홀트네 둘째 아들 더그와 애보트네 막내딸 파멜라는 서로 말이 통하는 친구 사이였는데, 성장할수록 두 집안 사이의 묘한 불화가 그 둘이 더 가까워지는 것을 방해합니다. 특히 형 제이시가 너무 많은 것들을 망가뜨렸던 겁니다. 제이시와 엘리너의 애정 행각 이후 로이드는 둘째딸을 외지의 병원으로 보내버립니다, 제이시는 펜실베이니아 대학으로 진학을 하죠. 그 한바탕 난리법석 이후에야 마을에 쓸쓸한 평화가 찾아옵니다. 애보트 일가의 마당에서는 계속 파티가 열리고, 더그는 소란한 사춘기를 마감합니다. 영화 끝 무렵 어른이 된 더그의 목소리가, 결국 홀트네 아들 하나(자기)가 애보트네 딸 하나(파멜라)를 아내로 맞는, 불가능한 일이 일어났다고 후일담을 회고하면서, 형 제이시에 대해서는 이런 이야기를 합니다. 이 몇 마디가 영화 전체를 요약하고 있는 셈입니다. "결국 어머니와 로이드에 관한 진실을 알게 되었지만 그것도 제이시를 평안하게 만들어주지는 못했다. 왜냐하면 제이시에게 그 진실은 자기가 계속 믿어왔던 거짓만큼이나 불공평하게 느껴졌기 때문이었다. 어머니 말씀처럼, 만일 애보트가가 존재하지 않았더라도, 제이시는 자신만의 애보트가를 지어냈어야만 invent 했을 것이다"

아하, 그래서 제목이 '애보트가 지어내기'인 것입니다. 불행히도, 제이시 같은 부류의 사람들은 언제나, 어디나 있습니다. 자기 불행이 다른 누군가의 탓이라고 믿고, 그 미움에서 삶의 추진력을 얻는 사람들 말이죠. 증오는 쉽게 연소되지만 심한 그을음을 내는 질 낮은 기름 같은 감정입니다. 게다가 그것은 손쉽게 정의감이라는, 대단히 제어하기 힘든 자기합리화의 가면을 쓰기 때문에 사람을 한없이 뻔뻔하게 만들기도 합니다. 물론, 분노할 줄 아는 능력은 중요하죠. 분노는 그것을 잘 가려 쓰는 사람에게 존엄과 고결함을 지킬 수 있도록 해줍니다. 그러나 삶의 낯선 골목길에서 자신의 분노와 마주치게 되면, 그 뒤에 증오라는 감정이 교묘히 숨어있지 않은지 찬찬이 살펴볼 일입니다. 미움에 힘입어 이루어지는 일들은 대체로 예외 없이 주변 사람들에게 깊은 상처를 주고, 그럼으로써 자신에게도 해롭습니다. 미움이라는 연료의 궁극적인 첨가제는 스스로의 고결함integrity이기 때문이죠.

살아가다가 제이시 같은 사람에게 미움의 대상이 되는 일을 당하면 그건 무척이나 피곤한 일입니다. 운수 사납게도 그런 일이 생긴다면, 안됐지만 뾰족한 해결책은 없습니다. 무한정 미움을 쏟아내는 상대방과 함께 비슷한 몰골로 추락하지 않도록 중심을 잡고, 자신의 고상함을 지켜내는 수양의 기회로 삼을 도리 밖에 없는 것이죠. 제이시 같은 사람들 입장에서 보자면, 어차피 세상이란 적이 필요한 사람들과 그 적들로 이루어져 있는 법이니까요.

臥虎藏龍
Crouching Tiger,
Hidden Dragon_2000
무협지 예찬

구파일방九派一幇을 아시나요? 무협지를 들춰본 사람이라면 그것이 무림의 정파를 구성하는 아홉 개 파벌과 개방을 가리킨다는 것쯤은 알 테지만, 정작 아홉 유파의 이름을 댈 수 있는 사람은 많지 않습니다. 소림少林, 아미峨嵋, 무당武當, 화산華山 등 4대 유파를 제외한 나머지 다섯 파벌에 관해서는 굳어진 법칙이 없기 때문이죠. 대체로 곤륜崑崙, 점창點蒼, 청성靑城, 공동崆峒, 종남終南, 장백長白, 형산衡山, 태산泰山, 전진全眞 중 일부가 포함되는 경우가 많습니다. 작가의 취향에 불과하다는 설이 아마 옳겠습니다만, 더러 모든 걸 설명하기 좋아하는 사람들은, 정파가 열개 이상의 유파로 구성되어 있는데도 초창기 무림 전통에 따라 9파라는 표현을 쓸 뿐이라거나, 아니면 4대문파를 제외한 나머지 자리는 매년 순위를 정해, 또는 무림의 판도에 따라 돌아가면서 책무를 수행한다는 식의 해설을 내놓기도 합니다. 우스워 보일 수도 있지만, 무협 소설도 여느 환상 소설처럼 가공의 세계의 세세한 사정에 굳이 설명을 달고 싶어 하는 열성적인 독자층을 거느리고 있는 거죠.

말이 나온 김에 4대문파에 대해 간략히 소개하겠습니다. 소림사는 북위 효문제 때 하남성 숭산嵩山 소실봉 계곡에 건립된 사찰입니다. 6세기경 천축에서 온 달마대사가 여기서 9년간 면벽하고 선종禪宗의 시조가 되었죠. 그는 단지 깨달음을 얻는 데서 그치지 않고 소림의 무술도 창시했답니다. 특히 백팔나한진은 내공과 외공은 물론, 장掌, 권拳, 검劍, 도刀, 신법身法을 망라한 소림무예의 집대성으로, 동물들의 특징을 본뜬 소림오권少林五拳과 함께 무수한 영화와 무협지의 소재가 되었습니다. 지금껏 소림의 절기를 가장 절도 있게 구사한 영화배우는 이연걸이라는군요.

아미파峨嵋派는 도가와 불가가 어우러져 여승들의 유파로 발전한 특이한 경우입니다. 4대문파를 표기하는 순서와 관련해서, 소림이 중원무림의 태두라는 데는 이견이 없고, 그 다음으로 무당과 중원오악파의 수장격인 화산을 치고 아마조네스처럼 여성 고수들로 이루어진 아미파는 넷 중에 제일 뒤에 놓는 경우가 많습니다. 하지만 저는, "곽정의 차녀 곽양이 훗날 무당의 조사가 될 장삼봉에게 소림 무술의 비의를 깨우쳐주어 그가 무당파를 창시하는 길을 터주었으므로, 곽양이 창건한 아미파가 무림 배분상 무당파보다 앞선다"며 소주잔을 앞에 두고 목청 높여 설파하시던 현대건설 김관언 소장님의 학설이 타당하다고 여기고 있습니다.

화산파華山派는 섬서성 화산에서 속가와 도가가 어울려 발전한 정통 검파劍派죠. 무협 영화에 자하신공, 옥녀심공, 매화검법 등의 표현이 나온다면 그건 틀림없이 화산파 이야기입니다. 화산 연화봉 정상에 옥녀지라는 한담寒潭이 있고, 매화검법의 극의를 터득하면 무형의 강기가 매화향과 아울러 붉은빛 안개를 뿌린다 하여 화산파 본당 건물 이름도 자하각紫霞閣이니까요.

무당파武當派는 호북성 무당산에 본거지를 둔 도가무학의 본류이며, 소림 무예와 더불어 중원무학의 2대 지류를 이룹니다. 소림 무술이 강한 발력發力 위주의 외가공부外家功夫인데 반해 무당파의 무학은 발경發勁 위주의 내가공부內家功夫랍니다. 무예의 비의를 터득한 장삼봉 조사는 만년에 태극신공太極神功과 태극신권太極神拳을 창시하는데, 오늘날 공원에 모인 중국 남녀노소가 부드럽게 원을 그리면서 하는 권법 체조가 여기에 뿌리를 둔 태극권이죠.

프랑스의 지성이자 양심인 기 소르망은 2005년 중국을 직접 돌아보고 쓴 책에서 무당산의 서글픈 근황을 들려줍니다. "무당산에는 5세기 동안이나 속세를 피하는 은자들을 받아들여 온 유명한 수도원이 있다. 옛날에는 그곳에 가려면 오솔길들을 따라 여러 개의 숲을 가로질러, 수천 개의 계단을 기어 올라가야 했었다. 지금은 케이블카가 관광객들을 그곳으로 실어나르고 있다. 그 수도원의 수도승들은 이제 그림엽서와 종교적인 싸구려 잡동사니들을 파는 장사치들로 변해버렸다. 그들의 모습은 머리에 쓴 노란 모자로 금방 알아볼 수 있다. 최후의 순례자들이 몇 명 있기는 하다. 카메라를 든 소란스런 관광객들무리에 둘러싸여 그들은 신에게 기도를 하려고 애쓰고 있다. 공산주의 지도자들은 이렇게 말한다. 자 보시오. 중국에서 이제 다시 종교의 자유가 얼마나 허용되고 있는지!"(중국이라는 거짓말, 문학세계사)

　　무당과 도사들의 전성시절을 상상하고 싶으시다면 오늘날 무당산의 몰골을 구경하기보다는 차라리 영화 〈와호장룡^{臥虎藏龍}〉의 짐짓 장엄한 비장미를 감상하는 편이 나을지도 모릅니다. 주인공 이모백(주윤발)은 무당의 장문인이 될 수도 있었지만 수련 도중 득도하고 무당산을 떠난 절세 초고수입니다. 이 영화에서 주윤발은 이유제강^{以柔制剛}하는 무당의 보법, 신법, 검법을, 거의 제이미 폭스가 레이 찰스 흉내를 구사하는 수준으로 보여줍니다. 우리에게 주윤발은 성냥개비를 씹는 총잡이로 유명해졌지만, 과연 왕년에 무협 영화로 잔뼈가 굵은 홍콩 배우였더군요. (주윤발이라고 표기하면서 장쯔이라고 쓰려니 앞뒤가 안 맞지만, 그렇다고 저우룬파라고 쓰긴 싫군요.) 〈와호장룡〉은 왕

도려王度廬의 5부작 소설 학경곤륜鶴驚崑崙, 보검금채寶劍金釵, 검기주광劍氣珠光, 와호장룡臥虎藏龍, 철기은병鐵騎銀甁 중 제4권을 영화화한 것으로, 주윤발이 연기했던 이모백李慕白은 3~4권에, 장쯔이가 분한 옥교룡玉嬌龍은 4~5권에 등장합니다.

청조 광서제 무렵 신강 지방에는 도적 나소호羅小虎(장진 분)일당이 출몰합니다. 옥서대인의 딸 옥교룡은 이들의 습격을 받지만 뛰어난 무예로 위기를 넘깁니다. (그녀의 글공부 사부인 고낭추가 남몰래 무공을 전수해 주었던 거죠.) 옥교룡은 나소호와 사랑을 나누지만, 그녀는 신강 사막에 포로처럼 남아있을 생각은 없습니다. 한편, 깨달은 바 있어 무당산을 떠난 이모백은 왕부로 찾아가 자신의 보검인 청명검을 바칩니다. 그는 유수련兪秀蓮(양자경 분)과 다시 해후하는데, 둘은 서로 사랑하지만 맺어질 수 없는 사이지요. 그런데, 왕부에 보관된 청명검이 사라집니다. 모두들 사악한 노파 벽안호의 소행이라고 생각하지만, 잠입한 복면인과 손수 겨뤄보았던 유수련은 내심 옥교룡을 의심의 눈초리로 봅니다. 이모백이 옥교룡을 찾아갔을 때 이미 청명검은 벽안호의 수중에 들어가 있습니다. 벽안호는 제자인 옥교룡을 질시하여 미향으로 중독시키고, 이모백이 그녀를 구하기 위해 방심한 틈을 타 그마저 처치하죠.

자신을 규정하는 모든 선입견, 자신의 재능이나 미모를 탐내는 모든 주변 사람들을 거부하고 반항을 일삼던 옥교룡은 시대를 잘못 타고난 여자였습니다. 권위에 대항하고 반발하는 데서 자기 정체성을 찾는 사람에게 결국 타자성^{otherness}이란, 마치 자신이 기대고 선 벽과도 같은 것이죠. 그런 사람은 정작 자신의 소망조차 순조롭게 성취하기 어렵다는 점을, 이 영화는 보여줍니다. 와호장룡의 마지막 대목에서 옥교룡은 무당산 절벽에서 몸을 날려 세상에는 죽은 것으로 알려집니다. 후속편인 철기은병에는 외롭게 늙어가는 그녀가 혼자 자식을 키우며 간난신고를 겪는 모습이 나오죠.

臥虎藏龍
烏隱影花地 …

무협지는 한자 문명권에서 드물게 살아남아 번성하고 있는 환상 소설의 분야입니다. 서양에서 환상 소설이 한 편으로는 과학 소설과, 다른 한편으로는 주류 문학(카프카, 포, 보르헤스 등)과 영향을 주고받으며 수준을 높이고 독자를 넓혀온 데 비해, 무협지는 대만 작가 김용의 금자탑 같은 성취 이래 이렇다 할 발전 없이 싸구려 오락물로 전락해 버린 아쉬움이 있죠. 대만인 이안 감독은 오리엔탈리즘의 틈새를 영리하게 파고든 이 영화로 최우수 외국어 영화상을 포함한 4개의 아카데미상을 거머쥐었습니다. 무협 영화로서 최고의 경지라고까지 말하긴 어렵지만, 동양적 판타지의 명맥이 서구 영화 시장을 파고드는 데 산뜻하게 기여했다는 점에서, 저는 〈와호장룡〉에 큰 박수를 보낼 마음이 있습니다.

Hollow Man_2000

우리는 서로를 비추는 거울

네덜란드에서 미국으로 건너와, 폭력과 섹스가 난무하는 영화로 유명해진 폴 버호벤 감독은 2000년에 투명 인간을 소재로 〈Hollow Man〉이라는 영화를 만들었습니다. 이 영화는 그때까지 그가 미국에서 감독한 영화들 중에서 유일하게 처음부터 R등급을 받은 영화였습니다. 그의 이전 영화들은 일단 NC-17이나 X등급을 받고, 심한 장면들을 삭제한 뒤에야 등급이 조정되곤 했거든요. 〈Robocop〉, 〈Total Recall〉, 〈Starship Troopers〉 등 SF 분야에서 색다른 재능을 보였던 그가 〈Basic Instinct〉, 〈Showgirl〉 같은 에로틱 스릴러로부터 다시 SF로 복귀한 셈입니다. 그러나 〈Hollow Man〉은 등급만 내려간 게 아니라 영화의 짜임새나 신선미도 한 계단 낮아졌다는 점이 아쉽죠. 결론부터 말하자면, 〈Hollow Man〉에서 칭찬이 아깝지 않은 부분은 특수 효과뿐입니다.

〈Hollow Man〉은 과거에 보던 영웅적 투명 인간들과는 달리, 실험에 성공한 후 점점 더 도착적이고 변태적이며 폭력적으로 변해가는 과학자를 주인공으로 삼고 있습니다. 마블 코믹스보다는 지킬과 하이드 류에 뿌리를 둔 이야기라고 할까요. 투명 인간에 대한 상상력은 본질적으로 엿보기voyeurism 같은 도착적 심리와 깊은 연관이 있습니다. 그래서 이 영화의 플롯은 흥미로운 반 영웅의 비극을 그려낼 수 있는 잠재력을 지녔습니다. 영화의 전반부는—고릴라 실험 장면 같은 놀라운 특수 효과를 포함해서—큰 기대감을 선사합니다. 그런데 그만 후반부로 가면서 〈13일의 금요일〉 같은 슬래셔 무비의 아류로 전락하고 말죠.

주인공 세바스천 케인 박사 역을 맡은 케빈 베이컨은 연기 폭이 넓은 배우입니다. 게리 올드먼이나 키퍼 서덜랜드만한 카리스마는 없지만, 그는 우리 주변에 정말 있을 법한 악당 역할을 잘 소화합니다. 그런가 하면 선량한 역할도 잘 어울리죠. 1958년생인 그는 스무살에 배우로 데뷔해서 지금까지 60여 편의 영화 및 TV 드라마에 출연했습니다. 착실히 성장한 주연급 배우 치고도 상당히 많은 영화에 출연을 한 거죠. 60여 편이라는 출연 편수는 거의 클린트 이스트우드(1930년생)와 맞먹는 숫자거든요. 현존하는 최고령 주연급 배우라고 할 수 있는 커크 더글러스(1916년생)의 출연작도 90편이 채 되지 않습니다.

케빈 베이컨 이론 을 들어보신 적이 있으신지요. 영화에 함께 출연한 관계를 1단계라고 했을 때, 모든 할리우드 배우들은 케빈 베이컨과 여섯 단계 이내로 연결된다는 겁니다. 로버트 레드포드는 〈Out of Africa〉에서 메릴 스트립과 주연을 맡았고, 메릴 스트립은 케빈 베이컨과 〈River Wild〉에 함께 출연했으므로 로버트 레드포드는 케빈 베이컨과 2단계만에 연결되는 겁니다. 찰리 채플린도 그와의 거리는 3단계에 불과합니다. www.cs.virginia.edu/oracle에서 한번 실험해 보시죠. 박중훈이 〈The Truth about Charlie〉에 출연하면서 충무로 배우들을 할리우드와 연결하는 가교가 되었기 때문에, 상당수 우리 배우들도 케빈 베이컨 이론에 들어맞습니다.

케빈 베이컨 6단계 이론 six degrees of Kevin Bacon 의 주인공이 왜 하필 케빈 베이컨이 되었는지는 분명치 않습니다. 90년대 인터넷 뉴스 그룹이 농담처럼 시작한 놀이였으니까요. 50만 명 이상의 배우와 30만 편 이상의 영화가 등록되어 있는 미국 영화계 네트워크를 수학적으로 분석해 보면, 공동 출연이라는 기준만 가지고 따질 때 모든 배우들과의 평균 거리가 가장 가까운 배우는 크리스토퍼 리라고 합니다. 이 기준으로 보면 케빈 베이컨은 순위가 1049등에 불과하다더군요. 앤서니 퀸, 찰턴 헤스턴, 진 해크먼, 숀 코너리 등도 그보다는 순위가 높습니다. 소위 '수학적 중심배우'에 해당하는 크리스토퍼 리가 출연한 영화는 무려 257편이나 됩니다. 그러나 출연 편수가 많다고 저절로 영화 네트워크의 중심이 되는 것도 아닙니다. 벅스 버니의 성우였던 멜 블랑은 공식 출연 편수만 709편이라니까요. 참고로, '베이컨 수'의 평균은 2.957이라서, 대부분의 배우들은 그와 6단계는커녕 3단계 미만으로 연결이 되는 셈입니다.

2002년 KAIST 물리학과 정하웅 교수는 하이텔 영화 데이터베이스에 등록된 8천여 명의 한국 영화배우의 네트워크를 조사했습니다. 2002년 말 현재 우리나라에는 6402편의 영화와 7906명의 배우가 등록되어 있었다는군요. 최다 출연 편수를 자랑하는 배우는 신성일입니다. 그는 무려 492 편의 영화에 출연하여 2등인 김지미의 335편을 큰 낙차로 따돌립니다. 한편, 함께 출연한 배우가 가장 많은 배우는 조연 전문 배우 이석구입니다. 하지만 정교수의 연구에 따르면 한국 영화 네트워크의 허브는 신성일도 이석구도 아닌 박용팔이라고 하죠. 참고로 '박용팔 수'의 평균은 2.06이고, 평균거리에서 안성기가 8등, 신성일이 9등이라더군요.

케빈 베이컨 게임은 '작은 세상 이론'을 활용한 놀이입니다. 일견 허황되어 보이는 이 '작은 세상'이 작동하는 방식이 실은 인간의 두뇌가 사용하는 네트워크의 방식이라고 하는군요. 60년대 헝가리의 괴짜 수학자인 에르도쉬는 그래프 이론을 이용해서 '사소한 연결이 존재하기만 해도 지구상의 모든 사람들이 서로 연결될 수 있다'는 것을 수학적으로 보였습니다. 이론상 일인당 24명씩의 사람들만 알더라도 지구상의 60억 인구가 모두 서로 연결될 수 있다는 것이죠. 그 직후 미국 하버드대학 사회심리학 교수이던 스탠리 밀그램은 실험을 통해서 인간 사회가 서로 연결되어 작동하는 방식이 짧은 단계로 연결된 작은 세상의 네트워크라는 사실을 설명하는 논문을 발표했습니다. 그의 이론은 세상에 '6단계 거리 Six Degrees of Separation'라는 별명으로 알려졌습니다.

다시 몇 년 후, 존스홉킨스 대학의 그라노베터 교수는 사회 네트워크가 강한 연결 strong ties 보다 오히려 약한 연결 weak ties 에 의해서 원활히 작동한다는 연구 결과를 발표했습니다. 쉽게 말해서 누군가 직장을 구할 때, 그와 끊으려야 끊을 수 없는 강한 연결 관계에 있는 사람들은 정작 대부분 그와 동일한 정보를 공유하고 있는 반면, 어쩌다 아는 사이인 약한 연결 관계에 있는 사람들로부터 더 실용적인 정보와 도움을 받게 된다는 것이죠.

특히 우리나라에서 '작은 세상' 이론은 생각보다 훨씬 더 잘 작동합니다. 인구의 상당수가 대학교, 군대, 대기업처럼 전국에서 모여든 사람들로 이루어진 조직에 가담하기 때문이기도 하고, 전산 IT망이 세계에서 가장 빠르고 조밀하게 연결된 나라이기도 하기 때문이죠. 어느 날 무작위로 만난, 비슷한 연배의 사람과 서너 다리를 건너도 함께 아는 사람이 걸리지 않기란 퍽 어렵습니다. '친구의 친구'가 아닌 사람을 만나기가 어쩌

면 정말 그리도 힘든지에 대해서라면, 맞선을 자주 본 사람들
로부터 실감나는 경험담을 들을 수도 있습니다. 혹시 그래서
인연이란 말은 우리 사회에서 더 질기게 들리기도 하고, 때론
그래서 더 덧없이 느껴지기도 하는 걸까요?

〈Hollow Man〉을 보면서 저는 두 가지 생각을 떠올렸습
니다. 첫째, 인간의 내면에는 보이지 않는 추악한 충동들이 숨
어 있다는 것이고, 둘째, 그런 인간들이 좁은 세상에서 바글거
리며 너나 할 것 없이 서로 연결되어 살고 있다는 것입니다. 케
빈 베이컨이 연기한 극중 인물 세바스천은 거울 앞에 서서 동
료에게 이렇게 말합니다. "그거 알아? 거울에 비친 자기 모습
을 더 이상 보지 않아도 되면 어떤 놀
라운 일을 저지를 수 있게 되는지?"
결국 우리 모두는, 서로의 모습을
비춰주는 거울인 셈입니다. 만일
세바스천이 케빈 베이컨 이론의
깊은 함의를 알았더라면, 인간
은 그저 투명해진다고 해서
인연과 인과의 그물을 벗어
나는 게 아니라는 사실을 깨
달았을지도 모릅니다. 17세기 영국
시인 존 던John Donne은 이렇게 노래했죠. "인간은 누구
도 섬이 아니며, 혼자서 완전할 수 없다. 모든 인간은 대륙의

한 조각이요, 본토의 일부분일 뿐이다··· 나는 인류의 일부이므
로, 그 누구의 죽음도 나를 감소시킨다. 그러니 누구를 위하여
조종이 울리는지 묻지 말라. 그대를 위해 울리는 것이니."

Conspiracy_2001

회의의 위험성에 대한 경고

눈이 소복히 쌓인 저택으로 멋진 차들이 하나 둘 도착합니다. 2차 대전이 한창이던 1942년 베를린 근교 반지^{Wansee}의 한적한 호숫가입니다. 나치당, 총독성, 외무부, 국가개발부, 내무부 등 소속 관료들과, 폴란드, 라트비아 등 전선을 책임진 독일군 장교들이 모이는 것입니다. 이들을 한 자리에 불러모은 사람은 친위대^{SS}의 라인하르트 하이드리히 장군(케네스 브래너 분)입니다. 회의장과 음식 등 의전사항을 빈틈없이 준비하는 것은 아돌프 아이히만 대령(스탠리 투치 분)이지요. (투치의 연기야말로 빈틈이 없습니다.)

　　2001년 BBC와 HBO가 합작으로 만든 TV용 영화 〈Conspiracy〉는 회의 장면으로만 이루어진 전쟁 영화라고 할 수 있습니다. 이 영화가 왜 지루하지 않은지를 설명하기란 좀 어렵습니다. 지루하긴커녕, 일단 보기 시작하면 좀처럼 눈을 뗼 수가 없는 영화입니다. 역량 있는 배우들이 흡인력 있는 연기를 펼치는 것이 그 한 원인입니다.(대부분의 캐스트는 영국 배우들입니다.) 그러나 단지 그 때문만은 아닙니다.

반지 비밀 회의는 독일 군부가 유태인의 대량 학살을 결정한 분수령입니다. 이 날의 회의록은 참석자들에게만 배포되고 원본은 파기되었는데, 종전후 사본 한 부가 발견됨으로써 그 전말이 알려졌죠. 의장인 하이드리히 장군은 시종일관 위압적인 자세로 회의를 한 곳으로 몰아갑니다. 조심스레 불만을 표시하는 사람에게는 교묘한 위협이 가해집니다. 독일의 핵심 권력 부서를 대표하는 참석자들과 친위 대장 사이에는 팽팽한 긴장감이 흐릅니다. 이런 긴장감이 영화의 더욱 근본적인 흡인력으로 작용하고 있는 겁니다.

이 회의에서 눈길을 끄는 것은 반 유태주의의 생생한 모습, 그 벌거벗은 추악함입니다. 서구사회는 2차대전 이후 반 유태주의적 표현에 대한 자체검열의 수위를 몹시 높였기 때문에 대중 매체를 통해 그 진수를 구경하기 어렵습니다. 〈Conspiracy〉는 마치 반 유태주의의 전시장과도 같습니다. 긴 논란을 거쳐, 친위 대장은 결국 가스실 건설을 통한 효율적인 소개疏開, evacuation라는 극단적인 방안에 대해 참석자들의 만장일치를 얻어냅니다. 그나마 가장 분명하게 반대 의견을 표한 사람은 저명한 법률학자인 빌

헬름 스투카르트(콜린 퍼스 분)입니다. 그런 그조차도 법률적 자의성에 반대하는 것일 뿐, 유태인이 말살되어야 한다는 명제에는 찬동합니다. 가스실에서 나온 유태인 시신이 '분홍색'이 된다는 보고를 들으며 킬킬거리며 추잡한 농담을 나누는 이들의 모습은 그야말로 구경거리가 아닐 수 없습니다. (농담을 나눌 때조차 이들은 회의의 긴장감을 해치지 않습니다. ─이건 어쩌면 오로지 영국 배우들만이 해낼 수 있는 연기가 아닌가 합니다. 독일인들의 실제 회의는 영화보다 훨씬 더 지루했을 것이 거의 확실하거든요.)

이 영화는 '회의의 위험성'을 잘 보여주는 영화입니다. 저는 회의會議에 관해 근본적인 회의懷疑를 품고 있습니다. 특히 긴 회의, 참석 인원이 많은 회의일수록 해롭다는 게 제 생각입니다. 사람에게는 누구나 남들 앞에서 덜 어리석어 보이고 싶은 강한 욕망이 있습니다. 그래서 회의는 시작하는 그 순간 어느 한 지점으로 수렴하기 마련입니다. 유순한 소수 의견이 살아남는 회의란 없습니다. 소수 의견이 살아남으려면 강경하고 극단적으로 변해가야만 합니다. 조직 속에서 강경한 소수 의견자가 할 수 있는 일은 그리 많지 않습니다. 회의의 의제가 중요할수록, 그리고 의장의 권위가 강할수록 토론이 결국 수렴하는 지점은 가장 높은 사람의 견해가 되고 맙니다. (당연합니다. 그가 가장 큰 책임을 지니까요.) 회의의 결과 채택된 방침이라는 것이 높은 사람이 지나가듯 툭 던진 내용이었고, 실은 그것이 조금만 생각해보더라도 분명이 어리석은 대책이더라. 이런 상황은 실제로 흔히 발생합니다. 참석자들이 멍청이들이라서가 아니라, 회의라는 괴물이 본시 그렇게 생겨먹었기 때문에 발생하는 일이죠.

계서적hierarchical 질서를 지닌 조직에서 회의는 필요악으로 다루어져야 한다고 봅니다. 실제로 회의가 유용한 경우는 공지 사항의 통보와 같은 정보의 공유밖에 없다고 해도 과언이 아닙니다. 친구들 네댓 명 모여서 행선지를 의논하는 것 같은 종류의 회의 이외의 거의 모든 회의는 무용하거나 유해하다는 것이 저의 믿음입니다. 긴 회의 시간은 생산성을 저해한다는 점에서, 공지 사항은 더 효율적이고 개별적인 방식으로 전파되는 것이 좋습니다. 공연스레 중지를 모은다는 핑계로 심각한 얼굴로 긴 이야기를 나누는 것 보다는 구성원들의 사생활에 관한 잡담을 나누는 티타임tea time이 더 보람 있을지도 모릅니다. 현대 조직이 결여하기 쉬운 인간적 접촉의 기회를 만들어 주기라도 할 테니까요.

사람들의 중지를 모으는 일은 그만큼 어렵습니다. 조직 속에서 그 일은 지도자의 탁월한 인내력과 자질, 구성원들의 책임감과 소신이 함께 갖추어져야만 시도나마 해볼 만한 일입니다. 하물며 사회 전체의 중지를 모으는 일의 어려움은 말해 무엇하겠습니까? 〈뉴요커〉의 논설위원인 제임스 서로위키는 그의 저서 〈대중의 지혜〉에서 평범한 다수가 탁월한 소수보다 현명하다고 역설했습니다. 그는 무작위로 선정한 구성원으로 이루어진 집단이 많은 돈을 들여 현명한 사람들만 뽑아 놓은 집단보다 더 나은 문제 해결 능력이 드러낸다고 역설합니다. 단, 대중의 지혜가 힘을 발휘하려면 다양성과 독립성이라는 조건이 만족되어야만 한답니다. 서로위키의 이러한 관찰은 실은 시장의 작동방식을 좀 다른 말로 풀어 쓴 것이나 다름없습니다. 다양한 사람들의 직관적인 선택이 독립적으로 만나는 무형의 장소, 그곳을 우리는 시장이라고 부르는 것이죠.

문제는 다양한 욕구와 아이디어들이 등가물로서 경쟁하고 선택되는 이상적인 '의견의 시장'을 인위적으로 만들기는 참 어렵다는 데 있습니다. 그것은 분업과 전문화라는 중요한 현대적 생산 원리에 상충되는 측면이 있기도 하고, 인간은 권력욕을 가진 비합리적인 동물이기도 하기 때문입니다. 그럼에도 불구하고 우리는 민주주의 이상을 지키기 위해 민의에 수렴하는 정책 목표를 찾아내고 그것을 이행하는 어려운 길을 가야만 합니다. 대중의 의견이 언제나 옳은 것은 아니지 않냐구요?

맞습니다. 대중은 때때로 군중 심리에 휩쓸려 엄청난 오류를 저지르기도 하고, 선동가의 손쉬운 먹이로 전락해 조작의 대상이 되기도 합니다. 아테네의 민주주의가 지닌 선동적 속성에 신물이 난 플라톤이 옹호한 것은 귀족 정치였습니다. 지구상에서 가장 오랜 세월동안 동일한 정체$^{\text{political}}_{\text{entity}}$를 유지했던 로마의 정치 체제도 원로원의 과두정과 황제의 제정이었고, 천년동안 이어진 베네치아 공화국도 10인 위원회라는 과두제 정부를 가졌습니다. 현대 민주주의의 전범으로 여겨지는 미국의 경우도, 국부인 토머스 제퍼슨이 추구한 것은 아테네식 민주주의가 아니라 로마 원로원과 같이 책임감을 가진 소수가 정책을 결정하는 정치 형태였습니다.

서로위키는 '다양성'과 '독립성'이라고 간단히 표현했지만, 다수의 중지를 모아 더 나은 지혜를 만들어 내기란 결코 수월치가 않습니다. 마치 '악화가 양화를 구축한다 Bad money drives out Good money'는 그래셤의 법칙처럼, 온순하고 합리적인 의견은 강렬하고 극단적인 의견 앞에서 점점 자취를 감춰갈 우려가 크기 때문입니다. 악화가 양화를 구축하는 까닭은 불량 화폐가 그 액면 가치를 유지할 수 없을지도 모른다는, 매우 타당한 두려움 때문입니다. 한편, 극단적인 의견이 합리적인 의견을 구축하게 되는 까닭은 권력 의지가 종종 극단적인 표현형을 가지는 것과 관련이 있는 것 같습니다. 권력을 가졌거나 추구하는 자 앞에서 합리적인 반대 의견을 자제하는 행동은 실은 상당히 '합리적인' 측면이 있기 때문에, 언로는 쉽사리 막히곤 하는 것입니다.

정치란, 효율성에 조금만 치우쳐도 금새 독단과 독재에 수렴할 수 있습니다. 민주성으로 조금 기운다 싶으면 어느새 결정의 부재 indecision라는 수렁 속으로 빠져들곤 하죠. 민주적이고 효율적인 정부라고 다 부러워할 일도 아닙니다. 인류 역사 상 가장 민주적인 헌법을 가지고 있었다는 바이마르 공화국의 민주 선거를 통해서 탄생한 것은 히틀러의 제3제국이라는 괴물 이었습니다. 독일의 뼈아픈 경험은, 현대 민주 국가의 국민 개 개인이 모두 예민한 도덕적 감성을 키워나가지 않으면 안 되는 이유를 잘 보여주고 있습니다.

Cinema note 050

Die Hard_1988,
Collateral Damage_2002

테러를 테러라 부르는 데 관해서

증오라는 감정을 설명하기 어렵듯, 테러리즘의 원인을 간단히
규명하긴 어렵습니다. 다만, 테러의 규모가 커지고, 장소나 대
상이 무차별한 양상을 갖도록 기여한 몇 가지 배경을 꼽아볼
수는 있습니다. 첫째, 세계화입니다. 세계화 과정에서 낙오된
사람들은 자기 불행의 원인이 세계화 현상이라고 생각합니다.
로버트 카플란의 지적처럼, 후진국에서 빈민 청년층의 증가는
'서아프리카의 살인적인 10대 군인들, 러시아와 알바니아 마피
아들, 남미의 마약 상인들, 팔레스타인 자살 폭탄병, 이메일로
연락하는 빈 라덴의 추종자들처럼 전에 볼 수 없던 잔인하고
한층 잘 무장된 전사 계급'을 탄생시켰죠. 둘째, 기술의 발달입
니다. 현대의 반 자본주의 혁명가들은 결코 러다이트들은 아닙
니다. 인터넷, 이메일, 휴대폰 등 첨단 기술의 혜택을 누리는
데 조금도 주저함이 없죠. 셋째, 민주주의의 확산입니다. 전 국

민이 보통선거를 통해 정치적 권리를 가지게 된 뒤로, 민주주의 사회의 유권자들을 위협하는 일은 왕정 체제에서 관리를 살해하는 일에 필적하는 정치적 효과를 갖게 되었습니다. 민주주의는 필부필부匹夫匹婦에게 권리와 아울러 위험도 나눠준 셈이랄까요. 넷째, 초국가적 규모로 성장한 대형 언론의 존재입니다.

현대 언론은 테러리스트들이 전파하고자 하는 공포terror를, 과거 상상할 수 없던 속도로, 상세히, 그리고 널리 전파해 줍니다. 로버트 카플란은 현대 언론이 '신속한 반응, 대답을 요구할 권리, 심판하고 비난할 권리, 용서하고 자비를 베풀 권리'를 거의 견제 받지 않고 누리는 점을 들어, 전제적 권력tyranny의 특성을 가진다고 말합니다. 언론은 이런 권력을 주로 정부, 의회, 군대 등 현존하는 권력 기구를 대상으로 휘두르죠. 오늘날 언론의 가치는 국익이 아니라 무한정한 도덕과 정의감입니다. 결과적으로, 현대 언론은 약자가 도덕적으로 우월하다는, 왜곡된 '피해자의 신화'를 드라마틱하게 전파하는 경향이 있습니다. 테러 사건이 발생하면, 희생자를 애도하는 짧은 기간이 채 지나기도 전에, 언론은 문명 사회의 자성론과 아울러 테러리스트들의 주의 주장에 동정적으로 귀를 기울이는 보도들을 쏟아냅니다.

싫고 좋음이나 옳고 그름을 떠나, 오늘날 이런 제반 여건이 테러리스트들에게 테러가 예전보다 더 쉬울 뿐 아니라 매혹적으로 보이게끔 만들었다는 점을 알아채기란 어렵지 않습니다. 얼른 알아채기 어려운 문제는 다른 쪽에 있습니다. 과연 무엇이 테러리즘인지에 관해 적잖은 혼란이 존재한다는 점, 그 혼란은 테러리즘이라는 용어의 연혁 속에 내재되어 왔다는 점, 그 때문에 테러에 대한 국제적 공동 대처가 쉽지 않다는 점입니다. 한스 그루버 일당의 예를 보죠. 한스는 ⟨Die Hard⟩에서 존 매클레인(브루스 윌리스)과 싸우던 악당입니다. 그는 다국적 기업 나카토미 상사에 진입하여 인질을 잡고 지사장을 협박합니다.

한스　당신네 컴퓨터엔 관심 없어. 창고 속의 6억 달러어치 회사채 증서에 관심이 있지.
지사장　돈을 원해? 당신 도대체 뭐하는 테러리스트야?
한스　(웃으면서) 우리가 테러리스트라고 누가 그러던가?

한스 일당이 테러리스트가 아니라면, 왜 아닌 걸까요? 테러는 수법과는 무관하고 동기에만 관련된 걸까요? 그 동기란 반드시 정치적이어야 할까요? 한스의 동기는 예컨대 '유나바머'보다 덜 정치적이라고 할 수 있나요? 대상이 무차별할 때만 테러일까요? 그렇다면 1881년 차르 암살이 테러라고 불리는 까닭은 뭘까요? 수법과 관계된 거라면 과연 요인 암살, 인질극, 항공기 폭파 사이에는 필연적 유사성이 있나요? 그간 테러리즘을 정의하려는 노력이 부족했던 건 아닙니다. 하지만, 오늘날 테러에 대한 느슨한 정의는 제각각 따로 존재하는 총 12

개의 국제 협약 속에 흩어져 있을 뿐, 포괄적 반 테러 협약에 포함된 정의 따위는 없습니다.

일반적으로, 프랑스 혁명 정부가 왕당파를 무자비하게 암살, 고문, 처형하던 '공포정치'를 테러리즘이라는 기호의 연원으로 봅니다. 그건 성격상, 스탈린이 반혁명파에게, 히틀러가 유태인에게, 세르비아가 코소보 주민들에게, 러시아가 체첸에, 아르메니아가 나고르노카라바흐에, 인도네시아가 동티모르에, 인도가 잠무카슈미르에, 시에라리온 혁명 연합 전선 및 콩고 반란군이 시민들에게 저지른 잔학 행위들과 맥을 같이 합니다. 그런데 19세기 말에 와서는 혁명 전투원들의 암살 및 파괴 활동을 테러라고 부르기 시작하죠. 가장 유명한 사례는 1914년 세르비아 열혈 청년 프린키브가 오스트리아 황태자를 살해하여 1차 대전을 촉발했던 사건일 텐데, 이런 의미 전환은 민족주의와 제국주의라는 사조를 배경으로 합니다. 20세기 초 러시아 혁명가들의 차리스트[Tsarist] 요인 암살, 우익 시온주의자들[Stern Gang]의 1944년 영국 국무장관 암살, 안중근 의사의 히로부미 암살 등이 여기 해당되죠. 무슨 이유에선지, 우리는 칼리굴라 황제의 잔혹한 통치 방식 비슷한 무언가와, 부르투스의 카이사르 암살을 같은 이름으로 부르기 시작했던 겁니다. 참고로, 누군가가 행한 일 때문에 그를 죽이는 것과 불특정 다수를 살상하는 것 사이에는 윤리적으로 중요한 차이가 있습니다. 과거 정치적 암살자들은 ― 고대 팔레스타인의 열혈당원이건 중세 이

슬람의 Hashashin이건 안중근 의사건—그 차이를 대단히 중요하게 여긴 반면, 알카에다 같은 현대 테러리스트들은 되도록 그 도덕적 경계선을 흐리기를 원하고 있습니다. 이것은 매우 중요한 차이점입니다. 간혹 알카에다가 안중근 의사와 마찬가지라고 강변하는 사람들을 봅니다. 안중근 의사가 무덤을 박차고 일어날 일이죠.

2차 대전 후 북아일랜드, 팔레스타인, 사이프러스, 알제리 등지의 민족주의자들은 한 발 더 나아가, 민간인과 민간시설까지 살상과 파괴의 대상으로 삼기 시작합니다. 60년대 PLO의 수많은 항공기 납치가 무차별성을 투쟁 패턴으로 정착시키는데 크게 기여(?)한 이래, 독일 적군파, 이탈리아 붉은 여단, 미국 Weathermen 등 다양한 사회 혁명을 추구하는 도시 게릴라들이 테러를 널리 유행시켰고, 최근에는 일본의 옴 진리교나 유나바머로 알려진 카친스키 등 온갖 단체 및 개인이 테러리스트의 대열에 합류했죠. 요즘 와선 국가 테러리즘$^{\text{state terrorism}}$이라는 개념도 혼란을 가중시킵니다. 팔레스타인과 이스라엘, 인도와 파키스탄, 미국과 알카에다는 서로를 테러리스트라고 비난하는 싸움을 하고 있는 것이죠. 이것은 하나의 기호학적 싸움입니다. 결과적으로, 테러리즘이라는 용어는 마치 여러 종류의 범죄를 하나로 취급하는 것 같은 기호학적 오류 속에 빠졌습니다. 테러리즘이라는 말은 '굉장히 못된 짓'이라는 말로 바꿔치기해도 될 만큼이나 헐거워져버린 거죠. 이제부터라도 테러를 가급적 좁게 정의해 나갈 필요가 있다고 봅니다.

〈Collateral Damage〉에서 아놀드 슈워제네거는 콜롬비아 게릴라의 건물 폭파 테러에 가족을 잃은 소방관 존 브루어로 출연합니다. 이 영화에서 테러리스트 엘로보(늑대)는 'sangre o libertad(피 또는 자유)'라는 구호를 쓰는데, 이것은 미국의 급진파 독립운동가였던 패트릭 헨리의 "자유가 아니면 죽음을 달라"는 지사적 선언의 뒤집기라는 점이 흥미롭습니다. '자유'와 '죽음(피)'의 자리가 뒤바뀌어 있고, 엘로보의 구호는 "자유를 달라, 아니면 죽음(피)을 주마"라는 의미로 물구나무 선 것이죠. 존 브루어는 단신으로 엘로보의 정글 속 은신처에 잠입하다가 생포됩니다.

엘로보   자네나 나나, 대의^{cause}를 위해 살인을 하려 하는군. 우리가 서로 다른 점이 뭔가?
존   다른 점은, 난 단지 '너를' 죽이려고 한다는 점이지.

아무리 진지한 대사라도 일단 슈워제네거의 입을 통해서 나오면 좀처럼 사려 깊은 선언으로 들리지 않는다는 문제는 있지만, 제가 하려는 이야기도 그 비슷한 것입니다. 테러리즘이라는 기호를 의미 있는 것으로 만드는 열쇠는, 존 브루어가 지적한 것 같은 구분에 있고, 심지어 '이런 구분에만' 있는지도 모릅니다.

낙수

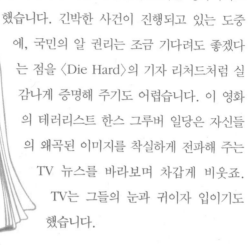

〈Die Hard〉는 테러리즘의 도구로 전락하는 부정적인 언론의 이미지가 가장 극명하게 드러난 영화이기도 했습니다. 긴박한 사건이 진행되고 있는 도중에, 국민의 알 권리는 조금 기다려도 좋겠다는 점을 〈Die Hard〉의 기자 리처드처럼 실감나게 증명해 주기도 어렵습니다. 이 영화의 테러리스트 한스 그루버 일당은 자신들의 왜곡된 이미지를 착실하게 전파해 주는 TV 뉴스를 바라보며 차갑게 비웃죠. TV는 그들의 눈과 귀이자 입이기도 했습니다.

The Queen_2006

전통의 진정한 가치

작고한 문학평론가 김현은 1974년 태국을 여행하다가, 태국이 1930년대에 혁명을 겪었지만 국민 투표에서 다시 왕정을 선택했다는 설명을 듣고서 기행문에 이렇게 썼습니다. '전통이 있다는 것은 길을 잃고 헤매었을 때 돌아갈 곳이 있다는 것에 다름 아니다'라고. 돌아갈 곳, 기댈 곳, 자랑할 곳이 되어주는 전통은 어느 날 갑자기 하늘로부터 선사받는 것이 아닙니다. 만들어내는 것이죠, 한 사람이 한 땀씩 바느질을 하듯이, 한 세대가 한 뼘씩 위대한 건축물을 쌓아 올리듯이.

전통을 소중히 여기는 마음가짐이 위대한 까닭은 그 무던한 참을성에 있는 것이 아니라, 후대에 대한 믿음에 있습니다. 전통의 위대함을 믿는 사람들은 당대에 완결되지 않을 거대한 무언가를 건설하는 일에 자신이 참여하고 있다는 사실을 압니다. 그렇기 때문에 일을 졸속으로 마무리하고 자기 이름을 간판에 새겨버리는 짓을 되도록 삼가지요. 자신의 삶은 보다 큰 전체를 이루는 작은 부분에 불과하고, 다음 세대가 그 작업을 이어 나가리라는 점을 겸허히 받아들입니다. 그러지 않고서는 전통은 만들어지지 않습니다. 끊임없는 새 출발이 있을 따름이지요.

자신의 전 존재가 깃든 자기 삶의 업적을 이어달리기의 바통처럼 후세에 넘겨주는 신뢰는 크나큰 것입니다. 그것이 전통을 중시하는 사회에 깃든 신뢰감의 원천이 됩니다. 다음 세대에 대한 믿음도 결국 남에 대한 믿음이기 때문에, 그것은 동시대를 살면서 공동체를 이루고 있는 타인에 대한 믿음과 뿌리가 같습니다. 자연히, 위기가 닥쳐오더라도 전통을 귀히 여기는 사회가 흔들리는 동요의 폭은 작습니다. 김현의 표현을 빌리면, 어지러울 때 돌아갈 곳을, 그들은 압니다.

전통을 존중하는 사람들에게, 전통이 보답으로 주는 선물은 겸손입니다. 프랑스의 지성인 앙드레 모루아는 그의 저서 〈영국사〉에서 "과거에 해보지 않았던 현명한 일을 하는 것보다는 늘 해오던 우매한 일을 하는 것이 훨씬 현명한 일"이라는 발푸어 백작의 경구를 인용했습니다. 전통에 대한 영국인들의 집착은 좁은 해협의 바로 건너편에 살고 있던 프랑스인에게도 신기하게 보였던 모양입니다. 영국인이 죄다 발푸어 백작만큼

보수적인 것은 아니지만, 백작의 경구는 전통 앞에서 스스로의 현명함을 과신하지 않는 영국적 겸허를 잘 드러냅니다. 영국인들에게 전통은 기나긴 세월에 걸쳐 공동체에 집적된 쓸모 있는 지혜의 덩어리를 의미합니다.

자기 자신을 더 크고 의미 있는 뭔가의 일부로 여기는 사람들은 커다란 용기를 발휘할 수 있습니다. 종교나 이데올로기의 열성적인 추종자들에게서 흔히 발현되는 초인적인 용기가 그런 사정을 잘 보여줍니다. 하지만 전통은 신앙이나 사상보다 겸허한 것이라서, 전통이 주는 용기는 단호하면서도 수수합니다. 프랑스 혁명에서 드러난 용기의 색깔이 고동치는 붉은 색이었다면, 제2차 세계대전 때 독일의 공습에 맞서는 영국민들이 보여준 것은 강철 같은 회색의 용기였습니다.

스티븐 프리어스 감독의 영화 〈The Queen〉은 이런 수수한 용기를 섬세하게 포착했습니다. 〈The Queen〉은 좋은 영화지만, 작품상이나 감독상의 재목이 되기 어려울 정도로 수수했다고나 할까요. 실존 인물을 소재로 좋은 영화를 만들기는 언제나 어렵습니다. 그 인물이 아직도 현직에 있는 국가 원수일 때는 더더구나 그렇죠. 그 점을 감안한다면, 영화 〈The Queen〉도 그 수수한 겉보기 보다는 어려운 일에 도전한 용감한 영화인 셈입니다. 용기는 반드시 떠들썩하고 화려한 일일 필요는 없습니다. 때로는 아주 사소한 것일 수도 있습니다. 언론이 뭐라고 비난하더라도 버킹검 궁에 걸렸던 적이 없는 조기弔旗를, 더구나 여왕의 부재 중에 걸지 않겠다는 고집처럼 말이죠.

그렇다고 해서, 엘리자베스 2세 여왕을 고리타분한 고집쟁이 노인네라고 생각한다면 큰 오산입니다. 1945년 2차 세계대전이 벌어지자, 당시 19세이던 그녀는 아버지를 졸라 군에 입대했고, 운전병으로 계급장을 달고 군복무를 했지요. 영화 속에서 멋지게 자가 운전으로 시골길을 달리는 여왕의 모습은 실은 전쟁 중 운전병으로 복무한 제대 군인의 모습이기도 한 것입니다. 영국 왕실이 생긴 이래 여성으로서 군대에 복무한 것은 그녀가 처음이었고, 지금까지는 유일한 사례이기도 합니다.

스티븐 프리어스는 블록버스터 대작을 만드는 감독은 아니지만, 〈My Beautiful Laundrette〉으로 평단의 주목을 받은 이래 줄곧 완성도 높은 영화들을 만들어 왔습니다. 그가 존 말코비치를 주연으로 기용하여 만든 〈Dangerous Liaison〉(1988)은 동일한 18세기 프랑스 소설에 바탕을 둔 〈Valmont〉(1989, 밀로스 포먼 감독)이나 〈Cruel Intention〉(1999, 로저 컴블 감독), 〈스캔들〉(2003, 이재용 감독, 배용준 · 전도연 주연) 등의 다른 영화들보다 더 단아하고 중후하면서 차분합니다. 그런 그가 다이애나비의 죽음을 소재로 영화를 만든다는 소식을 들었을 때 큰 기대를 걸기는 어려웠습니다. 어쩐지 좋은 영화가 되기엔 너무 센세이셔널한 소재가 아닐까 싶기도 했고, 실존인물에 관한 영화는 단지 그 인물에 관한 영화에 그치기 쉽기 때문이기도 했죠.

그러나, 〈The Queen〉은 왕궁의 일상에 카메라의 초점을 맞추고는 있지만, 다이애나비나 엘리자베스 여왕 개인에 관한 이야기를 넘어서서 영국이 왜 영국인지를 보여주는 몇 편의 영화 안에 꼽을 수 있을 만큼 밀도 있게 빚어졌습니다. 통치하되 군림하지 않는다는(reigns but does not rule) 영국 왕실이 어떻게 영국적 전통의 구심점이 되어 왔는지를, 이 영화는 역설적으로 왕실이 가장 큰 국내적 비난에 처해 있던 순간을 통해서 보여줍니다.

다이애나비라는 인물 자체도 그러했지만, 그녀의 죽음을 둘러싼 세간의 반응은 어딘가 기괴한 면이 있었습니다. 그녀의 삶과 죽음은 왕족의 사생활을 소재로 한 일종의 리얼리티 쇼였고, 전 세계의 대중이 그 방청객이었던 셈이죠. 그녀의 죽음을 대하는 매스컴과 대중들의 반응은 야비한 파파라치의 호기심과 진심 어린 애도가 야릇하게 뒤섞인 것이었습니다. 이것은 과거에 없던 현상이었기 때문에, 당연히 왕실과 정부는 어떻게 대처해야 할지 잘 알 수 없었습니다. 여왕은 새로운 형태의 위기 앞에서도 전통에 의지하는 전형적인 영국인의 모습을 보여줍니다. 노동당 신임 내각의 핵심 인사들과 왕실 인물들의 행동과 반응만을 세심하게 보여주는 이 드라마는 현장감과 재미도 있을 뿐만 아니라, 놀랍게도, 극적인 긴장감도 잘 유지하고 있습니다. 큰 그림을 이해하는 데는 망원경 못지않게 현미경도 도움을 주는 법인가 봅니다.

헬렌 미렌은 외로운 통치자의 용기를 기품 있게 연기하여 아카데미 여우주연상을 수상했습니다. 그녀가 상을 받으리라고 예상하는 건 그리 어려운 일이 아니었습니다. 이 훌륭한 배우는 과거 두 번 후보에 지명되었지만 주연상은커녕 조연상도 받은 적이 없었거든요. 워낙 탄탄한 연기력을 갖춘 배우이다 보니 작품성이 들쑥날쑥한 여러 작품에 조역으로 캐스팅되고 있는 그녀가 언제 또 이 정도 수준을 갖춘 영화의 빛나는 주인공 자격으로 아카데미에 입성할지 점치기는 어렵습니다. 그녀의 나이를 생각하면, 아카데미는 이번 기회를 놓치면 자칫 이 여배우에게 헌상할 기회를 영영 갖지 못할 수도 있었던 것이죠.

이 영화에서 보듯이, 찰스 황태자와 다이애나비의 결혼의 파국에서 그녀의 죽음에 이르는 기간 동안 영국에서는 왕실에 대한 반감이 작지 않았습니다. 영국 타블로이드 언론의 자극적인 머리기사에 현

50년 넘도록 변함없는 헤어스타일!

혹된 외국의 언론들은 (우리 국내 언론을 포함해서) 더러 영국 왕실이 언제 폐지될 것인지에 관해서 성급한 추측을 하기도 했습니다. 한 사회의 전통은, 그것을 이해하지 못하는 외부의 사람들에게는 한낱 낡고 부질없는 격식과 습관에 불과한 것처럼 보일지도 모릅니다. 그런 식으로 없어질 왕실이었다면, 영국 왕실은 아마도 벌써 오래 전에 없어져버렸을 것입니다.

Cinema note 052

The Last King
of Scotland_2006
성질 급한 권력의 부패

제 할머니께서는 고등어처럼 빨리 상하는 생선을 '성질 급한'
생선이라고 부르셨었습니다. '절대 권력은 절대적으로 부패한
다'는 액튼 경의 경구를 상기할 필요도 없이, 권력의 성질은 고
등어만큼 급합니다. 견제 되지 않는 권력은 마치 장마철 뒤뜰
에 방치해둔 생선처럼 되는 것이죠. 그것은 종류와 크기를 불
문하고 모든 권력에 내재된 속성입니다. (이젠 아예 코미디언으
로 변신하다시피 한 조형기가 예전에 주연했던 〈완장〉이라는 MBC
단편 드라마가 생각나는군요.) 혜성과 같이 나타난 스코틀랜드 출
신 케빈 맥도널드 감독의 〈The Last King of Scotland〉는 권
력의 신속한 숙성과 변질과 부패 과정을 간명하게 보여주는 우
화입니다.

왜 굳이 우화라고 부르냐 하면, 이 영화는 우간다의 독재

자 이디 아민과 관련된 실제 사건들을 가공의 주인공과 섞어서 만든 픽션이기 때문입니다. 영화의 앞머리에 '실재했던 사건들로부터 영감을 받아' 만들었다고 자백하고는 있지만, 저는 이렇게 역사를 픽션과 섞는 것을 별로 좋아하지 않습니다. 제가 올리버 스톤 감독을 도저히 좋아할 수 없는 이유도 거기에 있는 것 같습니다. 역사를 가공할 바에야 가공의 역사를 다루든지, 실존 인물을 다루고 싶다면 기록된 역사와 상상력의 경계를 지나치게 흐려서는 곤란할 것입니다. 과연 어느 만큼이 '지나친' 정도에 해당하는 걸까요? 제가 생각하기에, 가공의 주인공을 실존 인물로 착각할 정도라면 지나친 정도에 해당합니다.

가공의 인물인 니콜라스를 재료로 재미있고 교훈적인 이야기가 만들어졌지만, 저로서는 편하지가 않더군요. 실명과 픽션을 섞는 드라마에서부터 마이클 무어 류의 정치적 선전물까지의 거리는 생각보다 그리 멀지 않습니다. 이 영화에서 니콜라스 개리건이라는 인물은 우간다에서 정치 활동을 했었던 밥 아스틀즈라는 영국인을 아주 느슨하게 모델로 하고 있습니다. 이 인물의 일대기를 찾아서 살펴보시면 알겠지만, 막상 그와 영화 주인공 개리건 사이의 공통점은 별로 없습니다. 아스틀즈의 인생은 영화보다 훨씬 더 논란의 대상이 될 만한 것이고, 추하고 비극적입니다.

혹시 이 영화를 보고 니콜라스 개리건을 실존 인물로 착각하는 분은 없기를 바랍니다. 저는 이 영화에 높은 평점을 주고 싶기 때문에, 이점은 꼭 짚고 넘어갈 필요가 있었습니다. 〈The Last King of Scotland〉의 사실 왜곡 혐의를 제가 용서할 수 있었던 것은, 극적 작위성이 감춰지기보다는 드러나있고, 무책임한 음모론을 전파하는 데 골몰하고 있지 않으며, 주인공 니콜라스가 영웅이 아니라 유혹에 약하고 경솔한 인물로 그려지고 있기 때문입니다.

스코틀랜드에서 의과대학을 막 졸업한 니콜라스는 고향에서의 삶에 알 수 없는 답답함을 느낍니다. 지구본을 돌려 손가락이 가는 데로 골라잡은 우간다로 그는 무작정 떠납니다. 그가 대학을 졸업하고 우간다로 떠나기까지의 시퀀스는 무척 짧은데, 그 얼마 안 되는 장면들을 통해 관객들은 그가 현실에 무력감을 느끼고 있으며, 뭔가 파괴적인 출구를 찾고 있다는 것을 알아챌 수 있습니다. 칭찬해 줄 만한, 경제적인 영화 문법이라고 느꼈습니다.

니콜라스는 우간다의 시골에서 의료 봉사를 하다가 때마침 그곳을 방문한 이디 아민을 보고 그의 카리스마에 매료됩니다. 우연한 사건을 거쳐 이디 아민은 니콜라스를 대통령 주치의로 초청하는데, 그는 그 색다른 삶의 유혹을 거절하지 못합니다. 아민 대통령은 니콜라스가 영국인들Englishmen을 경멸하는 스코틀랜드인Scotsman이라는 점과, 니콜라스의 직설적인 반골 기질을 무척 높이 삽니다. 니콜라스는 이디 아민과 함께 천천히 타락해가며, 권력의 부패를 인정하지 않습니다. 자신이 대통령에게 조심스레 고자질한 보건장관이 살해된 사실을 뒤늦게 알아차릴 때까지. 결국 그는 대통령의 곁을 떠나기로 하지만, 이때는 이미 수많은 우간다인들이 스스로 박수치며 환호했던 권력자에 의해 살해되고 난 후입니다. 아민 대통령 치하에서 학살당한 백성들의 정확한 숫자는 아무도 모릅니다. 대략 30만 명에서 50만 명 사이쯤 될 것이라는 추정 밖에.

이 영화의 첫머리에서 이디 아민은 집권한 직후 우간다의 시골길과 벌판에서 국민의 친구로 칭송받으며 갈채를 받습니다. 탱크와 장갑차를 보고 놀라며 겁을 먹는 니콜라스에게 현지인은 웃으며 말해줍니다. 괜찮다고. 인민의 친구인 아민 장군의 군대라고. 영화를 보는 우리는 이미 역사적인 결말을 알기 때문에, 이디 아민이 엄청난 군중의 환호에 둘러싸여 사자후를 토하며 군중들과 함께 어울려 춤추는 모습은 더더욱 서글픕니다.

80년대 초에 코미디 영화의 우스꽝스런 조역으로 출발해서 꾸준히 자신의 배역을 늘여간 포레스트 휘태커는 이 영화에서 그가 평생 보여준 최고의 연기를 보여줍니다. 클린트 이스트우드가 감독했던 〈Bird〉에서 마약으로 생을 마감한 천재 재즈 연주자 찰리 파커를 연기했을 때도 인상적이기는 했습니다.

특히, 엄청난 속주速奏로 유명한 찰리 파커의 연주 모습을 그만큼 그럴듯하게 연기한 노력에는 혀를 내두르지 않을 수 없었습니다. 그는 이 영화로 1988년 칸 영화제 남우주연상을 낚아채기도 했습니다. 하지만, 〈Bird〉처럼 자기 파괴적이고 자기 연민으로 가득 찬 인물을 연기하기란 어쩌면 그렇게 어려운 일이 아닐지도 모른다는 생각이 듭니다.

〈Bird〉에서의 휘태커가 보여준 연기는 매우 훌륭했음에도 불구하고, 다음 대목을 예측할 수 있는predictable 것이었습니다. 거기에 비해서, 〈The Last King of Scotland〉에서 그가 연기한 이디 아민은 한 박자 늦춰 가는 '이상한' 여유를 가지고 있습니다. 캐릭터를 훨씬 더 입체적으로 만들어 주는, 예측이 불가능하고 설명될 수 없는 빈 공간 같은 것 말입니다.

이제 곧 50줄에 접어드는 그가 노인 전문 배우가 되기 전에 그토록 힘찬 배역을 맡아서 필생의 연기를 펼칠 기회를 가졌다는 것, 그리고 그런 성취가 제대로 인정을 받았다는 것은 반가운 일입니다. 이로써 그는 아카데미 남우주연상을 받은 네 번째 흑인이 되었습니다. 시드니 포이티어나 덴젤 워싱턴은 정말 흑인다운 배우라기보다는 멋진 남자가 맡을 법한 배역에 흑인 치고는 어울리는 배우들이라는 평가를 받았던 게 아니었나 하는 의구심을 저는 가지고 있습니다. 제 생각에 공감하신다면, 포레스트 휘태커는 흑인의 문화를 대변하는 수상자로서는 2005년 제이미 폭스에 이어 두 번째나 마찬가지라는 평가에도 동의하시리라고 생각합니다.

참고로, 왜 영화의 제목이 하필이면 〈The Last King of Scotland〉인지 궁금하신가요? 이디 아민은 권좌에서 물러나기 전에 과대망상 증상을 보였는데, 스스로에게 다음과 같은 공식 칭호를 붙였습니다. "종신 대통령, 육군 원수 알 하지 이디 아민 박사, 빅토리아 무공훈장, 특별무공훈장, 및 무공 십자훈장 수여자, 스코틀랜드 국왕, 지상의 모든 짐승과 바다의 모든 물고기들의 주인이자, 아프리카 전역, 특히 우간다에서의 대영 제국의 정복자 각하(His Excellency President for Life Field Marshal Al Hadji Dr. Idi Amin, VC, DSO, MC, King of Scotland Lord of All the Beasts of the Earth and Fishes of the Sea and Conqueror of the British Empire in Africa in General and Uganda in Particular)."

'성질 급한' 권력의 사례가 되어줄 독재자들은 많습니다. 대개 권력자의 이름 앞에 붙는 기다란 수식어들은 성급한 생선들이 제풀에 상해가면서 풍기는 악취와도 비슷합니다. 그 수식

어의 길이만으로 치자면 이디 아민을 능가할 독재자는 많지 않겠지만, 그렇다고 그것이 이디 아민이 최악의 독재자였음을 반드시 뜻하는 것은 아닙니다. 불행히도.

An Inconvenient Truth_2006

환경보호의 참뜻

역사는 미국 제 45대 부통령 앨 고어에게 위대한 대통령으로서 경륜을 펼 기회를 부여해 주지 않았습니다. 그러나, 2000년 대선 때 박빙의 승부로 선거 제도 자체가 쟁점이 되던 와중에 추한 싸움을 길게 끌지 않고 법원의 결정에 깨끗이 승복하던 그의 모습은 위대한 것이었습니다. 하필이면 퇴장하는 모습이 위대해 보였다는 게 본인에게는 종내 가슴 저린 사실이겠지만, 그의 그런 행동은 미국 민주주의 제도를 지키는 데 결코 작지 않은 기여를 했습니다. 세상에 완벽한 제도란 것은 없습니다. 사적인 욕망을 억누르고 제도에 승복하면서 규칙을 지키는 사람들이 제도를 훌륭한 것으로 만들어 가는 거죠. 존중 받을 만한 제도가 존중 받는다기보다는, 존중을 받는 제도만이 존중 받을 만한 제도가 되는 것이랄까요.

79회 아카데미 시상식에서 최우수 다큐멘터리 상을 받은 〈An Inconvenient Truth〉는 정치에서 은퇴한 후 지구 온난화 방지의 전도사 노릇을 하고 있는 고어의 강연을 영화로 만든 것입니다. 이 영화에 최우수상을 선사한 것은 일종의 '주인공 섭외상' 같은 의미가 아닐까 하는 느낌이 들더군요. 강연 사이사이에 고어의 개인적 술회를 끼워넣은 이 영화의 완성도는 그리 대단한 것이라고 할 수 없습니다. 환경 보호라는 주제와, 석패한 민주당 대통령 후보라는 영화 외적인 요소가 지닌 매력을 할리우드로서는 도저히 거부할 수 없었던 건지도 모릅니다. 트로피를 받아 들고 연설하는 앨 고어는 마치 고교 동창회에 돌아온 최고 인기 졸업생^{Homecoming Queen} 같아 보이기도 했습니다.

　　무릇 대통령은 부분적인 과제만을 강조하기는 어렵습니다. 고어도 선거에서 이겼다면 지금처럼 신명나게 환경 보호의 필요성을 설파하기는 어려웠을지도 모르죠. 2000년 미국 대선 결과는 어쩌면 인류에게 정력적이고 영향력이 큰 환경 운동가 한 명을 선사하려는 역사의 장난이었는지도 모릅니다. 그는 아까운 박빙의 승부에서 깨끗이 물러났기 때문에 떳떳한 모습으로 갈채를 받으며 강단에 오를 수 있고, 자신을 소개하면서 "저는 미국의 차기 대통령이었었습니다.^{I used to be the next president of the United States}"라고 농담을 할 때 별로 구차해 보이지 않을 수 있습니다.

　　그는 자신의 높은 인지도를 십분 활용해서 세계를 누비며

왕성한 강연 활동을 하고 있습니다. 여러 번 연습한 덕분인지, 그의 영화 속 강연 솜씨나 청중에게 접근하는 호소력은 오히려 대선 TV 토론 때보다도 진일보한 것이었습니다. 그의 강연의 주제는 온실 가스라는 한정된 분야의 중요성을 강조하는 것이고, 해결책을 제시하기 보다는 문제를 보여주는 데 치중합니다. 그런 종류의 연설에서는, 지적이고, 조금은 잘난 체 하고, 청중을 가르치려 드는 그의 태도가 정치인이었을 때와는 반대로 큰 자산이 됩니다.

고어의 강연은 설득력 있고, 내용도 잘 정리된 것이었습니다. 저는 이 영화가 대기 오염을 줄이는 데 조금이라도 기여할 수 있기를 바라는데, 그럴 수만 있다면 아카데미 상 따위가 아까울 이유도 없죠. 지구상에서 에너지를 가장 많이 소비하는 나라는 미국이므로, 이 영화는 미국 정부의 에너지 정책을 좀 더 친환경적인 것으로 바꾸어 놓는데 도움이 될 수도 있습니다. 뉴욕타임스의 칼럼니스트 토머스 프리드먼이 입만 열면 주장하듯이, 미국이 국내 석유 가격을 상향 조정한다면 그것은 친환경적일 뿐만 아니라, 미국의 재정 적자와 무역 적자의 감소에도 도움을 주고, 미국의 대중동 정책에도 힘을 실어줄 뿐 아니라, 테러리스트들에게 흘러들어가는 자금의 흐름도 줄일 수 있을 것으로 생각됩니다. (어떤 면에서, 고어의 논지보다 프리드먼의 논지가 더 설득력이 클 수도 있습니다.)

그러나 사람들의 소비 형태를 바꾸는 일은 상상보다 훨씬 어렵습니다. 흔히 환경을 훼손하는 것은 '환경 파괴의 부담을 후세에 물려주는 무책임한 행동'이라고 표현을 합니다만, 어쩌면 환경적 재앙이 우리 당대에 닥칠 것이 확실하더라도, 우리가 무책임한 소비 형태를 바꿀 수 없기는 매한가지일지도 모릅니다. 소비 형태란 좁은 의미의 문명이고, 문명은 어느 날 자동차처럼 급제동, 급회전하기는 어려운 것이기 때문이죠. 게다가, 전반적 환경 문제로 시야를 넓히면 문제는 좀 더 복잡합니다. 온실가스 배출을 줄이는 대체 기술의 개발에 소요되는 엄청난 비용보다 훨씬 더 적은 비용과 가벼운 정치적 의지만 가지고도 막을 수 있는 환경 피해는 많기 때문이죠. 숲과 공기와 물과 생물 다양성은, 못사는 나라에서일수록 더 가파르게 훼손되고 함부로 파괴됩니다. 한 가지만 떼어놓고 생각하면 자명한 것 같은 온실 가스 문제도, 사실은 선택의 문제에 봉착합니다. 한정된 자원을 어떻게 사용해야 좀 더 나은 환경을 만들 수 있느냐 하는 선택의 문제입니다.

환경 보호는 대단히 중요합니다. 그러나 그것은 '아무리 강조해도 지나치지 않은' 것은 아닙니다. 분명히 지나쳐서는 안 될 선이 있습니다. 그 선은, 사람보다 자연을 더 중시하는 지점에 걸쳐 있습니다. 거칠게 말해, 자연을 가장 잘 보호할 수 있는 길은 전 인류가 한 날 한 시에 다 같이 죽어버리는 길입니다. 우리가 환경을 보호하려는 것은 대체로 인간이 살기 위해서 환경을 지키자는 것이 아니던가요? 인간보다 환경이 더 중요하다고 생각하는 순간부터, 환경 보호는 목적을 잃어버린 강박 관념이 됩니다. 그런 생각은 사실 턱없이 오만한 것이기도 하죠. 인간이 살기에 적합한 환경이냐 아니냐와 무관하게 지구는 행성으로서의 천문학적 수명을 다 할 테니까요.

어린이들을 교육하면서 환경 보호는 마치 무조건, 무제한으로 추구해야 할 과제인 것처럼, 또는 기술 진보나 경제 개발은 환경 보호와 대립되는 개념인 것처럼 단순화하는 것은 위험합니다. 경제를 개발하든지 환경을 보호하든지 간에, 또렷한 인류애에 기초할 때에만 인류는 스스로를 제일 잘 보전할 것입니다. 식량이 만성적으로 부족한 아프리카에 장차 유일한 희망이 될 지도 모르는 유전자 조작 농작물 연구 같은 기술 진보를 사악한 것으로 매도하는 것은 스스로를 속이는 일입니다. 중국, 인도, 인도네시아처럼 인구가 많고 넓은 나라들이 일정한 수준으로 경제를 발전시켜야 비로소 거기 사는 사람들이 스스로의 환경을 보살필 수 있으리라는 점을 부인하고 그들의 모든 경제 개발 노력을 '반 환경적'이라고 몰아붙이는 것은 잔인한 일입니다.

94년 칸 영화제 최우수 단편영화상을 받은 〈Lemming Aid〉라는 뉴질랜드 영화가 있었습니다. 레밍은 가끔 집단으로 절벽에서 뛰어내려 '자살'하는 이상한 습성을 가진 설치류입니다. 몇몇 동물보호가들이 레밍떼의 자살을 막아보겠다고 노르웨이 절벽 끝으로 모입니다. 레밍 보호에 관해 논란을 벌이던 주인공들은 다툼 끝에 서로를 죽입니다. 물론 레밍들도 죽죠. 사람 목숨보다 레밍이 더 소중하다고 생각하는 사람들의 손으로 지켜낼 수 있을 만큼, 또는 그래야 할 만큼 자연은 한심스런 존재가 아닙니다.

환경 보호론에서 말하는 '신중의 원칙'은 환경 보호에 관한 이론에 비록 허점이 있지만 만일의 경우에 치러야 할 값이 너무 크므로 일단 훼손을 막는 행동을 하고 봐야 한다는 것입니다. 이런 원칙은 일응 당연하게 들리지만, 조금만 자세히 들여다보면, 이번을 놓치면 기회가 없으니 당장 계약서에 서명하라는 외판원의 독촉이라든지, 북한으로부터의 위협이 만약 실현되면 너무 피해가 크니 당장의 독재는 참으라든지 하는 것과 비슷한, 정치적으로 불건전한 논리 위에 서 있다는 점을 알 수 있습니다. 저는 저의 아이들이 환경을 지키는 일에 마음을 쓰기를 원합니다만, 그로 인해서 인류의 다른 경제 활동의 의미를 섣불리 폄하하고 적대시하는 태도를 기르기는 원치 않습니다. 환경은 개인적 차원에서 성실히 보호되어야

합니다. 개인은 환경을 좀 더 낫게 보호할 수 있는 공동체의 정책을 지지해야 합니다. 그러나 저는, 어떤 동물 한 종種 전체의 보존도 저와 같은 종種인 인간 한 사람의 목숨과 바꿀 생각은 없습니다.

D—War_2007
디워를 둘러싼 헛소동을 보면서

70~80년대 한국 영화를 빈사 상태에 빠뜨렸던 것은 혹독한 정
치적 검열, 출구가 없는 작은 시장, 새장 속에 보호되면서 체념
과 안일에 빠진 제작 풍토, 방화를 폄하하는 관객의 고정 관념
따위였습니다. 한국 영화가 부흥기에 접어들기 위해서는 민주
화, 시장 개방, 외화와의 경쟁에 도전하는 패기와 실력을 갖춘
제작진의 등장, 새로운 세대 관객층의 출현 등을 기다려야 했
죠. 90년 〈장군의 아들〉에 쏟아진 폭발적인 관심 뒤에는 그런
사연이 있었습니다. 유려한 화면과 짜임새 있는 서사 구조에 더
해서, 홍콩 액션 영화에선 볼 수 없던 한국적 사실감을 담고 있
던 〈장군의 아들〉은 관객 동원 기록을 68만 명으로 가뿐히 갱
신했습니다. 그 전까지 최다 관객 기록은 공식적으로는 〈겨울
여자〉(77년, 58만 명)가 보유하고 있었죠. 잘 알려지지 않은 사
실 한 가지는, 비공식적인 관객 동원 기록을 〈영구와 땡칠이〉

(89년, 서울 70만, 지방 200만 이상)가 보유하고 있었다는 점입니다. 113만 명을 돌파한 〈서편제〉 이후로도, 〈영구와 땡칠이〉의 기록이 깨지려면 더 많은 세월이 흘러야 했을 뿐 아니라, 270만이라는 관객은 요즘도 보기 드문 '대박'에 해당합니다. 개그맨 심형래는 한국 영화계가 내놓고 자랑할 수 있는 존재가 아니었습니다. 그런 그가 〈용가리〉로 실패의 쓴 잔을 마신 뒤, 〈디워〉를 들고 나왔습니다.

큰 기대 없이 봤건만, 제가 본 〈디워〉는 기대 이하였습니다. 얼른 봐도 돈이 너무 한 곳으로만 몰린 영화더군요. 상식적인 제작자라면, 특수 효과, 캐스팅, 스태프, 시나리오, 소품, 로케이션 등에 소요되는 예산을 가급적 균형 있게 배분하려고 애쓸 터입니다. 〈디워〉는 현란한 그래픽과 그럴듯한 배우 두어 명만 있으면 영화가 된다고 생각했다는 혐의를 피할 수가 없겠더군요. 마치, 70년대 한국 영화 지방 배급업자들이 시사회장에서 잠만 자다가 나오면서 "신성일 나오고, 엄앵란 나오고, 비 좀 뿌려주고 그러면 영화 된다"고 하던 것처럼 말이죠. 게다가, 영화의 테마가 짐승에 대한 인신 공양이었던 점은 아쉽습니다. 악당은 물론, 주인공protagonist인 좋은 이무기도, 나아가 '역사적 필연성'도 젊은 여성 주인공의 인신 공양을 요구하고 있더군요. 이것은 이 영화가 딛고 서 있는 무딘 감성을 보여줄 뿐 아니라, 세계 시장의 관객들, 특히 이 영화가 목표로 삼은 미국의 관객에게도 혐오감을 일으킬 수 있는 부분입니다.

기자인 주인공이 사건 현장의 폴리스 라인을 대수롭지 않게 침범하고, 경찰이 그를 별로 제지하지 않는 장면도 초현실적입니다. 주인공이 반드시 착할 필요는 없지만, 그쯤 되면 주인공이나 경찰이 멍청해 보이는 거죠. 종합 병원 의사가 기자의 팬이라며, 면회가 금지된 격리 수용 환자에게 데려가는 장면도—비록 그 의사가 주인공의 보호자가 변신한 모습이라 해도—실소가 나오는 대목입니다. 역사상 실체적 정의에 대한 견해차는 거의 언제나 두 이무기의 싸움 같은 추악한 무제한의 전쟁을 초래했기 때문에, 인류는 절차적 정의에 의존하는 지혜를 터득했습니다. 하지만 〈디워〉가 절차적 정의에 조금이라도 의미를 둔 흔적은 찾아볼 수 없습니다. 이런 세상이라면 나쁜 이무기가 승리한들 뭐가 달라지겠나 하는 생각이 들 정도로 말이죠. 선악의 대결을 그리려면, 목숨을 걸고 지켜야하는 이해stake가 뭔지를 분명히 보여줘야 했습니다.

심감독은 자신의 장기였던 유머 감각도 좀처럼 보여주지 않습니다. 결과적으로, 〈디워〉는 기괴한 영화가 되었습니다. 기괴함 자체는 영화의 장점이 될 때도 있습니다만, 〈디워〉의 기괴함은 의도된 것처럼 보이진 않습니다. 하지만 동시에, 〈디워〉는 독특한 영화이기도 합니다. 적어도 그 독특함은 영리하거나 고집스럽게 의도된 것처럼 보입니다. 그것은 〈디워〉가 〈우뢰매〉〈영구 람보〉〈영구와 공룡 쭈쭈〉 등 심형래 감독이 펼쳐온 일련의 활동사진 작업과 분명한 동일선상에 있다는 점입니다. 그런 의미에서, 〈디워〉에 얼마의 충무로 자본이 들어갔고, 몇 명의 제도권 제작진이 가세했느냐와 상관없이 이 영화는 심형래라는 개인이 제도권 밖에서 만든 것이라는 표지를 충분히 지니고 있습니다. 그건 값비싼 특수 효과 못지않게 신기한 현상이었죠. 팔백만 넘는 〈디워〉 관객 중 다수의 호기심을 자극한 건 그런 신기함이 아니었을까요?

일부 언론처럼 "〈디워〉는 기존 주류에 맞서는 안티테제이며, 언론과 평단, 기존 충무로의 영화 문법에 식상한 관객과 네티즌들이 열광적으로 카타르시스를 느끼고 있다"고까지 호들갑을 떨 일도 아니었다고 봅니다. 영화 관객도 대중이고, 대중이란 교통사고를 구경하러 모이듯 신기한 일이 벌어지면 언제나 모이게 마련이니까요. 유명 평론가가 네티즌들과 드잡이를 하면서까지 〈디워〉의 서사 구조의 허술함이나 애국주의 마케팅의 문제점을 제기하고 나선 것은, 설사 그 주장이 틀리지 않다 할지라도, 가식적으로 보였습니다. 서사 구조가 허술한 영화들은 얼마든지 있고, 한국의 대중이 민족주의적 휘발성을 드러낸 것은 새로운 현상이 아니기 때문입니다. 게다가 관객들에게 성을 내면서 바보 취급하려는 것처럼 보였으니, 싸움이 안 붙는다면 이상한 일이었겠죠. 자기 같으면 제작비 700억이면 영화 350개는 찍겠다며 화를 낸 영화감독도 있었습니다. 350편이건 3천 편이건, 찍으시면 됩니다. 제작비로 700억을 끌어 모을 신기한 재주가 있다면 말이죠. 그 감독은 "영화는 영화이지 애국심의 프로파간다가 아니다"고도 열변을 토했습니다. 바라옵기는, 이분은 월드컵 때도 비슷한 환멸을 토로했을 것으로 믿고 싶습니다. 실상은, 영화는 축구 못지않게 '애국심의 프로파간다'가 될 수 있습니다.

오해를 피하기 위해 덧붙이자면, 저는 〈디워〉의 독특함이 영화의 완성도를 높이는데 티끌만큼이라도 보탬이 된다고 말하려는 게 아닙니다. 그 독특함에 대한 관객의 반응이 바람직하다는 뜻도 아닙니다. 단지 그것이 새삼스러운 일이 아니라는 뜻일 뿐이지요. 민족주의·애국주의 마케팅이나 한국 대중의 쏠림 현상은 2002년 월드컵 때 그 시장의 규모가 확인되고, 촛불시위 때 그 파급 효과가 경험된 이래로 한국 사회가 줄곧 끌어안고 있는 위험 요소입니다. 애국애족의 기치 아래 수천만 군중이 일사불란하게 움직일 때 좋은 결과가 나왔던 적이 드물다는 사실은, 역사가 증명하기 때문이죠. 한국 사회 속을 불끈불끈 흐르는 이 에너지를 여하히 선용할 것이냐는 주제는 〈디워〉라는 영화의 맥락 속에서만 논의할 수 있는 건 아닙니다. 영화 감상에 한정하더라도, 최소한 〈쉬리〉〈공동경비구역〉〈태극기 휘날리며〉〈실미도〉〈웰컴투 동막골〉 등에 대한 관객의 반응과 한 맥락에서 조망해 보아야 그 뜻이 드러날 터입니다.

우리 영화 풍토에 관해 제가 염려하는 부분은 좀 다른 데 있습니다. 갈수록 천박한 냉소와 비겁한 비아냥, 무기력한 남의 탓과 독기어린 피해 의식이 자주 몰골을 드러내는 점이죠. 그것은 우리의 가난했던 영화적 자산이 길러낸 비뚤어진 자의식처럼 보이기도 하고, 어느새 우리 사회에 뿌리내린 도덕적 상대주의나 역사적 피해 의식의 소산처럼 보이기도 합니다. 인간 소외라는 테마는 현대 서사 구조의 중심적 소재입니다만, 소외의 원인과 책임이라는 문제를 정면으로 마주보지 못하면 그 서사 구조는 궁상맞은 신세타령이나 헐뜯기로 전락합니다. 말씀드렸듯이 영화는 '프로파간다'이기도 하므로, 충무로가 냉소적 태도로 설득과 심판과 정죄와 용서의 권력을 누리는 것은 불길합니다.

말이 나온 김에, 냉소와 유머를 구분하는 저만의 방법을 소개할까 합니다. 극장 문을 나설 때 〈넘버 3〉 〈살인의 추억〉 〈강원도의 힘〉처럼, 웃음이 제 가슴 속에 자성自省의 앙금을 남기면 저는 그것을 유머라고 여깁니다. 반면, 〈박하사탕〉 〈친절한 금자씨〉 〈바람난 가족〉처럼, 분명치 않은 '그들'에 대한 미움과 분노가 찌꺼기로 남으면 저는 그걸 냉소주의라고 여깁니다. 예컨대, 〈친절한 금자씨〉가 두 시간 남짓 짝다리 짚고 서서 관객에게 건네는 말은 "너나 잘하세요"가 아니었나, 저는 그렇게 느꼈습니다.

밀양 _2007

용서가 빠진, 용서에 관한 영화

앞에서 저는 클린트 이스트우드가 감독·주연한 〈Unforgiven〉에 관해서 이런 이야기를 쓴 적이 있었습니다.

　"원수는 물에 새기고 은혜는 돌에 새기라는 말이 있습니다. 용서할 줄 아는 능력은 개인적으로 고귀하고 사회적으로 중요합니다. 그러나 그것은 '세상에는 용서 받기 어려운 일도 존재한다'는 생각과 공존할 때만 의미를 가집니다. 원수를 물에 새긴다는 말은, 적어도 용서를 빌어야 하는 쪽에서 할 말은 아닌 겁니다. 상상해 보시죠. 누구도 용서를 구하지 않지만 모든 것이 용서되는 사회, 모든 사람이 면책 특권을 누리는 국회의원들처럼 구는 사회가 얼마나 끔찍할 것인지! 용서를 구할 줄 아는 능력은 용서할 줄 아는 능력 못지않게, 아니, 때로는 그보다 더 중요합니다. 아무도 용서를 구하지 않는 곳에서 용서를 베풀 능력이 있는 사람은 없습니다. 그것은, 실은 신의 능력도 미치지 못하는 일입니다."

〈밀양〉은 쉽게 스스로를 용서하는 사람들이 모여 사는 지옥의 풍경을 그리고 있었습니다. 나와 비슷한 문제의식을 가지고 있는 사람이 또 있었구나 하는 생각이 들면서, 제게 그런 화두를 던져주었던 〈Unforgiven〉을 다시금 회고하기도 했습니다.

칸 영화제 심사위원들에게 그랬듯이, 저에게도 〈밀양〉에서 가장 눈에 크게 띄는 것은 주연 배우 전도연의 혼신의 힘을 기울인 연기였습니다. 그것은 젊은 여배우가 쉽사리 보여줄 수 없는 호연이었습니다. 하지만 개인적인 취향을 말한다면, 그것은 제가 최고라는 찬사를 바치고 싶은 종류의 연기는 아니었습니다. 극중 인물인 '신애'는 자신의 충격과 슬픔과 한을 삼키고 자제하려고 나름대로 노력하지만, 그런 신애를 연기하는 전도연의 연기에서는 별다른 절제를 느낄 수 없었습니다.

이 영화의 모티브가 되었다는 이청준의 1985년 소설 〈벌레 이야기〉를 찾아서 읽어보았습니다. 소설의 화자는 남편이고, 아내는 끝내 자살을 합니다. 초등학생인 아들이 실종되자, 아내는 그것이 '유괴에 의한 실종으로 확실시되고 난 다음에도 악착스럽게' 잘 견뎌 나갑니다. 어떻게든지 아이를 다시 찾겠다는 어미로서의 강한 의지가 그녀를 버텨주는 거죠. 신문사, 방송국은 물론이고 그녀는 다니지 않던 절에 찾아가 공양도 바치고, 교회에 헌금도 바칩니다. 아이의 주검이 발견되자, 이제는 범인을 찾겠다는 복수심이 그나마 그녀를 붙들어 줍니다. 범인이 잡히자 그녀는 교회에서 영혼의 평안을 구하고, 마침내 범인을 만나 용서하겠다고 합니다. 그런데, 교도소에서 면회한 범인은 어느새 '주님을 영접'하고 자신의 죄를 인정하며 평안한 모습을 보입니다. 그런 아내에게 이웃의 김 집사는 신의 섭리를 받아들일 것을 종용합니다. '왜소하고 남루한 인간의 불완전성, 그 허점과 한계를 먼저 인간의 이름으로 아파할 수가 없는' 김 집사의 그런 권유는 아내를 더 큰 절망 속에 빠뜨립니다. 결국 아내는 유서 한 장 남기지 않고 자살하는 것으로 소설은 끝납니다.

영화 〈밀양〉의 주인공 신애는 바람을 피우던 남편과 사별하고, 그 남편의 고향인 밀양에 내려와 새로운 삶을 살아보려고 합니다. 그다지 강하거나 요령이 있어 보이지도 않는 그녀에게, 억센 사투리의 고장에서 어린 아들을 키우겠다는 선택은 당초부터 무모해 보입니다. 그런 그녀에게 동네의 남정네들, 특히 카센터의 노총각 사장은 수장쩍은 호감을 드러내지요. 자기를 아는 사람이 없는 곳에서 새 출발을 하겠다던 그녀는 밀양 땅에 들어서면서부터 내내 주눅이 들어서 지냅니다. 실제로 그녀 같은 처지에 그런 선택을 하는 여성을 상상하기는 좀 어렵다는 생각입니다. 그래서일까요? 저로서는 이 영화가 매우 강한 상징성을 띠고 있다고 느꼈습니다. 작가가 뭔가 큰 소리로 주장하려는 것처럼 보였다는 뜻입니다.

소설의 3인칭 화자(남편) 시점과는 달리 영화는 주인공의 시점에서 진행되는 데다, 앞서 말한 전도연의 호연에 힘입어, 이 영화는 타인을 함부로 평가하고 정죄하고, 타인의 삶에 함부로 간섭하려는 사람들의 추한 모습을 적나라하게 객체화하여 보여줍니다. 영화 속에서 신애는 앞모습 못지않게 많은 장면에서 뒷모습으로 돌아서거나 돌아앉거나 또는 돌아누운 채, 관객들조차 그녀의 슬픔에 관여하는 것을 한사코 거절합니다.

〈밀양〉의 영어 제목은 〈Secret Sunshine〉, 그러니까 밀양의 한자 뜻풀이인 은밀한 볕입니다. 화면에서 돌아앉아 스스로 머리를 자르는 신애를 바라보던 카메라가 그녀의 마당 한 구석에 내려앉은 한 움큼 햇볕을 비추며 영화는 끝이 납니다. 원작 소설과는 달리 아이 엄마의 자살로 끝나버리지 않는다는 점, 그리고 영화 제목이 은밀한 볕이라는 점 등을 생각하면, 이 창동 감독이 말하고 싶었던 것은 일종의 희망이 아니었을까 합니다. 찢기고 짓밟힌 신애의 가슴속 지옥도 속에서도 그 어떤 희망이 있을 수 있고, 저로서도 그랬으면 합니다. 그러나 영화 말미의 조각볕이 상징하는 것은 설사 희망이더라도, 여러 사람이 나누어 가질 수는 없는 희망 같아 보입니다. 〈밀양〉의 볕은 너무나 비밀스러운 나머지, 관객들도 엿보고 공감하기 어려운 사적인 비밀이 되어버린 것이죠.

사실 저는 그럴 수 밖에 없겠다고 느꼈습니다. 희망을 말하기에는, 〈밀양〉은 너무 짙은 미움과, 너무 완전히 타버린 재 같은 좌절과, 장마철 김치처럼 너무 많이 시어버린 비아냥을 담고 있지 않나하는 생각이 들었으니까요. 용서를 비는 일의 소중함에 관해서 저와 비슷한 문제의식을 담고 있는 이 영화를 평가하는데 저는 왜 이렇게 짠 걸까요?

앞서 말한 〈Unforgiven〉은 용서를 구하다가 결국 용서받기를 포기한 사내의 이야기입니다. 하지만 〈Unforgiven〉을 보면 그 영화가 용서 받고 싶은 심정으로 만들어졌다는 걸 금세 느낄 수 있습니다. 〈밀양〉은 용서를 베풀려다가 좌절한 여인네의 이야기입니다. 그녀를 둘러싼 사람들이 하나같이 용서를 구하기는커녕, 남에게 용서하기만을 강요하고 있기 때문이지요. 그런데 막상 영화 〈밀양〉도 용서를 구할 생각은 조금도 없습니다. 마치 영화 속의 밀양 사람들이 그렇듯이 말입니다.

영화 〈밀양〉은 죄 없는 피해자의 눈높이에서 유괴범을, 교회를, 타인을, 그리고 사회를 나무라고 원망하고 있습니다. 이 영화의 이런 시선은 아이러니컬하게도, 영화 속에서 신애를 함부로 '불행한 사람'이라고 규정하는 김 집사의 모습과 그리 많이 달라 보이지 않습니다. 그것은 수상쩍은 전제적 권력^{tyranny}의 모습입니다. 노벨상 수상자인 엘리아스 카네티는 그의 저서 〈권력과 대중〉에서 전제적 권력의 특징을 여섯 가지로 요약했습니다. 그 중에는 '답변을 요구할 권리', '판단하고 규탄하고 용서할 권리'도 포함되어 있습니다. 용서는 고귀하고, 어려운 행위입니다만, 그것을 독점하려는 기미가 보이면 그곳에서는 정치적 권력욕의 비린내가 풍깁니다.

정죄하는 힘과 용서하는 힘은 본질적으로 하나입니다. 바로 그렇기 때문에 용서하는 행위와 용서를 구하는 행위가 그토록 판이하게 다른 것이겠죠. 누구도 용서를 구하는 자리에는 서지 않으려 드는 우리 세상의 황량한 모습을 〈밀양〉은 솜씨 좋게 그려냈습니다. 다만, 오만함으로 겸손을 가르칠 수 없듯이, 용서에 관한 이야기를 원망과 비난으로써 한다는 것은 어색하지 않은가요? 만에 하나, 저 혼자서만 그렇게 느끼는 거라면, '어린 아이를 죽이는 영화'를 좀 병적으로 싫어하는 저의 취향이 〈밀양〉에 대한 점수를 박하게 만든 탓인지도 모릅니다.

Cinema note 056

Harry Potter and the Order of Phoenix__2007

도덕적 상대주의에 대한 도전장

1997년 처음 출간되어 전 세계를 판타지 열풍 속으로 끌어들인 J.K. 롤링의 해리 포터는 2007년 제7권인 〈해리 포터와 죽음의 성물〉을 끝으로 대단원의 막을 내렸습니다. 어린 딸을 혼자 키우며 궁상맞게 카페에 앉아 책을 쓰던 롤링은 영국 여왕보다도 갑부가 되었고, 2004년 포브스가 발표한 세계의 부자 순위 552위에 올랐죠. 〈해리 포터〉 시리즈는 도통 책이라고는 가까이 하지 않는 요즘 아이들로 하여금 서점 앞에서 장사진을 치도록 '마법'을 발휘했습니다. 〈해리 포터〉가 대박을 터뜨린 근본적인 이유는 판타지 장르이기 때문이라기보다는 잘 쓰여진 소설이기 때문이었다고 말하는 편이 공평할 겁니다.

첫 권 〈해리 포터와 마법사의 돌〉은 재기발랄하지만 어딘가 좀 엉성해서 성에 차지 않더니, 권을 거듭할수록 롤링은 플롯과 캐릭터를 가다듬어 〈데미안〉에 비견할 만한 성장 소설로 만들었더군요. 이 소설에서 제가 좀 거슬렸던 부분은 작가의 분신alter ego이라고 할 수 있는 해리, 론, 허마이오니 세 주인공의 닫힌 소통 방식이었습니다. 이들은 생사의 고락을 함께하는 벗들이라고 하기엔 서로에게 너무 조금씩만을 털어놓더군요. 어떨 때는 좀 지나치게 어른스러운 이유로, 또 어떨 때는 너무나 유아적인 서운함 때문에.

제가 생각하는 〈해리 포터〉 시리즈의 강점은 세 가지입니다. 환타지 장르의 전통적인 아이콘에 대한 창조적 재해석, 뛰어난 유머감각, 선악의 구분과 그것에 대한 사람들의 태도를 꿰뚫어보는 심리학적 지혜와 도덕 감성. 비록 롤링의 이력에 표면적으로 드러나지는 않지만, 그녀는 삶의 여정 어느 대목에선가 틀림없이 외로운 도덕적 투쟁을 치열하게 경험해 보았던 게 아닐까 짐작해 봅니다. 희생을 마다 않는 친구들의 존재, 그럼에도 불구하고 결국은 혼자 져야만 하는 무거운 짐. 무릇 모든 도덕적 투쟁은 그렇지 않던가요.

이런 대박 소설을 놓칠 까닭이 없는 할리우드에서 워너브라더스가 2001년부터 2007년 사이에 다섯 편을 영화로 만들었습니다. 제3편인 〈아즈카반의 죄수〉는 〈Y Tu Mama Tambien〉으로 유명한 알폰소 쿠아론이 감독을 맡기도 했는데, 2007년에 개봉한 5편부터 2009년 이후에 개봉할 6~7편은 데이비드 예이츠가 감독을 했거나, 할 예정이죠. 확인해볼 방법만 있다면, 〈해리 포터〉영화 시리즈는 원작 소설을 못보고 영화만 본 관객의 비율이 가장 적다는 기록을 세운 영화에 해당할 것만 같다는 것이 제 짐작입니다. 당연한 얘기지만 소설보다 영화가 더 좋더라는 사람은 한 명도 본 적이 없는데, 그럼에도 불구하고 이 영화들은 번번이 상업적으로도 성공하고 있습니다.

일곱 편을 따로 놓고 보자면, 제가 가장 좋아하는 건 제5편인 〈해리 포터와 불사조 기사단^{Harry Potter and the}_{Order of the Phoenix}〉입니다. 해리는 호그와트 마법 학교에서 5학년이 됩니다. 악의 화신인 볼드모트가 되살아나 세계 정복을 준비 중이라는 사실이 해리의 활약 덕분에 명백해졌는데도 마법부^{Ministry}_{of Magic} 관료들은 볼드모트의 부활을 믿지 않아요. 그게 사실이라면 자신들이 물러나야 하기 때문이죠. 마법부는 엄브리지라는 관료를 교사 겸 감독관으로 호그와트에 파견하죠.

마법부는 볼트모트가 부활했다는 증거들을 조직적으로 은폐할 뿐 아니라, 해리가 정당방위로 사용한 마법을 미성년자의 불법 마법사용으로 몰아 해리를 퇴학시키려 합니다. 이 일로 인해 해리는 재판정에 서게 되는데, 이 재판은 허울뿐인 '집행적 사법 절차'의 섬뜩한 모습을 잘 요약하고 있습니다. 결론을 미리 내려두고 피의자를 정죄하는 재판을 이른바 '캥거루 재판'이라고 부르기도 합니다. 진실을 겅중겅중 건너뛴다고 해서 생겨난 명칭이죠.

해리 때문에 자신의 거짓 기사가 탄로 났던 'The Daily Prophet'의 스키터 기자는 해리를 과대망상에 빠진 거짓말쟁이로 날조하는 기사를 계속 씁니다. 알량한 권력을 잃을까봐 두려워하는 정치가들과, 자신의 거짓말을 어떻게든 진실로 '만들기' 위해 계속 거짓말을 해야 하는 추악한 함정에 빠져버린 언론이 손을 잡는 거죠. 일반인의 자제로서 마법사가 된 '더러운 튀기들filthy half-bloods'이 마법 세계의 동등한 시민 자격을 누리는 세태에 불만을 품고 있는 오만한 순혈주의자들도 해리 탄압에 협조자가 됩니다. 일반인을 모친으로 둔 해리가 영웅이 되는 걸 눈 뜨고 볼 수 없는 데다가, 이들은 어떤 식으로든 세상이 한번 뒤집히기를 은근히 기대하는 낙오자loser들처럼 보입니다. 마법부가 학교에 파견한 엄브리지가 이런 부류에 해당하죠.

적극적으로 해리를 괴롭히는 제도권 권력자들의 동기는 그렇다 칩시다. 마법 세계의 대다수 시민들은 왜 명백한 증거가 제시하는 논리적인 결론을 못 본 체하고 신문에 나는 말들을 믿어버리는 걸까요? 두렵기 때문입니다. 악의 제왕이 되살아난 게 만일 사실이라면 그가 장차 몰고 올 미래의 고난이 너무나도 무섭기 때문에 아마 아닐 거라고 믿어버리는 겁니다. 영어로는 이런 사람들을 타조ostrich라고 부릅니다. 타조는 위험이 닥치면 머리만 모래 속에 파묻고 적이 자신을 못 볼 거라고 믿을 만큼 어리석다는 속설에서 유래된 표현입니다. 일찍이 "사람은 누구나 자기가 보고 싶어하는 것만을 본다"고 말한 사람은 율리우스 카이사르였습니다. 그러나 카이사르의 냉소적인 표현만 들어서는 이렇게 무서운 집단 최면의 광란이 선뜻 떠오르지는 않죠.

우습고도 무섭지 않습니까? 악의 제왕을 추종하는 세력과 악을 두려워하는 사람들이 순식간에 동맹을 맺게 되는 세상의 비겁한 이치가? 악을 두려워하기 때문에 악의 협조자가 되는 인간의 그 나약함이? 볼드모트의 부활을 대강 눈치 채고 있으면서도 적극적으로 부인했던 마법부 장관 같은 사람들은 볼드모트의 재기가 움직일 수 없는 사실이 된 다음에도 태도를 바꾸지 않아요. 과거 자기 언행을 합리화해야 하기 때문이죠. 두려워서 진실을 회피했던 사람들은 어차피 두려움에 떠는 사람들이기 때문에 해리에게 도움이 되지 않습니다. 그래서 해리는 되레 '해리가 문제를 크게 만들었다'는 비난 속에서 외로운 싸움을 계속해야 하는 겁니다. J.K. 롤링은 이 대목에서만큼은 군중심리의 기묘한 속성을 오르테가 이 가세트보다도 날카롭게 읽어내고 있습니다. 테러(공포)와 싸우는 일은 테러리스트와 싸우는 일과는 비교가 안 될 만큼 어려운 법이죠.

제가 〈불사조 기사단〉을 좋아하는 건 단지 특이한 사회

현상을 손에 잡힐 듯이 보여주기 때문만은 아닙니다. 해리가 고독한 위기에 처했을 때, 그에게는 목숨을 걸고 (또는 퇴학의 위험을 무릅쓰고) 함께 악에 맞서 싸우는 동료들이 나타나기 때문입니다. 학교 안에서는 엉성하지만 '덤블도어의 군대'라는 비밀 모임이 결성되고, 학교 밖 험한 세상에서는 '불사조 기사단'이 활약하거든요. 덕분에, 〈해리포터와 불사조 기사단〉은 외로운 도덕적 투쟁을 하는 모든 이들의 가슴을 어루만져줄 수 있을 법한 우화가 되었습니다.

TV series

영화 에세이 속에 TV 연속극에 관한 글을 끼워넣는 건 좀
반칙 같은 기분이 들긴 합니다. 현대 가정에서는 보는 사람이
없을 때조차 TV를 켜두는 집들이 많다더군요. TV에서 흘러
나오는 동영상이 마치 가정의 조명처럼 되어버린 느낌입니
다. 거기에 대한 반작용으로, 최근에는 가정에서 TV를 치워
버리는 운동도 제법 호응을 받고 있다고 합니다. 저는 그런
운동에 대찬성입니다만, 그렇다고 모든 TV 드라마가 유해
하기만 하다고 믿는 축도 아니긴 합니다. 우리를 열광시키
고 중독시키는 TV 연속극들은 ―사극조차도― '오늘, 이
곳'이라는 시공 속에 서 있는 우리에게 스스로를 자리매김
할 수 있도록 도와주는 여러 지표들 중의 하나입니다.

McGyver_1985~1992

뭘 하느냐보다 어떻게 하느냐가 중요하다

요즘 주말은 아이들과 함께 DVD로 〈McGyver〉 시리즈를 다시 보는 재미로 지내고 있습니다. 아시죠? 최근까지 〈Stargate〉에서 오닐 대령(내지는 장군)으로 나왔던 리처드 딘 앤더슨을 일약 스타로 만들었던 80년대 TV 액션물 〈McGyver〉. 〈Stargate〉는 97년에 시작한 이래 미국 단일 SF 시리즈물로서는 최장 기간 방영되는 기록을 만들고 있습니다. 참고로 〈Star Trek〉의 경우는 66년부터 최근까지 명맥을 잇고 있지만 공백 기간도 있었고, 다섯 개의 서로 다른 시리즈로 이루어져 있습니다. 영국에는 〈Red Dwarf〉(11년)나 〈Dr. Who〉(44년)처럼 훨씬 오래 방영된 SF물이 있고, 미국에도 SF가 아닌 시리즈물 중에는 〈Lassie〉(20년), 〈Law & Order〉(17년), 〈MASH〉(11년) 같은 기록들이 있긴 합니다. 이런 기록들에는 못 미치지만, 〈McGyver〉도 85년부터 92년까지 무려 7

년 동안 롱런한 시리즈였습니다.

⟨McGyver⟩가 방영되던 7년간은, 베를린 장벽 붕괴(89), 천안문 광장 사건(89), 남아공 인종 차별 종식(90), 제1차 걸프 전(90), 소련의 해체(91) 등, 세계의 질서가 완전히 다른 국면으로 접어드는 갈림길들을 포함하고 있었습니다. ⟨McGyver⟩가 방영되기 시작한 85년은 냉전 체제가 막을 내리기에 앞서서 세계사가 드라마틱한 몸부림을 치던 무렵이기도 했었죠. 79년의 러시아의 아프간 침공, 중동에서의 전투적 지하디즘의 형성, 사담 후세인의 집권(79), 이란 인질 사건(79), 폴란드 자유 노조 설립(80), 레이건 미국 대통령의 취임(80), 대처 영국 수상의 취임(83) 등 80년대 초 국제정치적 상황은 맥가이버에게 많은 일거리를 제공해주는 풍성한 첩보전의 배경이었지만, 돌이켜 보면 냉전 질서가 종착점을 향해 달려가고 있다는 증거들이거나 그렇게 된 원인들이기도 했습니다.

시리즈의 앞부분에서, 맥가이버는 아프가니스탄에 잠입하여 소련군을 (네, '소련군'입니다!) 따돌리면서 추락한 위성의 데이터를 회수하고, 중국 반체제 인사들의 탈출을 돕고, 동독에 잠입하여 KGB 간첩들의 명단을 구해오고, 미국의 첨단 기술을 훔쳐내려는 동독 간첩단을 체포하는 등 명실상부한 007급 스파이 역할을 합니다. 그는 폭발물 해체 부대원으로 복무한 베트남 참전 용사이기도 했죠. 마흔줄에 접어든 나이에 걸

맞게 배도 좀 나오고 턱선도 무녀지고 동작도 둔해진 그가 환경보호, 멸종 위기 동물 보호, 과학 영재 발굴, 가출 청소년 보호, 총기 사용 반대 캠페인, 인종 차별 반대, 빈민층 지원 같은 사회사업에 매진하는 건 80년대 말에 들어서입니다. 처음엔 자원 봉사자 같은 스파이였다가 나중엔 스파이 같은 자원 봉사자가 되는 거죠. 그가 정규 직원이 아닌 프리랜서로서 일하던 피닉스 재단의 정체도 처음에는 국가 정보 기관 같더니만 나중에는 사설 보안 업체처럼 보입니다.

종영이 가까운 92년 무렵, 맥가이버 자신도 존재를 몰랐던 그의 열아홉 살짜리 아들이 등장했을 때 시청자들은 비로소 그가 '지나간 시대'의 영웅이었음을 실감합니다. 그는 스물두 살 때 중국에서 여기자와 정열적인 사랑을 나누고 자신도 모르는 채 아빠가 되었던 겁니다. "이제는 아들과 시간을 보내겠다"며 은퇴를 선언하는 맥가이버의 모습이 별로 처량해 보이지 않았던 건 그가 유난히 젊은 아빠였던 탓만은 아니었습니다. 그는 항상 자신의 모험을 너무 심각하게 받아들이지 않았고, 피터 손튼에게 늘상 "이제 일거리 좀 제발 그만 가져오라"고 투덜대면서 낚시나 하키를 즐기고 싶어했었으니까요. 그렇다고 해서, 그가 더 이상 예전의 방식으로는 국가에 기여할 수 없게 변해버린 시대에 등을 떠밀려 은퇴한, 전직 스파이라는 사실이 달라지는 건 아닙니다. 프랜시스 후쿠야마가 90년대 초에 쓴 유명한 책 제목처럼 그는 'The End of History'의 'the Last

Man'이었는지도 모릅니다. 비록 늙어서 한적한 산 속에서 손자와 낚시를 즐기더라도 그가 "내가 어렸을 때는…" 어쩌고 하면서 기발한 손재주를 발휘하는 일을 그만둘 리는 없겠지만 말이죠.

이런 시대적 변화가 지금 와서 다시 보았을 때에 이르러서야 새삼스럽게 느껴지는 가장 큰 이유는, 이 연속극이 맥가이버가 '어떻게 하느냐'에 관한 것이었지 '무엇을 하느냐'에 관한 것이 아니었다는 점입니다. 따지고 보면, 맥가이버는 미국적 보수주의와 진보주의의 '절묘한 결합'이거나 '엉터리 잡탕' 둘 중 하나였습니다. 샌타모니카 해변에 고정적인 직업도 없이 살면서 내키는 대로 이곳저곳 돌아다니고, 빈민들을 대변해 악덕 건물주와 싸우며, 환경 보호에 앞장서는가 하면, 인기 TV 시리즈물에서 보기 드물 정도로 총기에 대한 반감을 드러내던 그가, 실은 베트남 참전 용사이자, 악의 제국인 소련과 그 위성 국가들을 상대로 국익을 위해 목숨 걸고 싸우던 자발적 첩보 요원이기도 했던 거죠.

그러니까 맥가이버가 무슨 일을 했느냐 보다는, 그가 그 일들을 남을 위해서, 자신의 목숨을 걸고, 대단히 영리하게 해냈다는 점이 중요합니다. 그는 어려움이 닥쳐도 정직하고, 성실하며, 친절하고, 명예롭습니다. 세상이 달라진 지금 봐도 ⟨McGyver⟩가 맥빠진 드라마가 아니라는 건 신통합니다. 제

아이들은 "아빠, 독일(동독)에서 나오는데 왜 관 속에 몰래 숨어서 나오나요?" 등의 질문을 하더군요. 동서독이 분리되어 있었다는 역사적인 사실을 들어본 적이 없어서가 아니라, 자기가 아는 세상과 너무 다른 광경을 보기 때문이죠. 저는 저대로, 핸드폰이나 이메일이 없던 세상에서 위기가 발생하거나 해결되는 방식이 저토록 지금과 달랐었다는 사실이라든지, 9·11 이후라면 주머니칼을 저렇게 아무 데나 반입할 수 없었을 거라는 점 따위를 새삼 깨달으며 놀라지만, 그런 사실들이 이 연속극의 재미를 방해하지는 않습니다.

맥가이버의 손재주는 영어사전에 'McGyverism'이라는 새로운 낱말을 추가했을 정도로 폭발적인 인기를 누렸습니다. 극중에서 '그저 재미로' 물리학을 전공한 것으로 되어 있는 그는, '도구를 쓰는 인간$^{Homo}_{Faber}$'이 다다를 수 있는 진화의 정점을 보여줍니다. 바로 그 점은 사내아이들에게 엄청난 매력과 흡인력을 가집니다. 이 드라마는 숱한 남성들에게 자신의 아날로그적 손기술^{dexterity}로 문제를 해결하는 능력이 얼마나 매력적인지에 대해 평생 기억에 남을 영감을 불어넣어 주기도 했습니다. 맥 의 임기응변 능력과 손재주, 그리고 종종 실수하면서도 별일 아니라는 듯 가볍게 다음 행동을 생각하는 그의 빠른 적응 능력이 남성 팬들에게는 호소력이 컸던 것 같습니다. 짐작건대, 여성 팬들에게는 그가 총을 극도로 혐오하는 건강 식품 애호가라는 설정, 그의 유머 감각과 낙천적 성격, 무엇보다 그의 귀여운 얼굴과 '털털한 체 하는' 캘리포니아식 패션 감각이 사랑을 받았던 게 아닌가 싶네요. 매번 매력적인 여성 상대역의 키스를 사양하진 않지만 제임스 본드처럼 느끼하게 치근덕대지 않는다는 점도 여성들에게 점수를 딴 부분일 겁니다. 물론 1981년 AIDS의 발견이라는 시대적 배경의 영향도 있었겠지만 말이죠.

우연의 산물이건 (성공한 방송 드라마는 흔히 여러 가지 운 좋은 우연의 결합입니다) 아니면 치밀한 기획의 성공이건 간에, 또는 냉전이 종식된 것이 그와 같은 용사들의 활약 덕분인지 아니면 그와 같은 부류들이 은퇴한 덕분인지에 상관없이, 저와 저의 두 아들들은 이 오래된 드라마를 재미나게 함께 봅니다. "저렇게 편리한 물건들이 우연히 옆에 있다는 게 말이 되나요, 아빠?" 제가 80년대에 투덜거리던 불평을 아이들 입에서 들으면서 말이죠. 이 시리즈물은 저의 아이들에게도 McGyverism의 마법을 걸었습니다. 작은 녀석은 제가 20년째 열쇠고리로 애용하고 있는 작은 스위스 칼에 눈독을 들이고 있는 판국이죠. 맥가이버의 추억을 아이들과 공유하면서, 아이들의 기억에 남으면 좋겠다고 제가 바라는 교훈이 있다면 그건 손재주의 매혹과는 다른 부분입니다. 그것은, 나쁜 짓을 저지르는 경우를 제외한다면, 사람에게는 언제나 '무슨 일을 하느냐'보다 그것을 '어떻게 하느냐'가 훨씬 더 중요하다는 어렴풋한 각성입니다.

Star Trek_1966~2005
외교의 요체는 진심과 성실

우리말에는 뭔가가 어디에 있는지 탐색한다는 낱말과, 탐색 끝에 그것을 발견한다는 낱말이 따로 없습니다. 탐색과 발견이라는 한자어가 있긴 하지만, 우리말로는 search도 '찾다', find도 '찾다'죠. 그래서 예컨대 누가복음 15장 8절은 부득불 (잃어버린 동전 하나를) "찾도록^{until she finds it} 부지런히 찾는다^{search}"고 번역됩니다. 목적지를 찾아가는 과정이 거기 도착하는 결과 못지않게, 때로는 오히려 더 중요하다는 점을 생각하면, 탐색의 과정을 일컫는 우리말이 따로 없는 점은 아쉽습니다. 과정으로서의 찾음을 중요하게 여기는 사람은 자신이 찾는^{search} 것보다 많은 것을 찾아^{find}냅니다. 과학에서 정작 의미 있는 여러 발견들은 계획했던 결론의 도출을 방해하는 것처럼 보였던 잡음^{noise}들로부터 나온 것들이기도 합니다.

〈Star Trek〉은 탐색 자체를 목적으로 삼은 인간들의 드라마입니다. 이미 아는 목표물을 찾으러 떠난 것이 아니라, 뭘 찾을 수 있을지를 찾아 나선 우주선의 이야기죠. 엔터프라이즈호의 임무는 "아무도 가 본 적이 없는 곳으로 용감히 나아가는 To boldly go where no one has gone before " 것입니다. 〈Star Trek〉은 패러마운트사가 판권을 소유한 5개의 TV 시리즈와 10편의 영화, 그리고 애니메이션, 소설 및 기타 관련 상품을 일컫는 이름입니다. 66년에 TV 시리즈로 시작했고, 2009년에 열한 번째 영화가 개봉되었죠. 시리즈물로서의 지속성이나 규모로 볼 때, 〈Star Trek〉에 비견될 수 있는 현상은 일본 애니메이션 〈Gundam〉 정도뿐일 겁니다. 원작자 진 로든베리는 91년 85세를 일기로 사망했고, 그의 유해는 우주에 쏘아 올려졌습니다. 미래에 인간들은 서로를 신뢰하는 단계로 발전할 거라는 그의 고집스러운 비전vision 때문에 시나리오 작가들이 갈등의 소재를 찾느라 고생이 많았다더군요. 69년에 첫 시리즈가 막을 내린 뒤, 패러마운트사는 팬들의 엄청난 항의에 시달려야 했습니다. 이 열성팬들을 일컫는 Trekkie 라는 단어가 옥스퍼드 영어 사전에 추가되어야 할 만큼, 그들은 극성스러웠죠.

23세기를 배경으로 한 첫 시리즈의 주인공은 세 명입니다. 모든 여성 조연들과 키스를 나누고, 심사숙고보다는 늘 행동이 빠른 금발의 제임스 커크 함장, 철저한 인간미로 무장한 의사 맥코이. 감정을 억누르고 논리를 최고의 가치로 여기는 벌컨족 과학장교 스파크 등이죠. 스파크는 지구인의 불합리한 감정을 폄하하면서 특유의 냉철함으로 동료들을 위험에서 구하기도 하고, 인간적인 불합리성이 때로 묘한 해결책이 될 수도 있다는 점을 배웁니다. 후속 시리즈들에서도 안드로이드(데이타), 형태 변형 외계인(오도), 사이보그족에게 흡수되었다가 구출된 여성(세븐) 등 주요 등장인물들이, 오즈의 마법사에 등장하는 '사람이 되고픈 깡통 인간'의 테마를 변주합니다.

80년대에 제작된 후속편 〈The Next Generation〉의 배경은 24세기입니다. 불과 20년 사이에 영상 기술의 발전과 문화의 변화 폭이 어찌나 컸던지, 전편으로부터 최소한 한 세기 정도 이후로 설정해야만 드라마의 계속성이 개연성 있게 보일 정도였다는 점은 흥미롭습니다. 현실 속의 진보가 상상력의 속도를 앞지른다는 뜻이니까요. 96년 모토롤라가 첫 선을 보인 플립형 휴대폰^{StarTac}은 척 봐도 커크 선장이 사용하던 커뮤니케이터처럼 생겼습니다. 노트북 컴퓨터나 태블릿 PC도 23세기는커녕 20세기에 이미 낡은 기술이 되었습니다. 드라마 속에서 미니스커트를 입고 선장의 식사 심부름 따위를 시중드는 여승무원의 모습이라든지, 우주선 계기판의 아날로그 인터페이스도, 상상력의 힘을 따돌릴 정도로 쌩쌩 변하는 현실의 속도감을 입증합니다.

소련이 해체되고 고르바초프가 실각하던 91년에 개봉된

〈Star Trek〉의 6번째 극장용 영화 〈The Undiscovered Country〉에서, 행성 연합 최대의 적이던 클링온 제국은 우주 재난으로 더 이상 제국을 유지할 수 없게 되자 행성 연합과 평화 협정에 서명합니다. 영화는 불가불 현실의 거울인 것이죠. 90년대에 들어오면 냉전 기간 중 나름대로 정연했던 국제 질서의 미래가 불확실해진 탓인지, 〈Babylon 5〉, 〈Lexx〉, 〈Battlestar Gallactica〉 등 SF 드라마에도 전반적으로 불안한 정서가 투영됩니다. 로든베리가 고집스레 유지했던 〈Star Trek〉의 질서정연한 우주도 점점 복잡하게 변해가죠.

93년에 시작된 〈Deep Space 9〉 시리즈는, 바조르 행성 인근의 우주 정거장을 무대로 합니다. 바조르는 호전적인 카다시아에 의해 오랫동안 잔인한 식민 지배를 당했습니다. 바조르의 자원을 고갈시킨 뒤 행성 연합과 평화 협정을 맺은 카다시아군이 철수할 때 버리고 간 우주 정거장이 바로 DS9이죠. 새로운 독립 행성의 재건을 지원할 옵서버 자격으로 DS9 사령관직에 행성 연합의 벤자민 시스코 중령이 부임합니다. 그러나 그가 이 외딴 우주의 한직에 부임한 직후 바조르 근처에서 안정적인 웜홀이 발견되면서, DS9의 전략적 가치는 예상치 못했던 상종가를 치게 됩니다. 카다시아가 은밀히 바조르 재탈환을 꿈꾸는 와중에, 행성 연합 내부의 일부 세력이 위선적인 평화 협정에 반기를 들고, 마키Marquis라는 비밀 조직을 결사하여 게릴라전을 계속합니다. 결국 DS9은 24세기 최대 우주 전쟁의 전초 기지가 되죠. 카다시아―도미니언 연합 세력의 재침공에 맞서기 위해 행성 연합은 그간 최대의 적이었던 로뮬란, 클링온 등과 불안한 동맹 관계를 맺고 전쟁을 치러야 합니다. 이 전쟁에서 결정적인 역할을 하는 것은 행성 연합측이 그 존재를 계속 부인해왔던 내부의 비밀 정보기관 Section 31이었습니다. ⟨Star Trek⟩의 골수팬들이 ⟨DS9⟩이 유구한 전통을 망가뜨렸다고 비난한 것은 물론이죠.

⟨Star Trek⟩은 60년대에는 여느 미국 드라마와 마찬가지로 미국 중심적이고, 남성 중심적이고, 백인 중심적이었습니다. 하지만 ⟨Star Trek⟩의 특이점은, 드라마가 과연 어느 선까지 미국 중심적이거나 백인 남성 중심적일 수 있느냐를 정면으로 다루어야만 했다는 점입니다. 최소한 지금보다 나아진 미래, 지구보다 넓은 사회를 묘사해야 했기 때문이죠. 배우 우피 골드버그는 흑인 민권 운동이 아직도 큰 어려움을 겪고 있던 어린 시절에 엔터프라이즈호의 사령탑에서 흑인 여성이 통신 장교로 활약한다는 사실로부터 한없는 용기를 얻었다고 실토한 적이 있었습니다. ⟨Star Trek⟩ 시리즈는 40년 넘게 명맥을 잇는 동안 미국 대중이 가진 정치관의 진화 과정을 보여줍니다. 전쟁과 평화, 권위주의와 제국주의, 계급 투쟁, 인종 차별주의, 인권, 성차별 등의 정치학적 쟁점을 직설적으로 다루는가 하면, 마약, AIDS, 가족의 분해, 기술의 역할 등 현대 사회의 현안들을 투영하는 드라마가 된 것이죠. 모든 비유가 그렇듯이,

가상 세계의 알레고리는 문제의 핵심을 좀 다른 각도에서 바라보도록 도와줍니다.

〈Star Trek〉의 중심 테마는 서로 다른 문명 간의 상호 작용입니다. '행성간 관계'에 대한 미국 일반 대중의 상상력의 평균치는 국제 관계에 대해 그들이 갖고 있는 관념의 원형을 보여주기도 합니다. 당초 치기어린 윌슨주의적 열망에 바탕을 두고 출발했던 〈Star Trek〉은 오랜 여정을 거쳐 정치적 현실주의라는 아무 드라마도 가 본 적이 없는 곳으로 용감히 발돋움도 해 본 것이죠. 카다시아, 바조르, 마키 3자 간의 드라마를 관전하며 요단강 서안과 가자 지구의 정착촌 문제를 떠올리다 보면 새로운 논점들을 발견할 수도 있습니다. 행성 연합의 문명 불간섭 원칙^{Prime Directive}을 둘러싼 에피소드들은, 소파에 드러누워 국가 주권에 관한 숱한 담론들을 이리저리 되새겨볼 기회도 제공하죠.

가장 최근에 만들어진 다섯 번째 시리즈 〈Enterprise〉의 시대 배경이 최초 시리즈보다 한 세기 이전인 22세기라는 이야기를 들은 팬들은 과연 전통과 계속성이 지켜질 수 있을지 걱정했습니다. 결국 〈Enterprise〉는 저조한 시청률 때문에 세 시즌 만에 조기 종영되는 수모를 겪었습니다. 한 세대가 넘는 기간 동안 조각조각 형성된 거대한 팝 컬처를 상대로 감히 그 전편^{prequel}을 만들겠다는 야심 찬 시도가 결국 용두사미가 된 거죠. 22세기 초 지구인은 행성 간 여행용 엔진을 개발하고 최초로 외계인인 벌컨족과 조우합니다. 그 후 백여 년간 인류는 지구에 상주하는 벌컨인의 감독과 자문을 받으며, 먼 우주^{deep space} 여행 기술 개발에 박차를 가하죠. 하지만 벌컨 정부는 지구인의 충동적 기질을 불신하고, 지구인이 아직 외계 여행에 나설 준비가 안 되었다는 입장을 견지합니다. 〈Enterprise〉는 외계 종족의 간섭을 뿌리치고 첫 임무에 나서는 우주선 엔터프라이즈호의 승무원들을 주인공으로 삼고 있죠. 아처 함장은 기회 있을 때마다, 벌컨이 지구인을 위한다고 하면서 실상은 그 발전을 얼마나 지체시키고 있는지, 잘난 척하는 그들이 얼마나 지긋지긋한지를 토로합니다. 지구에 주재하는 벌컨 대사를 향해 적개심을 쏟아내는 아처 함장을 바라보자니 문득, 한국의 반미감정을 이해하고 싶어 하는 미국인에게 쓸모 있는 비유가 될 수 있겠다는 생각도 들더군요.

〈Enterprise〉의 최종편은 행성 연합의 창립식입니다. 지구는 은하계 행성 간 관계에 뒤늦게 참여한 신참 행성이지만, 엔터프라이즈호가 희생적인 노력으로 행성 연합 수립에 결정적인 역할을 한 덕택에 중요한 중재자의 지위를 점하게 됩니다. 이런 설정은 비현실적이기는 하지만, 터무니없는 것은 아닙니다. 인생사에서처럼, 저는 외교에 있어서도 최대의 무기는 성실과 진심이라고 믿습니다. 성실과 진심은 의외로 큰 힘을 발휘하죠. 유능한 외교관의 대명사처럼 되어버린 18세기 말 프랑스 외상 탈레랑은 혁명 정부, 나폴레옹, 왕정복고기, 루이 필립 정권 등 세상이 몇 번씩 뒤집히는 동안에도 프랑스 외교의 수장 자리를 지킬 만큼 처세에 능한 사람이었습니다. 그는 나폴레옹과 은밀히 결탁하여 혁명 정부 타파에 일조하기도 했고, 나중에는 러시아의 차르에게 나폴레옹 타도를 권하기도 했죠. 그는 여러 여자들과 정을 통하고 많은 사생아를 낳았는가 하면, 뇌물을 엄청나게 밝힌 것으로도 유명합니다. 이런 사람이 혁명 정부에서 중용되었다는 것이 쓸쓸한 웃음을 짓게 할 만큼, 그는 개혁은 커녕 오히려 구질서^{ancient regime}의 감성과 습성을 체화한 인물이었습니다.

흔히 그의 최대 업적으로 기려지는 대목은 나폴레옹의 패망 후 걸출한 수완을 발휘하여 대불 동맹을 무력화시키고 프랑스의 영토와 위신을 보전해낸 것입니다. 하지만 한발 물러나 역사를 조감하면, 그가 발휘한 수완들은 결국 필연적으로 프러시아 중심의 독일 통일로 이어지고, 주요국들 간의 불신의 장벽을 높여 1차대전의 씨앗을 뿌린 것에 지나지 않습니다. 탈레랑의 활약상을 포함한 19세기 초의 유럽 정세는 '외교'라는 것을 마치 비밀, 음모, 결탁, 배신 같은 속성과 불가분의 것으로 여겨지게끔 만들어 버렸습니다. 정작, 그런 외교가 낳은 것은 평화를 영속시킬 정당성이 아니라, 유례 없이 큰 전란의 기틀이었던 셈인데도 말이죠.

결과를 군이 따지지 않더라도, 탈레랑은 한 사람의 외교 관으로서 배신과 기만을 거듭하면서 외교의 정도를 역주행하고 있었던 것입니다. 오스트리아의 명재상이던 메테르니히가 '거 짓말만 하면서도 아무도 속일 수 없었던' 사람이라면, 탈레랑 은 '진실만을 말하면서도 모두를 속일 수 있는' 사람이었다는 세간의 평이 전해옵니다. 외교관은 때로는 자신감을, 때로는 겸손을 연기할 능력을 갖추긴 해야 하지만, 본질적으로 외교적 능력이란 결코 속임수와 등가물은 아닙니다.

성실을 실천하고 성실성을 인정받는 외교 는 국력보다 더 큰 힘을 발휘할 수 있습 니다. 만일 그렇지 않다면 우리처럼 강 대국 틈에 낀 나라의 장래에 걸어볼 무슨 기대가 있겠습니까? 수많은 행 성들이 연합체를 이룩하는 과정에 서 성실 한 가지를 밑천으로 주인 공 역할을 하는 지구인 아처 함장의 동화는, 그래서 유쾌합니다.

長壽하시고 繁榮하시길